Eines schönen Morgens findet Cathy Callaghan, Betreiberin eines kleinen Bed & Breakfast in Plymouth / Südengland, eine Leiche in ihrem Garten. Bald stellt sich heraus: Es handelt sich um einen stadtbekannten Obdachlosen, der mehr gesehen hat, als ihm guttat. Auch für Bene Lerchenfeld kommt's knüppeldick: Seine langjährige Freundin Annika verlässt ihn, als er ihr gerade einen Heiratsantrag machen will. Und dann landet er mit seinem geliebten Oldtimer dank Navi auch noch im Rhein.

Bene ist am Tiefpunkt. Da kommt die Flasche selbstgebrannten Gins, die ihm sein toter Vater vermacht hat, gerade richtig. Jahrelang hat er sie sich aufgespart, doch jetzt ist sowieso schon alles egal, also: Prost! Der Gin schmeckt besser als alles, was Bene je getrunken hat. Er beschließt, die verlorene Rezeptur dieses ganz besonderen Tropfens ausfindig zu machen. Eine Suche auf den Spuren seines Vaters, die ihn nach Plymouth führen wird – wo Cathy und der tote Obdachlose auf ihn warten …

›Der Gin des Lebens‹ ist ein unterhaltsamer Kriminalroman über eine faszinierende Spirituose, perfekt gemixt mit Figuren, die einem sofort ans Herz wachsen, vielen Wendungen, feinem Humor und einer großen Portion Spannung.

*Carsten Sebastian Henn* ist Kulinariker durch und durch. Er besitzt einen Weinberg an der Mosel, hält Hühner und Bienen, studierte Weinbau, ist ausgebildeter Barista und einer der renommiertesten Restaurantkritiker Deutschlands. Seine Romane und Sachbücher haben eine Gesamtauflage von fast einer halben Million Exemplare.

CARSTEN SEBASTIAN HENN

# DER GIN
# DES LEBENS

*Kriminalroman*

DUMONT

Von Carsten Sebastian Henn ist bei DuMont außerdem erschienen:

Rum oder Ehre

Dieses Buch wurde klimaneutral produziert.

Zweite Auflage 2022
DuMont Buchverlag, Köln
Alle Rechte vorbehalten
© 2020 DuMont Buchverlag, Köln
Umschlaggestaltung: Lübbeke Naumann Thoben, Köln
Umschlagabbildung: Hintergrund © AdobeStock/RoyStudio:
Glas © iStock by Gettyimages/ZeynepOzy;
Wacholder/Rosmarin © AdobeStock/ivan kmit
Karte: © cartomedia-karlsruhe
Alle Illustrationen im Innenteil: © Rüdiger Trebels
Satz: Fagott, FFM
Gesetzt aus der Dante, der Iron & Brine und der Caflisch Script
Druck und Verarbeitung: CPI books GmbH, Leck
Gedruckt auf säurefreiem und chlorfrei gebleichtem Papier
Printed in Germany
ISBN 978-3-8321-6577-2

www.dumont-buchverlag.de

*»Als ich vierzehn war, war mein Vater so unwissend.*
*Ich konnte den alten Mann kaum in meiner Nähe ertragen.*
*Aber mit einundzwanzig war ich verblüfft,*
*wie viel er in sieben Jahren dazugelernt hatte.«*

Mark Twain

# PROLOG

Wahrscheinlich dachten Cathy Callaghans Nachbarn, dass sie ihren kleinen Garten hasste. Der Rasen war längst zu einer wilden Wiese geworden, auf der das Unkraut den Kampf gegen die zarten Gräser gewann, der Brombeerstrauch breitete sich aus wie ein müder Großvater auf dem Sofa, und die einstmals perfekt gepflegten Blumenrabatten waren unter den hochgewachsenen Disteln kaum noch zu erkennen. An der Hauswand standen teils gesprungene Tontöpfe mit allerhand wuchernden Kräutern, bei denen nur Experten noch erkennen konnten, dass sie alle für Gin verwendet werden konnten.

Aber die Wahrheit war, dass Cathy ihren Garten liebte und ihn deshalb genauso sprießen ließ, wie er wollte. Einzig eine Schneise zu ihrem hellblauen Gartenhaus schlug sie in regelmäßigen Abständen, und Ranken, die sich in diese hineinzwängten, kappte sie.

Cathy liebte besonders den Blick aus dem großen Küchenfenster, immer gab es Neues zu sehen, und wenn sie Glück hatte, besaß das Neue ein Federkleid und baute sich ein Nest. Cathys kleine, heile, grüne Welt. Jetzt am Morgen fiel das Sonnenlicht so darauf, dass die Hufeisen am Gartenhaus es reflektierten. Für jedes ihrer Lebensjahre hatte sie eines drangenagelt. Sechsunddreißig waren es schon. Sie nahmen dem Älterwerden ein wenig den Schrecken. Denn sie machten ihr bewusst, dass man mit jedem Jahr auch etwas dazugewann. Und sei es nur ein Hufeisen.

An diesem Morgen verlor Cathy sich so sehr im Blick in den Garten, dass sie erst nach einiger Zeit bemerkte, wie sich Blasen in der großen, gusseisernen Pfanne mit den Baked Beans bildeten. Schnell stellte sie den Herd herunter, auf dem in einer zweiten Pfanne Würstchen und Bacon brutzelten sowie Tomatenhälften langsam schmorten.

Cathy hatte momentan drei Gäste in ihrem Bed & Breakfast, wobei Eudora Havisham schon fast zur Familie gehörte, da sie seit vierzehn Jahren jeden Sommer kam. Sie wollte von Plymouth aus den Ärmelkanal bis Guernsey durchschwimmen, wo sie einst geboren worden war. Vielleicht würde es ihr in diesem Jahr endlich gelingen, genügend Kerzen hatte sie in der Kathedrale von Plymouth für klaren Himmel, sanfte Wellen und eine hilfreiche Strömung zumindest aufgestellt.

Es brauchte immer ein wenig Kraft, um das alte, hölzerne Küchenfenster auf Kipp zu stellen, aber Cathy nahm die Mühe nun auf sich, damit ein wenig der Meeresbrise hereinfand, um Eudora in die richtige Stimmung zu versetzen.

Dafür musste sie sich vorbeugen. Wodurch sich ihr Blickwinkel änderte. Und sie etwas entdeckte, direkt vor der Tür des Gartenhauses. Es war schwarz und handtellergroß. Nichts, was in Cathys Garten wuchs, sah so aus. Also stellte sie sich auf die Zehenspitzen und reckte den Hals.

Wenn sie sich nicht irrte, war es eine Schuhsohle.

Ob einer der Nachbarn seinen Müll über den Zaun geworfen hatte? Als Kommentar zu ihrer Gartenphilosophie? Vermutlich der mürrische Mr. Quarmby. Na, dem würde sie es zeigen! Der bekäme jetzt nicht nur seinen alten Schuh zurück, sondern auch noch ihre leeren Baked-Beans-Dosen und die Würstchenpackung. Alles gratis und mit besten Grüßen!

Cathy stellte den Herd aus, griff sich den Müll und stürmte in Hausschluffen hinaus. »Guten Morgen, Mr. Quarmby!«, rief sie über den Zaun. »Ich hoffe, Sie erkälten sich nicht, so ganz ohne Schuhe!«

Gerne hätte sie zornig aufgestampft, aber der weiche Boden eignete sich kein bisschen dafür. So blieb ihr nur, empört zu schnaufen. Das machte sie dafür aber umso lauter.

Cathy schaute wütend in Mr. Quarmbys perfekten Garten und blickte erst wieder zu dem schwarzen Schuh, als sie schon vor ihrem Gartenhaus angekommen war.

Ihr Schrei zerschnitt die Welt wie eine Klinge.

Der alte Mann auf dem Boden trug trotz der sommerlichen Hitze einen blau-weiß gestreiften Pullover, einen dicken Wintermantel und eine Wollmütze. Sein grauer Bart war buschig und verfilzt. Ausdruckslos stierten seine toten Augen in den Himmel, um den Kopf befand sich ein großer Heiligenschein aus Blut, der auf den Gräsern und Blättern schon angetrocknet war.

Sie kannte ihn, er hieß Robert Miller, doch die meisten nannten ihn Bob. Er bettelte immer vor »Marks & Spencer« in der Cornwall Street. Dabei saß er stets so ruhig auf den Pflastersteinen, dass die Möwen jegliche Angst vor ihm verloren hatten und manchmal sogar auf ihm landeten.

Sie hatte ihm immer mal wieder etwas in seinen Hut geworfen.

Nun blieb Cathy nur noch, sich hinunterzubeugen, um ihm die Augen zu schließen.

Ihre Finger zitterten, als sie seine kalte Haut berührten.

# EINS

*»Du bist nicht betrunken, solange du auf dem Boden
liegen kannst, ohne dich festzuhalten.«*

Dean Martin

Bene Lerchenfelds Zeigefinger verharrte seit einer gefühlten Ewigkeit über dem kupfernen Klingelknopf des Mehrfamilienhauses, der zu Annikas Wohnung gehörte.

Er stand so starr im Dunkeln, dass der Bewegungsmelder das Licht nicht mehr aktivierte. Verdammt, die Sache war echt schwerer als gedacht! Er hatte das mit den weichen Knien immer für eine blöde Redensart gehalten, aber es fühlte sich gerade tatsächlich so an, als wären sie schlecht aufgepumpte Reifen.

Im Kopf ging er seinen Text nochmal durch. »Ich verrate dir jetzt, warum ich heute Abend hergekommen bin: Wenn man begriffen hat, dass man den Rest des Lebens zusammen verbringen will, dann will man, dass der Rest des Lebens so schnell wie möglich beginnt.« Das Zitat stammte aus »Harry & Sally«, den Film liebte Annika, wie überhaupt alle romantischen Komödien aus den Achtzigern und Neunzigern. Sie hatten ihn unzählige Male zusammen gesehen. Annika weinte immer an der Stelle, wenn Harry diesen Satz zu Sally sagte, mitten auf einer trubeligen Silvester-Party, wo die Welt trotzdem nur aus ihnen beiden zu bestehen schien. Wenn Bene dann zu ihr lugte, knuffte sie ihn. Und in all den Jahren, die sie sich jetzt kannten, hatte er trotzdem jedes Mal zu ihr herübergeschaut.

Bene holte Luft und senkte den Finger auf den kupfernen Knopf.

In der ersten Etage schrillte eine Türklingel, die man sicher auch hören konnte, wenn ein Düsenjet im Garten landete.

Jetzt gab es kein Zurück mehr.

Er würde mit Annika Wurzeln schlagen. Das siebenunddreißigste Lebensjahr würde sein letztes als unverheirateter Mann werden. Das war eine sinnvolle Entscheidung, ganz sicher, und Annika war genau die Art von Frau, mit der man den Plan vom Eigenheim mit Vorgarten angehen konnte.

Dafür musste er jetzt gleich nur auf die weichen Knie gehen und seine Sätze herausbringen, ohne dass ihm die Stimme wegblieb.

Als ein Summton signalisierte, dass die Haustür aufgedrückt werden konnte, räusperte er sich. Er klang schon total heiser, obwohl er ja noch kein Wort gesagt hatte.

Oben in der ersten Etage wurde eine Tür geöffnet und Annikas Mitbewohnerin Lily schaute heraus. Sie war Anfang zwanzig und hielt es für modisch, sich Metall durch alle Körperteile zu jagen, die sich nicht wehrten. Bene hatte sich schon oft gefragt, wie sie wohl durch die Sicherheitskontrolle an Flughäfen kam.

Als sie Bene erkannte, drehte sie sich um und rief in die Wohnung: »Es ist der Schrauber!«

Lily hasste ihn, er hasste Lily, eine der klarsten Beziehungen seines Lebens. Unangenehm, aber berechenbar.

Sie ließ die Tür der Wohnung offen stehen und knallte die ihres Zimmers hinter sich zu. Im Dielenspiegel checkte Bene kurz sein Äußeres. Die leichte Haartolle lag perfekt. Sie war bei weitem nicht so ausladend wie die von Elvis, mehr eine kleine Reminiszenz an die gute alte Zeit des Rock'n'Roll und Rockabilly. Als Teenager hatte er sie sich mal mit Haargel gebastelt – als Scherz. Und dann in der Schule einen dummen Spruch nach dem nächsten dafür gedrückt bekommen. Das hatte seinen Revoluzzergeist geweckt und ihn dazu gebracht, sie jeden Tag zu tragen. Irgendwann waren die passenden schwarz-weißen Creeper-Schuhe dazugekommen und er hatte begonnen, seine Jeans am Saum umzuschlagen. Auch hatte er angefangen, die passende Musik zu hören, vor allem die von Eddie Cochran.

Den Amerikaner kannte heute kaum noch jemand, höchstens seinen größten Hit »Summertime Blues«.

Der ein oder andere mochte Benes Look schräg finden, Annika aber hatte er auf Anhieb gefallen. Bene war sich sicher, dass sie sich auch in ihn verliebt hatte, weil er anders war als die übrigen Jungs in Merdingen.

Heute trug er allerdings einen Smoking, den er sich von seinem Kumpel Malte geliehen hatte. Bene war etwas größer als der 1,80-Meter-Mann und hatte mehr Muskeln. Der edle Stoff spannte deshalb an allen Nähten und knarzte bei jeder Bewegung.

Bene fand Annika im Wohnzimmer, wo sie am Küchentisch auf ihr Notebook blickte, dessen Display ihr schönes Gesicht mit den hohen Wangenknochen in kühles Blau tauchte. Neben ihr standen ein halbleeres Schnapsglas und ein Aschenbecher mit drei fest ausgedrückten Zigaretten. Das war so ungewöhnlich, als sähe man Doris Day im Boxring mit Sylvester Stallone. Annika trank nie starken Alkohol und rauchte nur auf Partys. Nach einer solchen sah es hier aber überhaupt nicht aus.

»Du bist schon wieder zu spät«, sagte sie, ohne aufzuschauen. »Was war es diesmal? Ein Anruf deiner Mutter oder eine Reparatur, die unbedingt noch fertig werden musste?«

Annika war Apothekerin, ihr Leben war so geordnet, als organisierte sie es minutiös in einer Excel-Datei. Sie hatte schon am Ende der Grundschule einen Lebensplan gehabt, den sie Schritt für Schritt abarbeitete. Also komplett anders als er und damit genau die Frau, die er in seinem Leben brauchte. Ihre Beziehung mochte nicht mehr so aufregend sein wie zu Beginn, die Liebe nicht mehr so verzehrend, und auch die meisten Schmetterlinge waren mittlerweile wieder aus seinem Bauch ausgezogen, aber das war ja bei allen Paaren so. Dafür wusste sein Kopf jetzt genau, wie richtig sie für ihn war.

»Ich habe über meine Zukunft nachgedacht«, sagte Bene.

Annika klappte das Notebook zu und sah ihn an. Sie musste ein Lachen unterdrücken. »Wie siehst du denn aus?«

Der Smoking hatte Annika zum Lachen gebracht – und damit den perfekten Moment eingeleitet! Bene tastete in der Innentasche des Smoking-Oberteils nach dem Ring. Er hatte ihn selbst bei einer Goldschmiedin hergestellt, aus Teilen von Annikas Lieblingsoldtimer. Stoßstange, Felge und das Innenteil des Zigarettenanzünders hatte Bene in dünne Streifen gefräst und sie erhitzt verflochten. Es hatte viele Anläufe und Stunden gebraucht, aber das rot-silberne Ergebnis war ein Schmuckstück geworden, wie es nie ein zweites geben würde. Das schwierigste war das eingelassene Herz gewesen, doch ohne hätte sich der Ring nicht vollständig angefühlt. Wo steckte er jetzt bloß? Er hatte ihn doch eben noch … vielleicht hatte der Ring sich irgendwo verhakt? Oder in einer Falte versteckt?

»Was zappelst du so rum?«, fragte Annika und blickte ihn skeptisch an. »Alles okay bei dir?« Sie stand auf.

In der anderen Innentasche vielleicht? Auch nicht. Das konnte doch jetzt nicht wahr sein!

»Willst du auch einen Schluck Trester? Hallo? Bene? Redest du noch mit mir?«

Er hatte ihn doch in die Tasche gesteckt! Ganz sicher! Und zwar so, dass er ihn elegant hervorholen konnte wie ein Zauberkünstler ein buntes Seidenband, das niemals endete.

Die Brusttasche!

Bene tastete und spürte den Ring unter dem fest gewebten Stoff.

Er musste das jetzt hinter sich bringen, bevor ihn der Mut verließ oder sein Puls noch die Arterien zum Platzen brachte.

Schnell kniete er sich vor Annika, griff in die Brusttasche, und umfasste das kühle Metall des Rings, der farblich perfekt zu Annikas blasser Haut passen würde.

»Was soll das?« Sie hörte sich nicht überrascht an, sondern erschrocken. Ja, fast geschockt. Und ihr Atmen klang, als würde sie nach Luft ringen. »Du machst mir doch jetzt nicht etwa einen Antrag, oder?«

»Nein«, antwortete Bene und ließ den Ring wieder los, ließ auch seinen Plan los, seinen Mut. Er schaffte es nicht, Annika in die Augen zu schauen. »Ich binde mir nur meinen Schnürsenkel neu, der war locker.« Leicht schwankend stand er auf, ein Lächeln in sein Gesicht zwingend. »Hast du echt gedacht, ich würde …?« Er zog die Augenbrauen belustigt empor.

»Nein, natürlich nicht«, versicherte Annika und trank ihren Trester auf den Schock leer. »Obwohl der Smoking dazu passen würde.«

»Den hab ich mir für die Oldtimer-Rallye in Freiburg geliehen, bei der ich Sonntag mitfahre. Ich dachte mir, ich ziehe ihn heute mal zur Probe an.«

»Steht dir nicht«, sagte Annika.

»Nee, ne?«

»Sieht albern aus. Komm setz dich.«

Sie nahm im Schneidersitz auf dem alten Schlafsofa Platz, das – wie er aus leidvoller Erfahrung wusste – weder als Sofa noch als Bett taugte.

»Ich muss noch einen trinken«, sagte sie und sprang wieder auf, um ihr Glas mit Trester nachzufüllen. Sie kippte den Hochprozentigen in einem runter und setzte sich danach nicht zurück aufs Sofa. »Wie lang sind wir jetzt schon zusammen?«

»Drei Jahre, zehn Monate und einundzwanzig Tage.« Bene hatte es für seinen Antrag auswendig gelernt.

Annika lächelte nicht. »Ganz schön lange, was?«

»Ja, wir machen das echt gut.«

»Bene, du weißt, ich bin sehr direkt. Ich rede nie um den heißen Brei rum.«

»Das mag ich so an dir.«

»Ich weiß nicht genau, ob du das mögen wirst, was jetzt kommt.« Sie nippte ruckartig am Glas, obwohl es längst leer war. Dann blickte sie hinein. »Das heißt, eigentlich bin ich mir sicher, dass du es nicht mögen wirst. Aber es hat keinen Zweck: Es geht so einfach nicht weiter mit uns. Unsere Beziehung führt nirgendwohin.«

»Aber genau das will ich ja ändern!« Bene lächelte wieder und bereitete sich darauf vor, jetzt endlich den Antrag zu machen.

»Nein, das willst du nicht! Du willst vor dich hinschrauben in deiner abgerockten Werkstatt. Und zwar nur so viel, dass du irgendwie über die Runden kommst. Du hast keine Zukunftsvision, keinen Ehrgeiz, nix! Vielleicht bist du ja zufrieden so, wie es ist. Aber ich bin es nicht.« Sie biss sich auf die Unterlippe. »Ich bin es überhaupt nicht.«

Bene hörte gar nicht mehr hin, er ging auf die Knie und zog den Ring heraus. »Annika, hör mir zu: Ich hab den Smoking nicht wegen der Oldtimer-Rallye an und ich hätte mir eben auch nicht den Schuh binden müssen. Ich verrate dir jetzt, warum ich heute Abend hierhergekommen bin: Wenn man begriffen hat, dass man den Rest des Lebens zusammen verbringen will, dann … «

»Nicht!«, sagte Annika. »Bitte. Mach es nicht schwerer, als es sowieso schon ist.«

»Ich bin gerade dabei, dir einen Antrag zu machen! Ich werde mich für dich ändern!«

»Ich will aber keinen Mann, der sich für mich ändern muss. Ich will einen Mann, der ganz von alleine zu mir passt.«

»Den Ring hab ich aus deinem Lieblingsauto gemacht.« Bene hielt ihn so stolz auf der flachen Hand, als bestände er aus Diamanten und nicht aus Blech. »Habe mir extra Teile aus den USA und Thailand kommen lassen, damit er die richtige Farbe hat.«

»Lieblingsauto? Ich hab überhaupt kein Lieblingsauto!« Annika standen die Tränen in den Augen.

»Ein roter Porsche 911! Also, in Bahiarot. Ich hab dich doch mal gefragt, was dein Lieblingsauto ist, und du hast gesagt, der wär's!«

»Das habe ich doch nur so dahingesagt, weil du unbedingt was hören wolltest. Du hast so lange gebohrt, bis ich einfach den erstbesten Wagen genannt habe, der mir einfiel. Mir sind Autos völlig egal, die müssen mich nur verlässlich von Punkt A nach Punkt B bringen, ohne dass ich nass werde.« Sie fuhr sich nervös durch die Haare. »Das zeigt mal wieder, dass du mich überhaupt nicht kennst! Und das nach drei Jahren Beziehung!«

Lily kam ins Wohnzimmer, die Augen kampfbereit funkelnd. »Alles okay bei dir?«, fragte sie Annika. »Hast du's ihm gesagt? Kann ich ihn endlich rauswerfen?«

»Hau ab!«, sagte Bene. »Das hier geht dich nichts an.«

»Du bist Geschichte, wie deine Karren. Und das ist gut so.«

Erst als Annika ihr mit zusammengepressten Lippen zunickte, verließ sie das Wohnzimmer wieder, Bene dabei zwei Stinkefinger zeigend.

Der stand auf und trat zu Annika, die sofort die Hände abwehrend hob.

»Ich will mit dir Wurzeln schlagen!«

»Nein, das willst du gar nicht. Vielleicht denkst du jetzt, dass du es willst, aber morgen hast du wieder eine andere Idee. Du meinst das nicht böse, aber so ist es. Bene, ehrlich, du bist fast vierzig und deine Vorstellung von vollkommenem Glück ist, eines Tages auf der Route 66 in den Sonnenuntergang zu fahren – mit Eddie Cochran auf dem Beifahrersitz.«

»Ich weiß aber, dass die Chancen dafür schlecht stehen, weil Eddie tot ist.« Ein Witz konnte wie ein Rettungsring sein, und er war fraglos am Ertrinken.

»Kannst du nicht einmal etwas ernst nehmen? Das ist auch etwas, das ich echt nicht mehr ertrage. Und nein, die Chancen stehen nicht nur schlecht, weil der Typ tot ist, sondern weil deine Werkstatt miserabel läuft. Die Buchhaltung wächst dir total über den Kopf. Und nicht allein die.«

»Zusammen packen wir das!«

»Nein, tun wir nicht. Du bist nicht gut für mich. Ich bin jetzt in einem Alter, wo man die Weichen für die Zukunft stellt, Bene. Familie, Haus, Kinder. Und du bist kein Mann, mit dem man sowas planen kann.«

»Doch, genau das bin ich!«

»Du lebst immer in den Tag hinein, das ist deine Art, sowas kann man nicht ändern. Du wirst immer ein großes Kind bleiben.«

»Gib mir noch eine Chance!« Er nahm ihre Hand, sie war feucht und kalt. »Ich liebe dich doch!«

»Ich habe dich … das ist alles zu viel für mich. Am besten, du gehst jetzt.« Sie zog ihre Hand weg und ging zur Zimmertür, die in den Flur führte.

Bene rührte sich nicht vom Fleck. »Lass uns reden! Von mir aus die ganze Nacht, dann wirst du sehen, dass ich es ernst meine. Ich hab eine Chance verdient, oder?«

»Du hattest deine Chance, Bene, drei lange Jahre! Wir hatten eine gute Zeit, aber sind auf der Stelle getreten. Ich fand's am Anfang toll, dass du so anders bist als ich. Aber das ist keine Basis für eine Ehe.« Die Worte klangen wie aus einer Schublade geholt, wo sie vorbereitet gelegen hatten.

»Lass es uns doch einfach versuchen, das mit der Basis kriegen wir schon hin!«

»Ich will nichts mehr versuchen, ich will etwas tun. Das Leben muss auch mal vorwärtsgehen.«

Bene ging zu ihr und wieder auf die Knie. »Wenn man begriffen hat, dass man den Rest des Lebens zusammen verbringen will, dann will man, dass der Rest des Lebens so schnell wie möglich beginnt.«

Annika verschränkte die Arme und blickte zur Wohnungstür. »Ich bin jetzt mit Ralf zusammen.«

*An der nächsten Kreuzung rechts abbiegen.*

In Benes Hirn war der Rückweg zu seiner Werkstatt eigentlich abgespeichert, doch es war gerade damit beschäftigt, den dramatischen Film, in dem er eben die Hauptperson gewesen war, wieder und wieder ablaufen zu lassen. Deshalb hatte er dem Navi des Handys die Aufgabe übertragen, ihn zur Werkstatt und damit nach Hause zu lotsen.

*Jetzt rechts abbiegen.*

Lily hatte ihm durchs Treppenhaus hinterhergeschimpft. Woher nur diese Wut? Etwa immer noch wegen dieser einen Nacht vor zwei Jahren, als er extrem betrunken gewesen war, sich in der Zimmertür vertan und sich im Bett an sie gekuschelt hatte? Es war ein Versehen gewesen! Er war nicht klar bei Verstand.

Und nackt.

Die Sache war ihm extrem peinlich – als er wieder nüchtern war. Nachts hatte er es irre komisch gefunden. Das hatte nicht geholfen.

*Ich habe eine Route gefunden, die drei Minuten schneller ist. Neue Route nehmen?*

Ralf! Ausgerechnet Ralf! Hätte es nicht jemand Cooleres sein können? Ein berühmter Schauspieler? Matthias Schweighöfer, Elyas M'Barek oder wenigstens Dietmar Bär? Aber nein, Ralf. Der Malermeister mit dem Charme einer ungestrichenen Raufasertapete.

Jetzt, wo er so darüber nachdachte, musste er sich eingestehen: Ralf war immer die naheliegende Wahl für Annika gewesen. Der Junge aus dem Nachbarhaus, mit dem sie zusammen zur Grundschule gegangen war, dem sie Nachhilfe gegeben und der ihr den ersten Kuss beim Flaschendrehen auf die zitternden Lippen gedrückt hatte. Ralf, für den »Heiße Liebe« nur der Name einer süßlichen Teesorte war, der es aber trotzdem irgendwie geschafft hatte, ihm die Freundin auszuspannen. Bene war ein Idiot gewesen zu glauben, Ralf und Annika wären nur gute Freunde.

*Nehme neue Route. In hundert Metern links abbiegen.*

Aber Annika hatte geweint, was bedeutete, dass ihr die Trennung nicht leichtfiel. Was wiederum bedeutete, dass er noch eine Chance hatte. Er musste ihr nur beweisen, dass er sein Leben im Griff hatte. Gleich morgen würde er das kaputte Schild der Oldtimer-Werkstatt reparieren und den toten Buchsbaum vor der Eingangstür, also die toten Buchsbäume beziehungsweise den toten Buchsbaumwald, entsorgen.

*Auf ihrer Strecke liegt eine Fähre.*
*Trotzdem Strecke beibehalten?*

Er würde Annika ein Foto der im neuen Glanz erstrahlenden Werkstatt schicken. Danach stand der Verkauf seines wertvollsten Wagens an, eines BMW 3.0 CSi im Zustand 1. Deutschlandweit waren nur noch vierhunderteinundvierzig Fahrzeuge dieses Typs zugelassen. Der Oldtimer war das Aushängeschild seines Ladens. Ein Gefährt, das selbst Experten zum Schnalzen brachte und für viele ein Grund war, mal bei ihm vorbeizuschauen. Durch den Verkauf würde er das Geld für eine klasse Homepage zusammen bekommen.

*Bleibe auf aktueller Route.*

Bene tätschelte das Lenkrad seines geliebten Brezelkäfers, als wäre der ein treues Pferd. Vielleicht würde alles doch noch gut werden. Etwas mit Ralf anzufangen – das konnte doch nicht ihr Ernst sein. Er musste optimistisch bleiben, nur so ließen sich Kräfte freisetzen und Bäume ausreißen.

Der Käfer rumpelte über unebenen Boden, links und rechts schlugen Äste und Zweige gegen das Blech. Bene konnte wenig erkennen, denn es war stockdunkel und die Scheinwerfer des kleinen Wagens reichten nicht weit. Er trat auf die Bremse, doch der Käfer fand keinen Halt und schlidderte weiter über den matschigen Untergrund. Die Äste wurden größer, krachten und knallten gegen das Auto, doch zum Halten brachten selbst sie es nicht.

*Jetzt langsam auf die Fähre fahren.*

Das hätte Bene getan, doch da war keine Fähre. Da war nur Wasser. Davon aber sehr viel. Und er war mit dem Käfer jetzt mittendrin. Es drang von überall ein, gurgelte und sprotzelte. Eiskaltes Wasser schoss aus unzähligen Ritzen, traf sein Gesicht, spritzte in seine Augen.

Das Heck des Wagens kippte ruckartig nach unten, plötzlich blickte Bene in den wolkenlosen Nachthimmel und sank mit dem Käfer in die Tiefe.

Er musste sofort raus! Doch die Fahrertür ließ sich nicht öffnen, egal, wie heftig er daran rüttelte. Der kleine Wagen war schon zur Hälfte geflutet und die Kälte des Wassers griff mit großen Händen nach Bene. Krächzend gab der Motor einen letzten Mucks von sich. Dann gingen die Lichter aus. Bis auf das des Handys in der Halterung.

*Motor abstellen.*

Bene schnallte sich panisch ab und trat mit den Beinen gegen das Seitenfenster, doch es rührte sich nicht. Er kam nicht raus! Die Schwärze des Wassers reichte draußen schon fast das Fenster hoch, im Wageninneren stand es bis zu seiner Brust und stieg rasend schnell. Bene drückte sich vom Sitz ab – und stieß gegen das Faltdach. Er war so ein Idiot! Schnell riss er es auf und presste sich hinaus an die Luft.

Verdammt, sein Handy steckte noch in der Halterung!

Bene dachte nicht nach, sondern tauchte hinab. Die Augen hielt er geschlossen und tastete auf der Frontscheibe, bis er das Gerät endlich gefunden hatte. Währenddessen zog der Wagen ihn immer tiefer mit sich. Bene versuchte, wieder hochzukommen, doch der Smoking verhakte sich in der Schiene des Faltdaches. Er zerrte, er strampelte, er setzte alles ein, was an Kraft noch übrig war.

Dann ein Riss und er war frei.

Bis zum Ufer waren es nur drei Meter. Mehr hätte er auch nicht geschafft. Wenige Sekunden später lag Bene tropfend am Ufer und blickte auf den versinkenden Käfer.

Und gestand sich etwas ein.

Es war vorbei.

Annika würde nie zu ihm zurückkehren, egal, was er tat.

Wenn sie eine Entscheidung traf, blickte sie nicht mehr zurück. Sie schloss eine Tür und warf den Schlüssel weg. Sie würde ihn nicht einmal vermissen. Er war Vergangenheit.

Die vordere Stoßstange des weißen Käfers verschwand als Letztes im schwarzen Wasser.

Die Titanic war gesunken.

Mit einem Mal spürte Bene die klamme Feuchtigkeit seiner Kleidung und die Kälte des Windes. Mit nassen Fingern strich er über das Handy, um zu prüfen, ob es noch funktionierte. Offiziell war es wasserdicht, aber vielleicht bedeutete sowas nur, dass es ein paar Spritzer aushielt. Der Bildschirm flackerte kurz, dann sprach es.

*Sie haben Ihren Bestimmungsort erreicht.*

Eine halbe Stunde später setzte das Taxi Bene an seiner Werkstatt ab. Er fror in den klammen Klamotten und seine Laune lag tiefer als ein reifenloser Aston Martin. Trotzdem hatte Bene keine Lust reinzugehen, denn die Werkstatt war zwar sein Zuhause, aber auch das Zuhause seiner Probleme. Er blickte in den wolkenlosen Himmel. Die funkelnden Sterne schienen ihn zu verspotten.

»Danke, Welt!«, rief er ihnen entgegen. »Danke für dieses Scheißleben! Danke für den Unfall, danke für Annika, danke für ihren Ralf, danke für diese Werkstatt, die nix mehr abwirft.« Er blickte zum Schild »Autowerkstatt Alexander Lerchenfeld«, dessen rote Buchstaben sich an allen Ecken und Enden lösten. »Vielen Dank auch an dich, Vater!« Er stieß einen trockenen Lacher aus. Im Mondlicht sah die Werkstatt noch trostloser aus, der abblätternde Putz, der rissige Beton, die blinden Glasfenster. Seit Jahren fehlte das Geld, um alles wieder in Schuss zu bringen, er war tief in den roten Zahlen und segelte eigentlich jeden Monat haarscharf an der Insolvenz vorbei.

»Weißt du was? Das war es für mich. Ich höre auf mit dem Mist. Heute! Jetzt! Mir macht das Schrauben an alten Karren nämlich überhaupt keinen Spaß. Hat es nie gemacht. Ich dachte, es wäre mein Schicksal, aber es war verdammtes Pech.«

Rollläden wurden hochgezogen, ein Fenster wurde geöffnet. *»Halt endlich die Schnauze, du Schwachmat! Ich will schlafen! Hab morgen Frühschicht!«*

Bene schaute zu dem Fenster. »Und danke für diese Nachbarn, Welt!«

*»Du bescheuertes Arschloch!«*

Frustriert schloss Bene die Werkstatt auf. Über dem Tresen hing ein Regalbrett, und darauf stand das einzig Wichtige, was er von seinem Vater jemals erhalten hatte. Eine Flasche seines selbst destillierten Gins.

Es war an der Zeit, sie gegen eine Wand zu werfen und das Glas in tausend Scherben zerspringen zu sehen.

Als Dankeschön für das alles hier. Auch dafür, dass sein Vater nicht mehr da war, obwohl er ihn verdammt noch mal gut gebrauchen könnte. Und besonders dafür, dass er ihn nie wirklich hatte kennenlernen dürfen, weil sein Vater ihn immer kilometerweit auf Distanz gehalten hatte.

Bene griff sich eine Trittleiter und holte die Flasche herunter.

Dieser Gin hatte ihm die Kindheit versaut. Das Destillat war das Lieblingsprojekt seines Vaters gewesen und er selbst mit weitem Abstand die Nummer zwei. An jedem Wochenende hatte sein Vater sich im Keller eingeschlossen und daran gearbeitet, weder Bene noch seine Mutter durften ihn dabei stören oder gar besuchen. Sie hatten leise zu sein. Einmal hatte Bene im Garten Fußball gespielt, Weltmeisterschaft, es lief die letzte Minute und die Argentinier jubelten schon, schließlich lagen sie vorne. Doch dann hatte Bene ein Tor und direkt noch eins erzielt und den Pokal geholt. Leider hatte der mit aller Wucht geschossene Siegtreffer das Kellerfenster durchschlagen und war ins Labor des Vaters gekracht. Trotz des Erfolgs, den er ja nicht für sich, sondern für ganz Deutschland errungen hatte, gab es von seinem Vater eine Standpauke, die ganz Merdingen gehört haben musste, und Fernsehverbot für einen ganzen Monat – was ihn die reale Fußball-WM gekostet hatte.

Er hatte die Flasche nie geöffnet, weil es ihm vorgekommen wäre, als würde er damit den Tod seines Vaters akzeptieren. Als würde dieser mit jedem Schluck Gin ein bisschen mehr verschwinden. Und er war nicht bereit gewesen, ihn gehen zu lassen, wo er doch zu Lebzeiten kaum für ihn dagewesen war.

Jetzt war die Zeit für einen Schluck gekommen, und dann würde die Flasche an der Wand zerschellen.

»Ich trinke auf dich, Vater!«

Mit einem Brotmesser löste Bene das rote Siegelwachs von der alten, braunen Apothekerflasche. Schnell zog er den Stopfen heraus und stürzte einen Schluck herunter.

Bene holte schon aus, als seine Geschmacksnerven etwas mitbekamen. Das schmeckte verdammt, unfassbar, atemberaubend gut! Es schmeckte so gut, dass Bene unwillkürlich lächeln musste. Und er plötzlich etwas für seinen Vater fühlte, das nie zuvor dagewesen war: Stolz. Sein alter Herr hatte anscheinend etwas verdammt richtig gemacht.

Allerdings hatte Bene keine Ahnung von Gin. War der hier tatsächlich so besonders? Es gab jemanden, der ihm eine Antwort auf diese Frage geben konnte. Selbst um diese Uhrzeit.

Nur wenig später stand Bene im Schlafzimmer seines Kumpels Malte, der in Freiburg eine Luxus-Burger-Bude besaß und immer kräftig nach Barbecue-Soße roch. Hätte im Bett statt Malte eine 1,80 Meter große Rostbratwurst gelegen, der Duft wäre kein bisschen anders gewesen.

Bene besaß einen Schlüssel für die Wohnung, weil er sich manchmal um Maltes Kakteensammlung und seine Schildkröte kümmern musste. Besonders wichtig war, die beiden nicht aufeinandertreffen zu lassen. Die Schildkröte lag im Terrarium auf einem großen Stein und bewegte sich scheinbar nie. Bene hatte sich schon oft gefragt, ob sie nicht aus Plastik war und Malte ihn nur veralberte.

Er prüfte, ob Malte allein im Bett lag oder sich mal wieder einen Typen mit nach Hause gebracht hatte, dann kitzelte er ihn an den Füßen.

Ein missmutiges Brummeln ertönte. »Bene? Bist du das?«

»Das Leben will mir etwas sagen.«

»Dann red mit dem Leben, es ist …« Er blickte auf den Radiowecker. »Kurz vor zwölf.«

»Eine Uhrzeit, zu der du früher erst richtig wach geworden wärst.«

Malte trat nach ihm. »Geh weg, komm morgen wieder. Oder besser übermorgen. Ich habe zwei Nächte nicht geschlafen.« Er sah träge zu Bene – und sein Blick blieb an dem nassen Smoking hängen. »Scheiße, was hast du mit meinem Smoking angestellt?«

»Ich hatte einen Autounfall. Also, mein Wagen ist im Rhein abgesoffen, mit mir drin. Da sollte eine Fähre sein, aber da war keine. Da gab's auch nie eine. Danke, Navi!«

»Was? Echt jetzt? Ist dir was passiert?« Malte setzte sich auf, seine Haare standen in alle möglichen Himmelsrichtungen ab.

»Ich habe etwas begriffen. Das ist passiert.«

»Und wie bist du hergekommen, wenn dein Wagen …«

»Mit dem Taxi nach Hause. Und da habe ich mir den Schlüssel vom Ford Capri genommen, den morgen der olle Stickelbroeck abholt.«

Malte tippte gegen den nassen Smoking. »Und warum hast du dich nicht umgezogen?«

»Wollte keine Zeit verlieren.«

»Auch wenn ich klinge wie meine Mutter: Junge, du holst dir noch den Tod!«

»Ich ziehe mich ja gleich aus.«

»Ein Satz, den ich sehr gerne höre, aber nicht von dir.« Malte runzelte die Stirn und deutete auf das, was Bene in der Hand hielt. »Zum Umziehen hast du keine Zeit gehabt, aber um dir eine Pulle zu greifen?«

»Die ist was ganz Besonderes. Glaube ich.«

»Willst du feiern, dass dein geliebter Wagen abgesoffen ist und du fast gestorben wärst?«

»Nein, ich will wissen, was du von dem Zeug hältst.«

»Dafür weckst du mich? Für einen Geschmackstest? Um Mitternacht? Nachdem du einen Unfall hattest?«

»Komm, Küchentisch.«

Malte wuchtete sich aus dem Bett und griff den weiß-rot gestreiften Bademantel vom Haken. Er machte sich nicht die Mühe, ihn zuzubinden. Während er in die Küche schlurfte, blähte sich der Stoff auf wie der Umhang eines Superhelden. »Aber mach schnell.«

Bene öffnete die Flasche mit einem satten Plopp. »Der ist von meinem Vater. Für einen ganz besonderen Moment. Überleben ist einer.«

»Du hast bis jetzt jeden Tag deines Daseins überlebt und trotzdem nicht jeden Abend eine Buddel geöffnet.«

»Ich habe aber noch nie so knapp überlebt.«

»Die Flasche sieht echt alt aus«, sagte Malte und griff sie sich.

»Ist sie auch. Genau wie der Inhalt. Und den musst du jetzt trinken.«

Malte strich mit dem Finger über das verwitterte Etikett der Flasche, eins wie man es sonst von Einmachgläsern kannte. Die ordentliche Schrift darauf war ziemlich verblichen. »*Lerchenfelds No. 1 Gin*? Ist das etwa diese eine, ganz besondere Buddel? Die früher oben auf deinem Bücherregal stand, damit die Herr-der-Ringe-Gesamtausgabe nicht umkippte? Und dann in deiner Garage auf dem Brett neben dem gerahmten Meisterbrief?«

»Genau die.« Bene holte zwei Gläser aus dem Holzregal und goss ein.

»Das erinnert mich daran, wie mein Alter mich früher mit in die verrauchte Kneipe neben der Kirche genommen hat, um mir da zu zeigen, was einen richtigen Mann ausmacht. Abteilung: Was ein Mann nicht spricht, das raucht und säuft er. Und damit ein echter Mann nicht vom Barhocker fällt, muss der Bauch nach allen Seiten überlappen.«

Bene blickte auf den bauchlosen Malte. »Dein Vater ist sicher total enttäuscht von dir.«

»Beruht auf Gegenseitigkeit.« Malte gähnte. »Wie wär's, wenn wir beide pennen gehen und den Gin morgen stilecht zum Frühstück trinken? Hm?«

»Nee, jetzt. Ist echt wichtig.« Bene schob das Glas näher zu Malte. »Weißt du, dass diese Flasche das Persönlichste ist, was mein Vater mir je geschenkt hat? Ich war noch ein Teenager und er gab mir Hochprozentigen. Damit hat er mir gezeigt, dass er mir vertraute, das Zeug nicht direkt wegzuhauen. Als er mir damals den Gin geschenkt hat, war er wie ausgewechselt, so fröhlich und fast warmherzig. Und kurz danach ist er dann ja …«

»Gut, ich trink mit dir, bevor ich mir das wieder anhören muss.« Malte zog die Schublade des Küchentischs heraus. »Ich mach uns mal Stimmung.«

Bene war fünfzehn gewesen, als sein Vater den Autounfall gehabt hatte. Danach hatte sich alles geändert. Wenig zum Guten. Vielleicht bis auf Benes Faszination für Eddie Cochran, die damals begonnen hatte. Im Gegensatz zu Elvis hatte der seine Songs selbst geschrieben. Cochran besaß alles: das Talent, die Stimme, das Aussehen. Er hätte größer als Elvis werden können, doch er starb bei einem Autounfall. Bene war auf ihn gestoßen, als er nach dem Tod seines Vaters in der Stadtbücherei über berühmte Menschen recherchiert hatte, die auf die gleiche Art umgekommen waren. Irgendwie gab es ihm das Gefühl, nicht allein zu sein in seinem Unglück.

Malte warf einige Teelichter auf den Tisch und zündete sie an. »Na dann, auf dein Überleben!«

Sie stießen an, doch Bene trank nicht, sondern stierte stattdessen sein Glas an, in dem sich das flackernde Licht der Kerzen so widerspiegelte, als schwämmen Goldfische durch die Flüssigkeit.

»Alles gut bei dir?«, fragte Malte und griff Benes auf dem Tisch liegende Hand. »Soll ich den Notarzt rufen?«

»Kann ich ganz offen reden?«

»Nein.« Er grinste. »Natürlich! Dem guten Onkel Malte kannst du alles sagen.«

»Mein Leben ist in einer Sackgasse. Nicht nur mein Auto, mein ganzes Leben.«

»Das hätte dir dein Leben auch subtiler zeigen können. Und trockener.«

»Ich bin ein Loser«, sagte Bene und blickte seinem Glas tief in die Augen. »Ein Loser, der nach Motoröl stinkt. Und warum?«

Malte setzte sein Glas kopfschüttelnd ab. »Willst du trinken oder reden? Du weißt schon, dass Gin schlecht wird, wenn er sich zu lange an der frischen Luft befindet, ohne getrunken zu werden?« Er grinste.

»Warum?«, fragte Bene, dessen Kopf mit einem Mal so voller Trübsinn war, dass kein Platz mehr für den eigentlichen Grund seines Besuchs blieb. Er tippte an sein Glas. Doch es erwachte nicht zum Leben und beantwortete ihm seine Frage.

Das erledigte Malte. »Du weißt, warum. Dein Vater hat Oldtimer geliebt, und obwohl er dich immer links liegen gelassen hat, schraubst du heute aufgrund irgendeiner verdrehten Psychologie an alten Karren rum, um ihm nah zu sein. Mit anderen Worten: Du, mein Lieber, lebst total im Gestern. Dabei kommst du deinem Vater über schrottreife Autos kein Stück näher. Und weil ich so viel Küchenpsychologie nüchtern nicht ertrage, trinke ich jetzt das Zeug, egal, ob du mit mir anstößt oder nicht.« Malte trank allerdings nicht, er kippte. Doch ein paar seiner Geschmackspapillen musste der Gin auf dem Weg Richtung Speiseröhre berührt haben, denn mit einem Mal erstarrte er.

Und goss sich nach. Jetzt ließ er den Gin so bedächtig über die Zunge gleiten, als erhalte er für jede Sekunde einen Hunderter.

Bene blickte immer noch in sein volles Glas. »Du hast so recht, wie man nur recht haben kann.« Als Bene hochblickte, bemerkte er, dass Malte die Flasche ganz vorsichtig in die Hand nahm. »Ich mag Gin eigentlich nicht besonders.« Malte atmete tief durch. »Aber den hier mag ich. Verdammt, mag ich den!«

Bene atmete tief durch und stieß mit Malte an. »Das hatte ich extrem gehofft!« Seine Hand zitterte, als er ihn sehr langsam an die Lippen setzte.

Eben hatte er den Gin nur in sich hineingeschüttet, jetzt trank er ihn, und die Aromen breiteten sich in all ihrer Komplexität aus. Wie ein feingesponnenes Tuch, das sich warm und beruhigend auf dem Gaumen entfaltete. Es war keinerlei Schärfe in dem Gin, nur schmeichelnde Weichheit. Zitronen und Orangen konnte er schmecken, wie frisch gepflückt, dazu ein Strauß mit Kräutern, von denen Bene keines kannte. Und noch etwas war in diesem Gin: Leidenschaft, ja, Liebe. Bene konnte spüren, wie akribisch sein Vater daran gearbeitet hatte, wie die vielen Stunden Mühe sich verflüssigt hatten und zu diesem Gin geworden waren. Er schloss die Augen und mit einem Mal war es, als stünde sein Vater vor ihm.

Und schlösse ihn in die Arme.

»Weinst du etwa?«, fragte Malte. »Lass uns einfach sagen, dir ist was ins Auge geflogen, ja?«

Bene öffnete die Augen wieder. »Mir ist was Großes ins Auge geflogen.«

Malte boxte ihn auf den Oberarm. »Der Gin ist der Hammer! Sowas Gutes hab ich noch nie getrunken. Und wie du weißt, habe ich in meinem Leben schon sehr viel getrunken.« Er holte sein Handy aus dem Wohnzimmer, wo es am Ladekabel hing.

»Was machst du?«, fragte Bene, der in den Gin blickte, als ließe sich dessen Geheimnis in der klaren Flüssigkeit erkennen.

»Wonach sieht's denn aus?«

»Telefonieren. Aber wen willst du um die Uhrzeit noch erreichen?«

»Meinen Kumpel Wilhelm zu Tecklenberg, den genialsten Barkeeper von ganz Freiburg. Der muss deinen Gin probieren, und zwar sofort. Ich will wissen, ob ich spinne oder ob dein Gin wirklich so genial ist, wie ich glaube. Bist du dabei?«

Bene sah ihn an, immer noch ein wenig aus der Fassung. Nach einiger Zeit lächelte er. »Ich hab das Gefühl, gerade beginnt ein neues Leben für mich.« Er strich sich theatralisch die Haare zurück. »Neues Leben, ich komme!«

Die »Bar jeder Vernunft« erstrahlte wie ein riesiges, blaues Aquarium, das jemand mitten in der Freiburger Altstadt abgesetzt hatte. Die wenigen Gäste hinter dem Glas bewegten sich so träge, als würde es nicht mehr lange dauern, bis sie mit dem Bauch nach oben an der Oberfläche trieben.

»Hier? Sicher?«, fragte Bene, der nun in einem neongelben Jogginganzug von Malte steckte und sich noch bescheuerter als im nassen Smoking vorkam. Die Gin-Flasche hatte er in zwei Handtücher gewickelt und in einer Aldi-Plastiktüte verstaut. Er hielt sie so vorsichtig, als schliefe darin ein Baby.

»Beste Bar von der Welt«, sagte Malte. »Also, in Freiburg.«

Bene trat vor das in kühlem Blau leuchtende Fenster. »Der Barkeeper hat keine tätowierten Unterarme. Und auch keinen Bart. Sieht aus wie ein Bankangestellter mit Anzug und Krawatte.«

»Wilhelm ist immer *vor* dem Trend. Tattoos und Bärte hat doch längst jeder. Außerdem leben in Männerbärten mehr Bakterien als in Hundefell. Hat gerade eine Studie ergeben. Jetzt stier nicht durchs Fenster, als wären wir im Zoo, rein mit dir.«

»Manche Studien sollten echt nicht publiziert werden ...« Bene strich sich über seinen Dreitagebart, dann folgte er Malte hinein.

Bei rotem Licht sahen Männer wie Frauen besser aus, locker zehn Jahre jünger. Bei blauem Licht dagegen zwanzig Jahre älter. Die »Bar jeder Vernunft« war kein Ort für Liebe auf den ersten Blick. Es sei denn, man stand auf fahle Haut.

Malte wuchtete sich mit dem Hintern auf die leuchtende Theke und gab dem Barkeeper einen langen Kuss. Bene beließ es bei einem freundlichen Handschlag.

»Dann lasst mal sehen«, kam Wilhelm zu Tecklenberg direkt zur

Sache. Mit einer Stimme, die so dick mit Skepsis bestrichen war wie eine gute Stulle mit Butter. Er schob ein Glas zu ihnen. »Her mit dem Gin deines Vaters, von dem Malte so extremst am Telefon geschwärmt hat.«

Vorsichtig holte Bene die eingewickelte Flasche aus der Tüte und stellte sie neben das Glas. Er schüttete nur einen kleinen Schluck hinein.

Wilhelm roch kurz daran, rümpfte die Nase, dann trank er. Wobei er den Gin im Mund wie ein Lutschbonbon bewegte. Währenddessen floss Trip-Hop aus den Boxen und kühlte die Raumtemperatur ab.

Bene wartete auf ein breites Lächeln, wie es sich bei ihm und Malte automatisch eingestellt hatte. Doch es kam nicht, stattdessen erklang ein Schnauben.

»Schmeckt wie ein besserer Gordon's. Verarschen kann ich mich alleine.«

Bene starrte den Barkeeper an, als hätte dieser ihm gerade empfohlen, zurück in den Wagen zu steigen, der im Rhein versunken war. Eine Fahrt nach Freiburg hatte also gereicht, um die Illusion von einem großen Gin zu entlarven. Ein einziger Schluck von jemandem, der weder emotional an dem Destillat hing noch so übermüdet war wie Malte, dessen Geschmacksnerven sich wahrscheinlich immer noch im Tiefschlaf befanden. Bene konnte es nicht glauben, griff sich das Glas, trank daraus und stöhnte auf. »Das schmeckt nicht nach dem Gin meines Vaters, das Glas muss benutzt gewesen sein!«

»Mann, du Vollhonk«, sagte Malte zu Wilhelm. »Kein Wunder, dass der nichts kann. Da ist vorher irgendein Scheiß drin gewesen. Neues Glas, sofort!«

Widerwillig stellte Wilhelm ein frisches Glas auf den Tresen. Bene roch ausgiebig daran, dann erst goss er einen kleinen Schluck ein.

»So, jetzt!«, sagte Malte. »Und nimm die Sache ernst.«

Wilhelm trank.

Plötzlich war es, als hätte jemand die Zeitlupentaste am Barkeeper gedrückt. Alles an ihm bewegte sich mit einem Mal extrem langsam. Die Augenlider, die Nasenflügel, die Hand mit dem Glas. Dann ging er ansatzlos in schnellen Vorlauf über und holte große Gläser, in die er verschiedene Ingredienzien füllte. Er schnappte sich Benes Gin und gab ihn dazu.

»Hey, nicht so viel davon. Ich hab nur die eine Buddel!«

Wilhelm zu Tecklenberg antwortete nicht, nickte nur verständnisvoll und wurde sehr sparsam. Ab jetzt schuf er nur noch Miniaturcocktails. Seine Hände wussten genau, was sie taten, seine Blicke prüften nur, ob alles stimmte. Alle Flüssigkeiten, die er verwendete, egal, wie bunt sie eigentlich waren, changierten in der »Bar jeder Vernunft« blau. Fifty Shades of Blue, dachte Bene und musste grinsen. Bevor Wilhelm mit der Verkostung begann, fuhr er sich mit der Zungenspitze über die Lippen.

»Ey, Wilhelm, was machst du da?«, fragte Malte.

Der Barkeeper hob den Zeigefinger an die Lippen. »Jetzt mal kurz Ruhe!«

Er nippte am ersten Glas.

Ein Lächeln ging in Wilhelms Buchhaltergesicht auf wie eine pralle Sonne.

Nach und nach verkostete er jeden Cocktail, ohne ein Wort zu sagen.

Dann sah er Bene an.

»Hörst du mir zu?«

»Ja, klar.«

Wilhelm schaltete die Musik aus, einige der Gäste nölten.

»Schnauze!«, herrschte er sie an. Dann wandte er sich wieder zu Bene. »Es ist wichtig, dass du mir zuhörst.«

»Dafür bin ich hier.«

Wilhelm nickte und lehnte sich vor. Er sprach nun leise, doch mit enormem Druck. Die Worte sprudelten nur so aus ihm heraus. »Es gibt Gins, die kann man solo hervorragend trinken. Vor allem Klassiker wie Tanqueray oder Beefeater. Dann gibt es welche, die funktionieren perfekt mit einem Tonic Water – wobei es für jedes einen anderen Gin braucht. Was es nicht gibt, ist ein Allrounder, der zu allem *hervorragend* passt. Der wäre das Ei des Kolumbus. Ein Gin, der in allen Varianten seine Stärken ausspielt und sich trotzdem anpasst wie der perfekte Tanzpartner. Das wäre ein Gin, mit dem man Gold scheffeln kann. Denn das leisten selbst die ganzen Ferdinands, Gin Suls oder Botanists nicht. So ein Gin existiert nicht, weil er schlicht unmöglich ist.« Wilhelm holte tief Luft. »Das dachte ich zumindest bis jetzt.«

Er griff Benes Hände und drückte sie fest. »Dieses Zeug hier ist ein Sechser im Lotto. Du musst den Schein nur einlösen. Also, geh mit deinem Gin in Massenproduktion, sie werden ihn dir aus den Händen reißen.«

»Okay, ich geb mein Bestes.« Bene zog einen Block aus der Jackentasche, den er immer für Notizen bei sich trug. »Schreib mir auf, was drin ist und wie viel.«

Wilhelm lachte, zuerst leise, dann immer lauter und verrückter, schließlich hüpfte er auf der Stelle, weil er es vor Lachen nicht mehr aushielt. Die letzten Gäste verließen kopfschüttelnd die »Bar jeder Vernunft«.

»Ich kann das nicht rausschmecken«, sagte Wilhelm, als er endlich wieder Luft bekam. »Und das kann auch kein anderer Barkeeper in Freiburg. Vermutlich keiner in ganz Deutschland.«

Sackgasse, dachte Bene. Sein Leben hielt eine ganze Menge davon für ihn bereit. Es wäre aber nicht nötig gewesen, ihm alle an einem Tag zu präsentieren.

»Mir fällt nur ein einziger Mensch ein, der das vielleicht hinbekommt. Eine echte Legende. Er ist Brenner und hat vor Jahren einen unglaublich guten Gin auf den Markt gebracht, streng limitierte Menge. Geiles Zeug, aber hat sich nicht durchgesetzt. Ich habe keine Ahnung wieso. Dieser Typ heißt Fritz Bercher und hat einen Geruchssinn, mit dem er vermutlich erschnuppern kann, wenn eine Maus im Nachbarhaus einen fahren lässt. Aber menschlich ist er …« Wilhelm suchte nach dem richtigen Wort, doch fand es nicht in seinem Mund.

»Schwierig?«, fragte Bene.

»Nein.« Wilhelm schüttelte entschieden den Kopf. »Er ist ein totales Quadratarschloch. Dass sein Gin gefloppt ist, hat ihn enorm frustriert. Jetzt ist er noch bitterer als eine Flasche Angostura.«

»Könntest du bei ihm ein gutes Wort für mich einlegen?«

»Ich? Nein, Fritz Bercher weiß wahrscheinlich nicht mal, wer ich bin. Der Bursche ist ein verdammter Eremit. Soweit ich weiß, hat er keine Freunde, kein Handy, kein Internet. Ich kenne echt nur einen, der ein gutes Wort für dich einlegen könnte, und der ist sehr schwer zu erreichen.«

Bene zog sein Handy hervor, um die Kontaktdaten einzutippen. »Sag mir einfach Namen und Telefonnummer. Oder von mir aus die Mailadresse.«

»Hat er alles nicht.«

»Was? Wieso?«

Wilhelm grinste. »Weil der Einzige, der ein gutes Wort bei Fritz Bercher für dich einlegen könnte, seit Jahrtausenden nicht mehr gesehen wurde. Den Namen kann ich dir aber geben. Vier Buchstaben: Gott.«

## 1998

*Es war morgens um 4.17 Uhr, als Alexander Lerchenfeld begriff, dass dieser Gin sein Leben retten würde. Der letzte Tropfen aus der Destillationsanlage fiel mit einem Glucksen in die Apothekerflasche und der Duft sprang geradezu heraus. Nicht nur eine herrliche, geradezu betörende Wacholdernote, sondern außerdem all die anderen Aromen, in grandioser Klarheit.*

*Es kam Alexander vor, als würde sich das Licht der Deckenlampe auf ganz besondere Weise in der Flüssigkeit brechen. Er hielt die Flasche wie eine Siegestrophäe in die Luft und musste über sich selbst lachen. Die Jungs vom 1. FC Kaiserslautern, die vor Kurzem als erste Aufsteigermannschaft der Geschichte die Meisterschaft geholt hatten, konnten sich nicht grandioser gefühlt haben, als sie gemeinsam ihre Trophäe in die Höhe gereckt hatten. Hier im Keller war niemand da, um mit ihm zu jubeln. Seine Frau und sein Sohn schliefen. Ganz Merdingen, ja, der ganze Kaiserstuhl schlief.*

*Viel war passiert, seit er »gin-crazy« geworden war, viel Gutes, aber*

*noch mehr Schlechtes. Dinge, die niemals hätten passieren dür-*
*fen. Dinge, die er zutiefst bedauerte und die nicht rückgängig zu*
*machen waren – die Hauptingredienz dieses köstlichen Gins war*
*Schmerz.*

*Alexander atmete tief durch und strich über die Apothekerflasche,*
*als striche er die Risse und Krater der Vergangenheit glatt. Mit vor*
*Aufregung zitternder Hand pappte er ein Weckglasetikett darauf,*
*mit kleinen Pflaumen, Erdbeeren und Äpfeln im verschnörkelten*
*Rahmen, und schrieb dann den Namen des Gins in die Mitte.*

*Ein metallisches Geräusch erklang aus der Garage.*

*Wahrscheinlich nur eine große Ratte, dachte Alexander. Er hatte*
*zwar noch nie eine in der Garage gesehen, aber wenn es ein Vieh*
*schaffte, sich hier hineinzustehlen, dann einer von den fiesen Na-*
*gern. Wobei, standen die nicht in manchen Kulturen für Glück?*
*Alexander lächelte und nahm einen kleinen Schluck. Die Welt*
*fühlte sich unglaublich gut an. Es würde noch Jahre dauern, bis*
*sein Sohn den Gin trinken durfte, aber er freute sich schon jetzt auf*
*diesen Moment.*


Zwei Ibu 400 ermöglichten es Bene, am nächsten Morgen früh los-
zufahren. Die Arylpropionsäure reparierte in seinem Hirn so gut sie
konnte, was die lange Nacht in der Bar angerichtet hatte.

Für die Fahrt zu Fritz Bercher hatte Bene ein orangefarbenes
1968er BMW Cabrio aus seiner Werkstatt genommen, das er auf eigene Kosten wieder instand gesetzt hatte. Sein Vater war genauso eins
gefahren, einige Jahre, bevor der Unfall passierte. Bene erinnerte
sich noch an Ausflüge, bei denen die ganze Familie im völlig zuge-
rauchten Wageninneren aufs Land fuhr – wegen der guten Luft.

Dass das Verdeck des BMW klemmte, störte bei dem guten Wetter nicht. Die Sonne goss Strahlen über das Markgräflerland, als gelte
es, die Landschaft bis zum Überlaufen damit zu füllen.

Das Navi ließ Bene diesmal ausgeschaltet und vertraute auf eine
Wegbeschreibung, die er sich aufgeschrieben und mit Tesafilm ans
Armaturenbrett geklebt hatte. Auf diese Weise lernte er viele falsche

Abzweigungen und Sackgassen kennen, die wohl schon lange kein Fremder mehr gesehen hatte.

Fritz Berchers Hof besaß keine Adresse, er lag nicht an einer Straße, er befand sich auf einem Berg. *Dritter Feldweg links, durch den Bach* war die letzte Anweisung, die ihm Wilhelm grinsend mitgegeben hatte.

Auf dem letzten Abschnitt kam ihm jemand entgegen. Ein großer, farbenprächtiger Hahn. Hinter ihm trottete eine Hühnerschar, völlig desinteressiert an Bene, der herunterschaltete, um im ersten Gang die Steigung zu schaffen.

Dagegen beäugten ihn die Schafe interessiert. Oder feindlich. Bene war sich da nicht sicher. Auf jeden Fall hatte er viel Publikum, als er das Getriebe malträtierte und den alten BMW das steile Stück emporquälte.

Er parkte mitten auf einer ungemähten Wiese, denn einen Abstellplatz gab es nicht. Es dauerte keine Minute und der Hausherr stürmte aus dem Hof. Fritz Bercher war alt. Sehr alt. Er sah aus, als hätte er Adam und Eva beim Einzug ins Paradies geholfen. An seinen Gesichtszügen war allerdings nichts paradiesisch.

»Hauen Sie ab!«

»Ich komme von …«

»Den Zeugen Jehovas? Wenn Sie Gott suchen, gehen Sie in die Kirche! Hier war er nämlich schon lange nicht mehr.«

»Ich bin nicht von den …«

»Haben Sie mich nicht verstanden? Hauen Sie ab!«

»Ich will …«

Bercher zog einen Revolver aus der Hosentasche und richtete ihn ungelenk auf Bene. Die Waffe wirkte wie aus einem alten Westernfilm. »Mir doch egal, was Sie wollen. Runter von meinem Grundstück!«

Bene hob die Hände abwehrend hoch, sein Herz schlug ihm im Hals. »Bitte schießen Sie nicht. Es geht um Gin!«

»Produziere ich nicht mehr, habe alles eingemottet. Und die Restbestände saufe ich selbst. Also fahren Sie. Meine Schafe sind Ihretwegen schon ganz unruhig.«

Seit Bene den Wagen abgestellt hatte, grasten die Schafe friedlich. Die Hühner pickten weit entfernt auf einer Wiese, während der Hahn Ausschau nach Feinden von oben hielt. An Berchers Bein strich eine orientalisch aussehende, feingliedrige Katze entlang, doch sie interessierte sich genauso wenig für Bene wie der alte Weimaraner, der an einem Birnbaum schlief und sich farblich kaum vom Stamm abhob.

»Ich will keinen Gin kaufen, ich will einen herstellen.«

»Den nächsten Monkey 47, was? Und damit den Weltmarkt erobern, schon klar. Hauen Sie endlich ab.« Er drehte sich um.

»Nein, ich will etwas Besonderes destillieren.«

Bercher lachte knarzend. »So, so, etwas Besonderes. Da sind Sie ja der Allererste. Was soll denn Besonderes drin sein?«

Darüber hatte Bene sich noch keine Gedanken gemacht. »Wacholder?«

Bercher wendete sich ihm kopfschüttelnd zu. »Und was noch?«

Was konnte im Gin seines Vaters noch drin sein? Wilhelm hatte gestern etliche mögliche Zutaten aufgezählt. »Kamille, Lavendel, Minze, Salbei, Pfeffer, Zitronen, Kardamom?« Er dachte kurz nach. »Ingwer?«

»Für so einen Blödsinn habe ich keine Zeit.« Knallend fiel die schwere Holztür hinter Bercher ins Schloss.

Bene ging hin, um dagegen zu hämmern – doch dann stupste ihn die Katze schnurrend gegen sein Bein, und er kniete sich stattdessen zu ihr, um sie zu kraulen, wofür sie bereitwillig ihr Köpfchen reckte.

Hier gingen die Uhren anders, begriff Bene, und er konnte sie nicht schneller drehen, nur seinen Rhythmus dem hier auf dem Berg anpassen. Was bedeutete: warten.

Bene verbrachte den ganzen Tag auf dem Hof, spazierte zum Stall, wo drei schwäbisch-hällische Schweine schliefen, schlenderte weiter zu den friedlich grasenden Schafen, beobachtete den stolz gockelnden Hahn, der jede Gelegenheit nutzte, ein Huhn zu bespringen, ging ein wenig im nahen Wald spazieren, begleitet von der Katze, die wie eine Leibgarde vor ihm her schritt. Immer wieder blickte er zurück zur schweren Holztür des Wohnhauses, aber sie blieb verschlossen. Fritz Bercher hatte sich wohl entschieden, ihn mit Missachtung zu strafen, selbst wenn das bedeutete, dass er sich dafür in seinen vier Wänden verbarrikadieren musste.

Doch als Bene zurückkam, fand er ein Holzbrett mit zwei Butterbroten auf der Kühlerhaube seines Wagens sowie einen Steinkrug mit Bier. Was den Stimmungsumschwung beim Brenner hervorgerufen hatte, war ihm ein Rätsel. Vielleicht imponierte dem Alten, dass alle anderen Bewohner des Hofes Freundschaft mit dem Neuankömmling geschlossen hatten. Bene prostete in Richtung des Hofgebäudes, bevor er trank, obwohl nicht zu sehen war, ob der grummelige Hausherr hinter einem der Fenster stand.

Die Nacht kam schnell und war schwer wie eine dicke Wolldecke. Bene legte sich auf die Rückbank des alten BMW und nutzte seine braune Lederjacke als Kopfkissen. Er blieb nicht, weil er hoffte, Bercher ändere seine Meinung, sondern weil er nicht wusste, wo er sonst hinsollte. Wie bei einer Schnitzeljagd hatte es ihn hierhergeführt und nun gab es keinen Pfeil, der zeigte, wo der Weg weiterging. Bene wusste nur, dass er nicht zurückwollte. Nicht in seine Oldtimer-Werkstatt, nicht zu Annika, erst recht nicht zu dem Käfer am Grund des Rheins. Er wollte woanders sein.

Auch wenn das bedeutete, zwischen Hühnern und Schafen zu schlafen.

Ob ihn die einen oder die anderen am nächsten Morgen weckten, konnte Bene nicht mit letzter Sicherheit sagen. Ein dickes Schaf schabte seinen Leib so heftig am Auto, dass es ordentlich schaukelte. Auf der Kühlerhaube stand der prächtige Hahn, blickte mit dem Kopf irritiert ruckend hinein und krähte dann aus Leibeskräften. Dabei war die Sonne noch gar nicht richtig aufgegangen, nur die oberste Rundung war blass wie ein unreifer Pfirsich am Horizont zu erkennen.

Dann wurde die Seitentür von Fritz Bercher geöffnet. Er sah aus wie zwei Kaffee, drei Eier mit Speck und ein Topf Birchermüsli zum Frühstück. Kein normaler Mensch konnte morgens so energiegeladen sein.

»Menschen enttäuschen einen«, sagte Bercher. Er sagte es, als sei das ein allseits bekannter Fakt. So wie ein Astronom, dass die Erde sich um die Sonne dreht.

»Aber ...«, erwiderte Bene, der den Satz persönlich nahm.

»Immer!«

Mühsam richtete Bene sich auf und fuhr mit den Händen durch die von der Nacht wild zerzausten Haare. »Ich meine es wirklich ernst mit dem Gin.«

»Rücken Sie zur Seite. Wir reden. Und danach fahren Sie.« Er reichte Bene eine Thermoskanne mit Kaffee. »Trinken und zuhören.«

Bene war sowieso noch nicht in der Verfassung, Wörter sinnvoll in eine Reihenfolge zu bringen. Wie ein alter Wagen brauchte er Zeit, bis er starten konnte.

»Alle wollen plötzlich Gin machen«, erklärte Bercher. »Nein, falsch, alle wollen *Geld* mit Gin machen.« Er sah Bene an, anscheinend erwartete er eine Antwort.

Dieser nahm einen großen Schluck Kaffee, der schmeckte wie flüssiger Teer, und entschied sich für die Wahrheit. »Geld würde mich nicht stören.«

»Hab ich es doch gesagt!«

»Aber ich will's hauptsächlich wegen meines verstorbenen Vaters.« Bene beschloss, die Flasche aus dem Kofferraum zu holen, damit der alte Brenner es im wahrsten Sinne des Wortes begreifen konnte. Dafür musste er allerdings raus in die morgendlich-kühle Welt und einmal um den BMW herum – wobei er darauf achtete, nicht über ein zudringliches Huhn oder ein verschmustes Schaf zu stolpern. Er war wohl zur Hauptattraktion dieses Zirkus geworden.

Die nur noch halb volle Flasche zeigte er Bercher. »Darum geht's.«

»Was ist so besonders daran?«, fragte Bercher und nahm sie unsanft an sich. »Und was hat es mit Ihrem Vater auf sich?«

Jahrelang hatte Bene kaum ein Wort über seinen Vater gesprochen, weil es sich anfühlte, wie an einer alten, verschorften Wunde zu kratzen, die dann sofort wieder anfing zu jucken. Selbst seinen Freundinnen hatte er stets nur Kurzfassungen geliefert, wie Nachrichtenmeldungen, die nichts über das aussagten, was wirklich hinter den Schlagzeilen lag. Aber diesem grummeligen, alten Einsiedler, den er nie wiedersehen würde, konnte er es merkwürdigerweise ohne Probleme erzählen. »Mein Vater war Kfz-Mechaniker für britische Marken. Jaguar, Rover, Austin Mini, aber auch Rolls Royce und Bentley. Entweder steckte er in seiner Werkstatt, auf Oldtimer-Kongressen oder er war im Keller, um an diesem Gin hier zu arbeiten. Heute kommt es mir vor, als wäre er mehr weg als da gewesen.« Bene lächelte, obwohl ihm gar nicht danach war. »Die Flasche hat er mir kurz vor seinem Tod geschenkt. Da war ich fünfzehn, steckte mitten in der Pubertät, und die Hormone spielten verrückt. Der absolut falsche Zeitpunkt, um ohne Vater zu sein.« Er tippte an die Flasche. »Der ist mit Abstand das Beste, was ich von ihm habe. Sogar noch besser als das Bonanza-Rad mit Fuchsschwanz.«

Bercher besah sich das Etikett. »Hat Ihr Vater Ihnen Genaueres über diesen Gin erzählt?«

»Nichts darüber, was drin ist. Den hat er ganz allein in seinem Labor gebraut.«

»Man braut Gin nicht, man mazeriert und destilliert.« Bercher zog den Korken mit einem Ruck aus dem Flaschenhals, sodass ein lauter Plopp erklang. Dann sah er Bene ernst an. »Gin ist anders als alle anderen Getränke. Wein ist wie ein Heimatbuch, es erzählt von einem Ort und einem Jahr. Whisky ist ein Historienroman, er beinhaltet viele Jahre und berichtet davon, wie sie ihn verändert haben. Gin dagegen ist Lyrik, wenige Worte, aber alle genau an der richtigen Stelle. Und was seine Herstellung betrifft, ist Gin pure Magie, das Entstehen einer Welt in einem kurzen Moment. Gin ist wie ein Urknall in Flaschenform. Am Anfang ist das Nichts, die aromatische Leere, neutraler Alkohol. Wie das All ohne Sterne, Planeten und Monde. Dann kommen Kräuter, Gewürze, Früchte, dann kommt die ganze Vielfalt des Lebens, sie prägt diese Welt und schafft einen ganz eigenen Kosmos. Boom, Urknall.« Er roch am Gin von Benes Vater und zog die Augenbrauen empor.

»Alles, was mein Vater zu mir gesagt hat, war: *Die darfst du jetzt noch nicht trinken!*«, fuhr Bene fort. »*Ich hoffe, dass sie deine Zukunft ist. Du sollst die erste bekommen, die ich gemacht habe, Ben.«* Bene lächelte. »Ben, so hat er mich immer genannt, und Welpe, wenn er besonders gut gelaunt war. Ich kann mir nichts merken, aber das komischerweise schon.«

»Finde ich gar nicht komisch.« Bercher setzte die Flasche an den Mund. Bevor Bene es verhindern konnte, nahm er einen großen Schluck. Bene kam es vor, als trinke der Brenner ihm seine Vergangenheit weg.

»Hm«, sagte Bercher.

»Hm? Ist das ein gutes Hm?«

»So etwas habe ich noch nie geschmeckt. Das sind bestimmt nicht nur heimische Kräuter. War Ihr Vater vielleicht mal in Indien?«

»Nicht, dass ich wüsste.« Er nahm Bercher die Flasche wieder ab, bevor er noch einen Schluck nahm. »Welche Zutaten sind denn drin?«

»Man spricht bei Gin nicht von Zutaten, sondern von Botanicals. Darunter fallen Kräuter, aber auch Gewürze, Obst, Wurzeln, ja, sogar Gemüse.«

»Okay, welche *Botanicals* sind da drin? Ein Barkeeper in Freiburg hat mir gesagt, wenn es einer wüsste, dann Sie.«

»Sie hätten größere Erfolgschancen auf einen Sechser im Lotto, als die Zutaten dieses Gins herauszufinden. Es gibt Unmengen verschiedener Botanicals, und die Anzahl je Gin variiert stark. Moor Gin hat nur ein Botanical, nämlich Wacholder, der muss bei Gin auch immer drin sein. Monkey 47 dagegen hat siebenundvierzig Botanicals, bei den meisten sind es sieben bis neun. Aber selbst wenn Sie die kennen, wissen Sie noch lange nicht, wie das Mengenverhältnis ist. Kommen Sie mal mit.« Bercher stieg aus und führte ihn zu einem Schuppen, in dem sich die Destille befand. Bene war beeindruckt, als Bercher die Plane von der Apparatur zog und darunter eine große, kupferglänzende Brennblase zum Vorschein kam, die nur darauf zu warten schien, endlich wieder zu dampfen.

»Die sieht ja völlig funktionstüchtig aus.«

»Ist sie auch. Ich habe gestern gelogen. Menschen enttäuschen einen, immer. Habe ich es Ihnen nicht gesagt?«

»Nett, dass Sie es demonstrieren. So kann ich es mir besser merken.«

War das etwa ein Lächeln in Berchers Gesicht? Es ließ sich schlecht sagen, bei all den Gebirgsketten und Tälern, die er dort trug.

»Die Tanks hier dienen der Mazeration. Jedes Botanical braucht unterschiedlich lange im Alkohol. Ich zeig Ihnen das nur, damit Sie wissen, wie schwierig es wird, Ihren Gin nachzubauen.«

Bene ließ sich auf einen alten Hocker fallen. »Schwierig? Eigentlich meinen Sie unmöglich.«

»Ja, das meine ich.« Bercher wischte mit dem Hemdsärmel einen Fleck von der glänzenden Brennblase.

»Vielleicht brauche ich nur jemanden mit einer noch besseren Nase als Ihrer. Einen Parfümeur, die haben doch einen genialen Geruchssinn.«

Bercher lachte trocken. »Wenn es so einfach wäre, würde jeder Parfümeur einen teuren Duft nachbilden. Aber manche Aromen liegen unter der Wahrnehmungsschwelle und sind trotzdem wirksam. Iriswurzel zum Beispiel, die führt alles harmonisch zusammen. Ohne Iriswurzel würden viele Gins aromatisch in ihre Einzelbestandteile zerfallen. Aber herausschmecken können Sie die trotzdem nicht.«

»Na, super.«

»Versuchen Sie es doch mal selbst mit dem Riechen. Ganz konzentriert, na los.«

Bene zog den Stopfen aus der braunen Apothekerflasche und schloss die Augen. Er hatte sich noch nie bewusst aufs Riechen konzentriert, es war immer nebenbei passiert. Tief sog er den Duft ein, und zuerst war da nur Alkohol, doch dann tauchten Aromen auf wie Farben in einem Schwarz-Weiß-Bild. Darunter diejenigen, die er beim letzten Mal erkannt hatte. »Zitronen und Orangen, ganz frische, dazu ein Strauß Kräuter. Und da ist noch etwas.« Bene senkte die Nase näher an die Flaschenöffnung. »Erinnert mich an Weihnachten.«

Er öffnete die Augen und sah einen erstaunten Fritz Bercher.

»Das ist Kardamom. Nicht schlecht, wirklich nicht schlecht!«

»Dann haben wir also die Zutaten? Also die Botanicals?«

»Nein, da ist noch viel mehr drin.« Er sah Bene mitfühlend an, als sei er ein verletztes Schaf, von dem er nicht wusste, ob er es von seinem Leid befreien sollte. Dann nickte er, mehr zu sich als zu Bene.

»Es gibt eine Chance.«

»Und die wäre? Beten?«

»Sie müssen historisch arbeiten. Wie ist Ihr Vater damals auf die Idee gekommen? Gibt es Notizen? Niemand kreiert solch einen Gin ohne dokumentierte Versuchsreihen.«

»Müsste ich meine Mutter fragen.«

»Machen Sie das. Kommen Sie, ich drucke Ihnen etwas aus, damit Sie wissen, wonach Sie Ausschau halten müssen.« Bercher ging durch eine Seitentür ins Haus, wo sich ein Arbeitsraum mit modernster Computer-Anlage befand.

»Sie haben Strom und Internet?«, rutschte es Bene heraus.

»Ja, glauben Sie denn, ich lebe hinterm Mond?«

Bene beschloss, lieber nicht zu antworten. Stattdessen stellte er eine Frage, die ihn beschäftigte, seit er in den Lauf von Berchers Pistole geblickt hatte.

»Hätten Sie gestern eigentlich wirklich auf mich geschossen?«

»Ach, was.« Bercher winkte ab. »Ich weiß gar nicht, ob das alte Ding überhaupt noch funktioniert. Habe es mir vor Ewigkeiten gekauft, weil ich damals ein großer Fan von Karl May war. Ein echter Revolver! Heute ist es eine Art Glücksbringer. Es fühlt sich einfach besser an, wenn ich ihn bei mir trage.«

Nach wenigen Klicks mit der Computermaus spuckte der Laserdrucker mehrere Blätter aus. »Hier, das ist eine meiner ersten Gin-Rezepturen. Und jetzt muss ich mich wieder um meine Heidschnucken kümmern. Wenn Sie wollen, nehmen Sie sich noch ein paar Eier von meinen Grünlegern mit. Seit die neuen Hühner ins richtige Alter gekommen sind, legen sie wie verrückt. Neben der Tür steht ein Korb.« Damit wandte er sich ohne ein weiteres Wort ab und ging zurück in Richtung Destillerie.

»Sekunde«, rief Bene ihm nach. »Ist der Gin meines Vaters eigentlich gut? Sie haben nichts dazu gesagt.«

Bercher drehte sich um. »Wenn er schlecht wäre, hätte ich gar nicht erst weiter mit Ihnen gesprochen.«

»Also ist er gut?«

»Nein, ist er nicht.« Bercher holte Luft. »Er ist das Beste, was ich je getrunken habe. Ihr Vater war vielleicht nicht perfekt, aber was Gin angeht, war er ein verdammtes Genie.«

# ZWEI

*»Erlauben Sie Kindern nicht, Drinks zu mixen.
Es gehört sich nicht, und sie nehmen zu viel Wermut.«*

Fran Lebowitz

Niemand konnte das Haus der Lerchenfelds übersehen. Blicke haf-
teten daran wie Fliegen an einem klebrigen Fänger. Es war in einem
verwaschenen Rosa gestrichen, die alten Dachziegel stammten aus
Nizza, und Palmen wuchsen davor. Solch ein Haus gehört eigentlich an die Côte d'Azur. Ein Traum in Mauerwerk und Schindeln, der
die Handwerker Merdingens fast in den Wahnsinn getrieben hatte.

Es war außerdem die große Liebe von Benes Mutter.

Ihr Grundschullehrer hatte damals gesagt, die Katharina müsse aufs Gymnasium. Ja, er war sogar extra zu ihren Eltern gefahren
und hatte sie gedrängt, das begabte Mädchen dorthin zu schicken.
Doch Katharinas Eltern sahen nicht ein, warum ihre Tochter ein
Abitur erwerben sollte. Stattdessen wollten sie, dass Katharina so
schnell wie möglich Geld nach Hause brachte. Deshalb wurde sie
Kindergärtnerin, und viele Träume, auch der davon, Französisch zu
lernen und in Paris zu studieren, wurden begraben.

Nun war sie die beste Schülerin der VHS Breisach. Ihre Frank-
reichliebe ging so weit, dass sie sich auch im Aussehen an berühmten französischen Schauspielerinnen orientierte. Doch trotz teurer
Friseurbesuche hatte es immer nur für Uschi Glas gereicht.

Aber ihr Haus, das hatte sie richtig frisiert bekommen.

Und obwohl sie es so liebte, war sie meistens im Garten zu finden – der allerdings den besten Blick auf das Haus bot. Katharina Lerchenfeld züchtete hier Kräuter und Gemüse, um sie dann à la française zuzubereiten. Sie sprach ihren Namen nie deutsch aus, wenn sie sich vorstellte, sondern französisch, ohne »a« hinten und mit Betonung auf der letzten Silbe, wie bei Catherine Deneuve, die sie sehr verehrte. Manche Menschen lebten im falschen Körper, Benes Mutter lebte im falschen Land.

»Hallo, Maman«, rief Bene ihr zu, als er aus dem Wagen stieg. Hier war er allerdings nicht Bene, hier firmierte er unter seinem richtigen Namen, den er ebenfalls der Leidenschaft seiner Mutter für Frankreich zu verdanken hatte. Eigentlich hieß er Benoit Lerchenfeld, was seiner Meinung nach wie Schnitzel béarnaise klang.

Benes Mutter blickte aus einem Beet auf, in dem sie gerade Unkraut rupfte, und strich sich mit dem Handrücken eine Strähne aus dem Gesicht. Sie mochte es, wenn Bene sie Maman nannte – doch diesmal führte es nicht zu einem Lächeln. »Wo bist du gestern denn gewesen? Ich hatte das Essen auf dem Herd für dich. Coq au Vin, das liebst du doch so.«

»Ich hatte etwas Dringendes zu tun.«

Sie stand auf und gab ihm einen etwas zu harten Kuss auf die Wange. Eine Art zärtliche Ohrfeige. »Hättest dich ja wenigstens mal melden können. Ich habe dir aber eine Portion eingefroren, die kannst du dir mitnehmen.«

»Alles klar.« Er würde es nicht wagen, ohne Coq au Vin zu fahren. Und es später natürlich telefonisch ausgiebig loben.

»Wir von den Landfrauen stellen gerade ein Kochbuch zusammen, da will ich das Rezept auch drin haben. Aber einige stellen sich quer, weil es kein regionales Rezept ist. Ich koche es seit über vierzig Jahren, also ist es regional!«

»Das werden sie schon noch einsehen«, sagte Bene lächelnd. »Du, sag mal, stehen Papas alte Sachen noch in der Garage?«

Sie rieb sich die erdverkrusteten Hände an der Schürze ab. »Das hast du ja noch nie gefragt.«

»Ist wichtig.«

»Warum ist das denn plötzlich wichtig?«

»Wegen seines Gins. Den hab ich endlich aufgemacht. Und er ist extrem gut.«

Sie presste die Lippen aufeinander. »Es gibt keine Sachen mehr. Ich habe alles entsorgt. Mit dem Zeug konnte man ja nichts mehr anfangen.«

»Aber du schmeißt doch sonst nie was weg!«

»So ein Quatsch. Natürlich werfe ich Sachen weg, sonst würde unsere Maison doch längst überquellen. Du merkst es nur nicht. Hast du früher schon nicht, wenn ich deine kaputten Hosen entsorgt habe.«

Doch, das hatte er, jedes Mal, wenn sie seine mühevoll zerrissenen Hosen dem Altkleidersack geopfert hatte.

»Ist denn gar nichts mehr da aus Papas Labor?«

Sie schüttelte den Kopf. »Was willst du denn mit dem alten Kram?«

»Mir geht's nicht um die ganzen Gerätschaften, sondern um seine Notizen.«

Sie schüttelte erneut den Kopf. »Ich habe das Zeug in Kartons gepackt und weg damit. Alles aus seinem Labor. Und die Kleidung an die Caritas. Warum bist du auf einmal so blass? Komm, setz dich auf die Bank. Was ist denn los mit dir?«

»Es muss doch noch irgendwas da sein …«

»Soll ich dir einen Pastis holen? Der hilft mir immer.«

Bene kramte in seinem Kopf wie in einer unordentlichen Bestecksschublade. In der hintersten Ecke wurde er fündig. »Was ist mit seinen Büchern? Du würdest doch nie Bücher wegwerfen!«

Seine Mutter sah ihn lange an, bevor sie nickte. »Aber da ist sicher nichts über diesen Gin dabei.«

Bene drückte ihre Hand. »Ich muss das nachgucken, sonst werde ich verrückt.« Er drehte sich zum Haus, dessen Tür einladend offen stand. Es war eine herzliche Einladung an ihn, doch es war keine, die er besonders freudig annahm. Er ging nicht mehr gerne in sein altes Zuhause, denn es war ein Gebäude, dem etwas fehlte. Natürlich sein Vater, der viele Spuren im Haus hinterlassen hatte. Aber auch das Fehlen eines kleineren Hausbewohners namens Mademoiselle spürte man. Benes Mutter hatte sich immer einen Hund gewünscht, und eines Tages kam sein Vater mit einer kleinen, sabbernden Bordeauxdogge an.

Da Benes Mutter nie etwas umräumte, waren alle Plätze, wo Körbchen der Hundedame gestanden hatten, frei geblieben. Mademoiselle war nicht mehr da, sagte das Haus in jedem Raum. The Dogge has left the building.

Auch in der Bibliothek, einem großen Raum im ausgebauten Speicher mit bequemem Polstersessel zum Schmökern, befand sich auf dem Boden immer noch das große Kissen, auf dem der Hund stets eingekringelt lag, während Benes Vater Bücher studierte.

Sie standen alphabetisch nach Titel sortiert in den staubfreien Regalen. Wobei die Artikel nach der Lerchenfeldschen Sortiermethode weggelassen wurden. Der/die/das zählten nicht. »Der Gin« würde einfach unter »G« stehen. Bene ging die Buchrücken durch, bis er bei »Die Gilden der Hanse« ankam. Danach musste »Gin« kommen, doch es folgte »Gips- und Castverbände«. Bene versuchte es mit »Destillate«. Fehlanzeige. »Alkohol«? Auch nicht.

Stattdessen fand er einen alten Neckermann-Katalog. In einem Anflug von Nostalgie zog er ihn hervor und blätterte zum Spielzeug. Dort war alles angekreuzt. Jede einzelne Bestellnummer. Von ihm. Für Geburtstag und Weihnachten. Sowie weitere Geburtstage und Weihnachten. Er hatte Geschenke für die nächsten drei Jahre angekreuzt (mit Kürzeln, zu welchem Anlass er sie zu bekommen gedachte). Sehr vorausschauend von ihm, dachte Bene schmunzelnd. Und da er damals ungefähr gewusst hatte, wie viel seine Eltern immer ausgaben, hatte er finanziell angemessene Kombinationen gewählt. Doch er hatte weder den Original Oxford Billardtisch (inkl. zwei Queues) noch den vollelektrischen Traktor (bis zu sechs km/h schnell!) oder das Original Schweizer Offiziersmesser mit 112 Funktionen bekommen.

Natürlich hatten solche Kataloge später auch eine große erotische Bedeutung gehabt. Hier fanden sich die ersten Frauen, die er in Negligés zu sehen bekam. Sie besaßen zwar den Sex-Appeal einer Tagesschausprecherin, aber ihn hatte damals schon der Ansatz eines Dekolletés völlig aus der Fassung gebracht.

»Gehst du jetzt ernsthaft alte Kataloge durch?« Benes Mutter stand in der Tür und kreuzte die Arme.

»Ist das wirklich alles an Papas Büchern?«

»Es wird dich nur unglücklich machen, dich damit zu beschäftigen. Dich hat sein Tod damals sehr mitgenommen.«

Bene stand auf. »Maman! Echt! Lass mich bitte die Sachen sehen. Oder lauert da ein dunkles Geheimnis von Papa?« Er musste schmunzeln. »Es geht doch nur um die Gin-Rezeptur. Damit könnte ich richtig Geld verdienen. Und endlich was für meine Altersvorsorge tun.« Er blickte sie unschuldig an. Das hatte er sich von Mademoiselle abgeschaut. Und die Bordeauxdogge hatte jeden Abend etwas abbekommen, sobald die Wurst angeschnitten wurde.

Seine Mutter zeigte auf einen Schrank, in dem Bene Geschirr vermutet hatte. Doch als er ihn öffnete, fand sich anderes. Die ganzen alten Kfz-Bücher, Bedienungsanleitungen, Ersatzteilkataloge und was sein Vater sonst noch gesammelt hatte. Seine Mutter mochte alles Mögliche wegwerfen, aber kein gedrucktes Wort. Das gehörte sich einfach nicht.

Wie Bene sofort sah, standen auch Fachbücher zum Brennereiwesen im Schrank sowie englischsprachige Literatur zum Thema Gin. Er war auf Gold gestoßen!

Auch ein Tagebuch fand sich unter den Büchern. Wobei Buch zu viel gesagt war. Es handelte sich um ein schmuckloses Werbegeschenk von Vauxhall, der dunkelblaue Umschlag aus dünner Pappe. Sein Vater war immer sehr sparsam gewesen.

Bene sah seine Mutter an. »Hast du es gelesen?«

Zuerst blickte sie ihn stumm an, doch dann richtete sie ihre Haare und antwortete. »Es steht nicht viel drin. Dein Vater hat nie viele Worte gemacht.«

Weder mit dir noch mit mir, dachte Bene. Sein Vater hatte Worte wie Goldstaub behandelt und immer nur wenige Unzen abgewogen, damit die geringen Vorräte sich nicht vollends leerten.

Das galt anscheinend auch für alles Geschriebene. Sein Vater hatte wenig festgehalten, meistens nur notiert, wenn er einen Wagen erstanden oder verkauft hatte oder eine Zahlung fällig war. Zwischen zwei Einträgen konnten Tage, manchmal Wochen vergehen. Bene blickte auf zu seiner Mutter, die nur verständnislos den Kopf schüttelte. Die Lektüre war mühsam. Geburtstage unterbrachen das Einerlei, Fortbildungen ebenso. Selbst die Geburt von Bene wurde nur mit »Sohn Benoit geboren, 3 200 Gramm Gewicht, Kopfumfang 36 Zentimeter« statistisch erfasst.

Ein Ausrufezeichen daneben wäre schön gewesen, dachte Bene. Selbst ein ganz kleines.

Dann fand er etwas. Nur zwei Worte, die in diesem reduzierten Umfeld aber wie Explosionen auf dem Papier wirkten: »Idee: Gin«. Benes Herz schlug ihm im Hals. Einige Seiten später »Gin: Erster Versuch«. Und schließlich, einen Tag, bevor sein Vater ihm die Flasche schenkte: »Gin geglückt!«

Das war es an Einträgen zum Thema.

Bene blätterte noch einmal zurück.

Genau vor dem ersten Gin-Eintrag hatte es noch einen anderen ungewöhnlichen Vermerk gegeben: »Internationaler Oldtimerkongress, Plymouth«.

Das hatte er doch nochmal gelesen! Schnell blätterte er wieder vor. Und ja, tatsächlich, sein Vater war noch mehrmals in der südenglischen Hafenstadt auf Oldtimerkongressen gewesen – auch direkt vor seinem ersten Gin-Versuch.

»Weißt du etwas über Plymouth?« Bene blickte zu seiner Mutter. »Hat Papa je davon erzählt, erwähnt, ob er da Gin getrunken hat oder so?«

»Ich weiß nichts von Portsmouth.«

»Plymouth.«

»Davon auch nicht. Kannst du jetzt alles wieder einräumen?«

Bene schüttelte den Kopf. »Ich fang gerade erst an!«

Er machte die ganze Nacht durch, nahm jedes Blatt Papier in die Hände. Seine Mutter brachte ihm Kaffee und Schnittchen und gute Ratschläge. Doch nichts davon wollte er. Was er wollte, war eine Gin-Rezeptur oder eine Spur in Plymouth. Doch was immer sein Vater für das Destillat verwendet hatte, behielt er damals verschlossen in seinem Kopf.

Erst morgens um halb sechs wurde Bene in einem alten, umfunktionierten Schuhkarton fündig. Eine Visitenkarte, die Ecken abgestoßen, doch die Schrift noch gut zu erkennen:

*Callaghan's Bed & Breakfast*
*»Where guests become friends«*
*Durnford Street 37*
*Plymouth PL1 2HJ*

Kurze Zeit später stand er in der Küche, schüttete kalt gewordenen Kaffee aus der Kanne in den Ausguss und brühte neuen auf. Während die sprotzelnde, schwarze Flüssigkeit durch den Filter in die Kanne tropfte, reifte ein Entschluss in Bene, und nachdem er eine Tasse Filterkaffee geleert hatte, pflückte er ihn.

»Ich fahre nach Plymouth«, verkündete Bene. »Heute noch«. Er ging in den Flur und griff sich seine Lederjacke vom Garderobenhaken.

»Dummes Zeug«, kommentierte seine Mutter und versuchte erfolglos, ihm die Jacke wieder abzunehmen. »Was willst du da denn? Das kostet doch nur unnötig Geld.«

»Ich muss das tun. Und ob ich mein letztes Geld jetzt für Konzerte verprasse oder nach Südengland fahre, ist auch egal, oder? Ein bisschen Luftveränderung wird mir guttun. Plymouth liegt am Meer, da ist es sicher nett, und die englische Küche … Na ja, zunehmen werde ich bestimmt nicht.« Er lachte und gab seiner Mutter einen Kuss auf die Stirn. »Ich mache mich sofort auf, vielleicht bekomme ich eine Fähre oder einen Flug oder egal was, ich muss da nur hin. Das Bed & Breakfast gibt es nämlich noch. Also das, wo Papa damals abgestiegen ist. Habe es eben bei Google gefunden.«

Seine Mutter nahm Benes Gesicht in die Hände. »Bleib hier. Mir ist nicht wohl dabei, dich jetzt wegfahren zu lassen. Das ist doch nur eine fixe Idee mit dem Gin, du musst dich um deine Werkstatt kümmern.«

»Die ist Geschichte, und der Gin ist Papas wahres Erbe an mich. Und jetzt trete ich es an. Warum weinst du plötzlich, Maman?«

»Komm, umarm mich noch mal.« Doch es wurde keine Umarmung, es wurde eine mütterliche Fesselung. Ganz tief griff Katharina Lerchenfeld in Benes Lederjacke und vergrub ihr Schluchzen im harten Stoff.

»Du musst mich aber auch wieder loslassen«, sagte Bene sanft.

Doch sie hielt fest. »Fahr vorsichtig, ja? Immer langsam. Und denk an die Dummheit der anderen!«

»Mach dir nicht solche Sorgen, Maman. Du weißt doch, ich fahr vorsichtig.«

»Ich mache mir aber Sorgen, das ändert sich auch nicht mehr.«

»Weil du denkst, wenn du einmal vergisst, dir Sorgen zu machen, passiert etwas Schlimmes.«

»C'est absurde!« Sie ließ ihn los und wandte sich direkt ab, ihre Tränen mit dem Handrücken wegwischend.

Bene ging zu ihr, um sie noch einmal zu drücken. »Ich pass auf mich auf.«

»Ruf an, wenn du da bist, ja? Versprichst du das? Ich geh nicht schlafen, bis du nicht angerufen hast.«

»Versprochen. Drück mir die Daumen.«

Wieder kamen seiner Mutter Tränen. Bene wunderte sich darüber, denn eigentlich hatte sie nicht nah am Wasser gebaut. Das Ufer ihrer Gefühle verlief sonst in eher trockenem Gelände.


### 1998

*Katharina sah zu, wie er ins Auto einstieg, dabei wollte sie ihn gar nicht fahren lassen. Sie hatte eine Vorahnung. Aber sie hatte auch gelernt, nichts auf Vorahnungen zu geben, sie ins Reich der Feen und Elfen zu verbannen. Doch diese kratzte an ihren Ängsten wie ein aufmüpfiger Quälgeist.*

*»Komm zurück!«, rief sie und schaffte es nur gerade so, ihre Stimme am Kippen zu hindern.*

*In diesem Moment fiel Katharina auf, wie unglaublich schön der Tag war. Am pelikantintenblauen Himmel war die passende Anzahl malerischer Wolken, die Sonne brachte das richtige Maß an*

Wärme, der sanfte Wind Kühlung. Es war ein Tag, der sie in seine weiten Arme schloss und ihr beruhigend über den Kopf strich.

»Ben hat bald Geburtstag«, rief Alexander vom Fahrersitz, das Fenster heruntergekurbelt. Er weigerte sich immer noch, den Jungen Benoit zu nennen. Und verwendete konsequent das englische Ben.

»Erst in über einem Monat!«, antwortete Katharina.

»Ich möchte jetzt schon etwas für ihn kaufen. Als Entschuldigung für die ganze Zeit, die ich im Keller am Gin getüftelt habe.« Alexander stieg noch einmal aus seinem auf Hochglanz polierten, dunkelgrünen Jaguar und ging schnell zu ihr, um sie in seine Arme zu schließen. Doch es fühlte sich für Katharina nicht so warm und geborgen an wie die Umarmung des Tages. »Ich muss das machen.«

»Du musst gar nichts. Bleib hier.«

»Wir wissen beide, dass ich kein guter Vater für ihn gewesen bin.«

»Dann sag ihm das doch einfach! Das würde ihm viel mehr bedeuten als irgendein Geschenk.«

Alexander schüttelte den Kopf und lächelte entschuldigend. Er musste nichts sagen. Katharina wusste, dass ihr Ehemann nicht gut mit Worten war. Was sich nicht in Zahlen ausdrücken ließ, in PS und Zylinder, was nicht exakt messbar und bezifferbar war, das war ihm unsicherer Boden, wie ein Sumpf, in dem er versinken konnte. Das hatte es ihm schwer gemacht, eine Verbindung zu Benoit aufzubauen. Dabei war die Geburt des Jungen ein kleines Wunder gewesen. Sie hatten ihn spät bekommen, als sie schon nicht mehr daran geglaubt hatten, und auch die Ärzte nicht mehr. Aber dann war er da gewesen und sie hatten das Kinderzimmer doch einrichten können.

»Du musst wenigstens versuchen, mit ihm zu reden. Mal richtig zu reden. Er wartet darauf. Schon sehr lange.«

»Ich werde etwas finden, das für mich spricht. Ein Geschenk, das sagt, was ich ihm als Vater längst hätte mit auf den Weg geben müssen.«

»So etwas gibt es doch gar nicht.«

»Als ich ihm den Gin geschenkt habe …«

»Dieser Gin, immer dieser Gin! Ich kann das nicht mehr hören.«
Katharinas Hände ballten sich zu Fäusten. »Bist du mit deinem
Gin verheiratet oder mit mir? Ich will dieses vermaledeite Zeug
nicht mehr sehen, nichts davon hören und erst recht nichts davon
trinken. Hast du mich verstanden?«

»Dieser Gin ist unser großes Glück, du wirst sehen!«

»Am liebsten würde ich alles kaputt schlagen, was damit zu tun
hat.«

Alexander legte seine Hände um Katharinas Fäuste. »Ben hat verstanden, dass der Gin etwas Besonderes ist.«

»Er wird ihn irgendwann mit seinen Kumpels trinken. Ob er schmeckt,
ist denen allen ganz egal.«

»Nein, nein.« Alexander schüttelte den Kopf. »Er hat begriffen,
dass dieser Gin all die Mühe und die jahrelange Arbeit wert war.
Das hab ich ganz deutlich gespürt.«

»Und wie willst du das spüren können? Sag mir das mal! Du kennst
ihn doch gar nicht wirklich. Ich habe den Jungen fast allein erzo-
gen.«

Alexander schien ihr nicht richtig zuzuhören. »Vielleicht kaufe
ich ihm einen Oldtimer, den er selbst wieder instand setzen kann!
Er schraubt doch so gern an Sachen herum.«

»Als er klein war, hat er das gerne gemacht. Mittlerweile interessiert er sich für ganz andere Dinge!«

»Ich werde in Freiburg etwas finden.«

»Nichts wirst du finden, und gutmachen kannst du damit auch
nichts. Bleib lieber hier, spiel mit ihm Fußball. Oder hör ihm einfach mal zu.«

»Ja.« Alexander lächelte. »Werde ich alles machen. Bald. Wenn wir
zusammen ein Projekt haben, dann gibt es auch etwas zu reden
und etwas zuzuhören.«

»Bleib hier, mir ist nicht wohl dabei, dich jetzt wegfahren zu lassen. Das ist doch nur eine fixe Idee.« Die Vorahnung kratzte und
biss Katharina, drückte ihren Magen mit aller Kraft zusammen.

»Ich bin sehr glücklich, meine Katharina. So glücklich war ich schon
lange nicht mehr.«

Katharina presste die Lippen aufeinander. »Meine Katharina«, so hatte er sie schon seit Jahren nicht mehr genannt.

Und sie wendete sich von der Vorahnung ab.

»Fahr vorsichtig, ja? Immer langsam. Und denk an die Dummheit der anderen!«

»Davon gibt es mehr als genug!«, sagte Alexander lachend.

Anderthalb Stunden später klingelten zwei Streifenpolizisten bei ihr. Ein älterer Beamter und eine junge Kollegin. Sie nahmen die Mützen ab, als Katharina die Tür öffnete.

»Guten Tag, Frau Lerchenfeld. Mein Name ist Klaus Godazgar vom Polizeirevier Breisach, das ist meine Kollegin Frau Haasler. Wir müssten mit Ihnen reden.«

»Worum geht es denn? Ist etwas mit Benoit? Ist er nicht in der Schule? Hat er etwas angestellt?«

»Das würden wir gerne drinnen mit Ihnen besprechen. Bitte lassen sie uns erst Platz nehmen.«

Katharina schaute sie einige Sekunden an, bevor sie nickte und die Beamten ins Wohnzimmer bat. Es fiel ihr schwer, keine Fragen zu stellen, mit jedem Schritt lastete die Angst schwerer auf ihren Schultern.

Sobald sie saß, brach es aus ihr heraus: »Ist Benoit etwas passiert?«

Die junge Polizistin setzte sich neben Katharina. Der ältere Kollege, er hatte eine angenehme, tiefe Stimme, nahm ihr gegenüber Platz.

»Es tut mir sehr leid, Ihnen eine traurige Mitteilung überbringen zu müssen.«

»Nein«, sagte Katharina und schüttelte den Kopf. »Gehen Sie bitte.« Sie stand auf.

»Frau Lerchenfeld, Ihr Mann ist tödlich verunglückt.«

Katharina sank auf das Sofa. Aus ihren Beinen schien jede Kraft verschwunden zu sein.

»Nein, Alexander fährt immer vorsichtig. Das muss eine Verwechslung sein!« Sie sah die Polizistin neben sich hilfesuchend an, die Frau musste ihr doch recht geben.

»Selbst die besten und vorsichtigsten Fahrer verunglücken«, fuhr der Beamte langsam fort. »Es ist in einer gefährlichen Kurve geschehen, in der schon viele Unfälle passiert sind. Sie kommt nach einer sehr langen Geraden, auf der auch vorsichtige Fahrer unbewusst Tempo aufnehmen.«

»Alexander kommt es beim Fahren nicht darauf an, das Ziel möglichst schnell zu erreichen. Alexander liebt das Fahren an sich.« Ja, so war es, er mochte lange Kurven, die ihn sanft zu einer Seite drückten. Viel lieber, als schnell über mehrspurigen Beton zu rasen. Das Radio lief nie, wenn er fuhr, denn es hätte das Schnurren des Motors übertönt, das Brummen der Reifen auf dem Asphalt, das Geräusch der Fahrt.

»Das glaube ich Ihnen, Frau Lerchenfeld, und niemand sagt, dass Ihr Mann leichtsinnig gefahren ist. Aber er war wohl ein wenig zu schnell unterwegs, wie die Bremsspuren belegen. In der Kurve sind nur siebzig Stundenkilometer erlaubt und er fuhr etwa achtzig.«

»Nicht Alexander. Er ist jetzt sicher in Freiburg wegen des Oldtimers für Benoit.«

»Die Kurve hat fast neunzig Grad und ist leicht abschüssig. Direkt neben der Fahrbahn stehen alte Bäume.« Er lehnte sich vor und griff nach Katharinas zitternder Hand, während die Beamtin über ihren Rücken strich. Katharina nahm das alles gar nicht richtig war, denn das konnte alles nicht wahr sein.

»Sein Jaguar ist in einen Baum am linken Straßenrand gerast, die Lenksäule schoss daraufhin wie eine Ramme ...« Der Beamte stockte. »Er war sofort tot.« Als Katharina nicht antwortete, wiederholte er den Satz. »Ihr Mann Alexander war sofort tot.«

Jetzt erst sank die Erkenntnis in Katharina ein.

Und sie brüllte ihren Schmerz in die Welt hinaus.

Gute acht Stunden nachdem er in Merdingen seine Sachen gepackt hatte, konnte Bene von seinem Fensterplatz im Flugzeug aus niedrige Steinmäuerchen zwischen Feldern erkennen und Autos, die auf der falschen Seite der Straße fuhren. Da wusste er, dass die Dornier sich nicht verflogen hatte. Schwankend begann die Propellermaschine ihren Landeanflug auf den Airport von Exeter, der aussah, als müsste er mal mit einer riesigen Gießkanne gegossen werden, um endlich auf angemessene Größe zu wachsen.

Nach der Landung ging Bene von der Maschine zu Fuß über das Rollfeld zur Passkontrolle, die sich ewig hinzog. Dafür war er der einzige Kunde im Schuppen der Mietwagenfirma und bekam schnell ein Auto. Auf der guten Stunde Fahrt entlang der A38 Richtung Norden nach Plymouth lernte Bene, dass britische Autofahrer sehr höflich sind – selbst wenn ein Fahrer aus Deutschland über Kilometer die Überholspur blockiert, weil er nicht begreift, dass auch diese sich woanders befindet als auf dem Kontinent.

Es war bereits Abend, als er in Plymouth eintraf und dort bemerkte, dass es tatsächlich etwas gab, das Briten mehr liebten als Kreisverkehre: Ampeln. Die auch dann stoisch ihren Dienst verrichteten, wenn außer ihm niemand unterwegs war.

Das eingebaute Navigationsgerät führte ihn durch enge, einspurige Gassen, bis er vor einem sonnengelb gestrichenen Reihenendhaus stand, das von der davorstehenden Laterne pittoresk beleuchtet wurde. Im kleinen Vorgarten, in dessen Rasen ein Wellenmuster gemäht worden war, war ein riesiger Anker platziert worden, der auch an der Titanic passend gewirkt hätte.

Die Häuser daneben waren zwar baugleich, doch anders als dieses schien keines davon zu sagen: Komm rein, hier warten ein flackernder Kamin, frischgebackene Scones und eine große Kanne Tee mit guter Milch auf dich! Vor der Tür standen die entsprechenden Flaschen in einem hölzernen Gestell. Good old England.

Als Bene den Mietwagen parkte, spürte er seinen Puls so sehr Fahrt aufnehmen, als trete jemand in ihm aufs Gas. Hier war sein Vater gewesen, bevor es mit dem Gin losging. War hinter der sonnengelb gestrichenen Tür der Grundstein für seine Leidenschaft gelegt worden?

Kaum hatte er geklingelt, rief eine junge Frauenstimme von drinnen: »Ist auf!«

Doch als Bene die Tür öffnete, stand eine ältere Dame vor ihm, sicher über achtzig. Eine sehnige Gestalt mit faltiger, sonnengebräunter Haut. Bene konnte das sehr gut erkennen, denn sie war fast unbekleidet.

»Was halten Sie von diesem pinkfarbenen Badeanzug? Cathy findet mich darin ausgesprochen fotogen.«

Sie sah Bene erwartungsvoll an. Durch die Jahre mit Annika wusste er, wann Frauen eine ehrliche Meinung zu einem Kleidungsstück hören wollten: nie. »Sie sehen aus wie Esther Williams in ihren besten Jahren!«

Sie stupste ihn neckisch gegen die Brust. »Sie wissen aber genau, wie man einer Frau Komplimente macht!« Die Frau vollführte eine kleine Pirouette und zupfte danach ein wenig am Beinausschnitt. »Zwickt etwas. Wenn man den Kanal durchqueren will, darf aber nichts scheuern! Allerdings muss das Outfit auch schick sein, wegen der vielen Fotos, die um die Welt gehen werden.« Sie reichte ihm die Hand. »Ich bin Eudora Havisham. Merken Sie sich den Namen. Sie werden ihn bald überall lesen.«

»Da freu ich mich drauf.«

»Und wie heißen Sie?«

»Ich? Benoit Lerchenfeld.« Selten war ihm sein Name so blöd vorgekommen.

»Sie erinnern mich an jemanden ...«

Gleich kommt sie mir mit Elvis, dachte Bene genervt.

»Jetzt hab ich's: Eddie Cochran!«

Bene verspürte den dringenden Wunsch, Eudora zu umarmen. Um keinen Fauxpas zu begehen, schenkte er ihr vorsichtshalber aber nur ein sehr umarmendes Lächeln.

»Sie sind nicht von hier, oder?«, fragte Eudora.

»Wenn Sie mit ›hier‹ Großbritannien meinen, dann nein. Ich bin aus Deutschland.«

Sie hob den Zeigefinger und riss die Augen auf. »Da fällt mir doch etwas ein!«

Hatte er die Frau etwa an noch jemanden erinnert? Einen anderen Gast aus Deutschland? Dem er womöglich ähnlich sah? Sie musste seinen Vater gekannt haben! Kaum zwei Minuten in »Callaghan's Bed & Breakfast« und schon ein Volltreffer.

»Ich werde Ihnen auch den anderen Badeanzug zeigen. Die Meinung eines unbeteiligten, attraktiven Mannes ist unerlässlich. Auch wenn Cathy sicher ein wenig pikiert sein wird.«

Sie kletterte die Stufen in dem schmalen Treppenhaus in bemerkenswertem Tempo hinauf.

Doch kein Volltreffer, dachte Bene und blickte ihr nach.

Plötzlich stand eine junge Frau vor ihm und unterdrückte ein Lachen.

»Sind Sie Cathy?«, fragte Bene.

Sie nickte. »Und Sie sind Eudoras neuer Modeberater?« Cathy schaffte es nicht mehr, das Lachen zu unterdrücken. Es gab Gesichter, in denen ein Lachen wie ein Fremdkörper wirkte, die es zu Fratzen verzerrte, weil es verdeutlichte, wie verkümmert die dafür benötigte Muskulatur war. Nicht so bei Cathy, ihr Gesicht war wie fürs Lachen gemacht. Bene war schlecht darin, das Alter anderer zu schätzen, und schaffte es regelmäßig, Frauen zehn Jahre älter zu machen – was das Flirten erheblich erschwerte. Er war sich allerdings sehr sicher, dass Cathy in seinem Alter war, Mitte bis Ende dreißig. Ihr lachendes Gesicht wurde eingerahmt von fröhlichen, dunkelbraunen Locken, die bis zum Kinn reichten. Sie mochte ein paar Pfund mehr auf den Rippen haben – aber kein einziges zu viel. Jedes davon schien purer Lebensfreude verdankt zu sein, war Hüftgold, nicht Hüftblei. Über dem schwarzen T-Shirt mit dem Konterfei von Bruce Springsteen trug sie ein schwarz-rot kariertes Hemd, das sie bis zu den Ellbogen hochgekrempelt hatte.

»Ich bin hier wegen eines Zimmers«, sagte Bene und bemerkte, dass der Restalkohol in seinem Blut Auswirkungen auf die Sprechmuskulatur hatte. Im Flugzeug hatte er zwei Gin Tonic gegen die Flugangst getrunken. Danach hatte er angefangen, leise »Am I blue« von Eddie Cochran zu summen.

»Wir haben leider kein Bett mehr frei. Es sei denn, Eudora lässt Sie zu sich unter die Decke.« Sie griff sich schmunzelnd ein tragbares Telefon, das neben der Eingangstür auf einer Kommode stand. »Ich rufe aber gern bei einem anderen Bed & Breakfast an, ob dort noch etwas frei ist.«

»Ich will aber hier bleiben.« Der Satz war viel trotziger und fordernder herausgekommen, als von Bene beabsichtigt. Der Alkohol in ihm hatte es aber genauso gemeint.

Das Lachen verschwand aus Cathys Gesicht. »Ach, und wieso?«

»Weil …« Verdammt, er konnte doch nicht direkt mit der Tür ins Haus fallen. Warum nicht?, fragte der Restalkohol in ihm. Gib ihr die Kurzfassung. »Schicksal!«, rief Bene fast.

Cathy sah ihn an, als hätte er sie nicht mehr alle. Dann blickte sie auf die alte Standuhr im Flur. »Ich muss leider dringend wieder in die Küche. Ich wünsche Ihnen viel Erfolg bei der Hotelsuche.«

Sie drehte sich um und ging.

»Es ist wegen meines Vaters«, sagte Bene.

Sie blieb stehen, doch wandte sich nicht zu ihm um. »Wegen Ihres Vaters?«

»Ja, Alexander Lerchenfeld. Der war vor Jahren, also vor Jahrzehnten hier. Und das war … wichtig für ihn. Ich bin auf seinen Spuren nach Plymouth gereist. Er fehlt mir sehr.« Und das tat er in diesem Moment tatsächlich. Es kam Bene vor, als hätte Cathy ihn gerade nicht ihres Hotels verwiesen, sondern würde ihn von seinem Vater fernhalten.

Jetzt drehte sie sich um und warf ihm einen Blick zu, den er nicht deuten konnte. »Es gibt noch ein Notbett. Steht in meinem Lesezimmer. Dort lasse ich normalerweise nur Freunde und Bekannte übernachten. Für eine Nacht könnten Sie dort unterkommen. Morgen checkt Douglas Pratchett, Zimmer 3, aus. Dann könnten Sie das haben. Wie lange wollen Sie denn überhaupt bleiben?«

Bene zuckte mit den Schultern. »Ich weiß es nicht.« Er dachte nach, während sie ihn eindringlich musterte. »Wahrscheinlich, bis ich meinen Vater gefunden habe. Irgendwo.« Er lächelte entschuldigend.

»Lebt er hier in der Region?«

»Nein, er ist tot. Liegt am Kaiserstuhl auf dem Friedhof. Umso schwieriger ist es, ihn zu finden.«

Sie nickte lange, als wüsste sie genau, was Bene meinte. Dann ging sie die Treppe hoch und gab ihm ein Zeichen, ihr zu folgen.

Cathys Lesezimmer lag unter dem Dach und bestand eigentlich nur aus einer großen Schräge, unter die ein Futonbett, ein abgewetztes Chesterfield-Sofa mit Stehlampe und etliche Stapel Bücher gequetscht waren. Nicht weiter aufregend. Dann fiel Benes Blick auf die Wände und sein Atem stockte.

Sie waren über und über voll mit Fotos, Grafiken und Infotafeln zum Thema Gin.

Am nächsten Morgen waren Benes Augen noch fest geschlossen, als es an der Tür kratzte. Ein träges, aber beharrliches Kratzen. Über mehrere Minuten hinweg.

Halb fallend, halb torkelnd stieg Bene aus dem Bett und öffnete. Vor der Tür saß, eine Pranke noch erhoben, ein dicker Corgi, dessen Lefzen leicht ergraut waren. Der Hund legte den Kopf schief. Er schien erstaunt, dass Bene ihm geöffnet hatte. Vorsichtig lugte er um Benes Beine in den Raum hinein. Dann schaute er wieder zu Bene hoch und ließ sich ansatzlos auf die Seite fallen.

»Hier ist ein Hund«, rief Bene die Treppe runter. »Was soll ich damit machen?«

»Liegt er auf der Seite?«, ertönte von unten Cathys Stimme.

Der Corgi lag auf der Seite und bewegte sich nicht. »Ja.«

»Dann kraulen Sie King George den Bauch. Er mag das.«

Bene beugte sich hinab und strich dem Hund über die stattliche Wampe. Nach kurzer Zeit begann der Corgi wohlig zu schnarchen.

Nachdem Bene Morgenwäsche und Anziehen hinter sich hatte, öffnete er, seinen dunkelblauen Rollkragenpullover gerade ziehend, das zweite Mal an diesem Tag die Zimmertür – vor der King George noch immer friedlich schlief. Bene machte einen großen, vorsichtigen Schritt über ihn hinweg und ging hinunter in den Frühstücksraum. Die Wände hingen voller Bilder, so dicht an dicht, dass man die Tapete nicht mehr erkennen konnte. Einige sahen aus wie vom Flohmarkt, manches wirkte wie von Kinderhand gemalt, andere zeigten Fotos von Cathy und ihren glücklich lächelnden Gästen. Die vielen Menschen auf den Bildern bevölkerten den Raum, ließen ihn lebendig und heiter wirken.

Am langen Esstisch saßen Eudora Havisham, farbenfroh und vor allem vollständig bekleidet in einer Art afrikanischem Kaftan, und ein älterer Herr im Tweed-Anzug mit runden Aufnähern an den Ellbogen, der ein ledergebundenes Buch studierte. Neben ihm stapelte sich weitere Lektüre. In der Luft lag der Duft von knusprigem Bacon, heißem Toast und Pfannentomaten.

»Unsere Vicci ist schon zum Segeln, deshalb dürfen Sie heute neben mir sitzen«, sagte Eudora und zog den Stuhl neben sich einladend zurück. »Ich bin auch nicht so frech wie Vicci.« Sie lachte so, als sollte Bene sich da lieber nicht allzu sicher sein. »Was Mr. McAllister betrifft: Sprechen Sie ihn erst an, wenn er das Kapitel in seinem Buch durchhat.« Sie senkte die Stimme. »Sonst wird er unausstehlich.«

»Glauben Sie der alten Wetterkrähe … mhm … kein Wort«, sagte McAllister, ohne von seinem Buch aufzuschauen. »Ferdinand McAllister mein Name, hocherfreut … mhm … Ihre Bekanntschaft zu machen.«

»Finden Sie nicht auch, dass er aussieht wie Colin Firth?«, fragte Eudora kichernd.

»Findet er nicht«, antwortete McAllister, der genauso aussah wie Colin Firth. »Findet niemand.« Er schlug das Buch zu und blickte auf seine Armbanduhr. »Zeit für meinen Morgenspaziergang. Ich darf mich … mhm … entschuldigen.« Mit einem zackigen Nicken verließ er den Frühstücksraum.

»Sie mögen doch Rührei, oder?«, fragte Cathy und füllte ihm den Teller damit. Heute blickte Bob Dylan mit einem Mikro in der Hand von ihrem T-Shirt und sah aus, als wäre er jeden Moment bereit, loszusingen beziehungsweise loszunuscheln.

»Ferdinand kommt einem vor wie aus der Zeit gefallen, oder?«, fragte Eudora.

»Er sieht nicht aus, als sei er auf Urlaub hier.«

Cathy brachte ihm dampfende Baked Beans. »Ist er auch nicht. Ferdinand ist Militärhistoriker, sein Schwerpunkt ist die Navy. Er kommt aus Inverness und ist bei uns, um für ein Buch zu recherchieren.«

»Ein ehemaliger Soldat?«, fragte Bene und nahm eine Gabel voll. Das heiße, herzhafte Essen weckte alle Lebensgeister auf einmal.

Cathy holte Pfannen-Champignons und schüttelte dabei den Kopf. »Nein, er durfte nie zur Armee. Heuschnupfen. Frühblüher.«

»Nun kämpft er mit Tinte und Papier«, sagte Eudora, die sich vier Hash Browns nachnahm. Sie bemerkte Benes staunenden Blick. »Schauen Sie nicht so! Ich brauche Reserven für die Durchquerung des Kanals. Es sind rund vierunddreißig Kilometer, und ich werde sicher zwanzig Stunden dafür benötigen. Da zählt jedes Kohlehydrat!«

»Haben Sie auch einen dieser dicker Neopren-Anzüge?«, fragte Bene.

Eudora schüttelte den Kopf. »Darf ich nach den offiziellen Regeln nicht tragen. Aber mit Vaseline einschmieren ist erlaubt. Dabei hat das Wasser eine Durchschnittstemperatur von nur siebzehn Grad!«

Cathy stand an der Küchenzeile und räumte die Spülmaschine ein. Durch das große, doppelte Sprossenfenster fiel Benes Blick in den verwilderten Garten. Auch auf dem Weg zu einem kleinen Holzhäuschen spross Unkraut.

»Ein schöner Garten«, sagte Bene, um ein wenig unverfängliche Konversation zu betreiben. »Ich mag es, wenn sie nicht so geschniegelt sind. Das ist auch viel besser für die Insekten.«

Cathy hielt kurz inne beim Einräumen, sagte aber nichts. Eudora hörte auf zu essen und sah in ihre Richtung. Schweigen stand im Raum wie ein ungebetener Gast.

»Erzähl es ihm ruhig«, sagte Cathy schließlich, ihre Stimme, eben noch ein rauschender Fluss, war nun ein dünnes Rinnsal. »Er wird es sowieso erfahren. Irgendwer wird es ihm aufs Brot schmieren. In Plymouth reden die Leute ja von nichts anderem mehr.«

Eudora holte Luft. »Also, die Sache ist jetzt über eine Woche her.«

»Zehn Tage«, korrigierte Cathy.

»Genau, zehn Tage. Da hat Cathy im Garten eine Leiche gefunden, einen toten Mann.« Sie blickte hinaus. »Ich habe ihn selbst nicht gesehen und bin wirklich froh drum.«

»Wer war der Tote?«

»Ein armer Obdachloser. In der Zeitung stand, dass er ein alter Werftarbeiter war, der seine Anstellung verloren hat.«

»Und er ist einfach verstorben? Herzinfarkt oder … ?«

»Erstochen«, sagte Eudora und zeigte auf ihre Brust. »Also, von hinten durchs Herz. Die Tatwaffe hat man allerdings nicht gefunden.«

Bene ließ seine schon mit Bacon und Ei beladene Gabel sinken. »Weiß man schon, wer ihm das angetan hat?«

Eudora schüttelte den Kopf. »Aber sie haben die arme Cathy ganz schön rangenommen, so als wüsste sie etwas. Die haben sie doch nicht mehr alle!«

Als Bene nun hinaus in den verwilderten Garten schaute, war die Idylle verschwunden. Mit einem Mal hatten die Bäume und Sträucher, das Gartenhäuschen mit seiner abblätternden blauen Farbe etwas Bedrohliches.

»Hat denn niemand etwas gehört?«

»Das hat die Polizei auch gefragt«, erklärte Eudora und aß weiter. »Aber keiner von uns hat etwas mitbekommen. Auch die Nachbarn nicht. Die waren ganz aufgeregt, als die Polizei den Garten mit flatterndem Band abgesperrt hat. Die Untersuchung hat ein extrem unangenehmer Detective geführt, so ein junger, ehrgeiziger mit gezupften Augenbrauen. Er hieß so wie dieser Fernsehkoch. Gulliver oder so.«

»Dolliver«, korrigierte Cathy von der Spüle aus. »Detective Chief Inspector Jeremy Dolliver.«

»Männern mit gezupften Augenbrauen ist nicht zu trauen«, sagte Eudora mit erhobener Stimme. »Lassen Sie sich das von einer erfahrenen Frau sagen!«

»Ich werde es mir merken«, versprach Bene.

»Ihre Augenbrauen sind in Ordnung. Und auch ihre Haare. Genauso der Bart. Gepflegt, aber nicht geleckt.«

»Danke, ja, das ist ein … nettes Kompliment. Und noch dazu eins, das ich noch nie bekommen habe.«

»Aber Ihr Rollkragenpullover ist viel zu warm. Wir haben doch Sommer!«

Ein englischer Sommer, dachte Bene, aber lächelte entschuldigend.

»Cathy geht seit der Sache nicht mehr in den Garten«, flüsterte Eudora zwischen zwei Bissen. »Dabei mag sie ihn so gern.«

Die Hausherrin räusperte sich und trat zu ihnen an den Tisch, die Hände an einem Geschirrtuch mit der Flagge des Vereinigten Königreichs abtrocknend. »Was hat Ihr Vater eigentlich gemacht, Bene? Beruflich, meine ich.« Sie setzte sich neben ihn, wobei sie aus Versehen Benes Bein streifte. Normalerweise hätte er es weggezogen, um eine weitere Berührung zu vermeiden – doch er ließ es stehen.

»Er hatte eine Oldtimer-Werkstatt.«

»Und wann ist er gestorben?«

»So etwas fragt man nicht«, sagte Eudora und schlug Cathy scheinbar tadelnd auf die Hand. »Aber ich würde es auch gern wissen.«

»Ist schon gut.« Bene strich über die Tischplatte. »Ist lange her, 1998.«

»Und Sie haben danach die Werkstatt übernommen?«, fragte Cathy.

»Sieht man mir an, dass Motoröl durch meine Adern fließt?«

Cathy deutete auf seine Hände. »Arbeiterhände, die hatte mein Vater auch. Kommt von den Schrauben, Nägeln und all dem Metall.«

Bene nahm sie von der Tischplatte. »War Ihr Vater auch Mechaniker?«

»Hat auf der Werft gearbeitet. Schiffe und U-Boote repariert.«

»Und das Bed & Breakfast hier hat Ihre Mutter geführt?«

»So in der Art.«

»Aber mit Gin haben Sie auch etwas zu tun, oder?«

»Wie kommen Sie darauf?« Cathys Stimme verlor ihre Wärme so schnell, als hätte jemand den Tiefkühler geöffnet.

»Wegen der ganzen Poster und Bilder im Lesezimmer.«

»Ach so, die.« Sie stand wieder auf. »Nein, ich interessiere mich einfach nur für Gin. Ihr neues Zimmer wird übrigens ab 15 Uhr fertig sein.«

Eudora schwieg auf einmal ausgesprochen laut.

Und das Gespräch am Frühstückstisch war damit beendet.

Den Tag verbrachte Bene damit, Plymouth kennenzulernen. Er spazierte zum Hoe, dem großen Park am Meer, der von einem kleinen, rot-weiß gestreiften Leuchtturm gekrönt wurde. Mittags ging er ins historische Hafenviertel Barbican, wo ihn der köstliche Geruch von Fish'n'Chips, von geräuchertem Hering und Jakobsmuschel-Burgern empfing und versuchte, ihn mit all seiner Würze und heißen Fettigkeit in eines der Lokale zu locken. Bene aß einen großen Topf Miesmuscheln mit Weißweinsoße in einem kleinen Pub, das man guten Gewissens als ranzige Hafen-Spelunke bezeichnen konnte. Danach flanierte er über die Haupteinkaufsstraße Plymouths, die New George Street, welche den Charme eines schlecht besuchten Seniorenheims besaß. Die der Stadt im Zweiten Weltkrieg beigebrachten Wunden waren noch überall zu sehen, manifestiert durch Neubauten, die Lagerhallen glichen. Unzählige schlecht verheilte Narben.

Mit der Fähre fuhr Bene dann weiter zum Royal William Yard.

Eine Infotafel dort erklärte, das Gelände sei einst Heimat der Marine gewesen: In der hauseigenen Großbäckerei waren harte Kekse für sämtliche Seeleute gebacken worden, mit dem Haltbarkeitsdatum von Steinen. Bene strich mit der Hand über den grauen Kalkstein eines der imposanten Gebäude im spätgeorgianischen Stil, die mit Fensterstürzen, Gesimsen und anderen Verzierungen aus Granit militärischen Prunk verströmten. Heute befanden sich in ihnen Künstlerateliers und hippe Restaurants.

Er ließ sie links liegen und stieg auf die ehemalige Schutzmauer, um hier, vom Devil's Point aus, aufs Meer zu schauen. Nur einen Steinwurf entfernt zur Rechten lag das grüne Ufer Cornwalls, noch näher befand sich Drake's Island. An die kleine Insel, die einst militärisch genutzt worden war, schlug Welle um Welle, als würde das Meer ihre Existenz infrage stellen wollen. Weiter draußen ankerten vier große, graue Kriegsschiffe, die wohl auf einen freien Platz in den Werften warteten. Ob sein Vater einst auch hierhin spaziert war? Bene stellte ihn sich in der Brandung vor, in seinem tintenblauen Mechaniker-Overall mit den Ölflecken. Sah sein ernstes Gesicht, das mit einem Mal von einem kleinen Lächeln umspielt wurde. Er konnte verstehen, warum es seinen Vater immer wieder hierhin gezogen hatte.

Bene blieb am Devil's Point sitzen, bis es Abend wurde und das Knurren seines Magens so laut, dass es das Rauschen des Meeres übertönte. Sein Hunger führte ihn in ein grün gestrichenes Pub namens »The Victualling Office Tavern« auf der Cremyll Street. Im Inneren wirkte es dank lauter dunklem Holz und schwarzem Leder wie eine Höhle. Das wenige Licht schien von den großen, gefüllten Biergläsern auszugehen. Bene entschied sich für ein eiskaltes Cider und stürzte es herunter, um seinen Magen schnell zu besänftigen. Fish'n'Chips würden noch etwas dauern, weil der Koch gerade eine rauchte. Die Info hatte ihm die zierliche Frau am Tresen gegeben. Sie passte so gar nicht in die Runde aus Männern, die alle wirkten, als habe ein passionierter Bulldoggen-Züchter bei ihrer Zeugung die Finger im Spiel gehabt. Das Rudel betrachtete Bene, dann schlug ihm einer hart auf den Rücken. »Hey, *Awop-bop-a-loo-mop alop bam boom.* Gibste einen aus?«

Bene mochte es nicht, wegen seiner Tolle mit Elvis verglichen zu werden, aber auf diese Frage gab es weltweit nur eine Antwort – falls man die Kneipe irgendwann lebend verlassen wollte. »Klar.«

»Lokalrunde!«, rief der Mann.

Selbst aus dem Nebenraum, wo ein Billardtisch stand, kam zufriedenes Gröhlen.

Bene betrachtete sein Gegenüber genauer. Der Mann sah aus, als hätte er jahrelang in der englischen Fußballnationalmannschaft gespielt und wäre mehrfach böse gefoult worden. Im Gesicht.

»Ich bin Phil.« Er reichte ihm die Hand, sie hatte die Größe einer Bratpfanne. Und fühlte sich auch an wie eine. Bene hätte weder dieser Hand noch dem daran hängenden Menschen in einer dunklen Gasse begegnen wollen.

»Bene.«

»Urlaub?«

»Yep.«

»Woher kommst'n?«

»Deutschland, Kaiserstuhl. Das ist im Süden.«

»Und wo wohnst du bei uns?«

»»Callaghan's Bed & Breakfast‹.«

»Bei der verrückten Cathy?!«

Bene kam nicht zum Antworten, da ein anderer Pub-Gast das Wort ergriff.

»Einer Frau, die keinen Alkohol trinkt, ist nicht zu trauen. Hat euch Deutschen das niemand beigebracht?«

»Die hat nie in die Gassen unserer schönen Stadt gekotzt!«, rief jemand vom Billardtisch.

»Dabei prägt das einen Menschen fürs Leben!«, pflichtete ihm einer bei, der gerade erst reingekommen war.

»Ich dachte, sie liebt Gin«, sagte Bene.

»Ihr Vater Archie, *der* liebte Gin«, antwortete Phil. »Hat sein ganzes Blut dagegen ausgetauscht.« Er lachte laut. Es klang, als rasselten Schrauben in seiner Lunge.

Ein Bärtiger an der Jukebox fuhr sich mit dem Zeigefinger am Hals entlang. »Der Tote in ihrem Garten, wenn sie den mal nicht selber … Du weißt schon!«

Die ganze Zeit über hatte ein groß gewachsener, schlanker Mann um die fünfzig still in der Ecke gesessen. Zu seinen Füßen hockte ein Corgi wie der von Cathy, nur deutlich besser in Form. Er hatte in aller Ruhe sein Pint getrunken und kein Wort gesagt. Jetzt kam er zu Bene.

»Nehmen Sie den Trupp nicht ernst, mit Cathy ist alles in bester Ordnung. Sie ist nur ein wenig exzentrisch, aber das hat in Devon eine gute und lange Tradition.«

»Und Sie sind …?«

»Charles, ich bin der Bürgermeister hier.« Er stieß mit ihm an.

Politiker waren Bene grundsätzlich suspekt. Dieser hier bildete keine Ausnahme. »Sie mischen sich gerade unters Volk, um bei Ihren Wählern zu sein?«

»Nein, ich trinke hier einfach nur.« Er grinste. »Das heißt, offiziell gehe ich eine Runde mit dem Hund.« Charles bestellte noch zwei Pints und reichte eins davon Bene. »Um Sie willkommen zu heißen. Ist aus Cornwall. Wir in Plymouth haben kein eigenes Bier, aber dafür hervorragenden Gin.«

»Die Stadt hat eine eigene Distillery?«

Ihr Gespräch war nicht unbemerkt geblieben. Ringsherum wurde gelacht und Benes Frage wiederholt, als sei sie ein guter Witz.

»Nicht nur irgendeine, sondern *die* Distillery«, erläuterte Charles. »Unsere Black Friars Distillery ist die älteste noch bestehende Gin-Distillery der Welt. Und es gibt keinen besseren Gin als den von hier. Oder?«, rief er in die Runde und erntete zustimmende Rufe.

»Dann lassen Sie uns einen trinken!«, sagte Bene und sondierte die Flaschen hinter der Theke auf der Suche nach dem Namen der Distillery.

Doch die zierliche Bardame schüttelte den Kopf. »Mal wieder alles leer getrunken.«

Bene beschloss, morgen als Erstes diese Distillery zu besuchen.

Er unterhielt sich noch ein wenig mit Charles, ehe dieser zurück nach Hause zu seiner Frau musste. Bene trank sein Glas leer und ging zu den Toiletten, deren spartanische Einrichtung ein krasser Kontrast zur dunkelholzigen Wärme des Pubs war. Das kalte, blaue Neonlicht leuchtete die Ödnis aus. Die Klotür war von innen mit verschiedensten Ritzereien verziert: rudimentäre Embleme von Fußballklubs, Frauennamen mit Herzen drumherum, männliche Geschlechtsteile in allen Größen, Telefonnummern. Ein einziges Durcheinander.

Trotzdem fiel ihm ein Name ins Auge.

Denn es war der seines Vaters.

Bene wischte sich über die Augen, doch der Name blieb.

Aber sein Vater hätte niemals etwas irgendwo eingeritzt. Das wäre zu verwegen gewesen, eine kleine Revolte gegen die von ihm so geliebte Ordnung. Und doch stand dort Alexander Lerchenfeld. Handwerklich gekonnt eingraviert, nicht besoffen hingeschlunzt, sondern gleichmäßig tief in das Türblatt geschnitzt. Keine Jahreszahl, keine Zeichnung. Nur der Name. Warum sollte sein Vater, ein penibler Kfz-Mechaniker aus Merdingen, sich in der Klotür dieses in die Jahre gekommenen südenglischen Pubs verewigt haben? Er war nie in Kneipen gegangen. Was war in Plymouth nur mit ihm passiert? Oder kannte er seinen Vater gar nicht? War das Bild des wortkargen Mechanikers eine Fälschung?

»Deutscher! Essen!«, rief jemand aus dem Gastraum. Als er dorthin zurückkam, immer noch verwirrt wegen des eingeritzten Namens, standen seine Fish'n'Chips dampfend auf der Theke, ungefragt war Essig daraufgegeben worden. Bene war so hungrig, dass es ihn nicht störte.

Im Laufe des Abends schien ihm jeder ein Glas ausgeben zu wollen und die Laune stieg, bis gemeinsam gesungen wurde.

Doch irgendwann wurde das eine Pint zu viel getrunken.

Es war, als drehte der Wind. Vorher hatte er Bene den Rücken gestärkt, jetzt blies ihm eine steife Brise ins Gesicht. Der Urheber war Phil, sein Atem schwer und dick vom Alkohol. Er war mit schwankenden Schritten zu Bene gekommen und hatte sich zu dessen Ohr hinuntergebeugt. Doch er flüsterte nicht, er brüllte. »Aber selbst wenn Cathy 'ne Verrückte ist, lässt du gefälligst die Finger von ihr!«

»Ich hatte gar nicht vor …«

Phil hörte gar nicht zu. »Habt ihr in Deutschland denn keine eigenen Mädchen?« Er schubste ihn, dabei spritzte Bier aus seinem Glas. »Ey, du hast mein Bier verschüttet. Dafür setzt es was!«

»Ich will keinen Ärger mit dir.« Bene hob entschuldigend die Hände.

»Ach, willst du nicht? Aber den hast du schon, Deutscher!« Er kippte sein Bier auf den Boden. »Jetzt hast du Idiot alles verschüttet!« Seine groben Hände packten Benes Kragen.

»Ich gebe dir ein neues aus«, sagte Bene und wollte sein Portemonnaie aus der Hosentasche ziehen. Doch Phil löste eine Pranke von Benes Kragen und schloss sie um sein Handgelenk.

»Mir gefiel aber das Ale, das du verschüttet hast. Hatte genau die richtige Temperatur.«

Eine Hand legte sich auf Phils Schulter, wütend drehte dieser sich um, die Faust zum Schlag erhoben.

Aber dann ließ er sie sinken.

»Oh, du bist es.«

»Der Hund musste noch mal raus«, sagte Charles. »Und ich dachte mir: Trink ich noch was mit Phil. Da bin ich vorhin ja gar nicht zu gekommen.«

Er beugte sich zu Bene und senkte die Stimme. »Außerdem dachte ich mir, dass sowas passieren würde. Gehen Sie nach Hause. Ich kümmere mich um meine Wählerschaft. Beeilen Sie sich lieber, bevor Phil einfällt, dass er gerade auf etwas viel mehr Lust hatte als auf Ale.« Dann sprach er wieder lauter und an Bene gewandt: »Und Sie verschwinden jetzt besser.«

# DREI

*»Ich trinke nichts Stärkeres
als Gin vor dem Frühstück.«*

W. C. Fields

Am nächsten Morgen wurde Bene wieder von einem beharrlichen Kratzen an der Tür geweckt. Als er sie öffnete, saß King George davor, sah ihm treuherzig entgegen, warf sich dann auf die Seite und wollte gestreichelt werden.

Das war jetzt wohl ihr gemeinsames Ding. Und das, obwohl er das Zimmer gewechselt hatte. Bemerkenswerter Hund.

Bene erledigte seine Aufgabe zu King Georges vollster Zufriedenheit, was dieser zeigte, indem er laut zu schnarchen begann.

Leise schloss Bene die Tür wieder und packte für seinen Ausflug zur Black Friars Distillery. Neben Portemonnaie und Handy wanderte auch das Tagebuch seines Vaters in die Lederjacke.

Durch das ebenso steile wie enge Treppenhaus ging es hinunter ins Erdgeschoss – Bene kam sich vor wie beim Abstieg an der Eiger-Nordwand. Als er in den Frühstücksraum trat, stand Cathy mit dem Rücken zu ihm an der Küchentheke. Sie drehte sich zur Begrüßung um und lächelte ihn an. Hatte sie schon gestern so verdammt gut ausgesehen? Oder glänzten ihre Haare jetzt mehr als vorher? Strahlten ihre Augen heller? Bene wusste es nicht, aber es gab einen kleinen Stich in seinem Herzen, als sie sich wieder dem Herd zuwandte.

Weder Eudora Havisham noch Ferdinand McAllister saßen am langen Frühstückstisch, wobei ein penibel sauberer Teller mit dem Rand genau einer Scheibe Käse verriet, dass der Historiker sein exakt bemessenes Morgenmahl vor Kurzem zu sich genommen hatte.

Stattdessen befand sich eine Teenagerin am Tisch, Bene schätzte sie auf sechzehn Jahre. Sie hielt ihr Smartphone mit einer Hand schräg über sich, machte mit der anderen ein Victory-Zeichen vor der Linse und stülpte die Lippen vor.

»Ziehst du wieder ein Duckface?«, fragte Cathy. »Klingt nämlich so.«

Sie drehte sich um und machte Vicci nach, wobei sie die Augen verdrehte.

»Du bist blöd!«, sagte das Mädchen grinsend, dann sah sie zu Bene. »Und ich bin Victoria, aber alle sagen Vicci.«

»Die Seglerin?«

»Genau!« Sie salutierte stolz. »Angehende Kapitänin. Eroberin der sieben Weltmeere.«

»Die aber erst mal ihren Segelschein machen muss«, kommentierte Cathy. Sie kam mit einer heißen Pfanne zu Bene, legte aber einen kurzen Zwischenstopp bei Vicci ein, um sie neckisch am Hals zu kitzeln. »Später kannst du dann den America's Cup nach Manchester holen.«

Bene mochte es, wie Cathy herumalberte. Annika war da ganz anders gewesen. Sie konnte hervorragend ernst sein, aber lachte nur, wenn etwas nach allgemeiner Meinung lustig war. Er hatte sie nur selten zum Lachen bringen können.

Cathy füllte seinen Teller ungefragt bis zum Rand mit Baked Beans, Bacon, Würstchen und Hash Browns. Dabei hatte Bene das Gefühl, das gestrige Frühstück immer noch in seinem Magen zu spüren. Um das Fett der letzten vierundzwanzig Stunden abzubauen, brauchte er sicher zwei bis drei Monate Nulldiät.

»Rollkragenpullover? Gibt's denn in Deutschland nichts Leichtes zum Anziehen?«, fragte Vicci und befühlte den schweren, blauen Stoff prüfend. »Wir haben Sommer, hier laufen jetzt alle in T-Shirts rum!«

»Wahrscheinlich trinkt hier jeder Frostschutzmittel zum Frühstück.«

Vicci knuffte ihn leicht, dann setzte sie zum nächsten Selfie an, diesmal mit geschmiertem Marmeladen-Toast in der Hand.

Bene blickte zu Cathy, die es trotz des großen Sprossenfensters schaffte, nicht in den Garten zu schauen.

»Ich habe gestern Abend noch einen Corgi gesehen«, sagte Bene, um ein harmloses Gespräch mit ihr anzufangen. Wenn sie sich anfreundeten, würde Cathy vielleicht mit ihm darüber reden, was die ganzen Gin-Plakate im Lesezimmer wirklich zu bedeuten hatten.

»Im Pub um die Ecke?«

»Ja, genau«, antwortete Bene.

»Das war Queen Victoria.«

Bene hob überrascht die Augenbrauen. »Tragen alle Corgis in Plymouth königliche Namen?«

»Sie ist King Georges Schwester. Der Züchter ist überzeugter Royalist – und Nummer 137 in der Thronfolge.«

»Und welche Nummer haben Sie in der Thronfolge?« Bene sah Cathy an, den Schalk im Nacken.

»412«, antwortete sie.

»1.790«, kam es von Vicci.

Dann prusteten beide los.

»Das hab ich wohl verdient«, sagte Bene.

»Absolut.« Cathy setzte sich mit einer Keramiktasse zu ihnen an den Tisch.

»Beim Bürgermeister haben Sie übrigens einen Stein im Brett«, erzählte Bene ihr. »Einige im Pub haben blödes Zeug über Sie erzählt, weil Sie keinen Alkohol trinken, und er ist heldenhaft dazwischengegangen.«

Beides schien Cathy nicht zu überraschen, sie goss sich seelenruhig einen Tee ein.

»Der Bürgermeister ist mein Onkel. Er muss mich verteidigen. Ein alter Blutschwur der Callaghans.« Sie setzte ein Lächeln auf, doch jetzt, wo sie nah bei ihm saß, meinte Bene eine gewisse Schwere darin zu erkennen. Als hingen Gewichte an ihrem Glück. »Essen Sie, sonst wird es kalt. Wir Briten lieben unser Essen glühend und unsere Toasts schwarz.«

Bene schaffte einige Gabeln von seinem Frühstück, das sich in seinem Magen augenblicklich in Zement zu verwandeln schien. »Könnten Sie mir heute vielleicht ein Fahrrad leihen?«

»Lang- oder Kurzstrecke?«

»Nur bis zur Gin-Distillery. Wieso?«

Cathy hielt inne, nur ganz kurz, doch unverkennbar. »Langstrecken schafft er nicht mehr.«

»Er? Haben Sie Ihrem Fahrrad einen Namen gegeben?«

»Nein, dem Hund.«

»Wieso dem Hund? Ich will auf einem Fahrrad fahren und nicht auf einem Hund reiten.«

»Das Fahrrad gibt es nur mit Hund. King George liebt es.«

»Aber was soll ich denn die ganze Zeit mit ihm machen?«

Cathy nahm einen großen Schluck Tee. »Gar nichts. Er liegt im Körbchen. Da können Sie ihn auch ruhig mal eine Weile alleine lassen. Fahren Sie nur nicht zu schnell, sonst wird er ungehalten.«

»Und was macht er, wenn er ungehalten wird?«

Sie sah ihn herausfordernd an. »Sind Sie mutig genug, es auszuprobieren?«

Eine halbe Stunde später setzte Cathy ihren Corgi in den mit einer Decke ausgelegten Fahrradkorb. King George drehte sich zweimal um die eigene Achse, bevor er sich genussvoll brummend niederließ und die Augen schloss. Kurze Zeit später schnarchte er zufrieden vor sich hin. Das Quietschen, welches das alte, klapprige Fahrrad rhythmisch von sich gab, schien ihn nicht zu stören. So brauchte man zumindest keine Klingel – die es sowieso nicht gab.

Nach einer guten Viertelstunde bog Bene in die Southside Street ein, eine schmale Gasse im Barbican. Auf dem weißgekalkten Gebäude der Black Friars Distillery thronte ein gemauerter Kamin wie eine riesige Zigarre. Darauf stand in großen Buchstaben »Plymouth Gin«.

Nachdem Bene das Fahrrad durch das blaue Eingangstor geschoben hatte, stand er im überdachten Innenhof vor einer riesigen Glasfront, die einen Blick auf die imposanten, kupfernen Brennblasen erlaubte. Eine Touristengruppe bewunderte diese gerade und man sah ihnen an, dass sie am liebsten direkt etwas aus den Lagertanks gezapft hätten. Rechts führten Treppen zu einem Restaurant und einer Bar, links ging es in den Shop.

Bene stellte das Rad auf den Ständer. King George ließ sich selbst von der leichten Erschütterung nicht aus dem Schlaf reißen. Der Corgi schmatzte nur kurz, das war alles.

Der Shop hatte eine niedrige Decke, unter der sich Gins und Whiskys in Regalen fanden, aber auch Bücher, Gläser, Karaffen und Gin-Pralinen. Ein großes Plakat kündete von einem bevorstehenden Fest zur Einführung eines »Sloe Gins«.

Hinter dem Tresen stand eine freundliche, grauhaarige Dame, die sicherlich Mitglied in Plymouths Pendant der Merdinger Landfrauen war.

»Sie kommen leider zu spät für unsere erste Führung. Und die anderen sind heute alle schon voll. Es tut mir wirklich leid! Kann ich Ihnen sonst irgendwie helfen?«

»Könnte ich vielleicht einen Probeschluck bekommen?« Bene sah sie hoffnungsvoll an, King Georges treuherzigen Blick so gut es ging nachstellend. »Einen winzigen?« Er würde nur ein paar Tropfen brauchen, um herauszufinden, ob Plymouths Stolz wie der Gin seines Vaters schmeckte.

»Hier soll keiner durstig rausgehen!«, sagte die Frau lächelnd.

»Sie sind wirklich eine nette Lady«, erwiderte Bene.

Die Frau errötete leicht. »Falls Sie noch nie guten Gin getrunken haben, ist unsere Distillery genau der richtige Ort, um damit anzufangen! Wissen Sie, junger Mann, da Plymouth schon immer eines der Hauptzentren der Navy war, ist unser Gin als erster mit den Schiffen um die Welt gereist – und als einziger in das Cocktail-Buch des Savoy aufgenommen worden!« Sie hatte diese Informationen sicher schon hunderte Male zum Besten gegeben, doch sie tat es immer noch mit tief empfundenem Stolz. »Früher war es bei der Royal Navy üblich, dass jedes Schiff nach Stapellauf eine Holzkiste mit zwei

Flaschen unseres Gins und ein paar Gläsern geschenkt bekam.« Sie entkorkte eine schwere, durchsichtige Flasche mit einem ovalen dunkelblauen Etikett, das ein prachtvolles Segelschiff zeigte. Großzügig goss sie davon in ein bauchiges Glas. »Aber Vorsicht, das ist Navy Strength, also 57 Prozent Alkohol!«

»Sagt man das so, weil nur die Marine so viel Alkohol pur verträgt?«, fragte Bene schmunzelnd.

»Nein, weil Gin-Fässer auf Schiffen häufig in der Nähe des Schießpulvers gelagert wurden. War ein Fass undicht und der Gin lief aus, wurde es unbrauchbar. Aber nicht, wenn der Gin mindestens 57 Prozent hatte! Dann konnte man mit dem gingetränkten Schießpulver weiter Kanonen befeuern.«

Vorsichtig führte Bene das Glas zur Nase. Der Gin duftete stark nach Wacholder, außerdem sprangen Zitrone und Orange aus dem Glas. Auch Kardamom, der ihn an Weihnachten erinnerte. Zudem ein Gewürz, das er mal bei einem Besuch in einem nordafrikanischen Restaurant gerochen hatte. Vorsichtig nippte er und spürte sofort die Kraft des Destillats. Es war, als würde Arnold Schwarzenegger seinen Gaumen massieren.

Der Gin hatte wenig Bitterstoffe, er schmeckte weich mit angenehmer Süße.

Aber es war nicht der seines Vaters.

Bene ließ das Glas sinken.

Auf eine gewisse Weise erinnerte der Plymouth Gin ihn allerdings an »Lerchenfeld No. 1«. Es kam ihm vor, als sei er eine Art Basis für die Rezeptur seines Vaters.

»Was ist da drin?«, fragte er deshalb.

»Sie meinen die Botanicals?«

»Genau. Dürfen Sie die verraten?«

»Viele Distillerys machen ein Geheimnis darum, aber wir nicht. Es sind genau sieben Stück: Wacholderbeeren, Koriandersamen, Zitronen- und Orangenschalen, Angelikawurzel, Kardamomschoten und Schwertlilienwurzeln. Das sind alles klassische Botanicals, in früheren Zeiten haben kleine Brenner aber alles Mögliche verwendet, sogar Opium!«

Bene holte das Tagebuch seines Vaters heraus und trug alles auf einer freien Seite ein.

»Ohne das Mengenverhältnis wird Ihnen das nicht helfen, falls Sie unseren Gin kopieren wollen.« Sie kicherte so stilvoll, wie es wohl nur ältere, englische Damen hinbekamen. Vermutlich lernten sie so etwas auf den Privatschulen. »Alle möchten jetzt Gin machen. Bei unserer Master Distiller's Tour können Sie das auch. Jeder stellt eine Flasche voll her.«

»Ich muss meinen Gin erst finden«, sagte Bene. »Dann kann ich ihn machen.«

Die ältere Dame schaute irritiert, lächelte dann aber wieder freundlich.

Er verabschiedete sich und fand King George immer noch schlafend im Fahrradkörbchen.

Bene wählte den Weg vom Barbican zum Hoe, obwohl dieser steil bergauf führte. Doch er hatte Lust, schwer zu treten, sich zu verausgaben, einen Teil der ganzen Energie, die wegen des Gin-Projekts in ihm war, irgendwie umzusetzen. Sonst würde sie ihn total verrückt machen.

Oben angekommen wehten ihm kräftige Böen entgegen. Es roch nach Salz und Algen, nach Weite und Abenteuer. King George hob die Schnauze und hielt sie in den Wind. Bene kam es vor, als habe er seine ganz eigene Galionsfigur.

Auf der großen Rasenfläche des Hoe waren viele Mütter mit ihren Kindern, Rentner und ein paar Touristen unterwegs. Das Rot-Weiß des Smeaton Towers strahlte vor dem tiefblauen Himmel.

»Ey, das ist doch Cathys Fahrrad! Das Quietschen erkenne ich sofort. Bleib mal stehen, Mann!«

Verdammt, der nächste Einheimische, der ihn verprügeln wollte. Die Stimme war rau und torkelte von Silbe zu Silbe. Bene blickte nicht in die Richtung des Mannes, sondern tat, als habe er nichts gehört, und trat in die Pedale.

Doch King George schaute zurück und stieß ein erfreutes Bellen aus.

Anscheinend kannte man sich.

Bene sah den Corgi fragend an, der sich nun im Körbchen aufgerichtet hatte und winselnd in Richtung des Mannes blickte. Seufzend wendete Bene das Fahrrad und schob es einige Meter zurück, hielt aber Abstand zu dem Fremden. Dieser hielt allerdings keinen zu ihm und trat direkt auf ihn zu.

Der Mann mochte Anfang dreißig sein und trug einen dunklen Vollbart. Kein Hipster-Modell, sondern einen zerzausten und verfilzten. Seine Kleidung war zu weit, zu alt und viel zu dreckig, als dass sich der Versuch gelohnt hätte, sie ordentlich zu waschen. Eine Wolke aus Alkohol waberte um ihn, und Bene wunderte sich, dass sie nicht mit dem bloßen Auge zu erkennen war. In einer Hand hielt er eine nicht angezündete Zigarette, in der anderen eine braune Papiertüte, in der eine Flasche steckte.

Als er bei Bene ankam, beugte der Mann sich zu King George, um ihn zu kraulen. Sofort warf sich der Corgi im Körbchen auf die Seite und präsentierte seinen Bauch.

»Wer bist du?«, fragte Bene.

»Sir Francis Drake, aber du kannst mich Francis nennen.«

Bene grinste irritiert. Er war vor ein paar hundert Metern noch an Francis Drake, dem Freibeuter und Weltumsegler, vorbeigefahren – in Form einer über drei Meter großen Bronzestatue auf dem Hoe. »Ja, klar. Und ich bin William Shakespeare.«

»Bist du nicht, der ist seit über vierhundert Jahren tot.«

»Und Francis Drake auch schon seit Ewigkeiten.«

»Seit 1596. Denken zumindest alle. Stimmt aber nicht.«

»Dann hast du dich aber ziemlich gut gehalten für dein Alter.«

»Helden wie ich altern nicht wie gewöhnliche Menschen.«

Bene nickte anerkennend. »Interessanter Punkt. Aber warum sieht *der* dir dann kein bisschen ähnlich?« Er wies auf die Statue in der Ferne, die den berühmten Freibeuter in Pumphosen zeigte, eine Hand in Herrschermanier auf einen Globus gestützt.

»Ja, das ist unglücklich gelaufen«, sagte der angebliche Drake. »Der Steinmetz wollte partout nicht, dass ich ihm Porträt sitze. Jetzt haben wir eine Statue, die mir überhaupt nicht gleicht. Ich hab es ihnen gesagt, als das schreckliche Ding enthüllt wurde. Mehr als einmal! Aber meinst du, die hätten auf mich gehört?«

»Nein.«

»Haben sie auch nicht.«

»Ich muss weiter«, sagte Bene, der ein wenig Sorge hatte, von Drakes Atem blau zu werden.

»Moment noch!« Drake hielt den Fahrradlenker fest.

»Was willst du von mir? Kohle?« Bene zog sein Portemonnaie hervor. »Hier, nimm den Zehner.«

Drake schüttelte den Kopf, einige Strähnen blieben an seiner Stirn kleben. »Ist wegen Cathy.«

Jetzt kam er also auch noch damit: Finger weg von unseren Mädchen!

»Schon klar. Schönen Tag noch.« Bene schob Drakes Hand weg. Wenn es jetzt zu einer Rangelei kam, sollte ihm das recht sein. Er war das blöde Gerede leid.

»Mach ihr keinen Kummer, ja?«, sagte Drake, seine Stimme plötzlich ganz sanft. »Den kann sie gerade nicht gebrauchen.«

»Wegen des Toten in ihrem Garten? Kanntest du ihn? Ist er ein Kumpel von dir?«

»Nein. Ihre Eltern haben heute Todestag. Da wird sie immer etwas melancholisch. Obwohl das jetzt schon 'ne ganze Weile her ist.« Er kratzte sich am Kopf. »Dreiundzwanzig Jahre, um genau zu sein. Mann, wie die Zeit vergeht, das ist der Wahnsinn. War eine dramatische Sache. Und alles nur wegen dieses verdammten Gins.« Er nahm einen langen Zug aus der Flasche in seiner Papiertüte.

Bene dachte darüber nach, welches Datum heute war. Und als es ihm einfiel, drückte es einen Knopf in seinem Hirn. Einen Knopf, der so mächtig war, dass er seine Hände in Gang setzte, die das Tagebuch seines Vaters aufschlugen. Benes Fingerspitzen fuhren über die Einträge, bis sie das Datum erreicht hatten, an dem Cathys Eltern gestorben waren.

Der 2. August 1996.

Der Eintrag seines Vaters war nur kurz, doch die Worte brannten förmlich auf dem Papier: »Vorzeitige Abreise aus Plymouth nötig«.

*Das dritte und schwerste Vorhängeschloss klemmte immer, was Archie Callaghan enorm beruhigte. Wer immer sich hier Zutritt verschaffen wollte, würde an dem alten Ding verzweifeln. Nur wenn man den Schlüssel nicht ganz hineinsteckte und ihn sachte nach rechts drückte, bevor man ihn drehte, sprang das Schloss auf. Als die Tür sich knarzend öffnete, entströmte dem Inneren der Duft von Gewürzen eines orientalischen Basars – dabei befand sich dort nur das alte Wohnzimmer des baufälligen, kleinen Fischerhauses, das hier windschief an der Küste stand. Vom Dach hatten sich viele Schindeln gelöst und der First war an etlichen Stellen eingesunken, sodass es von Weitem wie ein großer, verletzter Vogel aussah.*

*Und kein bisschen, als würde hier Gold geschöpft.*

*Oder besser: destilliert.*

*Auch das beruhigte Archie sehr.*

*Sorgsam hängte er seine Öljacke an den Nagel neben der Tür und legte den Lichtschalter um. Ein Dutzend von der Decke baumelnder Sicherheitslampen leuchtete auf – sie konnten keinen Funkenflug verursachen. Offenes Feuer gab es in diesem Raum nicht, den Kamin hatte Archie zugemauert und sich selbst das Rauchen abgewöhnt. Da sollte noch mal einer sagen, Alkohol wäre schlecht für die Gesundheit!*

*Neben Strom gab es auch einen Wasseranschluss im Haus, mehr war ihm beim Kauf nicht wichtig gewesen. Bis auf ein Fenster hatte er alle verbarrikadiert und sich diesen Raum hergerichtet, der nun eine Distillery war. Außerdem nutzte er für die Produktion noch einen Kellerraum.*

*»Geht es dir gut, Prinzessin?«, fragte Archie, aber erwartete keine Antwort. Er sprach mit einer Zeichnung an der Wand, die er bei einem London-Besuch von einem Straßenkünstler hatte anfertigen lassen. Sie zeigte seine Tochter Cathy, die das Bild hasste. Was daran lag, dass der Zeichner prophetische Stifte besaß, wie er augenzwinkernd behauptet hatte. Er malte Menschen so, wie sie in zehn, zwanzig oder dreißig Jahren aussehen würden. Archie*

hatte sich zwanzig zusätzliche Jahre für seine vierzehnjährige Tochter gewünscht, und Cathy war mit dem Ergebnis überhaupt nicht zufrieden gewesen. Archie dagegen fand das Bild ganz wunderbar, nicht nur weil Cathy perfekt getroffen war, mit ihren mahagonibraunen Augen und der leicht stupsigen Nase aller Callaghan-Frauen, sondern vor allem, weil er jetzt mit seiner Tochter nach Herzenslust reden konnte. In diesem Raum war sie so alt, dass sie alles verstand.

»Wir brauchen viel Gin, Cathy, damit wir den Markt damit direkt überschwemmen können. Wer klein denkt, bleibt immer klein. Groß muss man denken! Mit einem Knall auf den Markt. Bämm!« Er klatschte laut in die Hände. Dann ging er zur Brennblase und streichelte sie liebevoll. »Und genau das können wir jetzt. Das gute Stück wird unentwegt laufen!«

Obwohl der Raum im Dämmerlicht lag, kam es Archie heute vor, als würde alles funkeln und strahlen. Die First National Bank hatte ihm endlich den Kredit gewährt, um den er so lange gebettelt hatte. Zur Feier des Tages hatte er spontan zu einem Essen ins Restaurant des Artillery Towers eingeladen, nur die Familie und sein guter Freund Alexander aus Deutschland. Cathy hatte »Fairytale of New York« gesungen, sein Lieblingslied. Und Archie hatte mehr als eine Träne verdrückt. Sie würde sicher einmal hinaus in die weite Welt gehen, raus aus der Enge der kleinen Stadt mit der großen Werft.

»Ich hätte damals nicht geglaubt, dass es ein gutes Ende mit mir nimmt«, sagte er zu Cathy, die ihn von der Wand aus anlächelte. »Als die Werft mich rausgeschmissen hat. Ja, ich weiß, dass ich dir die Geschichte schon oft erzählt habe, aber heute machen wir den Deckel drauf. Endgültig!«

Er ging zu den Stahltanks, in denen er die Botanicals mazerierte. Zettel daran gaben Auskunft, wie lange die Zutaten sich schon im Alkohol befanden. Archie ging sie durch und machte sich im Kopf Notizen, was er heute noch neu ansetzen musste.

In einer Ecke stand ein Schreibtisch, darauf lagen alle Unterlagen, auch die Rezeptur seines Gins. Sie stand auf einem Bogen Papier, der so viele durchgestrichene Zeilen aufwies, dass selbst Archie Mühe hatte, die Anweisungen für die korrekte Zubereitung zu entziffern. »Ich werde es dir ordentlich aufschreiben, Cathy«, sagte Archie, als er es in die Hand nahm. »Du musst gar nicht lachen, ich kann ordentlich schreiben, wenn ich mir Mühe gebe! Und dafür gebe ich sie mir gern.«

Eine ganze Menge Dinge hatte er schon ordentlich aufgeschrieben, für sein Buch über Gin, das er parallel zu seinem Destillat herausgeben wollte. All das Wissen, das er gesammelt hatte – bis auf die Geheimnisse seines eigenen Gins natürlich. Seine Frau las es gerade und fischte Rechtschreib- und Grammatikfehler heraus wie welkes Laub aus einem Pool.

Es war ein langer Weg gewesen.

Archie dachte daran zurück und wieder kamen ihm die Tränen der Erleichterung. Hier sah sie wenigstens keiner. Es tat gut, sie nicht festhalten zu müssen. Er ließ sich auf den einzigen Stuhl fallen und atmete tief durch. Seine Leiste schmerzte immer noch, das tat sie seit dem Unfall, bei dem er breitbeinig auf eine Reling geknallt war. Aber er hatte sich daran gewöhnt, wie an so vieles andere auch. Sein Leben hatte etliches für ihn in petto gehabt, an das er sich erst gewöhnen musste.

Vor allem nachdem die Werft ihn entlassen hatte und er nicht wusste, wohin mit seinen Händen, wohin mit seiner Kraft, wohin mit seinen Träumen. Eine Zeit lang hatte er den alten Kollegen bei der Arbeit zugeschaut und ihnen erklärt, wie sie es besser hinbekämen. Ziemlich schnell hatten sie ihn nicht mehr bei sich haben wollen. Archie war trotzdem jeden Morgen zur Werft gegangen, zur selben Zeit wie früher, und bis Arbeitsschluss geblieben. Immer in dem alten, ochsenblutroten Haus, in dem er die letzten Jahre gearbeitet hatte und das ganz früher einmal eine Kneipe gewesen war, in der Seemänner schanghait worden waren. Irgendwann hatte Archie hier einen alten, verbeulten Brennkessel gefunden, der zentimeterdick mit Staub gefüllt, aber völlig intakt war.

Kurz darauf hatte er angefangen, seinen eigenen Gin zu destillieren.

*Die Ergebnisse der ersten Versuche waren furchtbar gewesen.*

*Archie stand auf, um sie genauer zu besehen. Sie waren mit in das Fischerhaus umgezogen und befanden sich im »Regal des Schreckens«. Ab und an roch er an einem alten Destillat, trank sogar davon. Denn er war überzeugt, dass man nur aus seinen Fehlern lernte, deshalb durfte man sie nie vergessen. Unter jeder Flasche befand sich die genaue Rezeptur. Nur wegen dieser ungenießbaren Gins hatte er später einen köstlichen kreieren können. Aus dem Mist war eine wunderschöne Blume gewachsen. Archie begann fröhlich »Fairytale of New York« zu summen.*

*Dann wurde die Tür aufgestoßen.*

*Und ein brennender Molotowcocktail flog herein.*

*Er zerschellte auf dem alten Holzboden, die Flammen loderten sofort hoch, leckten Richtung Brennblase, zu den Regalen und zur Tür, die längst wieder krachend ins Schloss geflogen war.*

*Archie versuchte das Feuer auszutreten, doch wenn er es an einer Stelle geschafft hatte, waren woanders drei neue Brandherde entstanden. Er riss seine Jacke vom Haken und warf sie auf die Flammen, doch der Stoff fing sofort Feuer. Panisch sah er sich um und suchte etwas anderes, um den Brand zu ersticken. Doch da war nichts. Vorhänge gab es keine, auch keine Decken, nur einen Wasserhahn mit wenig Druck. Verdammt, er hätte längst einen Feuerlöscher kaufen sollen!*

*Es würde nicht reichen.*

*Das Feuer fraß sich in den Raum wie ein gieriges Raubtier.*

*Er musste raus. Sofort!*

*Schnell rannte Archie zur Tür und riss sie auf.*

*Das wollte er zumindest.*

*Aber er schaffte es nur, sie einen winzigen Spalt weit zu öffnen. Sie war von außen verriegelt worden. Alle drei Schlösser. Auch das schwere, rostige.*

*Das Feuer war fast an der Brennblase angelangt. Es fauchte und brüllte ihn von allen Seiten an. Archie rannte durch die Flammen, um zum einzigen, unverbarrikadierten Fenster zu gelangen. Dabei fing seine Hose Feuer. Er versuchte es mit den blanken Händen auszuschlagen, aber es breitete sich viel zu schnell auf dem Stoff aus. Der Rauch wurde dick wie schwarze Suppe, das Atmen fiel ihm immer schwerer.*

*Als er fast beim Fenster angekommen war, nahm er aus den Augenwinkeln einen Funken wahr, der zur Brennblase flog, eine perfekte Kurve beschreibend.*

*Im Hintergrund sah ihn die erwachsene, die kluge und schöne Cathy von der Wand liebevoll an. Das Papier an den Ecken rollte sich schon verkohlt zusammen.*

*Archie begriff in diesem Moment, dass seine ganze Arbeit umsonst gewesen war.*

*Dann explodierte alles.*


Nachdem Bene sein Zeug ins Zimmer gebracht hatte, suchte er in der Küche nach Cathy, im Lesezimmer, ja, sogar im verwilderten Garten. Doch erst als Eudora (die heute im Haus geblieben war, weil ihr das Wetter zu kühl für eine Kanal-Durchschwimmung erschien) sagte, er solle endlich mit dem Rufen aufhören, die Hausherrin sei vor einer halben Stunde einkaufen gegangen, fühlte er sich sicher genug, um einen Einbruch zu begehen.

Einen kleinen.

Ohne Diebstahl. Vermutlich.

Der vermeintliche Sir Francis Drake hatte von einem Gin gesprochen, der für den Tod von Cathys Eltern verantwortlich gewesen war. Er musste einfach wissen, was dahintersteckte. Und in welcher Verbindung Cathys Eltern zu seinem Vater gestanden hatten, vielleicht sogar zu dessen Gin. Aber Cathy war extrem zugeknöpft, was das Thema Gin betraf. Und heute, am Todestag ihrer Eltern, würde sie erst recht keine Lust haben, mit ihm darüber zu sprechen.

Wenn reden nicht half, dann handeln. Der Einbruch war eigentlich pure Notwehr.

Bene musste nicht lange suchen. Ein goldenes Türschild verriet, dass sich Cathys Büro neben der offenen Küche im Frühstücksraum befand. Es passte zu ihr, dass sie nicht abgeschlossen hatte.

Der nahezu quadratische Raum war klein. In zwei Holzregalen stapelten sich Baked-Beans-Dosen, Marmeladen, Toast, H-Milch, Packungen mit Cadbury-Schokoladenriegeln, wie er sie an den letzten beiden Abenden auf seinem Kopfkissen gefunden hatte, aber auch Duschgel- und Shampoo-Fläschchen. Ein kleiner Kühlschrank enthielt Bacon, Würstchen und Eier.

Ein Sprossenfenster ging zum Garten hinaus und sein Blick fiel auf das blaue Häuschen darin, vor dem der Obdachlose ermordet worden war. Bene atmete tief durch. Cathy durfte ihn nicht erwischen, sie hatte schon zu viel durchgemacht. Er musste sich unbedingt beeilen.

Vor dem Fenster stand ein Schreibtisch mit klobigem Monitor und Computer-Tastatur sowie einem goldgerahmten Foto. Es zeigte ein Krankenhauszimmer, in dem ein rotgesichtiger Mann stolz ein Kind in die Höhe hielt, mit einer Hand, wie eine Trophäe. Er trug einen ölverschmierten Blaumann, auch in seinem Gesicht prangten braune Flecken. Im Bett lag eine Frau, der vor Lachen Tränen in den Augen standen – es war dasselbe großartige Lachen wie bei Cathy.

Schnell durchsuchte Bene die Schubladen, in denen sich die üblichen Kollateralschäden der Büroarbeit fanden: Stifte, Locher, Kleber, Papier, manches kaputt, anderes vertrocknet oder geknickt. In der untersten Schublade allerdings ruhte etwas, das man nicht in jedem Büro fand. Ein Fotoalbum mit der Aufschrift: »Für Cathy – Zum 18. Geburtstag«. Die Bilder waren in Klebeecken eingepasst und zum Teil in Herzform ausgeschnitten. Auch eine alte Eintrittskarte für den Dartmoor-Zoo klebte in dem Album, und eine für den Tower in London. Auf den Fotos war immer nur Cathy zu sehen, bei der mit den Jahren aus dem weichen Gesicht des Kleinkinds die Züge einer schönen Frau herausgetreten waren. Auf den letzten Seiten des Albums sah sie schon fast aus wie heute – und gleichzeitig überhaupt nicht. Cathy trug die Haare hochtoupiert, ihr Gesicht war bleich geschminkt und jedes Kleidungsstück tiefschwarz. Das T-Shirt zeigte die Band »The Cure«, die Aufnäher an der Kutte stammten von »Joy Division«, »Sisters of Mercy« und »Fields of the Nephilim«. Cathy guckte so mürrisch in die Kamera, als sei sie gerade unsanft von den Toten erweckt worden.

Bene musste lächeln. Er wusste, wie gut es sich als Teenager anfühlte, schlecht drauf zu sein.

Er schloss das Album sanft, legte es zurück und sah sich weiter um. Direkt neben dem Schreibtisch stand ein Aktenschrank. Die Ordner hatten Titel wie »Steuer«, »Rechnungen«, »Reservierungen«, »Personal«.

Einer aber trug ein Etikett mit der Aufschrift »Gin«.

Und der war bis zum Bersten gefüllt.

Bene sah sich nervös um, bevor er ihn mit heftig rasendem Puls herauszog. Leise hob er den schweren Ordner auf den Schreibtisch und klappte ihn auf. Er wusste nicht, was er erwartet hatte, doch auf jeden Fall nicht das, was er jetzt zu sehen bekam – ein großer, durchsichtiger Plastikumschlag enthielt ein Buchmanuskript mit handgeschriebenem Titel:

*»Gin – Alles, was du wissen musst«*
*von Archibald Callaghan (Plymouth/Devon)*

War der Autor etwa Cathys Vater? Bene nahm den goldenen Bilderrahmen und sah sich das Foto ganz genau an. Auf der Brust des Blaumanns entdeckte er das Zeichen der Royal Navy sowie ein Namensschild: A. Callaghan.

Cathys Vater war also Gin-Historiker gewesen. Aber warum redete sie nicht darüber? Das war doch etwas, auf das man stolz sein konnte.

Hastig zog er das Manuskript aus der Hülle. Die Seiten waren auf der Schreibmaschine getippt und mit Garn gebunden. Sie waren rot, nicht von der Tinte der Maschine, sondern weil jemand den Text korrigiert und mehr Fehler gefunden hatte, als Möwen in Plymouth lebten – und das schienen hier die Hauptbewohner zu sein. Vor lauter roten Anmerkungen hatte Bene Schwierigkeiten, den Text zu lesen, trotzdem wurde ihm schnell klar, dass dieses Buch akribisch recherchiert und eine echte Herzensangelegenheit war. Archibald

Callaghan mochte sprachlich nicht elegant den Degen schwingen, sondern die grobe Axt, doch er traf jedes Mal.

Die Kapitel beschäftigten sich mit dem Ursprung des Gins, seiner Herstellung, den wichtigsten Botanicals und Gin-Cocktails. Bene begann schneller zu blättern, überflog etliche Seiten, auf denen Archibald Callaghan ausführlich die Historie des Gins in Plymouth beschrieb. Dann stoppte er plötzlich, denn er war auf einer Seite mit Gin-Rezepturen gelandet. Keinen für Cocktails, sondern für reinen Gin. Archibald Callaghan hatte die Zutaten wichtiger Gins wie Tanqueray, Beefeater oder Gordon's aufgelistet. Damals war der Gin-Boom wohl noch nicht gestartet und die Auswahl überschaubar.

Doch das war es nicht, was ihn irritierte.

Es waren Notizen mit grüner Tinte, die sich auf keiner der übrigen Seiten fanden. Die Handschrift war eine völlig andere als die der roten Korrekturen, klobiger und schwerer zu entziffern. Neben Zimt stand »Vorsichtig dosieren!«, neben Nelke »doppelt sich mit Süßholz« und neben Kardamom »sehr teuer, aber ohne komme ich nicht aus«.

*Ohne komme ich nicht aus?*

Diese Seite des Manuskripts war so oft aufgeschlagen worden, dass sie nicht zufiel, als Bene die Hand fortzog. Er öffnete das Tagebuch seines Vaters und übertrug die Zutaten mitsamt Kommentaren. Die meisten Botanicals waren selbsterklärend, eines aber nicht. Es stand ganz am Ende der Liste:

*Und das Wichtigste: DNP!!!*

Was sollte das sein? Die nächsten Seiten würden es sicher verraten!

Jemand hustete.

Ein unterdrücktes Husten, eines mit einer Hand, die fest auf den Mund drückte. Bene schob das Manuskript schnell wieder in die Folie und den Ordner zurück in das Regal. Falls Cathy ihn hier antraf, würde er behaupten, nur etwas Schokolade gesucht zu haben. Als Alibi griff er sich einen Riegel, bevor er das Zimmer leise verließ.

In der Küche stand niemand.

Doch jemand lag hier.

King George, schlafend auf dem Boden.

Klang das Husten dieses Corgis etwa wie das eines Menschen?

Schritte erklangen, jemand würde gleich um die Ecke kommen.

Mit klammen Fingern öffnete Bene die Verpackung des Schokoladenriegels und setzte ein entschuldigendes Lächeln auf.

Dann stand Ferdinand McAllister vor ihm und sah immer noch genauso aus wie Colin Firth. Er hielt einen schweren Stapel Bücher unter dem Arm. »Warum lächeln Sie so gequält? Stimmt etwas nicht mit Ihrer … mhm … Verdauung?«

Bene musste lachen. »Nein, alles in Ordnung. Machen Sie sich keine Gedanken.«

McAllister zog einen Stuhl am Frühstückstisch vor und setzte sich. »Ich werde jetzt meinen Tee einnehmen. Wie jeden Tag um die … mhm … gleiche Uhrzeit, das ist sehr wichtig. Mein Körper wartet schon darauf. Möchten Sie mir Gesellschaft leisten? Wir könnten … mhm … über die deutsche Marine sprechen. Sie hatte einige bemerkenswerte Schiffe und U-Boote.«

»Nein, danke. Ich muss etwas an die frische Luft.« Durchatmen, dachte Bene. Nachdenken.

Und »DNP« googeln.

## »Gin – Alles, was du wissen musst«
### von Archibald Callaghan (Plymouth/Devon)

### DIE URSPRÜNGE DES GINS

Wir Briten behaupten gern, dass der Gin bei uns erfunden wurde. Aber das stimmt leider nicht. Hier in Plymouth haben wir zwar die älteste noch existierende Gin-Distillery der Welt, aber es war auf dem Kontinent, genauer: in den Niederlanden, wo alles anfing. Erstmals von einem Wacholderschnaps namens Genever berichtete der deutsch-niederländische Arzt und Naturwissenschaftler Franciscus Sylvius (1614–1672). Er wird deshalb auch als »Urvater des Gin« bezeichnet.

Allerdings gab es auch schon viel früher Wacholder-Spirituosen, die ersten Belege finden sich um das Jahr 1000 nach Christus in Palermo. Wacholder galt lange Zeit als Heilmittel für Beschwerden im Harnbereich und gegen Sodbrennen. Auch gegen Gicht und Rheuma sollte er helfen. Im Mittelalter setzte man Wacholder sogar gegen die Pest ein.

Auch Sylvius' Genever war ursprünglich als Heilmittel gedacht, er sollte Magenbeschwerden lindern. Seinen großen Erfolg verdankte er aber dem guten Geschmack. Der Name stammt übrigens vom französischen Wort für Wacholder: *genévrier*.

Während des spanisch-holländischen Krieges (1568–1648), in dem anglikanische Engländer die Niederländer unterstützten, hatten unsere Soldaten Genever kennengelernt. Und als Wilhelm III. von Oranien-Nassau 1689 den englischen Thron bestieg, etablierte er den Genever endgültig. Aus Genever wurde Gin, und der wurde im Gegensatz zu französischen Destillaten für steuerfrei erklärt – womit er billiger war. Gin wurde dadurch zum beliebtesten Getränk bei uns, ja, er wurde sogar in größeren Mengen getrunken als Bier! Allerdings hat Gin damals keineswegs so geschmeckt wie heute. Es war zum Teil richtiger Fusel, manchmal sogar mit Terpentin angereichert und extrem hochprozentig. Die Armen tranken sich mit ihm einen schnellen Rausch an. Massenalkoholismus und damit zusammenhängende Gewaltakte wurden ein großes Problem, auch die Sterberaten stiegen deutlich. Man spricht deshalb von der Gin-Krise beziehungsweise dem *Gin Craze*. Der Gin, einst Heilmittel, wurde nun als »Mother's Ruin« bezeichnet, und unsere Regierung sah sich gezwungen, einzugreifen. Hohe Steuern und scharfe Qualitätskontrollen sollten Gin teurer und besser machen. Der Gin Act von 1791 revolutionierte die Spirituose.

Nun entstanden die klassischen London Dry Gins und auch die Old Toms. Gin wurde auch für die Oberschicht zu einem beliebten Getränk, Rezepturen wurden verfeinert, Destillationsprozesse verbessert. Dies war ein enorm wichtiger Wendepunkt in der Geschichte des Gins. Eigentlich kann er als die wirkliche Geburtsstunde des Gins, wie wir ihn heute kennen, angesehen werden.

Merkwürdig, wie manche Orte Gravitation entwickeln konnten, wie sie einen Menschen anzogen, ohne dass er die dafür verantwortlichen Kräfte sehen oder verstehen konnte. Ohne eine bewusste Entscheidung gefällt zu haben, ging Bene um die Ecke zum Royal William Yard, an der ehemaligen Bakery vorbei, bis er beim kleinen Hafen ankam, in dem die Boote so träge im Wasser lagen, als verspürten sie keinerlei Lust, unter der Brücke hindurch aufs offene Meer zu fahren. Möwen flogen über ihnen und stießen spitze Schreie aus, mehr Fische verlangend, die mit großen Netzen aus dem Wasser gezogen wurden.

Bene setzte sich an einen der Tische vor der Seco Lounge, bestellte einen Milchkaffee und zog sein Handy hervor, in dessen Display sich die südenglische Sonne wie eine reife Orange spiegelte. Hier hatte er die nötige Ruhe zum Recherchieren. Er tippte »DNP« in die Suchmaschine ein und sofort füllte sich der Bildschirm mit Ergebnissen. »2,4-Dinithropenol« war das erste. Ein Wirkstoff, der 1919 in Frankreich zur Herstellung von Artilleriegranaten genutzt wurde, im Verhältnis 40/60 mit TNT. Er wurde auch als Diätmittel angewandt, obwohl er hochgiftig war und zum Tod führen konnte. Sollte Archibald Callaghan dieses Gift in seinem Gin verwendet haben? In geringer Dosis vielleicht? Als Mechaniker in einer Militärwerft hätte er durchaus mit Sprengstoff in Kontakt kommen können. Aber den mazerierte man nicht einfach auf gut Glück, oder?

Der nächste Treffer war eine Hip-Hop-Band namens »DNP – Das neue Prekariat«. Bene scrollte weiter herunter. Ein offizieller Kommunikationsstandard der Fernwirktechnik hieß »Distributed Network Protocol«. Er hatte keine Ahnung, was sich dahinter verbarg, aber in Gin bekam man es sicher nicht hinein. »Dendroaspis Natriuretic Peptide«, blutdrucksenkende Peptidhormone, dagegen schon. Aber warum sollte man ein Hormon zugeben, das vermutlich keinen Geschmack besaß?

Der Milchkaffee kam und er nahm direkt einen Schluck. Die wohlige Wärme brachte seinen Puls ein paar Takte herunter.

Seite um Seite blätterte Bene sich durch immer unsinnigere Ergebnisse. Dann begann seine Fingerspitze plötzlich vor Aufregung zu zittern wie die Rute eines Wasserader-Suchers. Eine Abkürzung ergab endlich Sinn, obwohl sie nicht für eine Zutat, sondern einen Ort stand.

Dartmoor National Park.

Er lag vor den Toren von Plymouth. Mit einer ganz eigenen Flora. Gräser, Kräuter, Moose. Klassische Botanicals.

»Ja!«, rief Bene aus und streckte eine Faust triumphierend in die Höhe. Dafür erntete er fragende bis amüsierte Blicke von den Tischen ringsum. Ob sein Fußballverein gerade ein Tor geschossen hatte, wollte ein Mann vom Nebentisch wissen. Die Frau daneben knuffte ihren Begleiter in die Seite und sagte, nicht alles Glück im Leben habe mit Fußball zu tun.

»Lotto«, antwortete Bene. »Bisher nur ein kleiner Gewinn, aber die eigentliche Auslosung kommt erst noch.«

»Wenn Sie den Jackpot knacken, müssen Sie uns einen ausgeben!«, sagte die Frau und lachte.

»Warum warten?«, fragte Bene, winkte den Kellner herbei und bestellte für die beiden und sich selbst ein Ale. Der Tag kam ihm von jetzt auf gleich viel sommerlicher vor. Als würde Plymouth auf einmal an der Adria liegen.

Plötzlich meldete sich Benes Handy. Als Klingelton hatte er das Hupen seines alten VW Käfers eingestellt. Für ihn klang es wie der Ruf eines guten Freundes mit kratziger Stimme.

Als er auf das Display blickte, um den Anruf entgegenzunehmen, entdeckte er eine SMS, die vorher eingetroffen sein musste. Sie stammte von Malte.

Hab'n Investor für deinen Gin gefunden! Großwinzer vom Kaiserstuhl, der unbedingt in Gin investieren will. Komm schnell zurück, sonst steckt der seinen Haufen Kohle in ein anderes Projekt!!!

Das Hupen ging weiter, doch Bene nahm noch nicht ab. Denn der Anrufer war Annika. Das erste Wiedersehen oder Wiederhören mit einem Partner, der einen verlassen hatte, war verdammt heikel. Die Illusion, über die Beziehung hinweg zu sein, konnte dabei zerspringen wie dünnes Glas. Andererseits musste man irgendwann herausfinden, was die eigenen Gefühle so machten.

Das Handy hupte, als stände es im Stau und käme keinen Zentimeter voran.

Er nahm ab.

»Bene Lerchenfeld«, sagte er betont nüchtern.

»Hey, ich bin's«, erwiderte Annika fröhlich.

»Grüß dich.«

»Warum so förmlich?«

»Annika, echt, das fragst du nach dem, was passiert ist?«

»Du, ich will nicht lange drumrum reden. Du weißt ja, dass das nicht meine Art ist. Ich bin ja eher zu direkt.« Bene hörte, wie sie ganz leicht lächelte. »Das hast du mir schon ein paar Mal gesagt und damit hast du total recht. Aber trotzdem will ich …« Sie holte Luft. »Lass es uns nochmal versuchen, ja?«

Bene schwieg.

»Ich hab Mist gebaut, das weiß ich jetzt. Bene? Sag doch was!«

»Ich bin gerade in England.«

»Hat Malte mir schon erzählt. Wann kommst du wieder?«

»Weiß ich noch nicht.«

Schweigen. Ihr Mund war trocken, auch das hörte Bene. Er kannte das Geräusch. Dann holte sie tief Luft. »Haben wir noch eine Chance?«

Ihr Mund wurde noch trockener. »Gibst du *mir* noch eine Chance?«

»Ich weiß noch nicht, wann ich zurückkomme. Das hier ist wichtig.«

»Das mit uns auch! Ich liebe dich, Bene. Habe ich immer getan. Aber ich dumme Kuh hab's erst begriffen, als du weg warst. Komm, lass uns zusammenziehen!«

»Bin ich etwa nicht mehr der Mann, der dich nicht kennt, nichts ernst nimmt, dem die Buchhaltung über den Kopf wächst und der nicht gut für dich ist?« Bene hatte sich alles gemerkt, die Sätze waren in Endlosschleife durch seinen Kopf gelaufen. »Mit dem man eine Zukunft mit Familie, Haus und Kindern nicht planen kann? Das große Kind?«

»Hör auf! Ich hätte deinen Antrag annehmen sollen.«

»Was ist mit Ralf?«

»Der war ein Fehler. Das passiert mir nicht mehr. Ich mache nicht denselben Fehler zweimal.«

»Ich wäre derselbe Fehler zweimal.«

»Und was ist, wenn ich dir jetzt sage: Vergiss nicht, ich bin auch nur ein Mädchen, das vor einem Jungen steht und ihn bittet, es zu lieben.«

»Es ist total unfair, dass du jetzt ›Notting Hill‹ zitierst!« Das war der Film, bei dem sie sich das erste Mal geküsst hatten, das erste Mal zusammen vor Rührung geweint. Es war *ihr* Film, nicht der von Hugh Grant und Julia Roberts. Und ein Satz daraus war eine emotionale Atombombe.

»Du hast gelächelt, ich hab's genau gehört!«, sagte Annika.

»Sowas kann man gar nicht hören«, sagte Bene, der nicht gelächelt hatte.

»Habe ich aber.«

»Ich muss auflegen.«

»Rufst du mich an? Oder soll ich dich anrufen?«

»Mach's gut, Anni.«

»Du auch. Ich hab dich sehr lieb, nicht vergessen!«

Als er das Telefonat beendet hatte, spürte er das Handy zuerst schwer wie ein Ziegelstein in seiner Hand. Bene blickte es eine ganze Weile an, und mit jeder Sekunde nahm das Gewicht weiter ab. Er musste lächeln, dann ganz breit grinsen. Denn ihm war etwas klargeworden: Er war dabei, über sie hinwegzukommen. Und er war verdammt froh, dass sie seinen Antrag nicht angenommen hatte. Sonst säße er jetzt nicht hier, würde nicht die Meeresbrise spüren.

Und hätte Cathy nicht lachen gesehen.

Das war nämlich die größte Attraktion hier.

Er schrieb Annika, dass sie sich nicht mehr melden sollte. Als er die Nachricht abgeschickt hatte, atmete er tief durch. Es kam ihm vor, als sähe er ein Schiff im Hafen ablegen.

»Soll ich dir verraten, was du zukünftig in deinem Glas haben wirst?«, fragte eine sanfte Männerstimme über ihm und Bene blickte automatisch in den Himmel.

»Nein, ich bin hier«, sagte der Mann lachend. »Bin schon vor Jahren hinabgestiegen.« Einige Leute stimmten in sein Lachen ein. Als Bene in die entsprechende Richtung sah, stand dort ein Typ mit einem Haar- und Bartschnitt wie Jesus, in weißem Leinenhemd, geschnürter Leinenhose, und Leder-Sandalen, um ihn herum vier Frauen in langen Hippie-Kleidern. Eine davon drückte Bene einen Flyer in die Hand, der mit dem Slogan »Gönnen Sie Ihrem Gaumen einen Schluck Meditation« für Black-Friars-Gin warb. Der örtliche Jesus beugte sich zu ihm hinunter. »Ich kann dir auch etwas über deine Vergangenheit erzählen, Bene vom Kaiserstuhl.«

»Woher wissen Sie …?«

»Finde es heraus.« Er zwinkerte ihm zu. »Vielleicht bei einem Glas Gin?«

Bevor Bene antworten konnte, zog der Trupp schon weiter.

Die salzige Meeresluft schien dem Typen zu tief in die Hirnwindungen eingedrungen zu sein. Bene zahlte und machte sich auf den Weg zurück zu »Callaghan's Bed & Breakfast«. Er musste schnell noch ein paar Sachen einpacken für seinen Ausflug in den DNP.

Erst als die Haustür hinter dem Gast aus Deutschland ins Schloss gefallen war, trat Cathy wieder in den Flur. Sie hatte sich hinter der Tür zum Keller versteckt, damit Bene sie nicht entdeckte. Als sie zurückgekommen war, hatte sie schon beim Öffnen der Haustür gespürt, dass etwas nicht stimmte, denn der Lüfter ihres PCs war zu hören gewesen – was nur bei offener Bürotür der Fall war. Genau deswegen schloss sie die immer. Cathy hatte ihre Schuhe ausgezogen und sich auf Socken angeschlichen. Und Bene in ihrem Büro entdeckt. Dann war das Kratzen in ihrem Hals so schlimm geworden, als hätte sich alles darin in Schmirgelpapier verwandelt, und sie hatte ein Husten nicht länger unterdrücken können. Schnell war sie in den Hausflur gerannt und hatte es gerade rechtzeitig geschafft, die Kellertür hinter sich zu schließen. Ferdinand McAllister kam die Treppenstufen herunter, die bei jedem Schritt wie rheumatische Knochen knarzten. Afternoon Tea. Wer Ferdinand hatte, brauchte keine Standuhr mehr.

Cathy hatte hinter der Tür gekauert und keinen Laut von sich gegeben. Sie hatte ihre vor Aufregung feuchten Hände gespürt und die letzten Spuren des Gins gerochen, den sie eben auf dem Weston Mill Friedhof verschüttet hatte. Eine ganze Flasche, wie jedes Jahr. Immer eine andere Marke, diesmal hatte sie den Botanist Gin von der Insel Islay gewählt, weil ihr Dad und ihre Ma da einmal Urlaub gemacht hatten. Eine Woche nur Regen, so hatten sie erzählt, aber immerhin Alkoholisches zum Anwerfen des körpereigenen Ofens.

Cathy hatte ihnen am Grab berichtet, wie nah sie dran war. Und wie sehr sie ihr fehlten.

Matt war nicht auf dem Friedhof gewesen, Matt war nie da. Keine Blumen, kein Gebet. Und im Gegensatz zu ihr keine Tränen.

Bevor sie jetzt in den Frühstücksraum ging, wischte sie sich die Hände an der Hose trocken und streckte die Brust heraus.

»Ich bringe Ihnen gleich etwas Gebäck«, sagte sie zu Ferdinand, der sich den Tee wie immer selbst zubereitete. Damit stellte er sicher, dass er exakt so lange zog, wie er seiner Meinung nach zu ziehen hatte.

»Danke, ich nehme dasselbe wie … mhm … immer!«

»Ich würde nie wagen, Ihnen etwas anderes zu bringen.« Diesen Scherz machte sie jeden Tag, Ferdinand schätzte sie auch für diese Verlässlichkeit. Doch das eigentlich dazu gehörende Lächeln bekam sie diesmal nicht hin.

Bene hatte die Tür zum Büro wieder geschlossen. Sie trat in den Raum, der unverändert schien. Auf den ersten Blick war nichts verschwunden oder an einem anderen Platz. Nervös zog sie den Gin-Ordner aus dem Regal und schlug ihn auf. Das Manuskript ihres Vaters steckte geknickt in der Hülle! Sie holte es heraus und strich es glatt, doch der Knick wollte nicht verschwinden.

Und das am Todestag ihres Vaters.

Cathy spürte eine große Traurigkeit in sich aufsteigen, doch sie nahm all ihre Kraft zusammen, damit nichts davon an die Oberfläche kam und sie nicht gleich verheult vor Ferdinand McAllister stand. Wer verflucht noch mal war dieser Bene Lerchenfeld? Und was wollte er wirklich? Woher wusste er von ihrem Gin-Projekt? Wie konnte er in Deutschland davon erfahren haben? Oder bestand dieser Mann nur aus Lügen und war schon länger in der Gegend um Plymouth unterwegs? Dieser Mann, der so verträumt schaute, als sei ihm jeder Ehrgeiz, jeder Konkurrenzkampf fremd.

Sie brauchte die Antworten auf diese Fragen gerade genauso dringend wie Ferdinand McAllister seine zwei Shortbread-Fingers, drei Jammie Dodgers und vier Hobnobs.

Cathy servierte ihm das Gewünschte, dann griff sie sich den Hauptschlüssel und ging hoch zu Zimmer 3, an dessen Klinke ein »Nicht stören!«-Schild hing. Sie hatte das Ausrufezeichen darauf nie gemocht.

Der Rollladen in Benes Zimmer war noch unten, über dem Stuhl hing unordentlich Kleidung. Der Reisekoffer stand aufgeklappt in einer Ecke, die frische Wäsche lag einfach darin, nichts war in den Kleiderschrank geräumt. Cathy ging zum Nachttisch, auf dem lauter kleine Gin-Fläschchen standen, alle angebrochen, doch es fehlte jeweils nur wenig. Da hatte dieser Bene Lerchenfeld wohl eine kleine, private Gin-Probe veranstaltet. Sie zog die Schublade auf. Unter der in Leder gebundenen King-James-Bibel lag ein dunkelblaues Notizheft, das dort nicht hingehörte. Sie nahm es und setzte sich aufs ungemachte Bett. Die Seiten waren an den Rändern leicht angegilbt, die handgeschriebenen Wörter und Buchstaben darauf so ordentlich und gleichmäßig, als wären sie gedruckt. Datumsangaben verrieten, dass es sich um ein Tagebuch handeln musste. Sie überflog schnell die deutschen Zeilen, bis beim Umblättern eine Visitenkarte herausfiel – von »Callaghan's Bed & Breakfast«, Jahrzehnte alt. Das Heft musste von Benes Vater stammen, wegen dem er behauptete hergekommen zu sein. Aber was war Bene überhaupt noch zu glauben?

Sie blätterte weiter und stieß am Ende auf eine andere Schrift, eine, die keine Linien kannte und quer über die Seite torkelte. Sieben Botanicals waren aufgelistet. Auf Deutsch, doch daneben in Klammern die lateinischen Namen. Wacholderbeeren, Koriandersamen, Zitronen- und Orangenschalen, Angelikawurzel, Kardamomschoten und Schwertlilienwurzeln.

Das waren sieben ihrer Zutaten! Woher hatte Bene die bloß?

Darunter standen Botanicals, die ihr Dad in seinem Manuskript erwähnte, zusammen mit dessen Anmerkungen dazu. Cathys Halsschlagader pulsierte und sie durchsuchte das Zimmer systematisch, sah unter das Bett, die Laken, ging ins Bad, überprüfte selbst den Wassertank der Toilette, jede Tasche einer Hose wendete sie auf links.

Doch es fand sich nicht mehr. Bene war nur mit Kleidung für eine gute Woche, einer Kulturtasche und einem Notizheft angereist. Frustriert setzte Cathy sich wieder aufs Bett und blätterte es noch einmal durch, ihr Handy neben sich, um deutsche Worte zu übersetzen.

Dann stand Bene in der Tür.

»Was machen Sie da? Was haben Sie in meinem Zimmer zu suchen?«

Auf diese Frage hatte Cathy nur gewartet.

»Sie haben ernsthaft die Frechheit, mich das zu fragen? Was ist in letzter Zeit nur los in meinem Leben? Erst liegt der arme Bob tot in meinem Garten, danach belämmert mich dieser bescheuerte Detective, dann brechen Sie am Todestag meiner Eltern in mein Büro ein! Und jetzt wollen Sie ernsthaft wissen, was ich in Ihrem Zimmer zu suchen habe? Das kann ich Ihnen sagen! Eine Antwort auf Ihr Verhalten!«

Sie baute sich vor ihm auf, die Arme vor der Brust gekreuzt. Andere Frauen hätten Angst gehabt, einem großen Kerl wie Bene Paroli zu bieten, aber Cathy hatte als Teenager in der »Victualling Office Tavern« gejobbt und Erfahrung mit muskulösen Typen wie Bene gemacht, die in der Regel zudem ordentlich betrunken gewesen waren. Nervös war sie trotzdem, schließlich wusste sie nicht, wie ihr Gegenüber jetzt reagierte, ob die so sympathische Oberfläche zerreißen und ein Abgrund darunter sichtbar werden würde.

Doch nichts davon passierte.

Stattdessen nickte Bene. »Ist Ihr gutes Recht. Und ich muss mich echt entschuldigen.«

»Sie sollten sich zuallererst mal … *was*?«

»Ich wusste einfach nicht weiter. Sie wollten mit mir nicht über Gin reden, trotz der ganzen Grafiken und Bilder oben in Ihrem Lesezimmer. Deshalb dachte ich, da steckt was hinter. Tut es auch, aber anders, als ich vermutet hatte. Ach, eigentlich hab ich gar nichts Konkretes vermutet.«

»Wer sind Sie? Und jetzt erzählen Sie die Wahrheit, nicht diese Lüge mit Ihrem Vater.«

Er setzte sich aufs Bett. »Das ist keine Lüge. Er hat angefangen Gin zu machen, nachdem er hier war. In diesem Bed & Breakfast. Ich versuche gerade herauszufinden, was alles in seinem Gin drin war, in seinem Lebenswerk. Um ihn nachzubauen oder wie immer man das bei Gin nennt.« Wieder dieses Lächeln, dieses ehrliche, herzliche Lächeln.

»Wieso wollen Sie ihn nachbauen? Trinken Sie ihn doch einfach.« Nervös richtete Cathy einen ihrer Ohrringe, den ein silberner Anker schmückte.

»Er hat ihn nie auf den Markt gebracht, vorher ist er gestorben. Ich hab nur seine Unterlagen, und die helfen kaum weiter. Alles, was ich weiß, ist, dass in Plymouth alles angefangen hat.«

»Haben Sie den Gin nie getrunken?«

Er brach den Augenkontakt ab. Für Cathy fühlte es sich an, als schnellte ein Gummiband schmerzhaft zurück.

»Vor Jahren einmal. Als Teenager. Ein besonderer Moment.«

»Sie standen sich sehr nahe?«

Es dauerte eine Weile, bis Bene antwortete.

»Nein.« Er holte tief Luft. »Ich hab sogar das Gefühl, dass ich ihn nie wirklich gekannt habe. Deswegen ist mir die Sache mit seinem Gin auch so wichtig. Ich will ihm irgendwie nah sein.«

Nach kurzem Zögern setzte sich Cathy zu ihm aufs Bett. »Das verstehe ich sehr gut. Ich bin auf einer ähnlichen Mission, ich versuche, die Rezeptur des Gins meines Dads zu rekonstruieren. Als Kind durfte ich einmal einen winzigen Schluck davon trinken, vielleicht einen Fingerhut voll. Aber an den Geschmack kann ich mich bis heute noch erinnern, er hat sich ganz tief bei mir eingebrannt. Können Sie das verstehen?«

Bene sah sie lange an. »Ich glaube, dass Ihr Dad meinen zu seinem Gin inspiriert hat. Kann ich irgendwo eine Flasche von seinem Gin kaufen?«

»Es gibt ihn nicht, genauso wenig wie sein Buch je erschienen ist.«

»Mist.«

Plötzlich hörten sie King George hinter sich im Bett schnarchen. Sie hatten ihn vorher gar nicht bemerkt. Manchmal hatte Cathy den Eindruck, nicht einen, sondern mehrere Corgis zu besitzen. Für jedes Zimmer einen.

»Und Sie wollen den Gin nur noch mal trinken? Nicht selbst einen auf den Markt bringen?«

Bene wandte sein Gesicht ab und blickte zum Fenster. »Nein, warum auch? Ich bin doch kein Brenner.«

»Mit einem guten Gin kann man viel Geld machen.«

Bene zuckte mit den Schultern. »Würde es mir um Geld gehen, hätte ich eine Banklehre gemacht.«

Cathy musste grinsen. »Das haben sich meine Eltern für mich immer gewünscht. Damit wenigstens einer in der Familie mit Geld umgehen kann.« Sie atmete tief durch. »Ich bin immer noch sauer auf Sie, auch wenn wir jetzt so nett reden!«

»Das verstehe ich total. Es war echt eine hirnverbrannte Scheißidee, in Ihr Büro einzubrechen. Obwohl …«

»Obwohl *was*?«

»Wir sonst wahrscheinlich nie so miteinander geredet hätten, oder?«

»Wer weiß? Manche Dinge sind unausweichlich.«

Bene nickte, dann klopfte er auf die Matratze. »Ich glaube, wir sitzen nicht nur auf demselben Bett, sondern auch im selben Boot. Zwei Väter, zwei Gins.«

»Klingt tatsächlich so«, sagte Cathy.

»Jetzt wo wir so offen miteinander reden, kann ich mir vielleicht auch den Ausflug in die Natur sparen und direkt fragen: Was ist DNP genau? Welches Kraut steckt dahinter? Oder ist das ein Geheimnis?«

»Warum sollte ich mit Ihnen darüber sprechen?«

»Weil wir beide zum selben Ziel laufen und schneller ankommen, wenn wir uns zusammentun.« Er musste grinsen. »Wegen Windschatten und so.« Jetzt lachte er. »Okay, ist ein blöder Vergleich, aber Sie wissen, wie ich es meine, oder?«

Cathy wurde auf einmal klar, dass sie sich schon lange gewünscht hatte, nicht mehr allein suchen zu müssen. Sie schaute in Benes Augen und versuchte zu erkennen, ob sie zu einem Menschen gehörten, dem man trauen konnte.

»Oder sagen wir's so«, versuchte er es noch einmal. »Wir wollen beide einen besonderen, seltenen Oldtimer rekonstruieren. Und es geht viel schneller, wenn wir gemeinsam schrauben.«

Cathy beschloss, ihm zu vertrauen. Wer so blöde Vergleiche anstellte, konnte eigentlich kein schlechter Mensch sein. »Das Rätsel um DNP hab ich nie gelöst.« Cathy senkte den Kopf. »Mein Vater hat Abkürzungen geliebt, und die Bedeutung von manchen kannte nur er.«

»Also steht es nicht für Dartmoor National Park?«

Cathy blieb für einen Moment die Luft weg. Dann durchschüttelte sie ein befreiendes Lachen, mit der Energie von langen Jahren des erfolglosen Herumrätselns. Welche Botanicals hatte sie nicht alle hinter DNP vermutet! Dabei lag die Lösung so nah. Sie hatte den Wald vor lauter Bäumen nicht gesehen. Beziehungsweise den Park. Sie lachte über sich selbst, und das hatte sie noch nie so gern getan.

Bene klopfte ihr auf den Rücken.

»Das ist doch kein Husten«, sagte sie und musste noch mehr lachen. Aber dann bekam sie vor lauter Lachen keine Luft mehr und hustete doch.

Es dauerte ein wenig, bis sie wieder normal atmete und sich die Tränen aus dem Gesicht gewischt hatte.

»Dartmoor National Park, natürlich.«

»Ist Ihr Vater da mal hingefahren?«

»Ja, regelmäßig.«

»Und wohin genau?«

»Gidleigh Park, zum Essen. Immer am Geburtstag der Queen. Eigentlich nur mit Ma, aber einmal durfte ich auch mit.«

»Da werden wir die Zutat finden, die wir brauchen!«

»Wir?« Cathy zog die Augenbrauen fragend in die Höhe.

»Wollen Sie wirklich, dass ich mir noch einen miserablen Vergleich ausdenke?«

»Oh, nein, wirklich nicht!«

»Sie wussten noch nicht, wofür DNP steht, oder?«

Cathy zögerte. »Nein«, sagte sie schließlich leise.

»Habe ich mir dann nicht eine Chance zur Zusammenarbeit verdient? Außerdem wollte ich immer schon mal ins Dartmoor und mir den Hund von Baskerville angucken.«

Cathy sah ihn an, erkannte die ehrliche Freude und Begeisterung, die sie auch in sich spürte.

Sie nickte.

Bene sah sie irritiert an.

»Stimmt was nicht?«, fragte Cathy.

»Spinne ich oder riechen Sie nach Gin?«

»Ich trinke keinen Gin. Überhaupt keinen Alkohol.«

»Wieso?«

»Sie müssen ja nicht jedes von meinen Geheimnissen kennen, oder?«

Doch er sah sie so an, als wollte er genau das.

Und Cathy mochte diesen Blick.

# VIER

*»Mir reicht ein Drink, um betrunken*
*zu werden. Ich weiß nur nicht,*
*ob's der dreizehnte oder vierzehnte ist.«*

Robert Burns

Benes Hand krampfte sich um den Türgriff des scheppernden Range Rover. Zum Teil wegen Cathys selbstmörderischem Fahrstil, aber auch wegen der Straßen, für welche die Bezeichnung »einspurig« noch großzügig war. Links und rechts von Mauern begrenzt verliefen sie wie Geburtskanäle des Straßenbaus. Bene konnte zudem hören und spüren, was mit Stoßdämpfern, Bremsen, Auspuff und Zündkerzen alles nicht stimmte. Der Wagen schien aus reiner Willenskraft nicht auseinanderzufallen.

Dadurch konnte er die Fahrt durch das wunderschöne Dartmoor kaum genießen. Der gelbe Ginster spross, kleine Bäche glitzerten im Sonnenlicht, Ponys grasten so entspannt am Rand des Weges, als gäbe es gar keine Straße, die ihr Reich durchschnitt, und Schafe trotteten immer wieder ganz gemütlich über die Fahrbahn. Das Dartmoor war ein grünes Meer aus Moos und Gras, aus riesigen Wellenbergen und Tälern, die im Moment größter Harmonie verharrten. Die kleinen Dörfer oder das imposante Dartmoor Prison wirkten darauf wie ankernde Schiffe.

Als sie schließlich vor dem Tudor-Anwesen Gidleigh Park mit seinem schwarz-weißen Fachwerk parkten, blickte Cathy stirnrunzelnd zu Bene. »Sie waren so schweigsam.« Sie stellte den Motor ab. »Sehr beeindruckend, das Dartmoor, nicht wahr?«

»Ich werde die Fahrt so schnell sicher nicht vergessen …«

Cathys Kleidung passte so gar nicht zu dem rostigen Range Rover, sie trug ein elegantes, weißes Etuikleid mit Klatschmohn. Schnell schlüpfte sie jetzt in passende, hochhackige Schuhe.

Da er nichts Angemessenes für ein Nobelrestaurant in seinem Koffer gehabt hatte, musste McAllister ihm ein Sakko leihen. Es sah nach englischem Landadel aus und Bene kam sich darin wie ein Betrüger vor. Was er sowieso war, weil er Cathy nicht die Wahrheit gesagt hatte. Aber diese war für ihn aufgrund des überschwänglichen Lobs von Wilhelm zu Tecklenberg und Fritz Bercher zu einem Goldschatz geworden, den man niemandem zeigen durfte, wollte man keine Begehrlichkeiten wecken. Ein Goldschatz, den er dringend heben musste, allein schon, um seine Finanzen endlich in den Griff zu kriegen.

»Kommen Sie, oder starren Deutsche gern versonnen in die Gegend?«, fragte Cathy, als sie ausstieg.

»Ja und … ja«, antwortete Bene und beobachtete, wie Cathy zum Eingang ging, während ein leichter Wind durch ihr schmal geschnittenes Kleid fuhr. Es stand ihr genauso gut wie die abgetragenen Jeans und ihr Rolling-Stones-T-Shirt im Bed & Breakfast, und sie trug es mit der gleichen Selbstverständlichkeit. Nur ihre Schritte in den hochhackigen Schuhen wirkten auf dem Kies manchmal etwas wackelig – was Bene viel charmanter fand, als würde sie wie auf einem Laufsteg stolzieren.

Gidleigh Park am River Teign, in einem Wald nahe Chagford gelegen, war ein Luxury Hideaway, wo die Reichen des Landes in der Regel unter sich blieben. Als der befrackte Concierge sie mit der perfekten Haltung eines Balletttänzers und dem Englisch eines Schauspielers der Royal Shakespeare Company begrüßte, fühlte Bene sich stillos, plump, dumm und fehl am Platz.

»Mrs. Callaghan und Mr. Lerchenfeld, herzlich willkommen auf Gidleigh Park. Wenn ich Sie zu einem Aperitif in unseren Salon bitten dürfte.«

Der Concierge beugte den Kopf nur ein winziges Stück, eine so elegante Bewegung, dass sie ihn mehr adelte als den Gast. Er war alt, doch er wirkte so gepflegt und poliert wie ein teurer Intarsienschrank.

Der Salon bot glänzende Ledergarnituren, holzvertäfelte Wände, Regale mit alten Büchern und einen historischen Globus. Alles war hochexquisit – vor allem der atemberaubende Blick in den Park. Draußen lag Natur, doch eine, der genau vorgeschrieben worden war, wieweit sie Natur sein durfte, wo, wie hoch und wie ausladend sie zu wachsen hatte. Der Gärtner von Gidleigh Park hatte mit Bäumen, Sträuchern, Blumen und Gräsern gemalt. Bene kam sich vor, als stünde er vor einer riesigen Postkarte.

»Wie eine große Postkarte«, sagte Cathy in diesem Moment und stellte sich neben ihn.

Bene sah sie schmunzelnd an. »Hätte ich nicht besser ausdrücken können.«

Cathy blickte unwillkürlich zur Tür. »Als ich als Kind hier war, hatte ich das Gefühl, die Queen könne jeden Augenblick eintreten. Dann kam eine ältere, sehr elegante Dame ins Restaurant und Dad meinte, das wäre sie.«

»Und war sie es wirklich?«

Cathy grinste. »Auf jeden Fall!«

Ein livrierter Kellner brachte zwei Gläser Roederer, schließlich hatten sie den »Champagne Full Afternoon Tea« gebucht.

»Auf eine erfolgreiche Spurensuche«, sagte Cathy und stieß mit ihm an.

Bene nahm einen Schluck. »Der ist gut, glaub ich.«

»Sollte er bei dem Preis auch sein«, sagte Cathy lächelnd. »Wollen wir uns duzen? Afternoon Tea nimmt man schließlich nur mit Freunden ein.«

»Sehr gern«, antwortete Bene und beugte sich leicht vor für den Kuss, der diesen Schritt besiegelte. Sein Herz klopfte stärker, als es das bei einem Freundschaftskuss tun sollte. Und als sie sich danach in die Augen schauten, dauerte auch das einen ganzen Tick länger als in solch einer Situation üblich.

Cathy strich sich eine Haarsträhne hinter das Ohr, obwohl sie gar nicht gestört hatte, und trat näher ans Fenster.

Bene seufzte und fuhr sich mit den Fingern unter das Revers des Sakkos. »Zwickt ein wenig.«

»Lass es zwicken. Ist trotzdem besser als dein Rollkragenpullover.« Ihr Blick wanderte über ihn.

»Alles in Ordnung?«

»Es ist ein bisschen, als würde ich eine Zeitreise machen und mein Vater stünde vor mir. Du siehst ihm überhaupt nicht ähnlich, aber er hatte auch so ein Sakko.«

»Back To The Future Teil 4 – Zurück ins Dartmoor«.« Bene schaute sich schmunzelnd um. »Hier drin hat sich seit damals wahrscheinlich nichts geändert.« Der Concierge trat ein. »Inklusive ihm«, flüsterte Bene.

»Ihr Tisch wäre dann für Sie bereit.«

Als er Bene ansah, zog er kaum merklich die Augenbraue hoch. Der Concierge signalisierte, dass er wusste, dies war nicht Benes Sakko, aber ebenso, dass er es nicht erwähnen würde.

Auf ihrem Tisch im edlen Speisesaal stand ein Strauß Dartmoor-Blumen. Kaum saßen sie, brachte eine junge Kellnerin eine Etagere mit randlosen Sandwiches. Sie erklärte, welche mit Ei und Kresse, Lachs, Gurke oder Coronation Chicken waren, und nahm die Tee-Bestellung entgegen. Beide wählten Scottish Breakfast Tea. Mit einem kleinen Knicks verschwand sie wieder.

»Gibt es einen Tisch, an dem dein Dad immer gesessen hat?«, fragte Bene.

»Ja«, sagte Cathy. »Den gibt es tatsächlich. Der dort, am Fenster.«

»Vielleicht hat dein Vater von dort aus die Zutat gesehen, die seinen Gin so unverwechselbar machte. Und wie ich dieses Anwesen einschätze, wachsen im Garten immer noch genau dieselben Pflanzen wie vor hundert Jahren.«

Besagter Tisch war allerdings von einem älteren Paar besetzt. Bene erkannte die Frau auf den ersten Blick, sie war eine berühmte Schauspielerin, die von Maria Stuart bis zu James Bonds Chefin M alles gespielt hatte und sogar mit einem Adelstitel geehrt worden war. Man konnte sich vor ihr gar nicht so tief herunterbeugen, wie man es für angemessen hielt.

Cathy ging zu ihrem Tisch. »Entschuldigen Sie bitte die Störung. Es ist nur so … Das ist der Tisch, an dem mein verstorbener Dad immer gesessen hat. Heute ist sein Todestag und ich wäre Ihnen sehr verbunden, wenn wir hier sitzen dürften.«

Die Schauspielerin schürzte die Lippen, als sei sie in diesem Moment Maria Stuart und M gleichzeitig. Nur eine gute Schauspielerin erkennt eine gute Schauspielerin. Und nur eine herausragende erkennt, welche tiefere Wahrheit hinter dem Spiel steckt.

»Mein Beileid«, sagte die berühmte Schauspielerin und stand auf. »Natürlich können Sie den Tisch haben. Nehmen Sie doch bitte Platz. Ihre Rechnung geht heute auf mich.« Sie schritt von dannen, ihr Champagnerglas gleich mitnehmend, auf zu einem anderen Tisch.

Cathy bekreuzigte sich und nahm Platz. Bene tat es ihr, ein Grinsen unterdrückend, gleich.

»Das mit dem Bekreuzigen war etwas dick aufgetragen.«

Er erntete einen erstaunten Blick. »Wieso? Ich bin tiefgläubige Anglikanerin.«

»Oh, entschuldige bitte. Ich wollte dich nicht …«

»Verarscht!« Cathy musste sich die Hand auf den Mund legen, um nicht laut loszulachen.

»Hast mich erwischt«, sagte Bene.

»Aber sowas von.« Sie grinste.

Bene konnte von seinem Platz aus nicht gut in den Park sehen. »Kannst du etwas erkennen?«

Cathy blickte hinaus. »Ein Rosenbeet.«

»Also Rosen!«

»Nein.« Sie schüttelte den Kopf. »Habe ich schon probiert. Die sind es nicht. Und warum hätte er dann auch DNP in die Rezeptur schreiben sollen anstatt Rosen? Die sind ja nicht unbedingt typisch für hier.«

»Stehen im Park denn typische Dartmoor-Gewächse?«

»Keine, die ich von hier sehen kann.«

Plötzlich tauchte eine Erscheinung an ihrem Tisch auf: Jesus – die Plymouth-Version.

»Hey, was machst du denn hier?« Er gab Cathy einen Kuss auf die Wange. Allerdings nur ganz knapp am Mund vorbei, wie Bene bemerkte.

»Wonach sieht es denn aus?«, fragte Cathy. »Wir sind zum Hochseefischen hier, bis jetzt läuft es prima.«

Jesus lachte. »Da kann ich nicht mithalten. Ich bin nur hier, um die Gin-Versorgung für die Hotelgäste sicherzustellen. Muss den Direktor nur noch überreden, dass er von unserem guten Zeug ein paar Extrakisten bestellt.« Er beugte sich wieder nah zu ihr. »Wenn du mit solchen Leuten Geschäfte machen willst, musst du mit ihnen auf die Jagd gehen. Ist zwar eigentlich nicht mein Ding, aber ich habe mir alles Nötige beigebracht.« Er reichte Bene die Hand, sah ihm dabei aber nicht in die Augen. »Wir kennen uns ja schon.«

Bene drückte die Hand so fest, dass sein Gegenüber sie schnell wegzog.

»Ich muss leider schon weiter. Wenn dein Rockabilly-Kumpel dich langweilt«, sagte Jesus mit einem Augenzwinkern zu Cathy, »findest du mich an der Bar.«

»Bisher macht er sich ganz gut«, antwortete Cathy und wandte sich wieder zu Bene.

Dieser sah dem Eindringling nach, der mit federnden Schritten den Speisesaal verließ. »Dein Ex?«

»Steht uns das auf der Stirn geschrieben?«

Bene nahm sich ein Sandwich. »In Großbuchstaben.«

»Er ist immer noch ein guter Freund. Andrew arbeitet als Marketing-Direktor bei der Black Friars Distillery. Falls du mal da bist und eine persönliche Führung willst, frag einfach nach Mr. Grimes. Er ist echt ein total lustiger Typ. Früher hätte ich nie gedacht, dass aus ihm mal was wird, er war der totale Chaot. Aber dann haben die von der Distillery ihn überraschenderweise eingestellt und ihm gleich einen guten Job gegeben. Glück muss der Mensch haben!«

»Redest du mit ihm über deine Gäste?«

»Was ist das für eine Frage?«

»Also ja.«

»Natürlich, er erzählt mir auch von seinen Kunden.«

»Andrew ist mir im Royal William Yard begegnet, wusste, wer ich bin, und hat mich abgecheckt.«

Cathy winkte ab. »Da darfst du dir nichts draus machen, er ist krankhaft eifersüchtig. Dabei darf er das gar nicht mehr sein. Aber er ist halt ein ganz kleines bisschen irre.«

»Beruhigend.«

Die Serviererin kam mit dampfenden Scones in einem mit weißer Stoffserviette ausgelegten Körbchen, dazu gab es Clotted Cream und Erdbeermarmelade. Nachdem sie alles abgestellt hatte, sah sie Cathy schüchtern an. »Entschuldigen Sie, wenn ich frage, aber sind Sie nicht die Frau, in deren Garten …?«

»Ja.«

»Das tut mir so leid!«

»Danke, das ist ganz lieb von Ihnen.«

Die Serviererin knickste wieder und verschwand unsicher. Sie kehrte direkt zurück mit weiteren zwei Marmeladensorten, die sich auf keinem der anderen Tische im Restaurant fanden.

Cathy bedankte sich und schnitt einen heißen Scone auf, der verheißungsvoll dampfte.

Als die Serviererin aus dem Raum war, lehnte Bene sich vor. »Wie geht es dir eigentlich wegen der Sache? Kommst du damit klar?«

Cathy verharrte einen Moment. »Sowas braucht einfach seine Zeit. Aber es wird schon.« Sie strich sich eine große Menge Clotted Cream auf den Scone.

»Ich habe mich gefragt, ob nicht irgendwelche Jugendliche den Mord begangen haben könnten. Sowas liest man leider immer mal wieder.«

»Ich kenne die Jugendlichen in meinem Viertel, und von denen war es keiner.«

»Vielleicht waren sie betrunken?«

»Nein, selbst dann nicht. Und was sollten sie in meinem Garten? Der Weg, der dran vorbeigeht, führt nicht zu einem Pub oder einer Disco, noch nicht mal zu einer Sitzbank.«

»Sie könnten dem Penner gefolgt sein, vom Pub aus.«

»Obdachloser, nicht Penner. Und es ist einfach nicht möglich, okay?«

»Ja, verstehe ich.«

Cathy legte ihr Messer lautstark hin. »Tust du nicht! Du denkst, es sei normal, dass Jugendliche einen Penner abstechen. Ist es aber nicht. Vielleicht bei euch in Deutschland, aber nicht hier in Plymouth. Ja, wir haben Verbrechen aller Art. Nichts, was es nicht gibt. Ich bin nicht naiv. Aber kein Jugendlicher würde das Risiko eingehen, in meinem Garten jemanden umzubringen. Die Chance, gehört oder gesehen zu werden, ist viel zu groß.« Sie biss in den bestrichenen Scone, als hätte er und nicht Bene Widerworte gegeben.

»Warum bist du so wütend?«

Cathy atmete tief ein und gleich danach noch einmal, dann nickte sie, als habe sie gerade eine Entscheidung getroffen. »Weil Detective Dolliver mir den Mord in die Schuhe schieben will. Und wehe, du erzählst jemandem davon!«

»Wieso sollte er das tun?«

Sie senkte die Stimme. »Sein Vater hat vor Jahren die Bürgermeisterwahl gegen meinen Onkel verloren, und das in einer Tory-Hochburg wie Plymouth! Das hat der Karriere vom alten Dolliver nicht nur eine Delle verpasst, sie hat sich davon nie wieder erholt. Deshalb hatte die Familie auch kein Geld, um ihren Sohn Jeremy auf ein Elite-College zu schicken. Und das trotz seiner Bestnoten … Den sozialen Abstieg kreiden die Dollivers meiner Familie bis heute an, sie haben uns nie verziehen. Jeremy Dolliver hat nur auf so eine Chance gewartet!«

»Aber er wird ja nichts finden.«

Cathy schnaubte verächtlich. »Du glaubst sicher auch noch an den Weihnachtsmann. Dolliver wird etwas konstruieren. Und er hat schon herausgefunden, dass das Opfer nicht zum ersten Mal in meinem Garten war – obwohl ich dumme Kuh das bei der Befragung behauptet habe. Ich hatte einfach totalen Schiss.«

»Wieso war der Obdachlose denn häufiger in deinem Garten?«

»Er hatte einen Namen, er hieß Robert Miller. Und wenn er

wollte, durfte er sich mit seiner Isomatte vor das Gartenhaus legen, das Vordach schützt vor Regen. Er war trotzdem nur selten da, der Weg von der Cornwall Street war ihm einfach zu weit. Aber die Nacht, in der er ermordet wurde, war sehr regnerisch und windig. Er brauchte wohl ein trockenes Plätzchen.«

»Du bist ein guter Mensch.«

Cathy winkte ab. »Ich mache viel zu wenig.«

»Das würde nur ein echt guter Mensch sagen. Ich zum Beispiel mache gar nichts. *Das* ist viel zu wenig. Meine Mutter ist allerdings so engagiert, dass es für die ganze Familie reicht. Und meine Kinder und Kindeskinder.«

»Praktisch.« Cathy nickte, dann sah sie aus dem Fenster und sagte lange nichts. »Mein Vater hat immer einen langen Spaziergang nach dem Afternoon Tea gemacht. Vielleicht finden wir dabei das fehlende Botanical.«

»Traditionen müssen gepflegt werden!« Bene sah unter den Tisch. »Auch wenn ich die falschen Schuhe dafür anhabe.«

»Das ist ein Frauensatz!« Cathy lachte so laut, dass die Schauspielerin und ihr Begleiter herüberschauten. »Wenn du jetzt noch sagst, der Wind würde deine Frisur durcheinanderbringen, schreie ich.«

Bene biss sich auf die Zunge, obwohl er diesen Schrei sehr gern gehört hätte.


Der Service des Gidleigh Park bewies sich erneut dadurch, dass das Personal in Rekordgeschwindigkeit passende Kleidung und Schuhwerk für Benes und Cathys Spaziergang im Moor auftrieb. Am Anfang kamen sie nur langsam voran, weil Cathy jedes unbekannte Kraut mit dem Handy fotografierte, abzupfte und in ein Papiertaschentuch einschlug, das sie in ihre immer praller werdende Handtasche steckte. Doch je weiter sie gingen, desto weniger Neues tauchte auf. Bene fühlte sich sehr weit weg von seiner Heimat, die Landschaft sagte ihm mit jedem Gras, mit jeder Moosflechte, dass er hier nicht hingehörte. Doch sie tat es immerhin auf eine extrem schöne Art.

»Du musst auf den Boden gucken«, sagte Cathy lachend. »Im Himmel wachsen eher selten Kräuter.«

»Vielleicht ist das Botanical, das wir suchen, ja längst in deiner Tasche.«

»Ich habe an allen gerochen, und bei keinem hat es *Katsching* gemacht. Natürlich riechen und schmecken die nach einer Mazeration nochmal anders, aber ich glaube, wir sind noch nicht fündig geworden.«

Bene blickte in die grüne Weite, auf der ein hellblauer Himmel wie ein weiches Kissen lag. »Weißt du überhaupt, wohin wir gehen?«

»Wirkt es nicht so?«

Bene blieb stehen. »Kein bisschen.«

»Letterboxing«, sagte Cathy.

»Was willst du mir damit sagen?«

»Das machen wir gerade.«

»Was machen wir gerade?«

»Letterboxing, das ist hier erfunden worden. Man sucht im Moor nach versteckten Briefkästen, wobei das nicht wörtlich zu nehmen ist. Die Box kann auch eine Truhe sein, eine Plastikschachtel oder nur eine Tüte. Da drin ist dann ein Stempel für dein Stempelheft und etwas, das einen Hinweis auf eine andere Letterbox gibt.« Sie zog ein Buch hervor. »Das ist von meinem Dad, eine Art Wanderführer, da steht drin, wo man welche Box findet. Wobei einige extra nicht drinstehen, weil man die zufällig finden soll.«

»Kenne ich, ist wie Geocaching.«

»Analoges Geocaching! Gibt es außerdem schon viel länger. So hat mein Vater seine Spaziergänge nach dem Essen aufgepeppt. Wir sind gerade auf dem Weg zur dritten Letterbox, die er angekreuzt hat. Die ersten beiden existieren leider nicht mehr.«

»Und das erzählst du mir erst jetzt?«

Sie grinste und zeigte ihm Faltplan sowie Kompass. »Ihr Männer liebt es doch, wenn Frauen etwas Geheimnisvolles haben.«

Spürte sie irgendwie unterbewusst, dass er Geheimnisse vor ihr hatte? Besaßen Frauen für so etwas einen siebten Sinn? Oder versuchten sie Männern das nur einzureden, damit sie von sich aus mit der Wahrheit rausrückten?

»Kommst du?«, fragte Cathy. »Dahinten ist es, glaube ich.«

Vielleicht sollte er Cathy alles anvertrauen, auch dass es eine letzte Flasche des Gins seines Vaters gab. Cathy würde sich in ihn hineinfühlen können. Sie hatte ja sogar Verständnis für Frauen, die seit Jahrzehnten versuchten, den Kanal zu durchschwimmen, und Pedanten, die ihr Ei vier Minuten gekocht haben wollten und keinesfalls vier Minuten und eine Sekunde lang.

»Was geht in deinem Kopf vor?«, fragte sie, plötzlich neben ihm stehend. »Du siehst auf einmal so traurig aus.«

Bene war gerade etwas klar geworden: Cathy würde eine Sache niemals gutheißen, nämlich dass er mit dem Gin Geld verdienen wollte. Denn das war auch ihr Ziel.

Sie waren Konkurrenten.

Diese Information würde alles ändern. Sie würde auf Distanz gehen, er wäre nicht mehr länger willkommen. Wie bei einem fröhlichen, einladenden Pub, das mit einem Mal die Stahl-Rollläden herunterließ und das Außenlicht löschte.

»Alles in Ordnung.«

»Sah nicht so aus.«

Sie gingen ein paar Schritte nebeneinander her, dann blieb Cathy vor einem Steinhaufen stehen und griff sich einen herumliegenden Ast, um in den Löchern zu stochern.

»Meinst du, da ist die Letterbox drin?«, fragte Bene.

»Könnte gut sein.«

»Warum räumst du nicht einfach ein paar Brocken weg?« Er beugte sich hinunter und hob den obersten Stein hoch.

»Wegen der Klapperschlangen«, antwortete Cathy.

Bene ließ den Stein fallen.

»Lernst schnell«, sagte sie grinsend.

»Wieder eine Verarsche?«

»Nein, diesmal die Wahrheit.«

Als sie erneut in den Haufen stach, ertönte ein metallischer Klang. Mit einem leicht triumphierenden Blick holte Cathy die Letterbox hervor. Es war eine blecherne Brotdose, an den Ecken von braunem Rost zersetzt. »Du darfst öffnen.« Sie reichte ihm die Letterbox.

»Können da auch Klapperschlangen drin sein?«

Cathy zuckte mit den Schultern. »Die Natur überrascht einen immer wieder.«

Bene streckte die Arme aus und hob vorsichtig den Deckel. Keine Schlange züngelte daraus hervor. Cathy packte grinsend hinein und holte einen durchsichtigen Plastikbeutel hervor, in dem sich ein Stempel und ein Zettel befanden.

Sie griff sich seine Hand. »Weil du kein Stempelheft hast, nehmen wir jetzt einfach deine Hand. Wie in der Disco.«

Sie stempelte ihn sanft, fast zärtlich, doch Bene erstarrte, als habe ihn eine Hornisse gestochen.

»Was ist?«, fragte Cathy. »Bist du allergisch auf Tinte?«

»Nein. Es tut nicht weh.«

»Aber irgendwas ist doch?«

»Hast du dir den Stempel mal angeschaut?«

Cathy betrachtete das Muster auf Benes Handrücken. »Ein großes ›L‹, das aus zwei Schraubenziehern besteht, und daneben ein kleiner Vogel. Sieht hübsch aus. Was soll damit sein? Hier gibt es die unterschiedlichsten Stempel, jeder kann einen reinlegen.«

»Genauso ist es. Der Stempel stammt aus der Werkstatt meines Vaters!«

Cathy besah sich den Abdruck. »Es gibt doch bestimmt mehr als eine Firma in Deutschland, deren Name mit »L« anfängt.«

»Wahrscheinlich Hunderte, aber keine andere, die eine Lerche im Logo hat. Weil keine andere von einem Lerchenfeld geführt wird. Das Logo hat er sich extra anfertigen lassen von einem Grafiker aus unserem Heimatort. Das ist seins, ganz bestimmt.«

Cathy strahlte. »Dann waren unsere Väter zusammen auf Letterboxing-Tour, und zwar genau hier! Das ist der Beweis, dass wir zwei nicht total spinnen.«

»Ja, stimmt.«

»Warum bist du dann so blass?«

Weil es sich für einen Moment angefühlt hatte, als wäre er seinem toten Vater begegnet. Und als hätte der ihn dabei erwischt, wie er in Sachen herumschnüffelte, die ihn nichts angingen.

»Kreislauf«, sagte Bene. »Geht gleich wieder.«

Cathy hielt ihm den Zettel aus der Brotdose hin. »Hier steht ein Hinweis zu einer anderen Letterbox, die gar nicht weit entfernt liegt.« Cathy blickte auf den Kompass. »Muss in dem Wald dahinten sein. Sind vielleicht vier Meilen oder so.«

Doch die Distanz täuschte. Das ganze Dartmoor war eine einzige optische Täuschung, alles war viel weiter entfernt, als man dachte. Sie hatten gerade einmal die Hälfte der Strecke geschafft, da sah der Himmel plötzlich aus wie mit einem dunklen Seidentuch abgedeckt. Der Abend kam. Erst jetzt merkte Bene, wie einsam und still es war. Die Straße hatten sie schon lange nicht mehr gesehen, es gab auch keine Häuser, keine Zäune, keine Hochspannungsmasten, keine Flugzeuge am Himmel, keine Zeichen von Zivilisation. Würde er mit dem nächsten Lidschlag ein Jahrtausend in die Vergangenheit reisen, würde sich in seiner unmittelbaren Umgebung kaum etwas ändern. Er zog sein Handy hervor, um ein Foto zu machen, und bemerkte, dass er keinen Empfang hatte, nicht ein einziger Balken zeigte sich.

»Komm, weiter geht's«, sagte Cathy, legte den Kopf in den Nacken und zog tief die Luft ein. »Oder hast du etwa Angst, hier allein mit mir rumzustrolchen?«

Nein, hatte er nicht. Schließlich war er zwei Köpfe größer als sie.

»Sollte ich?«, fragte er.

»Wart's ab«, sagte Cathy und versuchte, einen bedrohlichen Blick aufzusetzen – bis sie lachen musste.

Schließlich erreichten sie den Wald. Es war bereits dunkel und ein Grollen erklang, als würden die Hügel lebendig und erhöben sich mit all ihrem Gestein. Dann kam der Regen, aber er kam nicht sachte wie die Nacht, sondern wie ein riesiger Kübel Wasser, der über ihnen ausgeschüttet wurde.

Cathy und Bene stellten sich dort unter, wo die Bäume eng beieinander standen wie ängstliche Kinder. Als es nach einiger Zeit immer noch nicht aufhörte zu regnen, ließen sie sich auf dem Waldboden nieder.

»Dem perfekten Gin hinterherzujagen ist echt schlecht für die Gesundheit«, sagte Bene, dem die Kälte von allen Seiten in die nasse Kleidung griff. »Ich habe noch einen Mini-Gin von der Distillery in

Plymouth dabei. Hilft sicher beim Aufwärmen.« Er reichte Cathy die kleine Flasche.

»Danke, aber nein. Ich trinke doch nicht.«

Er sah sie fragend an, doch Cathy blickte weg und öffnete ihren Rucksack, um die gesammelten Pflanzen hervorzuholen. Sie zählte einunddreißig. »Große Ausbeute«, sagte sie.

»Ich habe das hier eben noch gepflückt, hast du das schon?« Er reichte es ihr. »Habe dran gerochen und irgendwie hat es mich an den Gin erinnert. Außerdem fand ich es ganz hübsch, wegen der kleinen lila Blüten, die sehen aus wie bei einem Pinsel. Keine Ahnung, ob es giftig ist.«

»Werden wir gleich wissen«, sagte Cathy und biss etwas ab. Zuerst kaute sie schnell, dann wurde sie immer langsamer.

»Ist dir schlecht?«, fragte Bene und legte seine Hand auf ihren Rücken.

»Das schmeckt wie Gurken. Aber anders.«

»Ist das gut oder schlecht?«

Cathy strahlte plötzlich über das ganze Gesicht. »Das ist super! Du hast eine Wahnsinnsnase! Genau das habe ich gesucht.« Sie drehte sich zu Bene und umarmte ihn fest, Bene spürte ihr Herz rasen. »Das ist DNP!«

»Das heißt, dein Gin ist jetzt komplett?«

Cathy ließ ihn los. »Das weiß ich erst, wenn ich dieses Schätzchen hier mazeriert habe. Wir müssen mehr davon suchen!«

»Geht im Dunkeln und bei Regen schlecht.«

»Stimmt, und deswegen schlafen wir jetzt, bis die Sonne uns weckt. Die Nacht ist warm und der Waldboden weich.« Sie klopfte darauf. »Leg dich hin, es frisst dich schon keiner. Es sei denn, ich bekomme Hunger. Um Mitternacht schleiche ich mich manchmal zum Kühlschrank.«

»Aber hier gibt es keinen Kühlschrank.«

»Eben …« Lächelnd legte sie sich mit dem Rücken zu ihm auf den Boden.

Bene blieb noch lange sitzen, und das nicht nur wegen der Mücken, die zielsicher immer wieder seine Ohren ansteuerten. Er blickte in den kleinen Wald, in das feucht glänzende Moor und immer wieder zu Cathy, die schon nach kurzer Zeit tief atmete und sich in sich selbst einrollte.

Was für eine verrückte Frau.

Am nächsten Morgen weckte die Sonne sie früh. Bene bekam weder vom Rückweg zum Range Rover noch der Fahrt nach Plymouth viel mit, denn er zählte seine Mückenstiche und kratzte jeweils den, der es am dringendsten verlangte.

»Siebenundzwanzig«, sagte er, als sie vor »Callaghan's Bed & Breakfast« in der Durnford Street ankamen. »Mindestens. Könnte sein, dass die Mistviecher auch durch die Schuhe gestochen und mich an der Fußsohle erwischt haben. Zuzutrauen wäre es ihnen. Es kommt mir echt vor, als würde es überall jucken.«

»Lass mich noch mal bei mir zählen«, sagte Cathy und unterdrückte ein Lachen. »Keiner. Mich hat keine einzige erwischt. Du musst extrem süßes Blut haben.«

»Und du salziges«, erwiderte Bene. »Mit dir verbringe ich nie wieder eine Nacht im Dartmoor!«

War das eine kleine Schnute, die sie da zog?

Kaum hatte Cathy die Haustür aufgeschlossen, waren zackige Schritte zu hören und Ferdinand McAllister erschien auf dem Treppenabsatz der ersten Etage.

»Endlich! Wo sind Sie bloß gewesen?«

»Ferdinand? Sitzen Sie um diese Uhrzeit nicht immer im Archiv?«

»Manchmal gibt es … mhm … wichtigere Dinge. Wir haben uns alle Sorgen gemacht.«

»Sie ist da!«, kam es freudig aus dem Frühstücksraum, kurz danach trat Eudora, Schürze tragend, in den Flur. Als sie Cathy und Bene mit zerzausten Haaren sah, darin immer noch einige Gräser und Blütenstaub, sagte sie »Die Wunder der Natur kann man zu zweit ja sehr intensiv erleben …«

»Nicht, was du denkst, Eudora!«, erwiderte Cathy.

»Ich denke gar nichts. In meinem Alter denkt man nicht mehr, man weiß!«

»Wie auch immer, es geht uns nichts an«, sagte Ferdinand McAllister, kam die enge Treppe herunter und nahm sich seinen Deerstalker Hut von der Garderobe. »Dann kann ich jetzt ja beruhigt …
mhm … meinem Tagwerk nachgehen.«

»Noch nicht«, sagte Cathy. »Ich muss euch allen doch noch Frühstück machen.«

Jetzt kam Vicci, ein Sandwich mampfend, aus dem Frühstücksraum. »Das hat Eudora für dich übernommen. Ihr Rührei ist große Klasse. Habe schon Fotos bei Instagram gepostet.«

»Ist noch etwas übrig?«, fragte Bene. »Und wenn irgendjemand etwas gegen Mückenstiche hat, nehme ich das auch. Einen Eimer voll bitte.«

Kurze Zeit später saß er mit Cathy am Frühstückstisch, Eudora und Vicci servierten.

»Wenn wir danach immer so großartig bewirtet werden, sollten wir öfter einen Ausflug ins Dartmoor machen, oder?«, fragte sie Bene zwischen zwei Bissen Rührei.

»Hattest du eigentlich gar keine Angst, dass uns jemand überfällt?«

»Da wandert nachts doch keiner herum. Außerdem weiß ich mit Sicherheit, dass ich irgendwann mit einer dreifarbigen Katze an meiner Seite sterbe. So war es bei den letzten vier Generationen der Frauen in meiner Familie. Meiner Ururgroßmutter, meiner Urgroßmutter, meiner Großmutter und …« Sie stockte.

Bene nahm ihre Hand. »Du musst nicht drüber reden.«

»Doch, muss ich.« Sie holte tief Luft. »Es ist nicht gut, wenn ich das in mir einschließe. Das habe ich jahrelang gemacht und dadurch wurde es nur schlimmer.« Cathy drückte Benes Hand sanft. »Meine Mutter ist beim Versuch gestorben, meinen Dad zu retten.« Cathy hielt kurz inne. »Als sie gefunden wurde, war eine dreifarbige Katze bei ihr.«

Cathy tupfte sich den Mund mit einer Serviette ab. »Jetzt muss ich aber endlich unseren Fund bestimmen. Ich hole schnell mein Kräuterbuch aus der Bibliothek. Iss mir ja nicht das ganze Rührei weg! Ist echt besser als meins. Aber das habe ich nie gesagt.«

Bene blieb sitzen und hörte kurz darauf, wie Cathy die alten Holzstufen in die zweite Etage hochlief, wo ihr Lesezimmer lag.

Obwohl das Rührei verlockend duftete, nahm er sich nur noch einen Löffel davon. Und einen halben. Aber mehr nicht. Er aß schnell, damit Cathy den Diebstahl nicht mitbekam – doch sie kam gar nicht wieder.

Bene ging zum Treppenabsatz. »Alles in Ordnung?« Als er keine Antwort bekam, ging er die Stufen hoch.

Er fand sie vor einem der Regale kniend, ein Buch mit Kräuter-Illustrationen lag aufgeschlagen auf dem Boden. Cathy zitterte.

»Mach die Tür zu!«, flüsterte sie. »Bene, ich bitte dich. Mach bloß sofort die Tür zu!«

Bene zog sie hinter sich ins Schloss.

»Abschließen«, forderte Cathy.

Obwohl Bene keine Ahnung hatte, was los war, drehte er den Schlüssel um. Zur Sicherheit zweimal.

»Was ist denn los?«

Cathy schwieg und Bene trat zu ihr. Dann sah er in ihren Händen den Grund für das Schweigen. Ein Survival-Messer mit großen Zacken, die Klinge blutverschmiert.

»Wo hast du es …?«

»Lag hinter dem Buch.«

Er kniete sich neben sie. »Hast du eine Idee, wer es dahin gelegt haben könnte?«

»Gestern war es noch nicht da«, sagte Cathy. »Ganz bestimmt nicht. Ich hatte das Buch gestern erst in der Hand.«

»Vielleicht ist es nur ein ganz übler Scherz auf deine Kosten und gar nicht die Tatwaffe?«

Cathy sah ihn an, zerplatzte Äderchen durchzogen ihre Augäpfel. »Niemand würde mir so einen bösen Scherz spielen.«

Es klingelte an der Haustür. »Ich geh schon!«, rief Eudora von unten. »Seid ihr eigentlich fertig mit dem Frühstück?«

Meist war es ein Nachteil, dass englische Häuser mit ihren esspapierdicken Wänden so hellhörig waren.

Diesmal jedoch nicht.

»Inspector Dolliver, Devon and Cornwall Police, wir kennen uns ja schon. Ist Mrs. Callaghan zu sprechen?«

»Sie ist oben«, antwortete Eudora.

»Holen Sie sie bitte. Wir haben einen Durchsuchungsbeschluss. Keiner verlässt das Haus.«

»Zeigen Sie mir den mal.«

Cathy blickte zu Bene, Panik in ihren Augen.

»Das kann ja kein Zufall sein«, sagte Bene. »Jemand will dich reinreiten und hat die Chance genutzt, dass du heute Nacht nicht zuhause warst.«

»Was soll ich jetzt bloß tun?«

»Mrs. Callaghan«, rief der Inspector. »Kommen Sie bitte sofort herunter!«

»Gib mir das Messer«, sagte Bene ohne nachzudenken. »Und geh runter, ich kümmere mich drum.«

»Aber wie? Die durchsuchen das ganze Haus! Und du kannst das Ding nicht einfach aus dem Fenster werfen.«

Bene wollte nicht zugeben, dass er genau daran gedacht hatte: Waffe abwischen und raus damit. Aber die Polizei würde sicher vor und hinter dem Haus Posten bezogen haben und es mitbekommen. In eine Dachrinne? Die würde sie vielleicht auch überprüfen. Und dann sähe es danach aus, als habe Cathy die Waffe verstecken wollen.

»Ich vertraue dir«, sagte Cathy und drückte ihm das Messer in die Hand. Es fühlte sich schwer an und Bene musste dem Drang widerstehen, es fallen zu lassen.

»Lass mich das bitte nicht bereuen«, sagte Cathy. Sie wischte sich die Tränen aus den Augen, quetschte ein Lächeln in ihr Gesicht und verschwand. Bene waren ihre fröhlichen Sommersprossen noch nie so deplatziert vorgekommen.

Er stand einige Sekunden wie angewurzelt im Zimmer, das Messer in der Hand, die Einsicht langsam einsinkend, dass auch seine Fingerabdrücke nun auf der Waffe waren. Hatte er ein Alibi für die Tatnacht? Wann war die überhaupt gewesen?

Unten hörte er, wie Cathy den Inspector begrüßte, der sie darüber informierte, dass seine Truppe jetzt das Haus durchsuchen würde.

Das »Jetzt« hatte er in Großbuchstaben ausgesprochen. Und in einer scharfkantigen Schriftart, die jeden verletzen würde, käme er dem Wort zu nah.

Bene rannte in sein Zimmer und schloss die Tür hinter sich. Das heißt, er schlug sie zu. Was er nicht vorgehabt hatte, es war einfach passiert.

»Wer war das?«, hörte er Dollivers Stimme, nun hatten alle seine Wörter scharfe Kanten.

»Muss einer meiner Gäste gewesen sein.«

»Das war im ersten Stock«, sagte der Inspector, dann erklangen seine Schritte auf der Treppe. »Wer ist denn gerade oben in seinem Zimmer?«

»Ich weiß nicht, in welchen Hotels Sie normalerweise absteigen.« Das war Cathys Stimme. »Aber ich führe keine Strichliste, welcher meiner Gäste gerade da ist und welcher nicht.«

»Ich glaube, es war die Tür hier«, sagte Dolliver vor Benes Zimmer. Dann klopfte er. »Aufmachen, Police!«

Bene hielt das Messer noch immer in der Hand. Er trat ans Fenster und blickte hinaus. Vor dem Bed & Breakfast stand ein Officer und behielt das Gebäude im Auge. Bene schreckte zurück. Hatte der Officer ihn gerade gesehen? Mit dem blutigen Messer in der Hand? Mist! Mist! Mist!

Dolliver klopfte wieder. »Öffnen, sonst werden wir es tun!«

»Da ist wahrscheinlich niemand drin«, sagte Cathy.

»Dann wird es Ihnen ja nichts ausmachen die Tür für uns zu öffnen. Sie haben ja sicher einen Universalschlüssel.«

»Ist gerade beim Schlüsseldienst, zur Reparatur.«

Dolliver trat die Tür ein. Die Türblätter des Bed & Breakfasts hatten die richtige Dicke dafür. Nämlich quasi keine.

»Und Sie sind?«, fragte Dolliver den im Raum stehenden Bene. Der blickte zu seinem Bett, unter dessen Matratze er gerade erst das Messer geschoben hatte. Ihm war, als würde es sich durch die Matratze brennen und als könnte Dolliver den Rauch gar nicht übersehen.

»Benoit Lerchenfeld aus Deutschland.«

»Warum haben Sie mir nicht geantwortet?« Dolliver näherte sich dem Bett.

»Ich bin hier nur Gast und habe nichts getan.«

Der Inspector holte ein Notizbuch hervor und schrieb etwas hinein. »Ihre Adresse bitte.«

»Sie haben vielleicht einen Durchsuchungsbefehl für das Bed & Breakfast, aber nicht für mein Zimmer. Sie dürften überhaupt nicht hier drin sein!«

»Ach, Sie meinen also, Sie kennen sich mit britischem Recht aus?« Dolliver drängte sich an ihm vorbei. »Sie haben etwas zu verbergen, und ich werde herausfinden, was.«

Dolliver hob das Kopfkissen hoch, und Bene fielen keine Worte mehr ein. Er hatte den Eindruck, keine einzige englische Vokabel mehr zu kennen. Und der Rauch des brennenden Messers schien jetzt das ganze Zimmer zu füllen. Er hatte versagt. In kürzester Zeit.

Dolliver warf die Decke auf den Boden.

»Er hat völlig … mhm … recht«, war plötzlich Ferdinand McAllisters Stimme zu hören. »Das dürfen Sie nicht.« Er stand neben der wie gelähmt wirkenden Cathy im Türrahmen und richtete die Linse seines Handys auf den Inspector. »Ich filme das, Beweismaterial für Ihre polizeiliche Willkür. Bringt sicher viele Klicks. Hat mir Vicci alles gezeigt.«

»Ich hole schnell noch meine Sofortbildkamera«, sagte Eudora, deren Kopf neben McAllisters auftauchte. »Ich weiß allerdings nicht, ob der Film noch funktioniert. Warten Sie bitte einen Augenblick, Inspector, ich bin sofort wieder da.«

»Ich bin schon live«, sagte Vicci, die plötzlich hinter den beiden erschien. »Nicht dass der Inspector gleich noch unsere Handys beschlagnahmt.«

Dolliver verdeckte sein Gesicht mit den Händen. »Schalten Sie sofort Ihre Handys aus! Ich brauche nur wenige Minuten, um einen Durchsuchungsbefehl für dieses Zimmer zu bekommen.« Er ging Richtung Tür, wandte sich aber noch einmal an Bene und sprach so leise, dass es die Kameras nicht einfangen konnten. »Ihren Namen werde ich mir merken, Benoit Lerchenfeld. Und ihn all meinen

Kollegen in Plymouth sagen, die werden sich schon um Sie kümmern.«

Bene stand noch eine ganze Weile in seinem Zimmer, dessen kaputte Tür schief in den Angeln hing, während die Officers den Rest des Hauses durchsuchten. Er fühlte sich wie nach einer Fahrt auf einer klapprigen Achterbahn. Wo konnte er nur das Messer verstecken, damit Dolliver es gleich nicht fand? Ihm fiel kein Ort ein, von dem er sicher war, dass die Polizisten nicht darauf kämen.

Plötzlich saß King George auf dem Bett. Bene hatte ihn nicht hereinkommen sehen. Der Corgi hechelte und warf sich auf die Seite, seinen kraulbereiten Bauch präsentierend.

Bene kam eine Idee.

»Cathy? Kommst du bitte mal?«

Kurze Zeit später stand sie im Zimmer und lehnte die Tür hinter sich an, so gut es eben ging. »Ist gerade sehr schlecht. Die nehmen alles auseinander.«

»Die Winter hier werden doch sehr kalt, oder?«

»Was soll die Frage? Willst du jetzt ernsthaft über das englische Wetter reden?«

»Hast du einen Hundepullover für King George? Oder eine Hundejacke? Damit er sich nicht erkältet?«

»Das ist nicht dein Ernst, oder? Du weißt genau, was gerade auf dem Spiel steht.«

»Hast du oder hast du nicht?«

»Ja, habe ich, ein Schottenkaro.«

»Dann müssen wir jetzt ganz dringend mit dem Hund Gassi gehen.«

»So ein Blödsinn! Ich muss in meinem Haus bleiben.«

»Den Officers ist es egal, ob du danebenstehst, wenn sie deine Zimmer durchsuchen.«

»Bene, echt!«

Die nächsten Sätze flüsterte Bene. »Vertrau mir, bitte. Es ist wichtig!«

Natürlich war Sommer und King George mit dem Pullover völlig unpassend gekleidet, doch in einem Land der Exzentriker wurde auch den Hunden Eigensinn zugestanden. Die Officers tasteten Cathy und Bene lange und gründlich ab, King George aber tätschelten sie nur über den Kopf. Und da Bene ihn eben ausgiebig am Bauch gekrault hatte, war sein Bedürfnis nach Streicheleinheiten gestillt und er warf sich ausnahmsweise nicht auf die Seite.

Sie spazierten in aller Ruhe zum Royal William Yard und dort durch einen kleinen Tunnel in der mächtigen Mauer zum felsigen Ufer. Als sie sicher waren, dass sich niemand in der Nähe befand, kniete Bene sich zum Corgi, zog das Messer aus dem Hundepullover und warf es weit ins Meer, wo die Wellen mit ihren weißen Schaumkämmen sanft darüberrollten. Cathy sah Bene mit unruhigen Pupillen an, als versuche sie eine Lücke zu finden, durch die sie in sein Inneres vordringen konnte.

»Jetzt hast du mich in der Hand«, sagte sie. »Und ich weiß nicht, ob ich da sein will.«

Bene hob seine Hände in die Höhe. »Leer.«

»Warum hast du mir geholfen?«

»Weil es das Richtige war.«

»War es das?« Cathy trat näher, ihre Züge auf einmal härter, als wären Muskeln in ihrem Gesicht erwacht. »Du kennst mich kaum. Was, wenn ich die Waffe dort versteckt habe?«

»Warum solltest du mir sie dann zeigen?«

»Damit du mir hilfst, sie zu entsorgen. Und ich dich gleichzeitig damit erpressen kann, dass du mir geholfen hast.«

»Das wäre ziemlich verschlagen. Du wirkst aber nicht verschlagen.«

»Du bist blauäugig.«

»Eine meiner besten Eigenschaften. Ich habe keine Lust, allem und jedem zu misstrauen.«

»Damit fällt man sicher häufiger mal auf die Schnauze.«

»Ja, aber dann steht man halt wieder auf. Das Hinfallen ist nicht das Entscheidende, das Aufstehen ist es. War so ein Spruch von meinem Vater.«

»Mein Dad hat mir mal gesagt: Wenn du hinfällst, erinner dich dran, wer dich geschubst hat und wer dir wieder aufgeholfen hat.«

Cathy trat ans Wasser, so nah, dass die ans Ufer rollenden Wellen ihre Schuhspitzen berührten. »Vielleicht hätten wir die Waffe der Polizei übergeben sollen. Es könnten Hinweise auf den Täter drauf sein.«

Bene stellte sich neben sie und schüttelte den Kopf. »Wer immer das Messer bei dir deponiert hat, wird seine eigenen Spuren vorher beseitigt haben. Falls überhaupt jemals welche drauf waren. Da wollte einer *dich* mit einem Beweismittel belasten und nicht sich selbst. Es war eine Falle. Und jetzt kann sie nicht mehr zuschnappen, sondern verrostet da vorne.«

Cathy nahm sich einen großen Kieselstein, wog ihn in der Hand und warf ihn dann ins Wasser, wo er mit einem lauten Plumps versank. »Findest du nicht auch, dass das Meer jetzt anders aussieht? Als hätte es seine Unschuld verloren, als wäre es Teil unserer Verschwörung?«

»Nein, aber ich spüre den starken Drang, von hier abzuhauen. Ich werde den Gedanken nicht los, dass uns ein Officer gefolgt sein könnte, der uns die ganze Zeit mit einem Fernglas beobachtet hat.«

»Dann wäre er längst herausgekommen. Oder er tut es jetzt, wenn wir gehen.« Sie drehte sich um und ging ein paar Schritte.

Nichts passierte.

Cathy sah ihn an. »Ich muss dir etwas zeigen. Und mir selbst auch.«

Sie ging den Weg zum blauen Gartenhaus wie auf Eis, das jeden Moment einbrechen konnte. Cathy schaute nicht geradeaus, immer zur Seite, den Fundort von Robert Millers Leiche vermeidend, wie bei einem schwarzen Loch, in das man nicht blicken durfte, weil man sonst davon verschluckt wurde.

Als Bene jetzt mit Cathy vor dem Gartenhaus stand, drehte er sich um und schaute, ob sie von jemandem aus dem Bed & Breakfast beobachtet wurden. Sie hatten extra gewartet, bis auch der letzte Officer das Haus verlassen hatte – und dann noch ein bisschen länger. Aber Bene schaute nicht nur nach der Polizei, er schaute auch nach anderen Augenpaaren. »Du weißt, dass einer deiner Gäste das Messer ins Lesezimmer gelegt haben könnte.«

»Das sind keine Gäste, sondern Freunde«, erwiderte Cathy, die den richtigen Schlüssel an ihrem prallen Bund suchte. »Und keiner von denen hat das Messer dahin gelegt oder Robert Miller umgebracht.«

»McAllister ist Militärhistoriker. Er beschäftigt sich intensiv mit Waffen.«

»So ein Schwachsinn! Ist denn jemand, der in einem Wikinger-Museum arbeitet, ein Plünderer? Oder einer, der hier im Aquarium jobbt, ein Fisch? Jetzt hör aber auf!«

»Ja, aber wer dann? Die Haustür steht nicht offen, es kann nicht einfach einer reinspazieren.«

»Vielleicht ist ja wirklich jemand nachts eingestiegen. Ich weiß es nicht, aber auf jeden Fall baue ich heute noch neue Schlösser ein.«

Das Gartenhaus war sicher fünf Meter tief, an der Seite verlief nicht nur eine Stromleitung, sondern auch eine für Wasser sowie ein Abflussrohr. Cathy fand den Schlüssel und öffnete die Tür, doch das Licht schaltete sie nicht ein. »Komm schnell rein, es soll keiner sehen, was hier rumsteht.«

Bene schloss die Tür hinter sich. Die Luft im dunklen Gartenhaus war abgestanden wie in einem alten Schrank. Cathy musste alles abgedichtet haben, aber warum?

Als sie das Licht mit einem satten Klacken einschaltete, brauchte Bene ein paar Sekunden, um sich an die Helligkeit zu gewöhnen. Die Innenwände hatten keine Holzoptik, sondern waren komplett weiß gestrichen. Gartengeräte gab es keine, dafür eine Kühltruhe, zehn kleine Stahltanks, ein Regal mit etlichen Einweckgläsern, einen Metalltisch mit Unterlagen und eine kleine Destillationsanlage. Nicht zu vergleichen mit der imposanten von Fritz Bercher, die wie ein edles, altes Instrument aus der Manufaktur eines Meistermechanikers ausgesehen hatte. Diese hier wirkte, als stamme sie aus einem Kosmos-Experimentierkasten – wenn auch einem für Erwachsene.

Es war, als stünde er im Keller seines Vaters.

»Hier sind meine kompletten Einkünfte aus den letzten fünf Jahren gelandet.« Sie stellte sich vor die kleine Brennblase. »Das ist mein größter Schatz. Hier wird der Sumpf destilliert.«

»Der ... Sumpf?«

Sie lachte. »Du hast keine Ahnung, wovon ich rede, oder?«

»Da könntest du eventuell recht haben.«

»So nennt man das Gemisch aus Alkohol und Botanicals in der Brennblase. Es wird auf über achtzig Grad erwärmt. Man muss allerdings sehr vorsichtig sein, um es nicht zu überhitzen, weil man dann unerwünschte krude Bestandteile im Destillat erhält, zum Beispiel harte Tannine.« Sie kam beim Erzählen richtig in Fahrt. »Außerdem ist es wichtig, nur das Herz der Destillation zu verwenden. Im Vorlauf befinden sich oft Fuselalkohole oder die in den Rohren festgesetzten Stoffe der vorherigen Destillation. Der Nachlauf schmeckt zu bitter und zu intensiv. Nur der Mittellauf liefert den Geschmack und hat die richtige Zusammensetzung. Da braucht man schon etwas Feingefühl.« Cathy strich über die Anlage, als sei sie ein kuschelbedürftiges Haustier. »Gin ist ein Widerspruch. Geboren aus Feuer, doch getrunken wird er mit Eis!«

Bene sah sie schmunzelnd an. »So widersprüchlich wie du?«

»Ich? Ich widerspreche mir nie.« Sie grinste. »Außer vielleicht jetzt.«

Er trat näher an die Brennblase und betrachtete das glänzende Kupfer. »Und hier bist du jeden Tag und arbeitest an deinem Gin?«

»Eigentlich ja.«

Er lächelte. »Das heißt eigentlich nein.«

»Das heißt seit der … Sache mit Robert Miller war ich nur einmal hier drin, um nachzusehen, ob alles okay ist. Ich wollte einfach nicht an den Ort, wo er ermordet worden ist. Musste mich ziemlich überwinden. Aber es ging nicht anders. Und jetzt geht es auch nicht anders, wir haben schließlich unser DNP-Botanical zu mazerieren.« Sie holte die Kräuter aus der Tasche. »Ich mache direkt verschiedene Ansätze und die lassen wir unterschiedlich lang ziehen. Nach zu kurzer Zeit haben einige Zutaten noch nicht ihr volles Aroma freigesetzt, nach zu langer Zeit werden andere bitter oder anders unangenehm.«

»Vielleicht sollten wir erst mal herausfinden, ob das Zeug giftig ist«, sagte Bene.

»Es sieht nicht giftig aus. Schmeckte auch nicht so.«

»Könnte erst in ein paar Stunden zum Herzstillstand führen.«

»Wie schön, einen Optimisten im Haus zu haben.« Sie nahm sich eines der Bücher zur Hand, die auf dem Schreibtisch lagen. Allesamt Pflanzen-Enzyklopädien. »Nein … nein … auch nicht … auf keinen Fall … sieht hübsch aus, aber nein …«

Bene griff sich eines der anderen Bücher und blätterte darin, die Pflanze war nirgends zu finden. Er griff sich das nächste, Cathy ebenso. Nach kurzer Zeit schrie sie auf. »Erste!« Sie zeigte ihm die Seite, es handelte sich fraglos um das gesuchte Gewächs. Bene gab den lateinischen Namen Sanguisorba minor in sein Handy ein.

»In Deutschland heißt es Kleiner Wiesenknopf.«

»Klingt niedlich. Und kein bisschen giftig.«

»Ist er auch nicht, hier steht, dass er in die Frankfurter Grüne Soße gehört und die ist legendär. Außerdem echt lecker. Wann ist der denn bitte reingekommen?« Bene zeigte auf King George, der in der Ecke schlief. »Ich habe die Tür doch direkt wieder zugemacht, damit keiner reingucken kann.«

»King George kann ziemlich schnell sein, wenn er will.«

Bene besah sich den pummeligen Corgi, dessen Pfoten gerade zuckten, als liefe er im Traum über eine Wiese. Oder durch eine Metzgerei, denn nun schmatzte er auch.

Cathy zog Schubladen aus einem kleinen Schrank, immer hektischer werdend. »Das muss doch hier irgendwo sein.«

»Was suchst du?«, fragte Bene und trat zu ihr.

»Ach, ich suche etwas, das hier sein muss. Ganz sicher.« Sie sah zu ihm auf, dann schüttelte sie resigniert den Kopf. »Eigentlich weiß ich es nicht ganz sicher. Das heißt, ich denke, ich weiß es, aber vielleicht stimmt es doch nicht. Ständig verliere ich Dinge. Es ist wie verhext. Das alles hier.« Sie musste lächeln. »Auch meine Experimente: Manchmal mache ich alles genau wie am Vortag und das Ergebnis ist trotzdem ein ganz anderes.« Cathy hob ihre Hände. »Irgendetwas stimmt mit denen nicht.«

Bene blickte zur Tür. »Hatte der Obdachlose, also …«

»Robert.«

»Genau, hat der vielleicht manchmal etwas von hier drinnen … an sich genommen?«

»Du meinst, er könnte etwas gestohlen haben?«

»Wäre doch möglich, oder?«

»Die Polizei hat nichts bei ihm gefunden, zumindest hat sie mir nichts in der Richtung gesagt. Als ich nach der Entdeckung der Leiche ins Gartenhäuschen gegangen bin, um zu schauen, ob alles in Ordnung ist, habe ich nur festgestellt, dass ich mein Destillierthermometer verlegt haben muss, denn das war nicht mehr da. Aber Robert hatte es sicher nicht. Was sollte er damit auch anfangen? Was sollte irgendjemand damit anfangen?« Sie ging zu dem Regal mit den Einweckgläsern. »Siehst du irgendwo Dulse-Algen? Sollten eigentlich hier stehen. Sehen ein bisschen aus wie dunkelrote Wischmopps und schmecken würzig nach Meer und irgendwie nussig. Kannst gerne mal probieren, wenn du sie findest.«

Bene ging zum Regal. Er fand allerlei Kräuter und Gewürze, aber keine Algen. Stattdessen stieß er auf ein kleines, gerahmtes Foto, das an der Wand hing.

»Dein Vater?«

»Ja, die Ähnlichkeit ist groß, oder? Sagen die Leute zumindest immer. Vor allem wegen der Augenpartie.«

Beide hatten kluge Augen, sowohl Cathy als auch ihr Vater, aber Bene sah ansonsten keine große Ähnlichkeit.

»Ich rede oft mit ihm über meine Experimente, er ist schließlich der größte Gin-Experte in der Familie.« Cathy blickte hinter das Regal. »Mist, hier sind sie auch nicht hingerutscht. Gerade die Algen.«

»Wieso?«

»Die sind für mich eine ganz besondere Zutat. Wecken schöne Erinnerungen. Meine Ma und ich haben solche Algen nämlich immer für den Gin meines Dads gesammelt. Hast du mit deiner Mutter deinem Vater auch helfen dürfen?«

»Meine Mutter hat die Gin-Experimente meines Vaters gehasst.«

»Warum?« Cathy kniete sich zum untersten Regalbrett. »Ist doch ein Hobby wie jedes andere. Besser, der Ehemann werkelt im Schuppen vor sich hin, als dass er im Pub versackt.«

»Ich weiß nicht, wieso meine Mutter so dagegen war. Aber mein Vater durfte den Gin nie erwähnen und ich auch nicht.«

»War dein Vater ein Trinker?« Cathy räumte ein paar Gefäße nach vorn, um dahinterschauen zu können.

»Nein, gar nicht. Ich habe ihn nie betrunken erlebt.«

»Vielleicht war deine Mutter eine strikte Abstinenzlerin?«

»Am Kaiserstuhl? Wir werden quasi mit Burgunder abgestillt.«

Cathy stand wieder auf. »Dann weiß ich es auch nicht. Und zwar doppelt nicht. Das Einweckglas mit den Algen ist weg. Wahrscheinlich war es leer und ich habe was anderes reingefüllt. Wir brauchen aber Algen, um ein paar Cuvéetier-Experimente mit dem Wiesenknopf zu machen. Also ab ans Meer, neue Algen holen. Am besten trockene, damit ich sie pulverisieren kann. Ich setze schnell noch ein paar Versuche an, dann können wir los.«

Sie fragte gar nicht, ob er mitkäme, sie ging einfach davon aus.

Bene lächelte, als er begriff, dass ihm das gut gefiel.

## 1989

*Immer wieder zuppelte Katharina das Mieder zurecht, aber es fühlte sich trotzdem merkwürdig an. Was daran lag, dass sie nie zuvor eines getragen hatte. Schließlich holte sie tief Luft, schloss die Augen und machte den entscheidenden Schritt vor den bodentiefen Spiegel im Schlafzimmer.*

*Ganz langsam hob sie wieder die Lider.*

*Es war ein weißes Mieder, wie Brigitte Bardot es in einem ihrer Filme trug. Es hatte ihr auf Anhieb gefallen, und Alexander auch, obwohl er das natürlich nie zugegeben hätte. Katharina hatte es daran gemerkt, wie er bei der Szene auf seinem Sitz herumgerutscht war. Als habe sich das Polster in eine heiße Herdplatte verwandelt. Ihre gute Freundin Monika hatte ihr das schöne Stück besorgt. Monika hatte dieselbe Größe wie Katharina und arbeitete in einem Modegeschäft in der Freiburger Innenstadt. Es war nicht einfach zu bekommen gewesen, da mittlerweile halterlose Strümpfe oder Strapse angesagt waren, doch Katharina wollte dieses zeitlose Modell. Alexander stand ja auch bei Autos auf Klassiker.*

*Sie besah sich lange im Spiegel und fühlte sich zum ersten Mal im*

Leben richtig erotisch. Das Mieder machte die Hüfte schön schlank, betonte den Busen und reichte nur bis zur Hälfte über den Po. Die Frau im Spiegel kam ihr fremd vor, und doch war das, was sie da sah, ein Teil von ihr. Ein Teil, den sie sich nicht getraut hatte zu entdecken, weil sie gelernt hatte, dass man diese Tür zu sich nicht aufstoßen durfte. Doch nun fiel Licht hindurch.

Katharina drehte sich leicht, dann etwas mehr, und besah sich ihren Po.

Es war nicht der von Brigitte Bardot, doch sie fand ihn ganz passabel. Da waren ein paar Streifen an ihren Oberschenkeln, aber bei Kerzenschein würden sie verschwinden.

Sie hörte, wie Alexander aus dem Keller hochkam. Den ganzen Tag hatte er wieder an seinem Gin gearbeitet. Doch es machte ihn glücklich, zumindest wenn ihm etwas gelang. Und wenn es ihn glücklich machte, dann wollte sie auch glücklich sein. Alexanders Beruf als Mechaniker war fordernd genug, da hatte er sich ein Hobby mehr als verdient.

Und eine Ehefrau, die ihn sehr liebte.

Schnell holte Katharina die Streichhölzer aus der Nachttischkommode und zündete die im Raum verteilten Teelichter an. Heute war ihr zehnter Hochzeitstag, Rosenhochzeit. Deshalb hatte sie beim Floristen einige rote Rosen gekauft und die Blütenblätter vorsichtig abgezupft, um sie auf dem Bett zu verteilen.

Alexander würde Augen machen!

So kannte er sie nicht. Und sie sich ja auch nicht. Aber nur, wer sich änderte, blieb sich treu.

Katharinas Atem wurde schneller, als sie hörte, dass Alexander die letzten Stufen zum Schlafzimmer nahm. Den Kleinen hatte sie zu ihren Eltern gegeben, worüber sich alle drei sehr gefreut hatten. Alexander wusste davon, doch er hatte keine Ahnung, was dahintersteckte. Er hatte nicht an ihren Hochzeitstag gedacht, aber das tat er nie.

Sie war gerade rechtzeitig mit den Kerzen fertig, als die Tür aufging. Katharina nahm eine erotische Pose ein, das heißt, sie versuchte es, oder besser: Sie dachte an eine. Das Ergebnis war, dass

*sie eine Hand in die Hüfte stützte und die andere an die dauerge-*
*wellten Haare legte.*

*Und sich blöd vorkam.*

*Katharina kicherte.*

*Das tat gut.*

*Alexander sah sie fragend an. »Alles gut?«*

*»Ja, ich musste gerade bloß lachen.«*

*Er wies auf sie und die Teelichter. »Was hat das zu bedeuten?*
*Heute ist doch gar nicht der erste Sonntag.«*

*»Hochzeitstag«, antwortete Katharina. »Unser zehnter. Rosen-*
*hochzeit.«*

*Alexander sah sie entgeistert an, dann trat er zu ihr, um ihr einen*
*Kuss zu geben. »Tut mir leid, das habe ich ganz vergessen. Ich habe*
*nicht mal Blumen!«*

*»Die brauche ich auch gar nicht, ich brauche nur dich.«*

*Es war nicht alles gut gewesen in den zehn Jahren, vor allem in den*
*letzten. Alexander war nur noch auf Fortbildungen. Er war ehr-*
*geizig auf seinem Gebiet, wollte alles wissen, keine der Fragen sei-*
*ner Kunden unbeantwortet lassen. Für Antworten auf Katharinas*
*Fragen war dadurch immer weniger Zeit. Deshalb fragte sie nur*
*noch selten.*

*»Du siehst hübsch aus«, sagte Alexander.*

*Katharina wollte nicht hübsch aussehen, nicht heute. Hübsch und*
*adrett sah sie jeden Tag aus, heute wollte sie begehrenswert sein*
*und kokett.*

*»Leg dich schon mal ins Bett.« Alexander lockerte seinen Krawat-*
*tenknoten. »Ich hübsch mich noch ein bisschen auf für dich.«*

*Diesen Scherz machte er immer.*

*Als er im Pyjama aus dem Bad zurückkam, stand Katharina im-*
*mer noch mitten im Zimmer.*

*»Was ist?«, fragte er.*

*»Heute ist alles mal ein bisschen anders«, sagte Katharina, die*
*nicht wie sonst nackt im Bett liegen wollte. »Heute ziehst du mich*
*mal aus und ich dich.«*

*»Sind wir dafür nicht schon etwas zu alt?«*

*Katharina riss sich zusammen. Es würde ein schöner, zärtlicher Abend werden! Das hatte sie sich so sehr gewünscht, sich dafür in das Mieder gequetscht, sich die Haare neu aufgerollt, sich geschminkt, all das durfte nicht umsonst gewesen sein.*

*»Also, ich bin dafür nicht zu alt!« Sie begann seinen Pyjama zu öffnen.*

*»Katharina, ich weiß nicht ...« Alexanders Gesicht verzog sich wie unter Zahnschmerzen.*

*»Aber ich dafür umso mehr!«*

*Sie hatte den Pyjama schnell ausgezogen und verteilte ein paar Küsse auf seinem Körper. Alexander brauchte viel länger mit ihrem Mieder und schaffte es schließlich nur mit mehrfach wiederholter Anleitung. Danach bestand er darauf, die Teelichter zu löschen, damit nichts in Brand gesetzt wurde.*

*Sein Vorspiel war mechanisch, als liefe eine alte Filmrolle, die ab und an ins Stocken geriet. Alexander war nicht grob, sogar zärtlich, doch es wirkte, als sei er gar nicht wirklich da, als sei er nicht wirklich bei ihr.*

*»Jetzt habe ich es!«, sagte er plötzlich und setzte sich aufrecht ins Bett. »Jetzt weiß ich endlich, was ich tun muss.«*

*Alexander stand auf und zog seinen Pyjama wieder an.*

*»Was meinst du?«, fragte Katharina. »Alles ist richtig. Du musst nichts anders machen.«*

*»Ich bin gleich wieder da! Es dauert nicht lang. Eine wichtige Sache, du verstehst das sicher.«*

*Katharina verstand alles. Das war ihre Rolle. Es gab viele Ehefrauen, die ihre Rolle moderner interpretierten als sie. Aber Katharina war gerne traditionell, es fühlte sich richtig so an. Als wären die Traditionen ein Korsett, das ihre Ehe in Form hielt.*

*Sie lag allein im Bett, hörte, wie Alexander die Stufen hinunter ins Erdgeschoss und weiter in den Keller lief.*

*Zurück kam ein anderer Mann, einer mit strahlenden Augen, einer mit Lust am Leben, einer, der die Filmrolle ihres üblichen Liebesspiels aus dem Projektor nahm und wegwarf. Einer, der sie wild liebte.*

*Doch als er danach ins Bad ging, um sich die Zähne zu putzen, weinte Katharina still in ihr Kopfkissen. Denn obwohl er sie so geliebt hatte wie seit Jahren nicht mehr, war es für sie schrecklich gewesen.*

*Alexander hatte nicht mit ihr geschlafen. Er hatte nicht mit ihr Liebe gemacht, er hatte es nur wegen des Hochgefühls getan, das der Gin bei ihm ausgelöst hatte. Ihm galt Alexanders Leidenschaft. Sie selbst, Katharina, war gerade völlig unwichtig gewesen.*

*Sie zog danach nie wieder das Mieder an, verstreute nie wieder Rosenblätter, zündete nie wieder Teelichter an.*

*Sie redete auch nie mehr mit Alexander über seinen Gin.*

*Und verbot Bene, danach zu fragen.*

# FÜNF

*»Wenn mich jemand fragt, ob ich Wasser zu meinem Drink möchte,*
*antworte ich, dass ich durstig bin und nicht schmutzig.«*

Joe E. Lewis

Der halbrunde Tinside Pool war ein 1935 im Art-déco-Stil erbautes
Meerwasserschwimmbad – und der Lieblingsplatz aller Möwen in
Plymouth. Er lag am Ufer unterhalb des Hoe und öffnete nur im Sommer, den Rest des Jahres fieberten die Bewohner der Stadt darauf
hin.

Cathy hatte darauf bestanden, hierhin zu gehen.

»Komm schon rein«, rief sie ihm zu. »Ich brauche das jetzt. Nichts
macht den Kopf so klar wie Wasser.«

»Wenn man es trinkt«, antwortete Bene, der eine alte, karierte
Badehose trug, die mal ein Gast im Bed & Breakfast vergessen hatte.
»Nicht, wenn man drin schwimmt.«

»Doch, dann besonders. Außerdem hast du eine 1-a-Schwimm-
figur.« Cathy spritzte etwas Wasser auf ihn.

»Ja, nur ohne die nötigen Schwimmhäute.« Bene stand immer
noch im Flachen.

»Los, rein. Nur kurz, danach suchen wir die Algen. Hier in der
Nähe finden wir sowieso die besten. Schwimmen macht glücklich!«

Der Pool war voller Menschen. Eltern waren damit beschäftigt,
ihre Kinder davon abzuhalten, sich gegenseitig zu ertränken, und
Schwimmer damit, eine halbwegs gerade Bahn von einem Ende zum

anderen zu ziehen. Eudora, eine rosa genoppte Bademütze tragend, war eine davon. Wenn das ihr normales Tempo war, würde sie ungefähr zwei Jahre brauchen, um den Kanal zu durchqueren. Um den Pool herum lagen Frauen auf Liegen, wie eingeölte Brathähnchen glänzend, an denen die Männer vorbeigockelten, die Bäuche einziehend, die Brustkästen schwellend.

Bene war ein Anti-Schwimmer. Als Jugendlicher war er nie ins Becken gegangen, weil er zu cool dafür war. Also hatte er die Sommer komplett angezogen auf der Liegewiese verbracht, während die anderen im Wasser Spaß hatten und die Jungs ihre Chancen nutzten, nahezu nackte Klassenkameradinnen zu berühren. Zufällig natürlich.

»Kommst du jetzt endlich? Sonst schwimme ich allein.«

»Musst nicht allein schwimmen«, rief ein Mann neben ihr im Wasser, den Bene erst nicht erkannte, da er die Haare zu einem Zopf gebunden hatte und seine Badehose überraschenderweise nicht aus weißem Leinen bestand: Andrew Grimes.

Bene ging tiefer ins kalte Wasser und ließ sich hineingleiten.

»Na, siehste, geht doch«, sagte Cathy und wandte sich Andrew zu.

Bene sah, wie sie ihn mit einem Wangenkuss begrüßte und wie dieser ihr dabei sanft über den Rücken strich. Danach schwamm Andrew wie ein hungriger Hai enge Kreise um Cathy. Bene ging das Stück zu ihr durchs Wasser, da er nicht peinlich planschen wollte. »Wir sollten echt ans Ufer, vielleicht dauert das mit dem Algensuchen länger, als du glaubst.«

»Man darf seinen Körper nie vergessen«, sagte Andrew. »Du kennst sicher den Spruch mit dem Tempel, in dem die Seele wohnt. Der stimmt total.«

»Da hat er völlig recht«, sagte Cathy. »Und mein Tempel will jetzt endlich schwimmen.« Sie stieß sich vom Boden ab, Andrew ganz nah bei ihr.

Bene hoffte, dass seine Muskeln sich noch erinnerten, wie das mit dem Schwimmen ging. Er hatte zwar noch nie davon gehört, dass jemand infolge verknoteter Gliedmaßen im Schwimmbad ertrunken war, aber er traute es seinem Körper zu.

Als Benes Füße sich vom Kachelboden abstießen, wussten aber alle Teile, was zu tun war, wie sie das Wasser zu verdrängen und die Schwimmlage einzunehmen hatten.

Eine Zeit lang schwammen sie nebeneinander, Cathy und Bene im Bruststil, Andrew immer wieder ein paar kraftvolle Schläge Kraul einbauend.

»Wieso eigentlich Algen im Gin?«, fragte Bene. »Klingt nicht sehr lecker.«

»Das findest du nicht lecker? Du willst nicht wissen, was ich alles ausprobiert habe.« Sie lachte. »Muscheln, ja, sogar Fische und Krebse. Manchmal bringt erst ein Störer die Aromen voll zur Geltung.«

»Ist wie bei Parfum«, ergänzte plötzlich Andrew. »Da gibt es auch Kopfnote, Herznote, Basisnote und Störer. Der ist enorm wichtig für die Balance. Nur Schönheit allein funktioniert nicht, das wird unerträglich. Außer bei Cathy natürlich.«

»Du Spinner!«

Gott, was für ein mieser Schleimer!

Andrew glitt elegant durchs Wasser, seine Haut cappuccinobraun. Neben ihm kam sich Bene noch bleicher vor. In seiner Familie gab es Haut nur in zwei Farben: kalkweiß und krebsrot. Er versuchte ein paar lässige Züge auf dem Rücken, doch das führte nur zu unerwünschter Flüssigkeitsaufnahme. Als er sich wieder umdrehte, waren Cathy und Andrew ein wenig vor ihm. Obwohl er nur eine vage Vorstellung davon hatte, wie man kraulte, überwand Bene sich und schwang die Arme über den Kopf, um links und rechts das Wasser beiseitezuschaufeln. Es ging überraschend gut, und schnell hatte er die beiden eingeholt.

Cathy strahlte ihn an, allerdings nicht wegen seiner Kraulkünste.

»Andrew hat Algen für uns. Er sammelt die immer für seinen Spezialsalat, der ist total gesund. Wir müssen also gar nicht am Strand suchen gehen, ist das nicht super?« Sie drehte sich zu Andrew. »Du bist so ein Schatz, aber das weißt du ja.«

»Ich wäre aber noch lieber wieder dein Schatz.«

»Ja, klar.«

»Doch, echt. Wann glaubst du mir endlich?«

Cathy lächelte entschuldigend und schwamm ein wenig vor. Im Tinside Pool war es etwas leerer geworden. Cathy drehte sich zu ihnen um und fragte: »Wettschwimmen?«

»Klar«, antwortete Andrew. »Aber nur, wenn ich gewinne.«

»Niemals!«, sagte Cathy und schwamm los.

Andrew hatte sie nach wenigen Zügen eingeholt und spritzte Cathy nass. Es war eine dieser neckischen Szenen, an die sich in Hollywood-Filmen immer eine Zeitlupen-Aufnahme mit Kuss anschloss. Bene hatte gerade gar keine Lust auf Schnulzenkino und gab alles, was in seinen Armen und Beinen war. Er schaffte es, an den beiden vorbeizuschwimmen.

»Lahme Enten!«, brachte er zwischen zwei Kraulern hervor. Erstaunlich wenig Luft, die man zwischen zwei Zügen hatte. Aus den Augenwinkeln sah er, wie Andrew schnell hinterherzog. Dann war er schon neben ihm. Und grinste ihn an. »Zu viel Wasserwiderstand mit deiner Haartolle?«

Bene drückte aufs Tempo und konnte den Marketing-Gott der Black Friars Distillery tatsächlich in Schach halten, ja, mehr noch, er holte sogar etwas Vorsprung auf ihn heraus. Der Rausch des Erfolgs ließ ihn noch schneller schwimmen. Seine Lungen kamen kaum noch damit hinterher, Sauerstoff in den Körper zu pumpen, doch das war Bene egal. Dann wurde ihm schwarz vor Augen.


»Algen«, sagte Bene, als die Welt langsam wieder zurückkehrte und erste Farben und Formen mitbrachte.

»Was redet er?«, kam es von einer freundlichen, älteren Frauenstimme. Die Besitzerin dieser Stimme reichte ihm einen weißen Plastikbecher mit Wasser und führte ihn an seine Lippen.

»Wir hatten vor, später noch Algen für meinen Gin zu sammeln«, sagte Cathy.

»Du wolltest es doch sein lassen!«

»Ist wie eine schlechte Angewohnheit, Tantchen. Die wird man auch nicht los.«

Bene sah sich um, die Welt gewann an Schärfe. Er befand sich auf einer Behandlungsliege mit grünem Kunstleder, in einem kleinen, weiß gekachelten Raum. An einer Wand hing ein großes, vergilbtes Plakat, auf dem ein Mensch mitsamt seinem Innenleben dargestellt war. An den anderen klebten unzählige Kinderzeichnungen, die Strichmännchen mit blutigen Händen oder Füßen zeigten. Der Innenarchitekt war hoffentlich hochkant gefeuert worden.

»Wenn Sie möchten, dürfen Sie mir auch etwas malen.« Die ältere Frau im Arztkittel musste seinen Blick bemerkt haben. Sie schmunzelte und nahm Benes Hand in ihre. »Sie hatten einen kleinen Kreislaufkollaps. Nichts Ernstes, aber Sie sollten sich unter knallender Sonne besser nicht mehr so überanstrengen. Welcher Teufel hat Sie denn bloß geritten?«

»Andrew und er wollten herausfinden, wer den Längeren hat.«

»Männer«, sagte die Ärztin und rollte auf ihrem Hocker zu einer Spüle, um noch etwas Wasser für Bene zu holen. »Alle gleich, ob sie von hier kommen oder vom Kontinent.«

»Ja, aber Andrew hat sofort gemerkt, dass mit Bene etwas nicht stimmt, und Hilfe geholt. Er ist echt ein Lebensretter.«

»Ich bin sehr froh, dass es Menschen wie ihn gibt.«

»Ich auch. In solchen Momenten wird mir das wieder klar.«

Na, super, jetzt würde sein blöder Blackout die beiden wieder zusammenbringen!

»Das ist Bea, meine Tante«, sagte Cathy, als Bene sich aufrichtete.

»Sehr erfreut, auch wenn ich Sie lieber bei einem netten Abendessen kennengelernt hätte.«

»Ach, es war schön, dass ich mal nicht wegen eines Kinds gerufen worden bin, das in eine Glasscherbe getreten ist. Sollte ich mir im Kalender ankreuzen.«

Bene wandte sich an Cathy. »Bist du eigentlich mit jedem in Plymouth verwandt?«

»Nur mit den wichtigen Leuten«, antwortete Bea und musste lachen.

»Bea ist nicht nur irgendeine Verwandte. Nachdem meine Eltern beim Brand gestorben sind, haben Charles und sie mich und meinen Bruder aufgenommen. Das werde ich den beiden nie vergessen.« Sie lehnte ihren Kopf an Beas Schulter.

Bene richtete sich stöhnend auf. Die Welt wackelte, aber sie hielt. Sein Kopf fühlte sich allerdings so weich an wie das Ende eines riesigen Wattestäbchens.

»Und jetzt wollt ihr wirklich noch Algen sammeln gehen?«, fragte Bea ihre Nichte.

»Nein, Andrew bringt mir nachher welche vorbei.«

Cathys Tante schüttelte den Kopf. »Du und deine Gin-Spielereien. Bist genau wie dein Vater. Das warst du immer schon.«

»Es sind keine Spielereien.«

»Kennen Sie den Gin von Cathys Dad?«, fragte Bene und atmete tief durch. Klappte. Gut.

»Natürlich.«

»Wie hat er denn geschmeckt?«

»Puh, ist lange her, dass ich ihn getrunken habe. Er war sehr gut, das weiß ich noch, sehr würzig, aber nicht pfeffrig oder scharf, das habe ich Cathys Dad damals auch so gesagt. Er hat natürlich nicht verraten, wie er diesen speziellen Geschmack hinbekommen hat.«

»War das ein exotischer Geschmack?«, hakte Bene nach.

Bea blähte die Wangen. »Nein, ich glaube nicht. Daran könnte ich mich sicher erinnern.«

»Eher wie bei frisch gepflückten Kräutern oder bei Gewürzen?«

Bea blickte zu Cathy. »Nimmt er mich gerade ins Kreuzverhör?« Sie musste wieder lachen.

»Entschuldigung«, sagte Bene. »Hab durch die Ohnmacht wohl etwas meine Manieren verloren.«

»Jetzt fällt mir noch was ein!« Bea hob triumphierend den Mittelfinger. »Charles hat einmal gesagt, irgendwas sei merkwürdig an dem Gin und würde ihn an die Navy denken lassen, er hat ja mehrere Jahre gedient. Da fiel Archie wirklich die Kinnlade runter, da hatte mein Charles einen Treffer gelandet.«

»Das hast du mir noch nie erzählt«, sagte Cathy.

»Du warst auch nie so hartnäckig wie der junge Mann hier. Dein Dad meinte damals noch, dass sein Gin die Navy an gute, alte Zeiten erinnern würde. Und dann lachte er. Keine Ahnung, was er damit meinte. Ich glaube ja, er hat seine Experimente an den Kollegen in der Werft getestet. Wenn es einem zuzutrauen ist, dann deinem Vater. Außerdem trinken die Jungs in der Navy sowieso alles, wenn Alkohol drin ist.«

Die Tür ging auf und ein Bademeister streckte seinen Kopf herein. »Mrs. Callaghan, kommen Sie schnell, ein Kind ist in eine Glasscherbe getreten!«

»Na, endlich!« Bea sprang auf. »Ihr kommt auch ohne mich zurecht, oder? Am besten esst ihr irgendwo zur Stärkung etwas Leckeres. Mach's gut, meine Liebe.« Sie gab Cathy einen Kuss und blickte dann zu Bene, dem sie die Hand reichte. »Hat mich gefreut.«

»Und mich erst!«

Sie verschwand mit dem Bademeister.

»Etwas essen klingt nach einer guten Idee«, sagte Bene.

»Ich will dir vorher was zeigen. Bist du schwindelfrei?«

»Warum fragst du?«

Eine Viertelstunde später kannte er die Antwort. Sie hieß: zweiundzwanzig Meter. Denn Cathy hatte darauf bestanden, dass Bene alle dreiundneunzig Stufen hochstieg. Das war sicher nicht die Art von Reha, die sich ihre Tante vorgestellt hatte. Er musste noch ziemlich groggy aussehen, sonst hätte der zwölfjährige Hobby-Historiker, der die winzige Kasse am Eingang des Smeaton Tower heute betreute, nicht zweimal gefragt, ob Bene sicher sei, dass er den Aufstieg schaffe.

»Schön, oder?«, fragte Cathy jetzt mit einer Verzückung, die keine Widerworte zuließ. Sie standen auf dem schmalen Sims mit viel zu niedrigem Geländer, das den rot-weißen Leuchtturm umgab. Der Tinside Pool unten an der Küste wirkte von hier aus wie eine gefüllte, weiße Walnussschale. Bene hatte keine Höhenangst, aber enorme Fallangst.

»Sagst du mir jetzt, warum wir hier hochmussten?«, fragte er, immer noch etwas außer Atem.

»Dahinten im Westen liegt nicht nur mein kleines Bed & Breakfast, sondern auch Devonport, der Hafen des Militärs.«

Der Wind blies hier oben so stramm, als wolle er unbedingt herausfinden, ob sich das renitente Bauwerk nicht doch irgendwie aus dem Gleichgewicht bringen ließ. Bene verkrampfte die Hände am Geländer.

Cathy erklärte ihm in aller Ruhe die Stadt. Im Süden die Meeresbucht, im Norden die prachtvollen Hotelbauten, im Osten lag das alte Viertel Barbican. Erst hier oben wurde einem klar, wie klein Plymouth eigentlich war, und man konnte sich gut vorstellen, dass der ganze Ort in eine Schneekugel passte, in deren Zentrum sie gerade standen.

»Guck mal, dahinten ist Andrew.« Sie winkte ihm zu. »Holt wahrscheinlich gerade die Algen für den Gin.« Cathy vermied Augenkontakt mit Bene. »Ich wollte hier hoch wegen des Ausblicks und damit du die Werft siehst. Oder zumindest, wo sie liegt.« Sie deutete in die Ferne hinter dem Royal William Yard. »Wegen der bist du heute hier. Irgendwie. Denn unser Bed & Breakfast war so eigentlich gar nicht geplant. Aber dann hat mein Vater seinen Job in der Werft verloren und wir haben das Haus umgebaut. Wir waren nicht die einzigen, die auf diese Idee kamen, das hat es nicht leichter gemacht. Nach dem Zweiten Weltkrieg hat das Gelände der Marinebasis noch dreiundsiebzig Hektar betragen. In den Sechzigerjahren ist die Royal Navy dann drastisch verkleinert worden. Damals sind mehrere tausend Arbeitsplätze weggefallen, auf einen Schlag.«

Bene blickte aufs Meer. »Aber da liegen doch bestimmt acht riesige Schiffe und warten darauf, in die Werft zu dürfen.«

»Ja, stimmt. In den Neunzigerjahren gewann der Hafen wieder an Bedeutung, wurde modernisiert und um mehrere große Docks erweitert. Gott, ich klinge wie ein Navy-Lexikon!« Sie presste die Lippen aufeinander. »Aber wenn du hier lebst, dann weißt du sowas automatisch. Die Marinebasis ist der größte Arbeitgeber der Stadt.«

»Du solltest dich bei Wikipedia als Sprachausgabe bewerben, du machst das echt gut.«

»Blödmann!«

Sie schubste ihn, nur leicht, trotzdem durchzuckte Bene kurz Panik. Immerhin befanden sie sich ziemlich weit oben.

»Ich habe immer vermutet, dass Dads Gin einen Bezug zur Navy hat.« Cathy bemühte sich, gegen den Wind anzusprechen. »Weißt du, er hat nie aufgehört zu denken wie jemand von der Navy. Auch was Essen und Trinken betrifft. Seine ersten Gin-Versuche hat er noch in seiner Werkstatt auf der Werft gemacht. Ich durfte leider nie auf das Gelände, an seinen Arbeitsplatz.«

»Gibt es den denn noch?«

Cathy nickte. »Da ist sicher seit Ewigkeiten nichts verändert worden. Dad meinte immer, sie haben seine Werkstatt einfach abgeschlossen und vergessen, als sie ihn vor die Tür gesetzt haben.« Jetzt waren es Cathys Hände, die sich fester ans Geländer klammerten. »Was meine Tante Bea eben gesagt hat, das hat mir klargemacht, dass ich einer enorm wichtigen Spur nicht nachgegangen bin.«

»Aber ich dachte, wir haben jetzt sämtliche Zutaten?«

Der Wind wehte noch heftiger und Cathy musste sich Strähnen ihrer Haare aus dem Gesicht streichen. Das lenkte Benes Blick auf Cathys leicht geschwungene Augenbrauen, die ihn an die perfekte Linie eines Porsche 356 erinnerten, und auf ihre blassrosa Lippen, deren Farbe er noch nie als Lack gesehen hatte. Was ein Verbrechen war.

»Alle Botanicals herauszufinden, ist ein Langstreckenlauf, kein Sprint. Ich bin mir sicher, dass noch ein weiterer Störer fehlt. Hattest du gedacht, du kannst bald wieder zurück nach Deutschland? Gefällt es dir etwa nicht bei uns?«

Da war eine Verletzung in ihrer Stimme, besonders bei den letzten Wörtern, dem »bei uns«. In Wirklichkeit, das spürte Bene, war es ein »bei mir«. Sie wollte nicht, dass er sie verließ.

Und er wollte das auch nicht.

»Doch«, sagte er. »Ich würde gern bleiben.«

Cathy räusperte sich. »Das hör ich gern.«

Bene hatte jetzt ebenfalls das dringende Bedürfnis, sich zu räuspern. »Dann fahren wir jetzt dahin. Also, in die alte Werkstatt deines Vaters.«

»Die lassen mich da nicht rein. Und dich erst recht nicht.«

»Dann steigen wir eben nachts ein.«

»Das ist ein Militärbereich. Die erschießen uns!«

»Kennst du nicht jemanden da? Der uns reinschleusen könnte? Gegen ein paar druckfrische Scheine? Oder irgendwas anderes?«

Cathy sah ihn an, ihr ganzes Gesicht ein Strahlen. »Ja, kenne ich tatsächlich! Warum muss erst ein deutscher Automechaniker kommen, damit ich auf die Idee komme?«

Sie war so schön, wenn sie lächelte. Und es machte ihn glücklich, sie so zu sehen. Eine tägliche Dosis lächelnde Cathy war sicher unglaublich gut für die Gesundheit. Und Bene wollte eine größere Dosis, er wollte sie jetzt, er brauchte sie jetzt.

»Das ist ein Grund anzustoßen, oder?«

Bene zog seinen Flachmann aus der Jackentasche, den er am Flughafen mit einem »Rangpur« gefüllt hatte, und reichte ihn Cathy.

»Der Gin ist super.«

»Das glaube ich dir, aber …«

»Ich weiß, dass du keinen Alkohol trinkst«, unterbrach Bene sie. »Aber den solltest du echt probieren. Das könnte dich weiterbringen bei der Suche nach den Botanicals deines Vaters.« Diese Aussage war Teil seines kleinen Plans.

Sie schüttelte den Kopf. »Nein, danke.«

»Es gibt eine Möglichkeit, wie du ihn verkosten kannst, ohne ihn zu trinken.«

»Ach, ja?« Cathy runzelte die Stirn. »Von der habe ich noch nie etwas gehört.«

»Ist eine französische Erfindung.« Er trank einen Schluck, dann nahm er sanft ihr Gesicht in seine Hände und küsste sie. Bene spürte die Überraschung an der Festigkeit ihrer Lippen, doch dann wurden sie weich und ihr Mund öffnete sich. Der Kuss war lang und doch zu kurz. Ihre Lippen fremdelten nicht, sondern fanden zueinander, als sei dies jeweils der vorgesehene Platz für sie in dieser Welt.

Jetzt, wo sie sich sanft wieder lösten, blickte Cathy ihn an.

Benes Augen waren eine einzige Frage. Würde sie ihn ohrfeigen, ein klärendes Wort mit ihm sprechen oder keck schauen und ihn nochmals küssen? Der Puls schlug ihm im Hals, als zähle er die Sekunden des Wartens mit.

Cathy blickte zum Royal William Yard. »Lass uns gehen, die Person, von der ich gesprochen habe, ist sicher zu Hause.«

Kein Wort zu dem Kuss, den ganzen Rückweg nicht. Cathy redete stattdessen über das Wetter. Das war wohl die britische Art, höflich zu schweigen. Nachdem sie zusammen ein paar Shepherd Pies in einem Café gegessen hatten, fuhr Cathy sie mit ihrem Range Rover zurück zum Bed & Breakfast, von wo sie das kurze Stück zum ehemaligen Militärgelände zu Fuß gingen. Dort betraten sie keines der Restaurants und auch keine der Galerien, sondern bogen in einen alten Gebäudekomplex ab, in dem sich Cathy zufolge die alte Mills Bakery befand. Bene blickte immer wieder über seine Schulter, meinte einen Blick zu spüren, der auf ihm haftete, hielt nach Inspector Dolliver Ausschau oder einer Person, die betont unauffällig hinter ihnen herging. Er konnte niemanden ausmachen, aber das Gefühl verschwand trotzdem nicht.

Cathy blieb vor einer gläsernen Tür stehen, neben der ein Tastenfeld angebracht war. Ohne Zögern tippte sie einen vierstelligen Code darauf, das Türschloss summte und sie traten ein. Die Grundstruktur des Gebäudes und sein grobes Mauerwerk hatte man erhalten. Doch mit teuren Materialien war die ehemalige Bäckerei und Mühle der Royal Navy zu einem Wohnkomplex umgebaut worden.

Sie fuhren mit dem chromglänzenden Aufzug in den zweiten Stock und gingen über perfekt schallschluckenden Teppich zu Apartment 42. Alles war penibel gepflegt und das Reinigungsmittel roch teuer. Wer hier lebte, war reich und hip zugleich. Cathys Kontaktperson war wahrscheinlich Investmentbanker oder Besitzer eines Internet-Start-ups.

Vor der Tür drehte sie sich zu Bene. »Er ist … anders als andere Menschen.«

»Kein Mensch ist wie der andere, also kein Problem.«

»Nein, ich meine das nicht so.« Nervös fuhr sie sich über den Nasenrücken. »Er ist … ach, du lernst ihn am besten selbst kennen. Aber verurteile ihn nicht, ja? Er ist einer von den richtig Guten.«

Zu Benes Überraschung hatte Cathy einen Schlüssel und öffnete die Tür. Wohnte hier ein Ex von ihr, dessen Schlüssel sie behalten durfte, weil er sich genau wie Andrew Hoffnung auf ein Wiederaufleben ihrer Beziehung machte?

Das Apartment war eingerichtet, als sollte es für den Katalog eines Einrichtungshauses fotografiert werden. Stylishe Möbel aus edlem Holz, maritime Motive an den Wänden, Teppich und Vorhänge aus unifarbenen Stoffen, die sich farblich perfekt ergänzten, ein Fenster blickte hinaus auf den kleinen Hafen. Aber überall lag etwas herum, Zeitschriften, Bücher, Prospekte, irgendwelcher Krimskrams. Und noch etwas war merkwürdig: Das noble Apartment roch wie eine Kneipe, eine heruntergekommene noch dazu. In den schweren Alkoholgeruch mischten sich der Duft von Schweiß und verdorbenem Essen.

Als Bene um die Ecke trat, sah er den Grund dafür. In der Küchenzeile stapelten sich Teller mit verschimmelten Essensresten, der Boden war vollgestellt mit leeren Bier- und Schnapsflaschen. Auf dem Sofa fläzte sich ein Mann in Boxershorts und guckte Cricket auf einem großen Flachbildfernseher. Der Bewohner des Apartments salutierte träge vor ihnen.

Bene kannte ihn.

»Willkommen in meiner Heimstatt! Ich bin Lieutenant William Bligh, Kapitän des stolzen Dreimasters Bounty der britischen Admiralität.« Die Worte schwammen wie träge Fische aus seinem Mund, eher ein Schwarm als einzelne Exemplare. Es fiel schwer, sie auseinanderzuhalten.

»Waren Sie nicht vor Kurzem noch Sir Francis Drake?«

»Wie kommen Sie darauf? Ich habe keinerlei Ähnlichkeit mit ihm.«

»Aber …«

»Wollen Sie etwa mit einem Mann diskutieren«, er hob den Zeigefinger, »der 3618 Seemeilen von den Gewässern Tongas bis zur Insel Timor im offenen Boot zurückgelegt hat?«

Bene sah Cathy an. »Nein?«

»Nein«, erwiderte sie bestimmt, setzte sich neben den Mann und strich ihm zärtlich über den Kopf, bevor sie ihm einen sanften Kuss auf die Wange gab.

»Darf ich vorstellen: mein Bruder Matt.«

»Matt?«, fragte der Mann. »Wer soll das sein?« Er lehnte sich an sie

148

und seine Worte flossen auf einmal etwas geordneter aus ihm heraus. »Was reden Sie für einen Unsinn, verehrte Schwester?«

»Wir machen einen Ausflug, ja?«, fragte Cathy.

»Ich war Gouverneur von New South Wales und bin der fähigste Seefahrer und Navigator meiner Epoche! Egal, was dieser Edward Christian und seine Meute auch behaupten mögen!«

»Deswegen gehen wir jetzt ja auch zu einem Aquarium, das nach dir benannt werden soll.«

»Oh, eine fabelhafte Idee! Das war längst überfällig, meine Liebe!«

Cathy drehte sich zu Bene und flüsterte. »Wir bringen ihn da wieder zu sich.«

»Im Aquarium? Willst du ihn ins Wasser schmeißen?«

Sie lachte. »Gute Idee!«

Bene musste warten, bis Cathy ihrem Bruder geholfen hatte, sich zu waschen und anzuziehen. Es war wie ein Tanz, bei dem Cathy führte und Matt ihr tapsig folgte.

Das National Marine Aquarium lag am Sutton Harbour, nahe dem Barbican. Es beherbergte Europas tiefstes und Großbritanniens größtes Becken, wie die Infotafel informierte. Der Hinweis auf »zwei Superlative in einem Gebäude« wirkte ein wenig verzweifelt. Genau wie das riesige Parkhaus, das von Plymouths Traum zeugte, eine Großstadt zu sein.

Die Frau am Ticketschalter nickte Cathy verständnisvoll zu und ließ sie alle kostenlos hinein. Sie gingen am Rockpool vorbei, wo man Seesterne streicheln konnte, weil diese zu langsam waren, um zu fliehen, sie passierten den Plymouth Sound, die British Coast und erreichten den Atlantik. 2,5 Millionen Liter Wasser, in denen Barrakudas glitten, grüne Schildkröten paddelten und Rochen schwebten.

Ein kleines, rothaariges Mädchen saß in einer der runden Fensterluken und träumte sich zu den Fischen. Matt setzte sich genau wie sie vor das Aquarium, ganz nah, die Stirn am Glas, die Handflächen daneben. Sein Rücken hob und senkte sich immer ruhiger.

»Und das macht ihn nüchtern?«, fragte Bene.

»Das holt ihn zurück. Ich sage immer: Die Fische zeigen ihm den Weg.«

»Aber es macht ihn nicht nüchtern?«

Cathy zog die Augenbrauen empor. »Sind das magische Fische, die Alkohol aus Menschen ziehen? Durch mehrere Zentimeter dicke Scheiben? Gibt es so etwas in Deutschland? Es macht ihn natürlich nicht nüchtern, aber es macht, dass er nicht mehr Bligh ist oder Drake.«

Matt sah kurz zu ihnen. »Sie haben zwei neue Sandtigerhaie, Cat.« Seine Stimme klang nun anders, weniger theatralisch, und das Englisch war weniger gestelzt.

»Ja, tolle Fische. So … sandig.«

Bene musste grinsen.

Einer der Sandtigerhaie, sicher zwei Meter lang, schwamm mit seinen toten Augen, denen die Nickhaut fehlte, schnurgerade auf Matt zu. Die langen, spitzen Zähne waren stark nach vorne gerichtet, als könnten sie es nicht erwarten, sich in Fleisch zu bohren. Gleichzeitig war er wunderschön, sein sandfarbener Rücken mit gelben und dunkelroten Flecken, die Mühelosigkeit, mit der er sich bewegte.

»Matt hat ziemlich was drauf. Er hat sich früher für Marine-Historie interessiert, so wie andere Jungs für Dinosaurier oder Star Wars. Er hatte alles im Kopf, jedes Datum, jede Schlacht, und war immer wahnsinnig stolz darauf, in Plymouth geboren zu sein.«

»Was ist passiert, dass er mit dem Trinken angefangen hat?«

Cathy atmete tief durch. »Den Grund hat er nie verraten. Du glaubst nicht, wie oft ich ihn gefragt habe. Es wurde immer schlimmer und irgendwann hat es ihn seinen Job in der Werft gekostet. Hast du Geschwister?«

»Leider nein.«

»Leider? Manchmal kann es auch schrecklich sein. Zum Beispiel, wenn dein Bruder zum Alkoholiker wird und du nur hilflos danebenstehen kannst.«

»Er ist sicher froh, dass er dich hat«, sagte Bene.

Matt drehte sich zu ihnen. »Da hat er recht.«

Cathy war sprachlos. Aber nur kurz. Sie kniete sich zu ihrem Bruder und umarmte ihn ganz fest. »Komm, wir spielen am Great Barrier Reef ›Alberne Fische‹.«

»Echt jetzt, Cat?« Er schüttelte den Kopf, doch er lächelte dabei.

»Ja, muss sein.«

»Das ist so peinlich!«

»Eben drum. Wenn man älter wird, vergisst man peinliche Sachen zu tun. Dabei befreit das total.«

»Ich kann es ja auf mein Saufen schieben, aber du …«

Cathy zuckte mit den Schultern. »Ich bin eh verrückt.«

Bene folgte ihnen zu einem Tank mit den exotischen Fischen des größten Korallenriffs der Erde. Diesmal setzten sie sich beide davor und beachteten ihn nicht weiter.

Cathy zeigte auf einen großen, blauen Fisch mit wulstigen Lippen. »Blue Groper!« Sie stülpte ihre Lippen vor und riss die Augen auf.

Matt bekam einen Lachanfall und brauchte etwas, bis er auf einen silberblauen Fisch mit einer langen Nase zeigte, die er mit den Händen an seiner Stirn nachbildete. »Einhorn-Fisch!« Jetzt musste auch Bene lachen – was daran lag, dass der Einhorn-Fisch sie pikiert anschaute. Vorbeiflanierende Aquariumsbesucher warfen ihnen abschätzige Blicke zu, was das Ganze nur noch besser machte. Nach acht Fischen hielten sie sich alle die Bäuche vor lauter Lachschmerzen.

Matt stand auf und reichte Bene die Hand. »Hi, ich bin Matt, schön, dich kennenzulernen.«

»Geht mir genauso«, sagte Bene und klopfte ihm freundschaftlich auf die Schulter.

»Solltest du auch mal spielen«, sagte Cathy, deren Wangen ganz gerötet vom vielen Lachen waren. »›Alberne Fische‹ bringt es total.«

Sie gingen zusammen ins Café des Aquariums, wo heißer Tee ausgeschenkt wurde, der wie Wohligkeit in Tassen war.

Schon nach dem ersten Schluck kam Cathy zur Sache. »Du kennst doch Dads alte Werkstatt auf dem Werftgelände?«

»Ja, die stillgelegte.«

»Aber nicht demontierte?«

»Ne, wurde nur stillgelegt. Sie haben einfach alles stehen und liegen lassen. Du kennst die Navy, man könnte es ja später vielleicht noch mal brauchen.«

»Perfekt! Da müssen wir rein.«

»Ist verboten«, antwortete Matt. »Und zwar sowas von verboten.«

»Ich weiß, ich will trotzdem rein. Heute Nacht.«

Matts Augenbrauen senkten sich irritiert. »Das ist total riskant.«

»Ist mir klar.«

»Das ist keine gute Idee«, sagte Matt. »Überhaupt keine gute Idee.«

Bene meinte zu erkennen, wie Drake oder Bligh versuchte, wieder durch Matts Augen zu schauen.

»Doch, ist es. Du kannst deiner großen Schwester vertrauen. Das konntest du immer, oder?«

Matt nickte zögerlich.

Doch es wirkte nicht zustimmend, sondern wie bei einem Verbrecher, der seine Strafe akzeptierte.

Bene sah zu Cathy, die ihre Lippen aufeinanderpresste. Er war sich nicht sicher, ob ihr hundertprozentig wohl bei der Sache war. Aber sie schien extrem entschlossen, dem Geheimnis ihres Dads endlich auf die Spur zu kommen.

»Gin – Alles, was du wissen musst«
von Archibald Callaghan (Plymouth/Devon)

## DIE HERSTELLUNG

Einen durchschnittlichen Gin zu produzieren, ist kinderleicht, doch die Herstellung eines großen, eigenständigen Gins ist eine Herkulesaufgabe. Ich weiß, wovon ich spreche!

Eigentlich ist Gin nichts anderes als Alkohol mit Wacholder – der einzigen unbedingt nötigen Zutat von über hundert, die mittlerweile Verwendung finden. Und wenn ich Alkohol schreibe, meine ich ganz profanen Stoff: Agraralkohol aus Getreide, Kartoffeln (also Wodka), Melasse, egal. Hochprozentig und geschmacksneutral sollte er sein. Denn der Geschmack kommt durch das, was man hineingibt.

Die einfachste Methode ist: Botanicals rein, warten (diesen Vorgang, bei dem sich die Aromen lösen, nennt man Mazeration), Botanicals raus, mit Wasser auf Trinkstärke bringen, fertig. So wird »BATHTUB GIN« oder »COMPOUND GIN« hergestellt, also ohne zusätzliche Destillation.

Die zweite Methode ist: Botanicals in Alkohol geben, mazerieren, dann destillieren. Der heiße Dampf wird abgekühlt und ergibt ein Gin-Destillat. Mit Wasser auf Trinkstärke bringen, fertig. So werden die meisten Gins erzeugt.

Bei der dritten Methode werden die Botanicals nicht in Alkohol mazeriert. Stattdessen werden die bei der Destillation entstehenden Alkoholdämpfe durch die Botanicals geleitet und dadurch aromatisiert. Im Detail sieht das so aus, dass über dem Brennkessel ein sogenannter Gin-Kopf oder eine Art Sieb, der »Geistkorb«, aufgehängt wird, in dem sich die Botanicals befinden. Der Fachbegriff hierfür ist Perkulation. Auf diese Art entstandene Gins sind in der Regel aromatisch subtiler als klassisch hergestellter Gin – aber auch deutlich teurer.

Soviel zur reinen Lehre, kurz noch zu ein paar Feinheiten: Beim »DRY GIN« dürfen naturidentische Farb- und Aromastoffe verwendet werden – was beim »LONDON DRY GIN« verboten ist. Sowohl beim »Dry Gin« wie beim »London Dry Gin« ist eine doppelte Destillation ein Muss (es darf auch dreifach destilliert werden, aber niemals nur einfach).

Das Dry im Namen bedeutet, dass der Gin im Nachgang nicht gesüßt wurde. Es beschreibt also nicht unbedingt den tatsächlichen Geschmack des Gins.

»OLD TOM GIN« ist dagegen immer leicht gesüßt. Er ist einer der ursprünglichsten Gins, war aber lange außer Mode. Was an seinem schlechten Image lag. Zu Beginn des Gin-Booms wurde bitterer, fast ungenießbarer Gin, der viele Fuselaromen und Alkohol schlechter Qualität enthielt, mit Zucker versetzt, um den Genuss angenehmer zu machen und die Giftstoffe geschmacklich zu überlagern. Ein guter Old Tom hat das heutzutage natürlich nicht nötig.

Als Edelversion des Old Tom gilt der »CORDIAL« oder »FINE CORDIAL GIN«, der historisch gesehen ein korrekt destillierter Gin war, dem man trotzdem Zucker zufügte, weil die Kundschaft den süßen Old Tom gewöhnt war.

»SLOE GIN« heißt zwar Gin, ist aber ein Likör – auf Gin-Basis. Er ist mit Schlehenbeeren aromatisiert. Diese rötliche Spirituose wird nicht destilliert, sondern wie ein Bathtub Gin angesetzt. Schlehenbeeren und Zucker werden dafür in destillierten Gin eingelegt. Eher etwas für Frauen.

Bene wusste nicht, warum gerade er rudern musste, aber Cathy und Matt waren sich da sofort einig gewesen. Dabei konnte er eigentlich gar nicht rudern, nachts erst recht nicht, doch nun ruderte er mitten in der Nacht auf einen abgesperrten Militärbereich zu, weil kleine, unbeleuchtete Ruderboote nicht auffielen, wenn sie nah am Ufer entlangglitten. Was ihm mal mehr, mal weniger gelang, wie diverse Schrammen am Rumpf des alten Boots der Familie Callaghan bezeugten. Langsam und halbwegs rhythmisch senkte er die Ruderblätter ins tintenschwarze, gefährlich wirkende Wasser.

Matt hielt vom Bug aus Ausschau, daneben Cathy mit einer Angelrute in der Hand – als potentielle Schutzbehauptung, falls sie aufgegriffen wurden. Bene konnte nicht sehen, ob sie hinter seinem Rücken miteinander tuschelten. Redete Cathy mit ihrem Bruder über den Kuss? Oder warf sie ihm Blicke zu, die nach weiteren Küssen verlangten? Sein Liebesleben kam ihm gerade wie eine Waage vor, die sich weder nach links noch rechts senkte. Und so lange sie das nicht tat, wusste er nicht, wohin er neue Gewichte legen konnte.

»Leise rudern«, sagte Cathy. »Und leicht Steuerbord.«

Bene stoppte.

»Das ist bei dir links«, ergänzte Cathy, und Bene ließ das Ruderblatt auf der Backbordseite durch das Wasser gleiten.

Acht Schläge später stießen sie mit dem Bug gegen die Kaimauer. Es rumpelte so laut, dass ganz Plymouth davon wach werden musste – dachte Bene.

»Gut gemacht«, sagte Cathy ohne Ironie.

Matt band das Boot fest, und sie stiegen eine in die Mauer eingelassene, feuchte Metallleiter mit glitschigen Algen und verkrusteten Muscheln hinauf.

»Das Lagerhaus liegt gleich dahinten«, sagte Matt. »Sieht alles gut aus. In dem Bereich hier wird nicht regelmäßig patrouilliert, weil alles stillgelegt ist.«

Sie hatten dunkle Kleidung angezogen, Bene trug seinen blauen Rollkragenpullover, der ihm noch nie so passend vorgekommen war wie bei diesem Einbruch. Obwohl niemand zu sehen war, liefen sie leicht gebückt bis zu dem Haus, das im blassen Mondlicht vage rot schien und dessen Fenster mit schlampig festgenagelten Holzbalken verbarrikadiert waren. Der Haupteingang war zugemauert, ein Haufen übrig gebliebener Ziegelsteine lag noch davor.

Das grelle Licht einer Taschenlampe traf sie wie ein Schlag ins Gesicht. Dann krachte etwas Knallhartes gegen Benes Schienbein und er ging mit einem Schmerzensschrei zu Boden – genau wie Cathy und Matt.

»Hände hoch! Los!«

»Scheiße«, sagte Matt mit erstickter Stimme. »Ich hab's dir ja gesagt, Schwesterherz.«

»Schnauze!«, herrschte die tiefe Stimme sie an. »Ihr habt hier nichts zu suchen!«

»Bist du das, Phil?«, fragte Cathy.

Die Taschenlampe senkte sich. »Hi, Süße. So weit weg von zu Hause?«

Jetzt erkannte auch Bene den Mann, es war der Riese aus dem Pub. Bene spürte, wie Phil ihn abcheckte.

»Schau an, der Rock'n'Roller aus Deutschland ist auch dabei. Ist das eure Vorstellung von einem flotten Dreier?«

»Kümmere dich nicht um uns«, sagte Matt. »Mach einfach deine Runde weiter. Ich gebe dir morgen im Pub dafür einen aus.«

»Matt, mein alter Freund. Die da oben denken seit Langem darüber nach, mich zu feuern. Dass ich euch hier finde, ist echt ein Glücksfall. Das wird mir meinen süßen Arsch retten. Da kannst du mir so viele Pints ausgeben, wie du willst, euch liefere ich jetzt ab.«

»Wir waren rudern und unser Boot ist leck geschlagen«, versuchte es Cathy.

»Ihr seid unerlaubt in militärisches Sperrgebiet eingedrungen und dafür gibt es eine Strafe! Ende, aus. Da wird nicht diskutiert. Ihr spinnt wohl! So, jetzt langsam aufstehen und dann zum Pförtnerhaus.«

Cathy erhob sich und trat ganz nah zu Phil. Bene ahnte, dass sie mit ihm flirten würde, womöglich seinen Nacken streicheln und ihm verführerische Versprechen ins Ohr flüstern, die ihn umstimmen sollten.

Er hasste allein die Vorstellung.

»Phil?«, fragte sie mit einer Stimme, die plötzlich in ein Negligé gekleidet war. Neckisch spielte sie an ihren Ohrringen, deren silberne Anker im Licht der Taschenlampe funkelten.

»Cathy?«, fragte er zurück, seine Stimme nun ein Raunen.

»Du bist selbst schuld.«

»Was?«

Da traf ihn schon der Ziegelstein am Hinterkopf, und Phil Crabtree, ein Mann wie ein Baum, fiel nun wie einer.

»Guck nach, ob du irgendwo einen Knebel und ein Seil oder Kabel findest«, sagte Cathy schnell zu ihrem Bruder, der daraufhin loslief.

»Atmet er noch?«, fragte Bene.

»Klar, Phil hat einen verdammt harten Schädel. Damit hat er diverse Pub-Schlägereien überstanden.«

Matt erschien mit einem ölverschmierten Lumpen und einem Metalldraht. »Mehr habe ich auf die Schnelle nicht gefunden.«

»Reicht«, sagte Cathy und band Phil die Hände auf dem Rücken zusammen. Als sie ihm den ölverschmierten Lumpen in den Mund stopfte, hustete Phil kurz, kam jedoch nicht wieder zu Bewusstsein. Cathy tastete seine Taschen ab und förderte ein Messer mit langer Klinge zutage, das sich nicht gerade zum Apfelschälen eignete. Es war nicht das gleiche Modell, das sie in Cathys Lesezimmer gefunden hatten, aber Größe und Qualität des Messers waren ähnlich. Schnell steckte sie es ein.

»Die werden ihn am Ende seiner Runde erwarten, uns bleibt nicht mehr viel Zeit«, sagte Matt nervös. Seine Augen zuckten in den Höhlen wie eingesperrte Vögel.

»Wie lang?«, fragte Cathy.

»Keine Ahnung, ob er gerade erst losgegangen ist oder schon am Ende der Runde war. Ich würde sagen, zehn Minuten bis maximal eine halbe Stunde.«

»Dann schnell!«

»Hier lang«, sagte Matt und ging vor zu einem Seiteneingang des ochsenblutroten Hauses, den er offensichtlich eingetreten hatte. Auf den ersten Blick schien das Innere nur aus Staub und Spinnweben zu bestehen. Es gab keine Spuren außer denen von Matts Stiefeln, hier war seit Ewigkeiten niemand mehr gewesen. Cathy hatte Phils Stabtaschenlampe mitgenommen und suchte damit den großen Raum ab, in dem eine alte Holztheke stand, auch Tische und Stühle, die wirkten, als würden sie zusammenfallen, wenn man nur in ihre Richtung atmete.

»Wo war Dads Werkstatt?«, fragte Cathy.

Matt sah sich um. »Irgendwo dahinten, glaube ich.«

In der Ecke standen drei Werkbänke und dahinter ein halbes Dutzend Metallschränke.

»Hier hat Dad gearbeitet?«, fragte Cathy. »Ich dachte …«

»Er hätte eine normale Werkstatt gehabt? Nein, das Ganze war eher eine Arbeitsbeschaffungsmaßnahme. Dad kam mit den ganzen neuen Techniken und Geräten nicht zurecht. Da hat man ihm hier was hingestellt und alte Schiffsteile zum Rumschrauben gebracht. Das hat Dad ziemlich zugesetzt. Er wurde erst wieder richtig er selbst, als er seinen Gin machte. Hier stand damals auch ein alter Brennkessel, den hat er später aber abgebaut und mit in sein Fischerhaus genommen.«

Cathy strich mit der Hand über eine der alten, zerkratzten Werkbänke und ihr Blick wurde ganz weich. Bene konnte in Cathys Augen lesen, wie sehr es sie belastete, dass ihr Vater in solch einer Bruchbude hatte arbeiten müssen. Väter waren Superhelden, sie konnten alles und beherrschten das Wasser und die Luft. Es tat weh, wenn sie fielen. Auch weil das Traumschloss der eigenen Kindheit dabei immer mit einstürzte.

»Schränke«, sagte Matt. »Schnell!« Er befeuchtete sich die Lippen, als hätte an diesen schon zu lange kein Flaschenhals mehr angedockt.

Wenn es ein Sortierungssystem gab, dann hatte nur Archibald Callaghan es gekannt. An die Innenseiten der Schranktüren waren zwar vergilbte Zettel mit kryptischen Notizen gepinnt, aber alles schien kreuz und quer zu liegen.

»Hier ist nichts, habe ich ja gesagt. Lasst uns gehen!« Matt schloss seinen Schrank.

»Einen haben wir noch nicht gecheckt«, sagte Cathy und öffnete ihn. Matt und Bene halfen ihr beim Durchsuchen, jeder ein Fach. Doch kein Gin, nicht mal ein Hinweis darauf, nur Ersatzteile, nur Metall.

»Wir müssen zurück zum Boot«, sagte Matt und ging zum Ausgang.

Cathy sah sich ein letztes Mal um, dann nickte sie. »Ja, es war eine dumme Idee hierherzukommen, oder?«

»Aber echt«, erwiderte Matt. »Das mit Phil the Hill wird ein Nachspiel haben.«

Bene folgte ihnen, doch dann blieb er stehen. »Euer Vater hätte seinen Gin nicht an irgendeinem x-beliebigen Platz versteckt, oder? Wo ihn jeder hätte finden können. Auf der Suche nach einem Ersatzteil zum Beispiel.« Bene ging hinüber zur alten Holztheke. »Er hätte seinen Gin dort versteckt, wo er hingehört. Und wenn er stolz drauf gewesen ist, hätte er ihm einen Ehrenplatz eingeräumt.« Er trat hinter den Tresen, wo sich ein großer Thekenschrank befand, und zog die mittlere der geschnitzten Türen mit den kupfernen Knäufen auf. Bene kam sich vor wie ein Zauberkünstler, der das weiße Kaninchen an den langen Ohren aus dem Hut zog. Doch der Hut war leer.

Nichts im Schrank außer gähnender Leere.

Das konnte nicht sein.

Er war sich so sicher gewesen.

»Du hast recht«, sagte Cathy zu seiner Überraschung und kam zu ihm. »Aber selbst an so einem Ehrenplatz hätte Dad den Gin versteckt.« Sie griff hinein, durch etliche Spinnweben hindurch. Cathy musste sich auf die Zehenspitzen stellen, um mit den Fingern bis in die hinterste Ecke zu kommen – und fand eine Flasche sowie eine Konservendose ohne Etikett.

Als sie beides herauszog, lief Matt zu ihnen. »Ist das …?«

»Auf jeden Fall hat Dad genau solche Flaschen benutzt. Von Anfang an!«

Sie zog den Korken aus der durchsichtigen Flasche. An ihrem enttäuschten Gesicht konnte Bene erkennen, dass der Inhalt längst verdunstet oder vertrocknet war.

»Und die Dose?«, fragte Bene.

Cathy schob sie mittig auf die Theke und jagte Phils Messer hinein, Flüssigkeit spritzte heraus, als es tief hineindrang.

Ein Tropfen traf Cathy an der Lippe, automatisch fuhr sie mit der Zunge darüber.

Dann fing sie an zu lachen.

»Alles in Ordnung?«, fragte Matt.

»Was ist passiert?«, fragte Bene.

Cathy brauchte etwas, bis sie antworten konnte. »Dad hat doch zu Onkel Charles und Tante Bea gesagt, der Gin würde die Navy an gute, alte Zeiten erinnern.« Sie reichte Bene die Dose. »Er meinte wegen des Sauerkrauts!«

Jetzt lachte auch Matt.

Nur Bene wusste nicht genau, worüber.

»Skorbut«, erklärte Matt, als er wieder Luft bekam. »Bis ins 18. Jahrhundert verlor die Royal Navy mehr Schiffe durch Vitamin-C-Mangel als durch feindliche Angriffe. Aber James Cook hat die Sache in den Griff bekommen. Er wollte etwas dagegen tun, dass das Zahnfleisch seiner Matrosen faulte und alles Gewebe bis zu den Wurzeln der Zähne abfiel. Deshalb verordnete er der Mannschaft bei seiner Weltumseglung 1768 Sauerkraut, eingekochten Zitronen- und Orangensaft sowie Biervorstufen wie Malzextrakt und Stammwürze. Es waren kulinarische Experimente. Und zwar erfolgreiche. Die muss Dad sich zum Vorbild genommen haben.«

Cathy schnüffelte am Sauerkraut. Dann nickte sie.

»Matt? Bene?«

Beide antworteten mit »Ja.«

Cathy strahlte. »Ich bin mir ganz sicher: Wir haben den entscheidenden Störer gefunden!«

In diesem Moment hörten sie Phil draußen um Hilfe rufen.

Er musste den Knebel losgeworden sein.


Phil hatte den Knebel mit aller Kraft einsaugen müssen, so tierisch tief, dass es ihn würgte, und dann noch ein bisschen weiter, bis Tränen aus seinen Augen liefen. Aber nur dadurch hatte er ihn dann ausspucken können. Jetzt lag der feuchte Lumpen vor ihm auf dem Asphalt, und Phil brüllte um Hilfe.

Die anderen Jungs vom Sicherheitsdienst würden ihn hören. Klar, manchmal ließen sie sehr laut das Radio laufen, vor allem, wenn eine Liveübertragung der Premier League kam, oder sie schrien sich beim Zocken an, aber die meiste Zeit saßen sie gelangweilt herum und machten irgendwas auf ihren Handys.

Sie würden sein Gebrüll hören.

Und ihn gleich von diesen verschissenen Fesseln befreien!

Dann würden sie sich die Callaghans und den Deutschen gemeinsam vorknöpfen. Cathy würde er eine verpassen, von wegen Frauen schlägt man nicht. Die hatte es mehr als verdient. Hochnäsige Kuh. Tat immer so nett, aber kaum drückte er sich im Pub an sie oder packte ihr gutgemeint an den Hintern, scheuerte sie ihm eine. Dabei könnte sie von Glück sagen, wenn einer wie er sie anfasste. Heute bekäme sie das alles zurück, mit Zinsen.

Phil hörte die Jungs von hinten kommen, sie rannten zu ihm.

»Hier!«, rief er überflüssigerweise. »Sie sind noch im roten Haus. Schnell!«

Eine Hand griff den nassen Knebel und stopfte ihm diesen zurück in den Mund.

»Fester!«, forderte Cathy. »Und bindet irgendwas drum.«

»Verdammt, der hat sicher längst alle in Alarmbereitschaft versetzt mit seinem Geschrei.« Das war der Deutsche.

»Wir können uns nicht drauf verlassen, dass Phil keinem was erzählt. Sobald wir weg sind, hetzt der uns garantiert die Bullen auf den Leib.« Matt klang panisch, das gefiel Phil. Matt würde ihn sicher losbinden.

Jetzt redete wieder Cathy. »Einer von euch hat doch Alkohol dabei, oder? Guckt mich nicht so an, sondern kippt das Zeug über ihn. Es muss aussehen, als hätte er sich so besoffen, dass er die Hälfte danebengeschüttet hat.«

Der Deutsche holte einen Flachmann aus der Jacke und spritzte ihm das Zeug mitten in die Fresse. Phil hatte nicht schnell genug die Augen geschlossen und der Alkohol brannte wie Sau. Er stöhnte auf.

Als er die Augen wieder öffnen konnte, waren die drei schon lange weg.

Und er hörte seine Kumpel hinter ihm lachen.

»Scheiß die Wand an, Phil the Hill wie ein Weihnachtsgeschenk verpackt mit Bändchen!«

»Wie er das wohl hingekriegt hat?«

»Riecht ihr's auch? Der Gute hat schwer gesoffen, obwohl er dem Chef doch hoch und heilig geschworen hat, das nie wieder im Dienst zu tun.«

»Mal hören, welche Lügengeschichte er uns auftischt.«

Das würde er Cathy, Matt und dem Deutschen nicht verzeihen.

# SECHS

*»Ein einziges Mal habe ich einen Drink abgelehnt –*
*weil ich die Frage falsch verstanden hatte.«*

Will Sinclair

Es war kurz nach vier Uhr in der Früh, als Bene das Leselicht neben dem Bett anschaltete, was den Raum wie eine kleine Höhle mit verglühender Feuerstelle wirken ließ. Auf Zehenspitzen schlich er zur Zimmertür und schloss diese leise ab. Zur Sicherheit zweimal. Dann erst holte er die alte, braune Apothekerflasche mit dem Gin seines Vaters aus der Kulturtasche in seinem Koffer und goss etwas daraus in einen penibel gesäuberten Zahnputzbecher. Nur so viel, dass der Boden bedeckt war.

Zuerst roch Bene am Gin, dann nahm er einen Schluck und schlürfte dabei Luft ein, so wie er es vor einiger Zeit im Fernsehen bei Weinkennern gesehen hatte. Die Aromen sollten sich mal fröhlich lösen. Und das taten sie. Bene musste husten und verschluckte sich fast. Beim nächsten Versuch ließ er den Gin langsam über die Zunge gleiten und forschte nach einer Sauerkrautnote. Er versuchte sich an den Geschmack zu erinnern – am liebsten aß er Sauerkraut mit Kalbsleber, Kartoffelpüree und Zwiebelringen – und konzentrierte sich enorm. Mit einem Mal konnte er neben dem Wacholder auch Koriander und Orange schmecken. Ja, sogar die leichte Gurkennote des Kleinen Wiesenknopfs. Aber Sauerkraut? Nein. Oder doch? Einen Hauch Sauerkraut? Eine Erinnerung an Sauerkraut? Eine homöopathische

Dosis? Bene schloss die Augen, schlürfte diesmal nur ganz leicht Luft mit ein, und tatsächlich, da war sie, die Sauerkrautnote! Versteckt im Hintergrund wie ein grimmig-saurer Gegenspieler, quasi der Superschurke im Ensemble dieses Gins. Wie ein James-Bond-Film war auch ein Gin ohne einen solchen nichts wert.

Er griff nach seinem Handy. Wieviel Uhr hatten sie jetzt in Deutschland? Egal, er wählte die Nummer. Es klingelte eine Weile, bevor die Voicemail ansprang. Bene legte auf und rief wieder an. Insgesamt fünfmal.

Dann wurde endlich abgehoben.

»Moin, Malte.«

»Scheiße, Bene! Zuerst meldest du dich tagelang nicht und dann mitten in der Nacht!«

»Ist wichtig.«

»Wichtiger als meine geheiligte Bettruhe?«

»Stell dich nicht so an.«

»Neben mir liegt Guido Maria Kretschmer, der ist jetzt wach geworden und sieht stinksauer aus. Na, danke!«

»Was?«

Malte lachte. »Ne, war nur Spaß, Guido ist schon wieder weg.«

»Ja, klar. Du, es geht um …«

»Ich zuerst! Annika vermisst dich, damit liegt sie allen in den Ohren. Ständig. Jeden Abend sitzt die jetzt bei mir in der Burger-Bude und vergrault mit ihrer miesen Laune meine Gäste. Tu mir einen Gefallen und nimm sie zurück, sonst werde ich nämlich wahnsinnig. Oder hast du dir in England schon eine Neue angelacht?«

Bene blickte zur Tür. Cathy hatte sich benommen, als wäre der Kuss nie passiert. War das die englische Art einer Abfuhr? Oder ganz normal in diesem Land der Exzentriker? Er würde es herausfinden. So leicht gab er nicht auf!

»Ich weiß es noch nicht.«

»Du *weißt* es nicht? Sowas weiß man aber!« Er schnaubte verächtlich. »Jedenfalls ist Annika gerade zu jedem Eingeständnis dir gegenüber bereit. Keine Ahnung, warum die plötzlich glaubt, du Pfeife seist ein verlässlicher Partner.«

»Weil ich das bin!«

»Ja, klar. Und der SC Freiburg wird nächste Saison Meister.« Malte senkte die Stimme. »Ich sag dir eins, Annika weiß, dass sie Scheiße gebaut hat und wird das nie wieder tun. Wenn du Kinder in die Welt setzen und ein Eigenheim mit gestreifter Markise bauen willst, solltest du dich an sie halten.«

»Malte, ernsthaft, es ist aus. Ich habe mich hier in eine Frau verliebt, volle Kanne, eigentlich direkt im ersten Moment, auch wenn ich das nicht sofort begriffen habe.«

»Weil du ein Vollidiot in solchen Angelegenheiten bist!«

»Ich muss herausfinden, was sie für mich fühlt. Und falls da nichts ist, komm ich wieder nach Deutschland, weil ich es dann sicher nicht mehr aushalten kann, in ihrer Nähe zu sein. Das würde viel zu sehr wehtun.«

»Kenn ich.«

»Aber zu Annika käme ich selbst dann nicht zurück. Also kein Wort mehr über sie.«

»Wer ist Annika? Komischer Name.«

»Gut. Du musst mir bei einer anderen Sache helfen. Ich mach es kurz.«

»Ist schon zu lang.«

»Super Gag! Prüf mal nach, ob es in unserer Heimat den Kleinen Wiesenknopf gibt. Vielleicht sogar in der Nähe meines Elternhauses.«

»Kleiner Wiesenknopf? Nie gehört. Und wie soll ich das rausfinden?«

»Du kennst doch sicher einen Biologie-Studenten oder so.«

»Nö.«

»Dann mach dir halt einen klar. Mir egal, find es raus. Geht um den Gin.«

»Sonst noch Wünsche? Wenn's dazu noch ein Chemiker sein soll, gib mir Bescheid.«

»Passt schon. Und jetzt geh wieder schlafen.«

»Nein. Ich muss dir noch was sagen. Irgendwas stimmt nicht mit deiner Mutter.«

»Mit meiner *Mutter*? Was hast du denn mit meiner Mutter zu tun?«

»Ich war gestern da, um mal Hallo zu sagen, dachte mir, die Arme ist sicher ganz nervös, weil du ausgeflogen bist. Aber sie war nicht da.«

»Wahrscheinlich einkaufen.«

»Lass mich ausreden, die Geschichte ist noch nicht zu Ende. Plötzlich steht die Nachbarin neben mir, Typ Dagmar Berghoff.«

»Frau Conzen.«

»Kann sein. Die sagt auf jeden Fall, sie hätte deine Mutter seit Tagen nicht mehr gesehen. Sonst wäre die immer im Garten, aber da würde jetzt schon das Unkraut anfangen zu wuchern. Bist du noch dran?«

Bene setzte sich aufs Bett. »Das sieht ihr gar nicht ähnlich.«

»Ja, dachte ich mir auch. Ruf die doch morgen mal an. Vielleicht ist sie gestürzt und liegt jetzt im Krankenhaus oder ist auf Seniorentour mit der AWO, was weiß ich.«

»Ja, mach ich.« Bene dachte nach. »Sie ist noch nie mit der AWO in den Urlaub gefahren.«

»Wird schon nix sein, ich wollte es dir nur sagen. Morgen gucke ich noch mal nach ihr, vielleicht jätet sie dann schon wieder Brennnesseln.« Malte gähnte. »So, das war es von mir. Over and out.« Er legte auf.

Bene schaute im Handy nach, ob seine Mutter irgendwann versucht hatte, ihn zu erreichen. Aber es war nichts zu finden. Sollte er sie jetzt direkt anrufen? Nein, sie fand immer schwer in den Schlaf, da wollte er sie nicht rausreißen.

Es klopfte an der Tür.

»Bist du noch wach?«, fragte Cathy von der anderen Seite. Sie hatte wohl das Licht der Leselampe durch den Türspalt gesehen.

Bene stellte die Gin-Flasche schnell in den Kleiderschrank, dann öffnete er die Zimmertür einen Spalt. »Was gibt es?«

»Darf ich reinkommen?«

Ihr Pyjama war sicher eine Nummer zu groß. Vorne drauf prangte Donald Duck. An den Füßen trug sie Schlappen, die wirkten wie aus einem Flokati geschnitten.

Bene öffnete die Tür ganz. »Klar. Ist alles in Ordnung?«

»Ja.« Sie schlüpfte in sein Zimmer. »Ich wollte dir nur sagen, dass ich noch im Gartenhaus war, wo ich Algen und Sauerkraut angesetzt habe. Leider ist ein Regalbrett mit Botanicals von der Wand gekommen und die sind jetzt alle hinüber, aber es war Gott sei Dank nichts Seltenes dabei. Es ist echt ein Fluch mit diesem Labor.« Sie lachte, die Freude über den Sauerkrautfund überwog wohl allen Ärger.

Wie selbstverständlich setzte sich Cathy aufs Bett, während auf dem Nachttisch immer noch der Zahnputzbecher mit Gin stand.

Wenn er es nicht besser wüsste, würde er denken, dass sie seine Nähe suchte. Verdammt schlechter Zeitpunkt.

»Kannst auch nicht schlafen, oder?«, fragte sie.

»Ne, mir geht noch zu viel durch den Kopf.«

»Hast dich eben gut gehalten. So als erster Rudermaat.«

Bene kam sich blöd vor, wie er da im Zimmer rumstand, und setzte sich neben Cathy. »Und du warst echt unglaublich. Ich hätte nie gedacht, dass …«

»… ich Phil eine verpasse? Das war gut, oder?« Sie ballte spielerisch die Fäuste und schlug ein paarmal in die Luft.

»Ja«, sagte Bene und rückte ein wenig von ihr ab.

»Dir tu ich doch nichts! Glaube ich.« Sie grinste ihn an. »Alles gut.«

»Du warst wirklich total lässig.«

»Wer mal im Pub gearbeitet hat, weiß sich zu wehren gegen aufdringliche Männer. Merk dir das!« Sie zwinkerte ihm zu und ließ sich rücklings aufs Bett fallen. »Aber ich schlage nicht immer mit Ziegelsteinen zu.«

Bei einer anderen Frau hätte Bene dieses Verhalten als Aufforderung verstanden, sich neben sie zu legen, aber bei Cathy konnte er es nicht deuten.

»Riecht das hier nach Gin?«, fragte sie plötzlich.

Verdammte Scheiße, warum hatte er den Becher nicht auch noch schnell weggeräumt!

»Hast du stilvoll einen Schlummertrunk genommen?« Cathy zeigte auf den quietschbunten Zahnputzbecher. »Was ist da für einer drin?«

»Gordon's«, log Bene, automatisch den Namen eines Gins wählend, der Cathy vermutlich kein bisschen interessierte, weil er so weit verbreitet war.

»Schmeckt der eigentlich auch nach Sauerkraut?«

»Ne, gar nicht.«

»Lass mal testen.«

Sie griff ihn sich.

»Ich dachte, du trinkst nicht?«

»Ach, heute Nacht mache ich vielleicht Sachen, die ich schon lange nicht mehr gemacht habe …«

Wenn Cathy den Gin trank, würde sie direkt begreifen, um was es sich handelte und dass er sie von Anfang an belogen hatte.

Cathy lachte, zuerst leise, dann immer lauter werdend. »Du müsstest dein Gesicht mal sehen!« Sie stellte den Zahnputzbecher wieder auf den Nachttisch. »Als wäre Sauerkraut im Gordon's! Auf so eine verrückte Idee kann keiner außer meinem Vater kommen.« Cathy lehnte sich zu Bene und sprach nun leiser. »Außerdem könnte ich dich ja küssen, dann bräuchte ich den Gin gar nicht zu probieren, oder?«

Ihre Lippen näherten sich seinen. Würde sie den Gin bei einem Kuss vielleicht schmecken können? Konnte er so ein großes Risiko eingehen?

Er wollte Cathy küssen, unbedingt. Einmal, zweimal, hundertmal! Er wollte alle Sommersprossen auf ihrem Nasenrücken einzeln mit seinen Lippen berühren.

Scheiß auf den Gin!

Bene nahm Cathys Gesicht zärtlich in seine Hände und kam langsam näher. Sie lächelten sich an, dann schlossen sie die Augen.

Die Zimmertür flog auf und jemand schaltete das große Licht an. Innerhalb eines Sekundenbruchteils hatte Cathy wieder Distanz zwischen sie gebracht, die sich für Bene anfühlte wie ein Abgrund, über dem gerade eine prachtvolle Brücke einstürzte.

»Was macht ihr denn da? Störe ich?«, fragte Eudora, die ein Haarnetz trug und unter ihrem offenen Kimono einen Badeanzug in irisierendem blau-grün-violett. Anscheinend hielt sie sich selbst nachts für eine Kanaldurchquerung bereit.

»Nein, gar nicht«, sagte Cathy und sortierte ihre Haare. »Wollte sowieso gerade gehen.«

»Entschuldigt, dass ich so reinplatze. Aber ich habe gesehen, dass hier noch Licht brennt. Und ich brauchte einfach jemanden zum Reden.«

»Alles gut.« Cathy stand auf.

»Ich kann einfach nicht schlafen«, klagte Eudora. »Morgen soll das Wasser perfekt sein, morgen werde ich endlich schwimmen! Der große Tag!«

Cathy nahm ihre Hand. »Ich mache dir eine heiße Milch. Wer den Kanal durchschwimmen will, braucht vorher seinen Schlaf.« Sie drehte sich zu Bene. »Und wir machen morgen weiter, ja?«

Bene blickte sie fragend an. Wollte sie die Brücke wieder errichten?

»Morgen testen wir dann die neue Version meines Gins«, erklärte Cathy.

»Oh, ach so.« Also keine Brücke, wieder nur Abgrund. Bene seufzte. »Wo denn?«

»Bei den besten Experten, die man in Plymouth finden kann!«

»Und die wären?«

»Lass dich überraschen!«


Noch vor dem Frühstück versuchte Bene seine Mutter zu erreichen, doch weder auf dem Festnetz noch dem Handy nahm sie ab. Das war merkwürdig, denn für sie war es quasi Bürgerpflicht, erreichbar zu sein. Egal, was sie gerade tat, selbst wenn sie in der Badewanne saß, sobald es klingelte, ging sie zum Telefon, um sich ordnungsgemäß zu melden. Bene strich nervös über den Bildschirm des Handys und beschloss, nach dem Frühstück die Verwandten anzurufen, vielleicht wusste einer von denen etwas.

Als er den kleinen Frühstücksraum betrat und am Tisch Platz nahm, wo alle anderen Bewohner des Bed & Breakfast schon saßen, summte er leise »Summertime Blues« von Eddie Cochran, um seine Nerven zu beruhigen. Er brauchte drei Strophen, bis es ansatzweise wirkte.

Cathy behandelte ihn wie einen ganz normalen Gast. Nicht mal ein Augenaufschlag, der einen Sekundenbruchteil zu lang war, oder ein unabsichtlich-absichtliches Streifen ihrer Finger über seinen Rücken. Als hätte es weder den Kuss auf Smeaton's Tower noch den Kussus Interruptus der letzten Nacht gegeben.

Eudoras Kanaldurchschwimmung war abgesagt worden, da vor der Küste von Guernsey Feuerquallen aufgetaucht waren. Zwischen Hash Browns und Baked Beans ließ sie einige anzügliche Bemerkungen in Cathys und Benes Richtung los, doch keinerlei Reaktion von der Hausherrin. Ferdinand McAllister referierte danach auffallend lange über das Aufeinandertreffen von Schiffen der britischen und der deutschen Marine sowie die verheerenden Resultate (unzählige Tote, sinkende Fregatten, zerstörte Karrieren). Großbritannien und Deutschland, so schloss er, passten einfach nicht zusammen. Bene kam nicht umhin zu denken, dass der Historiker ein Auge auf Cathy geworfen hatte, durch seine umständliche Art aber weit neben dem Ziel gelandet war. Vicci blickte immer wieder verstohlen zu ihm und Cathy, während sie vergnügt auf ihrem Handy herumtippte. Der einzige, der sich normal verhielt, war King George. Er hatte sich neben dem Mülleimer postiert, um dessen Aufgabe zu übernehmen.

Am Ende des Frühstücks verließen alle bis auf Bene den Tisch. Vielleicht ließ sie Zärtlichkeiten vor Publikum nie zu? Cathy jedoch räumte seelenruhig in der Küche auf. Als sie dann neben ihm stand, wischte sie sich die Hände am Geschirrtuch ab. »Machst du dich auch fertig? Wir fahren gleich los.«

»Wohin denn?«

Cathy wies durch das Fenster auf ihr Gartenhaus. »Habe meinen Gin heute Morgen destilliert. Normalerweise müsste er noch etwas ruhen, aber ich kann es einfach nicht erwarten, ihn zu testen.«

»Und wo willst du das machen?«

»Bei Profi-Gin-Testern, den Allerbesten.«

»Du bist ganz schön kryptisch.«

Cathy band sich die lockigen Haare zu einem Zopf zusammen. »Wir fahren zur Admiralität.«

»Nicht zum Militär! Auf gar keinen Fall. Da wird Phil sicher rumlungern, und ich wage zu bezweifeln, dass er stillhält, wenn wir ihn reizen, indem wir da auftauchen.«

»Vertrau mir.« Cathy strich zärtlich über seinen Oberarm.

Bene konnte nicht anders, als nachzugeben.

Die erste Überraschung war, dass sie King George mitnahmen, die zweite, dass sie nicht Richtung Werft fuhren, sondern steil hoch in den Ortsteil Peverell. Cathy parkte ihren Range Rover vor einem roten Backsteingebäude, das mit seinen Türmen und Zinnen an ein Schloss im Miniaturformat erinnerte. Es stand in einem bunten Blumenmeer aus Tulpen, Geranien, Hyazinthen und Rhododendren.

»Hier logiert die Admiralität?«, fragte Bene beim Abschnallen.

»Das habe ich so nicht gesagt«, meinte Cathy grinsend.

Sie mussten ein paar Treppenstufen hoch zum Eingang gehen. Der Blick von dort war spektakulär, die ganze Bucht von Plymouth war zu sehen, bei gutem Wetter vielleicht sogar die Küste Frankreichs.

Cathy zeigte wie eine Präsentatorin im Teleshopping-Kanal auf ein gusseisernes Schild neben der bronzenen Eingangstür. Auf dem stand:

The Admiralty – Retirement Home for Widows of the Royal Navy

»Pflegeheim für Witwen der Marine? Du hast mich wieder auf den Arm genommen!«, sagte Bene, musste aber selbst schmunzeln.

»Kein bisschen. Ich habe die Wahrheit gesagt, nur nicht die ganze.«

»Aber warum …?«

»Wirst du gleich sehen.«

Als die Innenwände gestrichen worden waren, musste Zitronengelb gerade im Angebot gewesen sein, denn um sie herum leuchtete alles in dem kräftigen, quietschigen Ton. Direkt am Eingang stand ein Tresen, dahinter eine junge Frau im weißen Schwesternkittel. Sie strahlte noch mehr als das Zitronengelb, als Cathy zu ihr trat. »Ist es wieder so weit?«

»Oh, ja«, antwortete Cathy. »Heute habe ich einen Volltreffer. Sind alle da?«

»Natürlich, was denkst du denn? Von denen würde keine ihren Platz freiwillig hergeben. Im Ernstfall würden sie sogar zu Waffengewalt greifen, um ihn zu verteidigen.«

Cathy reichte eine unbeschriftete Flasche über den Tresen, deren durchsichtiger Inhalt der neue Gin sein musste.

»Assam oder Ceylon?«, fragte die Schwester.

»Darjeeling.«

»Gib mir zwei Minuten!« Sie verschwand in einem Hinterzimmer.

»Fergie war mal mit Matt zusammen, sie ist also eine Art ehemalige Schwägerin«, erklärte Cathy. »Und du kommst jetzt mit mir, aber versuch, nicht aufzufallen.«

Er folgte Cathy in einen prachtvollen Salon. Der Raum war mit etlichen Möbelstücken vollgestellt, die aussahen wie vom Deck eines Ozeandampfers.

»Hier herrscht immer Tea-Time«, sagte Cathy. »Einige feiern auch jeden Tag den Geburtstag der Queen. Am nächsten Morgen haben sie es vergessen und feiern wieder.«

An einigen Tischen spielten ältere Damen miteinander Backgammon, andere dösten in Sesseln vor sich hin, dazu lief leise Kaffeehausmusik. Mit seiner Größe kam Bene sich unter den vielen kleinen Damen wie ein SUV vor, der keine Parklücke fand. Automatisch duckte er sich.

Als King George den Saal betrat, erhoben sich alle und stürzten zu dem kleinen Corgi – in Zeitlupe. Sie machten ihm Komplimente für sein blendendes Aussehen und glänzendes Fell, strichen ihm über das Köpfchen und gaben ihm etwas von dem Essen, das sie in ihren Taschen gebunkert hatten. Hier wurde King George wirklich wie ein Regent behandelt und dankte es, indem er sich auf die Seite warf, um sich streicheln zu lassen.

Nur drei Damen, die in einem Wintergarten mit grandiosem Blick auf das Meer saßen, verließen ihre Plätze nicht.

»Darf ich vorstellen: meine Testerinnen. Elisabeth, Catherine und Mimi. Die größten Gin-Expertinnen des Hauses. Niemand versteht mehr von Gin als Frauen aus der Generation von Queen Mum, Gott hab sie selig.«

Elisabeth trug einen Hut, der an ein Ufo erinnerte – falls welche in altrosa existierten. Catherine hatte einen Traum in mintgrün gewählt, mit einer so breiten Krempe, dass King George es sich gut und gerne darauf hätte bequem machen können. Mimis Hut wirkte, als sei sie damit in einen Blumentopf voller Pfingstrosen gefallen. Sie alle hatten farblich passende Kleider an und lange Handschuhe. Jedes ihrer Kleidungsstücke hatte schon bessere Tage gesehen, bessere Jahrzehnte sogar, doch sie trugen ihre Garderobe mit großer Anmut, obwohl ihre Rücken gebeugt und die Kräfte geschwunden waren.

»Wir nennen sie die Ascot-Runde.«

Die Schwester erschien mit einem silbernen Tablett, auf dem sich mit Blumenmotiven verzierte Teetassen und eine silberne Kanne befanden.

»Alkohol ist hier verboten«, erklärte Cathy und stellte sich mit Bene hinter den schweren Samtvorhang, der neben dem Wintergarten angebracht war. »Tee natürlich nicht. In den Tee darf man aber Alkohol geben. Wie viel ist in den Hausregeln nicht festgelegt. Manchmal wird so viel Gin in die Tasse gegeben, dass für den Tee kein Platz mehr ist.«

Die Schwester schenkte ein und reichte die bis obenhin gefüllten Tassen an Elisabeth, Catherine und Mimi, die ihre Hände schon danach ausstreckten. »Darjeeling«, sagte die Schwester.

»Ah, Darjeeling«, erwiderte Elisabeth. »Britische Kolonie.«

»Mein Großvater arbeitete dort einst für die British East India Company«, sagte Catherine in feinstem Oxford-Englisch.

»First Flush?«, fragte Mimi.

»Selbstverständlich«, erwiderte die Schwester und entfernte sich mit einem Knicks.

Cathy beugte sich zu Bene und sprach leise. »Ich habe etliche Gins an den Frauen hier getestet. Diese drei Grazien waren mit Abstand die kritischsten. Sie sind keine Trinkerinnen, sondern Connaisseusen!«

Elisabeth, Catherine und Mimi sahen sich an, dann nickten sie, spreizten ihre kleinen Finger und setzten das Porzellan synchron an die Lippen. Ein Ballett von Händen und Tassen. Sie schlürften lautstark den vermeintlichen Tee. Bene spürte, wie nervös Cathy war, die sich ständig mit der Zungenspitze über die Lippe fuhr, als verkoste sie selbst den Gin. Er nahm ihre Hand, sie drückte die seine.

»Sie haben ein ganz eigenes System der Bewertung entwickelt. ›Gut‹ bedeutet ›fürchterlich‹, ›sehr gut‹ steht für ›gerade so trinkbar‹, ›ausgezeichnet‹ für ›annehmbar‹, ›vorzüglich‹ für ›wohlschmeckend‹.«

»Und was sagen sie, wenn es wirklich gut schmeckt?«

»Königlich. Aber das habe ich bei meinen Gin-Verkostungen hier noch nie gehört.«

»Wie weit hast du es geschafft?«

»Zwei ›Ausgezeichnet‹ und ein ›Vorzüglich‹ ist mein aktueller Top-Score.«

Die drei Damen begannen ein Gespräch über Cricket und nippten dabei geziert an ihren Tassen. Bene merkte, dass Cathy immer wieder auf ihre Armbanduhr schaute.

»Hast du noch einen anderen Termin?«

»Nein, ich stoppe die Zeit, die sie brauchen, um auszutrinken.«

Als sich die Ascot-Runde wenige Minuten später die Lippen mit Stoffservietten abtupfte, war dies das Signal, dass die Tassen geleert waren. Cathy hielt die Stoppuhr an und atmete erleichtert aus. Schnell erschien die Schwester am Tisch und stellte die Tassen zurück auf das Silbertablett.

»Wie war ihr Tee?«, fragte sie hastig, ihre Neugierde nur mühsam unterdrückend.

»Nun …«, sagte Elisabeth.

»Der erste Schluck …«, sagte Catherine.

»Und der zweite …«, sagte Mimi.

Cathys Zähne knirschten.

»Sagen Sie schon, wie lautet Ihr Urteil?«, hakte die Schwester nach.

»Ausgezeichnet!«, erwiderte Catherine.

»Vorzüglich!«, kam es von Elisabeth.

Nun kam es auf die letzte Bewertung an, dachte Bene. Bei einem weiteren ›Vorzüglich‹ würde Cathy ihren aktuellen Höchststand übertreffen.

Mimi roch nochmals an der Tasse.

Cathy hielt die Luft an.

»Königlich!«, sagte sie dann.

Der Freudenkiekser von Cathy war so laut, dass der Schwester fast das Tablett aus den Händen fiel.

Ein neuer Rekord!

Elisabeth drehte sich zu Cathy und Bene. »Kleines, du musst nicht denken, wir seien so dumm und würden nicht merken, was du mit uns machst.«

»Aber wir mögen es«, setzte Catherine hinzu.

»Du testest an uns neue Teevarianten, weil unsere feinen Gaumen durch den offiziellen Tee des Königshauses geeicht sind«, ergänzte Mimi und zwinkerte ihr zu. »Beim nächsten Mal soll aber der junge Mann mit der modernen Frisur uns den Tee servieren.«

»In Matrosenuniform!«, verlangte Elisabeth.

»Aber das Hemd kann er gerne auslassen«, kam es von Catherine, dann lachten die drei und warfen Bene Küsse zu.

»Ich glaube, wir müssen gehen«, sagte Bene, der dennoch geschmeichelt war.

»Das glaube ich auch. Ihre Herzen halten so viel Aufregung, wie du sie verursachst, einfach nicht aus.«

»Was soll das heißen?«

Statt einer Antwort zwinkerte Cathy ihm zu und ging, um King George aus dem Pulk seiner Bewunderinnen zu lösen.

Diesen Moment nutzte Bene, um zur Schwester zu treten und sich selbst etwas von dem Gin in eine der Tassen zu schenken. Schnell nahm er einen Schluck. Und es traf ihn wie ein Schlag, schon in dem Moment, als der Alkohol nur seine Zungenspitze berührte.

Er schmeckte wie der seines Vaters.

Fast.

Die beiden Gins waren wie Zwillinge, doch obwohl man kaum einen Unterschied feststellen konnte, erschien einer davon wunderschön und der andere nur sehr attraktiv.

Cathy war ganz nah dran.

Doch etwas fehlte noch.

Die entscheidende Zutat.

Eine Prise Magie.

Cathy war so guter Laune wie ein Kind, das in der Grundschule ein Zeugnis voller Einsen erhalten hat. Auf der Rückfahrt sang sie »We Are The Champions« von Queen und »The Winner Takes It All« von Abba. Manchmal hupte sie im Rhythmus und störte sich nicht an den darauffolgenden obszönen Gesten anderer Verkehrsteilnehmer, sondern reckte als Antwort nur die Faust.

Bene beschloss, dass peinlich berührt zu sein eine unangemessene Reaktion auf so viel Freude wäre, und schlug stattdessen den Takt auf dem Handschuhfach mit.

Cathy parkte ihren Range Rover quer auf dem Bürgersteig vor ihrem Bed & Breakfast, und tanzte fast zur Eingangstür von »Callaghan's Bed & Breakfast«, wo sie sich einmal um die eigene Achse drehte. Hätte Bene es nicht besser gewusst, er hätte angenommen, dass Cathy den kompletten Gin selbst getrunken hatte. Doch es gab etwas, das noch beschwingter machte als vierzigprozentiger Alkohol: hundertprozentiges Glück.

Bene musste unwillkürlich lächeln, doch dann beschlich ihn wieder das Gefühl, beobachtet zu werden. Er versuchte es abzustreifen wie ein lästiges Insekt. Er sagte sich, es sei Einbildung, weil er die ganze Zeit Dinge tat, bei denen er nicht beobachtet werden wollte – wie in ein militärisches Sperrgebiet einzudringen und dort einen Mann zu fesseln.

Deshalb verzog sich das Insekt erst, als die Haustür hinter ihnen ins Schloss gefallen war und Cathy ihn anstrahlte. Sie war nie schöner gewesen als jetzt.

»Dich hat echt der Himmel geschickt«, sagte sie und hängte schnell ihre Jacke an den Garderobenhaken. »Ich bin seit Monaten nicht mehr vorangekommen mit meinem Gin, ehrlich gesagt, stand ich kurz davor, es dranzugeben. Dann tauchst du auf, spät am Abend, redest wirres Zeug und willst ein Zimmer. Hätte ich es dir nicht gegeben …« Sie fiel ihm um den Hals und küsste ihn. »Das wollte ich schon die ganze Zeit machen.«

»Warum hast du nicht? Ich hab echt sehnsüchtig drauf gewartet.«

»Das weiß ich.« Sie grinste. »Deswegen mache ich jetzt auch noch weiter.«

Mit Lippen war es wie mit Perlen, sie wurden schöner, je häufiger man sie berührte. Und wie Perlen an einer Kette reihte sich nun ein Kuss an den nächsten, bis Cathy Luft holen musste, denn dazu war sie gar nicht mehr gekommen.

Mit leicht geröteten Wangen sah sie Bene an. »Komm, ich muss dir was zeigen.«

»Wieder alte Damen?«

»Ganz im Gegenteil! Etwas, das ich dir schon längst zeigen wollte. Nur habe ich mich nicht getraut.« Sie strich ihm zärtlich über die Wange, Bene drückte seinen Kopf sanft gegen ihre Finger.

»Weil ich es nicht mögen könnte?«

»Davon gehe ich mal nicht aus.« Sie strahlte ihn an. »Du weißt schon, worauf ich anspiele, oder seid ihr Deutschen schwer von Verstand?«

»Klar weiß ich das, aber ich wollte dich auch mal ein bisschen zappeln lassen.«

»Du Arsch!«, sagte sie lachend.

»Oh, Beleidigungen. Das muss Vorspiel auf Englisch sein.«

Cathy nahm seine Hand und ging mit ihm die Treppen hoch. Ihr Schlafzimmer lag neben dem kleinen Lesezimmer und bestand ebenfalls hauptsächlich aus Schrägen. In eine Wand war ein großes Panoramafenster eingelassen. Auf dem Teppichboden standen etliche Topfpflanzen, und auf die Wände waren Kräuter, Obst und Gemüse gemalt – die gelbe Farbe des Sauerkrauts glänzte noch.

Cathy schloss das auf Kipp stehende Fenster.

»Darf ich dich was fragen?«, sagte Bene.

»Tust du doch schon.«

»Was ist mit Andrew? Ihr scheint euch sehr nahezustehen.«

»Er hat mich sehr verletzt. Das brauche ich nie wieder. Ich habe genug Verletzungen für ein ganzes Leben. Obwohl ich natürlich weiß, dass das Schicksal keine Rücksicht darauf nimmt, ob ich meinen fairen Anteil schon abbekommen habe. Jedenfalls bin ich sehr wählerisch, wenn es darum geht, auf wen ich mich einlasse.«

Bene legte seine Hände auf ihre Hüften. »Lässt du dich auf mich ein?«

»Hm, ich überlege noch.« Cathy legte den Kopf schräg. »Bist du ein Mann, der Geheimnisse vor seiner Freundin hat?«

»Nein, nie.«

»Schnarchst du?«

»Nicht, dass ich wüsste.«

»Holst du einer Frau ungefragt das Frühstück?«

»Immer.«

»Machst du das Waschbecken sauber, nachdem du dich rasiert hast?«

»Schon währenddessen!«

»Bist du ein guter Liebhaber?«

Bene zögerte. »Das ist eine schwere Frage.«

»Ach, ja?«

»Ich denke, das solltest du am besten selbst ausprobieren. Dann bekommst du einen Eindruck aus erster Hand. Klingt das für dich nach einer guten Idee?«

»Ich weiß nicht. In englischen Häusern haben die Zimmer sehr dünne Wände. Ich will keine anständigen älteren Damen verschrecken.«

»Aber in deinem Haus wohnt keine anständige ältere Dame, nur Eudora, und die hat es faustdick hinter den Ohren. Außerdem würden wir ja nichts Unanständiges tun, oder doch?«

»Nicht?« Cathy zog eine Schnute.

»Na ja, es sei denn, du ….«

Cathy legte ihm einen Finger auf die Lippen. »Nicht mehr reden, ausziehen.«

Bene gab keine Widerworte. Sanft und langsam entkleidete er Cathy, unterbrochen nur von Küssen auf die gerade freigelegten Körperpartien, dann revanchierte Cathy sich.

Nachdem sie in die knisternden, weißen Laken gesunken waren, flüsterte Cathy ihm etwas ins Ohr.

»Wir werden einen Zuschauer haben.«

Bene sah sich im Zimmer um.

In der Ecke saß King George auf einem Brokat-Kissen und betrachtete sie interessiert, den Kopf zur Seite gelegt, die Ohren hochgezogen.

»Er kann gleich noch was lernen«, sagte Bene.

»Du Angeber!«

Vorsichtig strich er ihr die Haarsträhnen aus dem schönen Gesicht. »Oder soll ich das Licht löschen, damit er nicht verdorben wird?«

»Nein, ich will dich sehen. Deine Augen, deine Lippen und was sonst noch so an dir dran ist.«

Und dann bestand die Welt nur noch aus Haut und Atem, aus immer größer werdender Nähe, bis jedes Atom, das ihre Körper voneinander trennte, verschwand.

Sowie einem kleinen Corgi, der sich auf die Seite warf, aber trotzdem nicht gekrault wurde.

Sie waren danach Arm in Arm eingeschlafen. Cathy wachte erst am späten Nachmittag wieder auf. Ihr Rücken fühlte sich wegen der ungewohnten Schlafposition an, als sei er von einem Gorilla durchgeknetet worden. Sie musste lächeln. Schließlich war es schon etwas her, seit sie das letzte Mal so etwas gespürt hatte – aus denselben Gründen wie jetzt.

Bene schlief noch und sah dabei verdammt süß aus. Vorsichtig schob Cathy seinen Arm zur Seite und stand auf. Ein Kaffee würde ihn wieder auf die Beine bringen. Schnell schlüpfte sie in den Morgenmantel und ging leise die Treppe hinunter, die sich selbst jetzt nicht davon abhalten ließ zu knarzen.

Beladen mit einem Tablett, auf dem sich eine Porzellankanne mit dampfendem Kaffee, ein Milchkännchen und eine zartrosa Zuckerdose befanden, machte sie auf dem Rückweg Halt in Benes Zimmer, um seinen Morgenmantel zu holen, falls Deutsche so etwas besaßen. Dort sah es aus, als sei sein Koffer explodiert. Benes Sachen fanden sich wild verteilt im ganzen Raum wieder. Für Männer war ja jede Stelle in einem Zimmer ein potentieller Ablageplatz für Kleidung – der komplette Boden inbegriffen. Das musste etwas mit territorialer Markierung zu tun haben. Gott sei Dank pinkelten sie nicht wie Kater in die Ecken.

Cathy ging im Slalom durch das Chaos zum Schrank und öffnete ihn. Kein Morgenmantel.

Aber eine alte, braune Apothekerflasche, an ihrem Hals noch Reste von rotem Siegelwachs. Ohne nachzudenken nahm Cathy sie in die Hand. »Lerchenfelds No. 1« stand auf dem handgeschriebenen Etikett. Das musste ein Gin-Versuch von Benes Vater sein. Sie sah kurz zur Tür, dann zog sie den Korken ab und roch daran. Vor Schreck wäre ihr die Flasche fast aus der Hand geglitten.

Sekunden später stürmte Cathy in ihr Schlafzimmer und warf einen gepackten Koffer auf den schlafenden Bene.

»Du verdammter Scheißkerl! Du Riesenarschloch!«

Bene richtete sich auf, die vom Schlaf verklebten Augen öffnend. »Das hat wehgetan! Was …?« Er sah die Flasche in Cathys Hand, sah ihr hochrotes Gesicht, sah die Tränen in ihren Augen und wie sie versuchte, weitere zu unterdrücken.

Er hatte Riesenmist gebaut.

Sein einziger Wunsch war, die Zeit ganz schnell zurückzudrehen, sodass er früher aufstehen, die Flasche holen und Cathy damit wecken könnte. Ein kleiner Dreh an der Zeit, mehr war nicht nötig. Nur ein kurzer Sprung mit dem DeLorean.

»Der Koffer hat also wehgetan, ja? Das hier viel mehr!« Sie hielt die Flasche hoch. »Es tut immer noch scheiße weh!«

»Lass mich erklären …«

»Dass du dich traust, so einen abgeschmackten Scheißsatz zu sagen! Wie konnte ich nur so blöd sein und dir vertrauen? Von wegen: keine Geheimnisse. Du verlässt sofort das Haus!« Sie riss die Decke vom Bett und warf sie auf den Boden.

»Ich wollte es dir heute sagen!«

»Ach, ja? So ein Zufall. Das würde ich an deiner Stelle auch behaupten. Hau ab!«

»Ich habe nicht den richtigen Moment …«

»Du hast mich angelogen!«

»Ja, aber nur …«

»War es lustig zu sehen, wie ich mich abmühe, obwohl du eine Kopie des Gins meines Dads in deinem Schrank gebunkert hast? Wie ich im Dartmoor auf dem Waldboden penne und nachts bei der Navy einsteige? Hast du ordentlich über die doofe Cathy gelacht?«

»Ich habe keine Rezeptur und weiß überhaupt nicht, was in dem Gin meines Vaters drin ist.«

»Wie viele Flaschen davon gibt es noch? Ist dein Kofferraum voll damit?«

»Nur die eine.«

»Und das soll ich dir glauben? Womit hast du noch gelogen? Du willst auch Gin produzieren, oder?«

Bene schwieg.

»Du bist so ein charakterloses Schwein! Ich will dich nie mehr sehen, hast du das verstanden? Und falls du in Deutschland einen Gin auf den Markt bringst, der auch nur ansatzweise schmeckt wie meiner, werde ich das rausfinden und dich verklagen! Und wenn es das Letzte ist, was ich tue!«

»Ich will dir doch keine Konkurrenz machen! Ich hab mich in dich verliebt!«

»Oh, sprich nicht von Liebe. Das Wort ist tabu für einen Lügner wie dich. Du hast mich nur angebaggert, weil du an meine Geheimnisse wolltest. Wie mies und hinterfotzig kann man sein.«

Bene stand auf und packte sie an den Schultern. »Ich … Cathy, wirklich …«

Sie wehrte ihn ab, wehrte ihn mit all ihrer Enttäuschung ab, mit all ihrer Wut, wehrte ihn so heftig ab, dass ihr die Flasche aus der Hand fiel und gegen die Wand krachte, wo sie zerschellte.

Wortlos verließ Cathy das Zimmer und knallte die Tür hinter sich zu.

Bene blickte an die Wand, wo der zum Boden fließende Alkohol lange Bahnen bildete, die aussahen wie Gitterstäbe.

Von unten war zu hören, wie auch die Haustür zugeknallt wurde.


Großbritannien war das Land der Anglerzeitschriften. Es gab »UK Carp«, »Total Carp«, »Carp World«, »Carp Talk«, »Advanced Carp Fishing«, natürlich auch die »Angling Times« sowie die »Angling Times Advanced«. »Improve your Coarse Fishing« machte einen guten Eindruck, aber Bene entschied sich für »Trout and Salmon« sowie »Salmon and Trout«, weil sie die größten Fotos von Fischen enthielten. Er kaufte auch ein Fisch-Mobile, das beim Kinderspielzeug hing und wie ein Aquarium an der Decke wirkte.

Als eine halbe Stunde später die Tür des Apartments Nummer 42 in der Mills Bakery des Royal William Yards geöffnet wurde, hielt er es hoch und ließ die Fische schwimmen. Stand jetzt Matt vor ihm? Drake? Oder Bligh?

Egal, wer es war, er schlug Bene ins Gesicht.

»So«, sagte Matt. »Wäre das schon mal erledigt. Cathy meinte, ich soll nicht mit dir quatschen, weil du ein Arsch bist. Deshalb hast du jetzt einen in die Schnauze bekommen. Obwohl ich gerade angefangen hatte, dich zu mögen.« Er zeigte auf das Mobile. »Hast du dich in der Tür vertan? Das hier ist nicht der Kindergarten.«

»Ich dachte Fische, weil die dich doch …«

Matt zog die Stirn kraus. »Ich mag Fische, aber das dritte Lebensjahr habe ich schon lange überschritten. Egal, komm rein, nimm dir ein Ale. Und dann kannst du in Ruhe erklären, was du hier zu suchen hast.«

Ein Mann saß an Matts Wohnzimmertisch und räumte hektisch die darauf herumliegenden Unterlagen in eine Ledertasche. Es war Ferdinand McAllister – falls nicht doch Colin Firth in Plymouth weilte. Er musste die Frage danach, was er hier trieb, in Benes Gesicht gelesen haben.

»Matt ist ein hervorragender … mhm … Kenner der Militärgeschichte von Plymouth«, erklärte McAllister. »Und er muss nirgendwo etwas nachlesen, er hat alles im Kopf, ein Genie, wenn Sie mich fragen.«

»Ach, hör schon auf«, sagte Matt. »Wenn man nix anderes in seinem Kopf hat außer Militärhistorie und Alkohol, ist für beides eben viel Platz.«

McAllister blickte auf seine Armbanduhr. »Ich muss leider fort, um meinen Afternoon-Tea einzunehmen. Mein Körper verlangt nach … mhm … zwei Shortbread-Fingers, drei Jammie Dodgers und vier Hobnobs. Wenn Sie jahrzehntelang zur selben Zeit dieselben Speisen essen, giert der Körper pünktlich wie ein … mhm … Uhrwerk danach.«

»Sie hätten es schlechter treffen können als mit so viel Gebäck«, sagte Bene.

McAllister hob den Zeigefinger. »Das ist für mich wie … mhm … nach Hause kommen, egal, wo ich auf der Welt bin. Überall, wo es diese Leckereien gibt, da bin ich daheim. Haben Sie auch so etwas?« Er ging zur Tür und nahm seinen Regenschirm vom Haken.

Bene überlegte. »Currywurst mit Pommes.«

»Sehr exotisch«, sagte McAllister und verabschiedete sich mit einem Nicken von Bene und Matt.

»Können wir offen reden?«, fragte Bene. »Ich brauche einen Rat, was deine Schwester betrifft.«

»Keine Ahnung, ob ich dir helfen kann, aber du kannst mit mir zum Hoe gehen und wir quatschen dabei.« Er holte sich ein Wegbier aus dem Kühlschrank, zwei weitere steckte er in seine Jackentaschen. »Du auch eins?«

»Gern.«

Bene fing es auf. »Sag mal, ist die Wohnung hier nicht irre teuer?«

»Wenn du wissen willst, wie ich mir sowas leisten kann, frag direkt und red nicht drum herum, das kann ich nicht leiden.«

»Wie kannst du sie dir leisten?«

»Gehört Charles, meinem Onkel, der hat sie sich als Geldanlage gekauft. Er lässt mich kostenlos hier wohnen. Wir haben uns in der Familie immer schon geholfen. Irgendwann zahle ich ihm das zurück.« Matt drückte sich an Bene vorbei zur Tür.

Der erste Teil des Spaziergangs führte durch Plymouths Hinterhof, vorbei an Häusern, deren triste Architektur durch unzählige Satellitenschüsseln nicht verbessert wurde.

»Du musst meine Schwester echt verletzt haben«, sagte Matt, als er die erste Flasche Ale geleert hatte und sie auf einer Mauer abstellte. »So wütend hab ich sie schon lange nicht mehr erlebt. Eigentlich seit der Sache mit Andrew.«

»Wie kann ich das wiedergutmachen? Ich tu echt alles!«

»Hat Andrew damals auch versucht, und der ist smarter als wir beide zusammen. Er hat alle Register gezogen: dutzende Entschuldigungen, teure Geschenke, ja, er hat sogar einen Song in irgendeinem Karaoke-Keller in London aufgenommen. ›Hard To Say I'm Sorry‹ von Chicago, ganz schmalzige Nummer. Die hatte er nicht nur wegen des Texts ausgewählt, sondern auch, weil sie im November 1982 in den Charts war – also in dem Monat, in dem mein Schwesterherz geboren wurde. Danach hätte wahrscheinlich sogar Diana ihren Charles zurückgenommen. Aber bei Cathy: keine Chance. Er hat sie enttäuscht, und wenn das einmal passiert, ist der Ofen aus. Sorry, Mann. Echt, das war's für dich.«

Sie passierten den Millbay Park unterhalb des steil aufragenden Hoe, der mit seinen Palmen wie eine tropische Insel wirkte.

Bene schwieg, aber nicht, weil seine Chancen bei Cathy so gering waren. Das Datum ihrer Geburt hatte sich in seinem Kopf verhakt. Er zog das schmale, dunkelblaue Tagebuch seines Vaters hervor, das er als Talisman bei sich trug. Schnell blätterte er zum November 1982. »An welchem Tag genau wurde Cathy geboren?« Seine Stimme zitterte.

»Am Siebzehnten, wieso? Trägst du das jetzt in deinen Geburtstagskalender ein? Hey, was ist los, du bist plötzlich so bleich?«

Am Siebzehnten war sein Vater zum zweiten Mal in Plymouth gewesen, doch das war nicht der Grund für den Schock, der Bene nun stehenbleiben ließ. Er hatte zurückgeblättert zum ersten Besuch seines Vaters. Es war im Februar 1982 gewesen, also neun Monate vorher. Hastig blätterte Bene weiter im Tagebuch. Sein Vater war in jedem der folgenden Jahre nach Plymouth gereist, immer über den 17. November.

Das durfte einfach nicht wahr sein.

»Willst du dich setzen? Oder noch ein Bier? Oder beides?«

»Ich dachte, er wäre wegen des Gins gekommen …«

Bene ließ sich auf den Bürgersteig sinken und schaute hinauf, wo die Palmwedel über ihm den Himmel verschlossen. Ihr Rauschen überdeckte mit jedem Windhauch mehr den Lärm der Welt, und alles verdunkelte sich, vom Rand her, als würde er durch ein Fernrohr gucken, dessen Öffnung immer enger wurde.

»Hey!«, rief Matt und scheuerte ihm eine. »Wach bleiben!«

Bene zwinkerte und das Schwarz wurde wieder mit Welt tapeziert.

»Was hast du bloß auf einmal?«

Die regelmäßigen Besuche im November konnten auch viele andere Gründe haben, vielleicht hatte ja parallel Jahr für Jahr ein Oldtimerkongress stattgefunden oder Cathys Dad hatte seinen Vater immer zum Geburtstag seiner Erstgeborenen eingeladen, all das konnte sein. Und genauso würde es sein. Alexander Lerchenfeld war nicht der Typ Mann für ein Doppelleben, er hatte ja nicht mal ein einziges Leben richtig auf die Reihe bekommen.

»Es sind bloß Zahlen«, murmelte er.

»Zahlen?«, fragte Matt. »Verflixte Dinger sind das. Sehen so vertrauenerweckend aus, so wahr. Da kann McAllister dir ein Lied von singen. Wenn man nur lange genug auf Zahlen schaut, sieht man Verbindungen, wo keine sind.«

Bene blickte zu ihm. »Kannst du Gedanken lesen?«

»Nicht, dass ich wüsste. Aber nach ein paar Ale kommt es mir immer vor, als könnte ich alles.« Er reichte Bene eine Hand und half ihm hoch. »Komm, wir gehen zu meiner Bank, da sitzt es sich am besten.«

Bene sah zu den Palmen, die sich jetzt wieder sanft im Wind räkelten. Alles gut, nur eine fixe Idee. Er atmete lange durch und legte einen Arm um Matts Schulter.

»Nach wie viel Bier wirst du eigentlich zu Drake? Und nach wie viel zu Bligh?«

»Ich weiß nicht, wovon du redest.« Matt blickte ihn ernsthaft irritiert an. »Du bist echt ein komischer Typ. Nett, aber total komisch.«

»Du lernst mich in einer ganz merkwürdigen Phase meines Lebens kennen. Noch vor ein paar Wochen habe ich die meiste Zeit unter Oldtimern verbracht, dabei Rockabilly-Musik gehört und gedacht, genauso sei die Welt in Ordnung.«

»Die Welt ist nie in Ordnung. Sie tut nur manchmal so, das hinterhältige Stück.«

»Du bist echt der Philosoph unter den Säufern.«

»Saufen und Philosophieren kann man nicht voneinander trennen. Es sind zwei Seiten derselben … Flasche.« Er grinste.

»Hallo, die Herren!«

Obwohl Bene sonst nie auf so etwas achtete, fielen ihm als Erstes die perfekt gezupften Augenbrauen auf, und er erinnerte sich an Eudoras Worte: »Die Untersuchung hat so ein unangenehmer Detective geführt, so ein junger, ehrgeiziger mit gezupften Augenbrauen. Männern mit gezupften Augenbrauen ist nicht zu trauen«. Auch ohne diesen Hinweis hätte Bene diesem Mann nicht getraut. Es war, als läge hinter Dollivers Augen ein zweites Paar, das jede Bewegung, jedes Zucken seines Gegenübers sondierte.

»Der Säufer und der deutsche Elvis, ein schönes Paar.« Dolliver war offensichtlich nicht auf netten Smalltalk aus.

»Hauchen Sie mich mal an«, verlangte er von Matt. »Los!«

»Sie können mich nicht zwingen. Ich sitze nicht hinter einem Steuer.«

»Oh, ich kann Sie zu vielem zwingen. Ich kann Sie auch in Haft nehmen, ein Grund wird mir schon einfallen, besonders bei einem stadtbekannten Säufer.«

Matt ließ die Schultern hängen und hauchte.

»Na, sehen Sie, ging doch ganz einfach. Und es riecht, als wären Sie noch halbwegs bei Verstand. Wenn auch bei Ihnen vermutlich nicht mehr allzu viel davon vorhanden ist.«

»Es kommt immer darauf an, mit wie viel man mal gestartet ist«, erwiderte Matt. »Bei mir reicht es selbst komatös noch, um es intellektuell mit einem Police Detective aufzunehmen.«

»War das gerade etwa Beamtenbeleidigung?«

»Ich habe mit Bene gesprochen.«

Dolliver drängte sich zwischen sie und hakte sich bei ihnen unter. »Es ist schön, Freunde zu haben, nicht wahr?«

»Woher wollen Sie das wissen?«, fragte Bene. »Sie wirken nicht, als hätten Sie welche.«

»Da schau her, jetzt wird auch der Deutsche frech. Das werde ich mir merken. Aber ich möchte gerade lieber mit Matt sprechen. Kennen Sie einen Mann namens Robert Miller? Wurde auch Silent Bob genannt. Er hat auf der Cornwall Street gebettelt und wurde vor Kurzem tot bei Ihrer Schwester im Garten aufgefunden. Klingelt da was?«

»Jeder kannte Silent Bob«, sagte Matt.

»Wunderbar, Sie geben es also zu. Wussten wir sowieso schon längst. Sie waren Freunde, nicht wahr? Saufkumpane?«

»Wer hat Ihnen das erzählt?«

Dolliver spannte die Muskeln an und sein lockeres Unterhaken wurde schmerzhaft. »Ich stelle hier die Fragen und Sie antworten. Also, waren Sie Saufkumpane?«

»Keine Ahnung, wenn ich saufe, vergesse ich. Darum geht es ja beim Saufen.«

»Wie praktisch.«

»Ja, ist es.«

»Dann können Sie sich sicher auch nicht daran erinnern, dass es in der Cornwall Street vor ungefähr zwei Monaten, am 4. Juni, zu einem Streit zwischen Ihnen und Silent Bob gekommen ist, bei dem Sie handgreiflich wurden, wie uns drei Zeugen bestätigten.«

Matt reckte den Hals, als wäre sein Hemd mit einem Mal zu eng. »Weiß ich nichts von.«

»Sie brachen Silent Bob das Nasenbein.«

»Sowas würde ich nie machen. Ich verabscheue Gewalt.«

Weil Dolliver führte, hatten sie die Abzweigung hoch zum Hoe verpasst und stattdessen die Straße entlang der steilen Klippen genommen. Matt blieb stehen. Nicht einfach so, sondern als wäre er gegen eine Wand gelaufen. Sein Körper wurde stocksteif. Etwas stimmte ganz und gar nicht.

Detective Dolliver zog die perfekten Augenbrauen hoch und griff in seine Jackentasche, um vier Fotos hervorzuholen. Zwei zeigten das blutverschmierte Gesicht von Silent Bob, zwei andere, aus einiger Distanz aufgenommen, wie Matt auf den Obdachlosen einschlug. »Von solch einer Prügelei ist es nicht mehr weit dahin, einen Mann zu erstechen. Im Garten Ihrer Schwester. Noch reichen unsere Beweise nicht für eine Festnahme, aber ich bin da genau wie Sie, wenn Sie etwas zum Saufen suchen. Manchmal dauert es, aber man findet Mittel und Wege. Am Ende finden sie sich immer.«

Matt reagierte nicht.

»Was ist?«, fragte Dolliver. »Habe ich Sie so sehr geschockt? Wollen Sie mir vielleicht sagen, was in der Nacht von Robert Millers Tod passiert ist?«

Matt ging langsam rückwärts, den Blick starr auf eine ummauerte Aussichtsplattform gerichtet, deren zwei Kanonen von ihrer militärischen Vergangenheit als Teil der Royal Citadel erzählten.

»Hey, Matt!«, rief Dolliver und folgte ihm. »Eine Antwort! Jetzt! Sie versoffener Wichser hören sofort auf mit Ihren Spielchen.«

Matt sah ihn an, die Augen zu Schlitzen verengt. »Wie reden Sie mit mir? Mit William Bligh, dem größten Seemann, den das britische Königreich je gesehen hat? Schämen Sie sich!«

## 1998

*Die Jugendlichen sprangen von der hohen Mauer in die Tiefe. Manche vollführten einen Salto, andere falteten die Arme vor der Brust. Sie glitten nicht mit dem Kopf voran ins Wasser, nicht mit den Knien angezogen, sondern durchschnitten gerade und angespannt die Oberfläche, wie Leichen, die in die Wellen gekippt wurden.*

*Und manche tauchten nicht als Lebende wieder auf.*

*Das Police Department hatte es verboten. Zeitungen berichteten über das Verbot. Eltern erzählten ihren Kindern von dem Verbot. Ein rotes Schild wies auf das Verbot hin.*

*Doch die Jugendlichen sprangen weiter.*

*Eine Mutprobe. Tombstoning. Es gab sie seit Generationen. Und in Plymouth hatte sie ihren Ursprung.*

*Die hiesige Variante Russisch Roulette.*

*Es war ein Abend im Frühjahr, kurz nach elf Uhr abends. Matt war vierzehn Jahre alt, Cathy sechzehn. Wer in Plymouth noch nicht schlief, schaute »Have I Got News For You?« auf BBC Two oder trank ein Ale im Pub.*

*Ein Fahrrad fuhr zum Aussichtspunkt mit den beiden alten Militärkanonen, die schon seit Jahrhunderten keinen Schuss mehr abgegeben hatten. Einst verbreiteten sie Angst, heute ritten Kinder auf ihren Rohren. Matt stieg ab und ließ sein Rad auf den Beton knallen.*

Ein zweites Fahrrad erreichte quietschend den Aussichtspunkt, auf diesem saß Cathy. »Matt?«

»Lass mich in Ruhe!«, rief ihr Bruder, das Gesicht verheult, die Augen rot geädert.

»Aber was ist denn los? Warum redest du nicht mit mir? Ich bin doch deine Schwester. Du verwüstest dein Zimmer und haust einfach ab. Hallo?«

Matt schüttelte den Kopf, so heftig, als wollte er, dass er sich von seinem Hals abtrennte. »Verschwinde endlich!«

»Mit wem hast du telefoniert, bevor du so ausgeflippt bist? Rede mit mir! Reden hilft.«

Matt lachte freudlos. »Nein, reden macht alles schlimmer. Hätte ich doch bloß die Schnauze gehalten! Ich hätte mir die Zunge rausschneiden sollen.«

»Wovon sprichst du, zum Teufel noch mal?«

Er ging vorbei an den Kanonen zu dem kleinen Mäuerchen, das den Rand des halbrunden Ausgucks bildete. Mit weichen Knien stellte er sich darauf. Matt hatte Angst vor Höhen.

»Du springst nicht!«, schrie Cathy. »Wehe, du springst! Das werde ich dir nie verzeihen.«

»Dann sind wir schon zwei, die mir nie verzeihen werden. Wehe, du kommst näher!« Matt lehnte sich nach vorne, Richtung Meer, Richtung tiefer Fall.

Cathy brüllte. »Wir haben Ebbe! Das Wasser ist nicht tief genug!«

»Umso besser.«

Sie ging einen Schritt auf ihn zu. Und dann, zögerlich, noch einen. »Denk an deine Vorbilder! Denk an Drake und Bligh! Die sind nicht gesprungen, wenn in ihrem Leben mal etwas scheiße lief. Und du weißt, wie viel Mist sie durchmachen mussten.«

»Wenn ich leben soll, werde ich leben.« Matt sah sie an. Nur noch Traurigkeit in seinen Augen. »Ich kann nicht mehr, Schwesterherz. Ich halte mich selbst nicht mehr aus.« Matt sah in die Tiefe, dann noch einmal zu Cathy. »Ich liebe dich.«

Er verschränkte die Arme auf der Brust und trat einen kleinen Schritt nach vorn.

*Die Mauer unter ihm verschwand.*

*Kein Halt mehr.*

*Matt schloss die Augen, presste sie so fest zusammen, dass alle Tränen herausgedrückt wurden. Und es waren viele Tränen.*

*Der Aufschlag war knallhart und ließ seine Beine einknicken. Das Wasser war eisig, so eine Kälte hatte Matt noch nie gespürt, er hatte nicht einmal gewusst, dass solch eine Kälte in der Welt existierte. Seine Kleidung sog sich in einem Sekundenbruchteil voll und wog plötzlich etliche Kilo. Matt hielt die Luft an, als sie ihn nach unten zog in die dunkle Tiefe. Er hatte den Eindruck, sein Geist bliebe zurück an der Oberfläche. Wenn er nur tief genug hinabsank, würde das immer dünner werdende Band zu ihm zerreißen.*

*Die Kälte schmerzte so sehr, selbst in seinen Knochen schmerzte sie jetzt, und die Angst zu sterben war überwältigend.*

*Aber es war richtig so. Er hatte es verdient.*

*Dann war da plötzlich ein Glitzern, das durch das Dunkel drang, durch seine Lider, helle Blitze, und als Matt die Augen öffnete, das kalte Meereswasser gegen seine Hornhaut fluten ließ, da erkannte er, dass das Glitzern von einem wunderschönen Fischschwarm stammte. In ihren silbernen Körpern spiegelte sich das Mondlicht. Und mit einem Mal war da wieder der Wunsch zu leben.*

*Aber es war nur noch wenig Kraft in seinem Körper, das eisige Meer hatte alle Wärme aus ihm gesaugt, alle Energie. Er schaffte drei Züge Richtung Oberfläche, die als riesiger wabernder Spiegel in der Höhe flirrte.*

*Doch es reichte nicht.*

*Das Meer zog ihn wieder hinunter.*

*Eine Hand schoss durch die Oberfläche, die zierliche Hand eines Mädchens, sie griff nach ihm, nach irgendetwas von ihm, fand seine Schulter und zog daran, zog ihn hoch an die Luft.*

*Doch da war Matt Callaghan schon in der Schwärze seines Inneren versunken.*

*Er würde nie mehr derselbe sein.*

*Und nie über diesen Tag reden.*

## SIEBEN

*»Was ich in meinem Gesicht habe ist Charakter.
Es hat mich eine Menge langer Nächte
und Drinks gekostet, das hinzukriegen.«*

Humphrey Bogart

Als Bene das Bed & Breakfast mit gepacktem Koffer verlassen hatte, war Cathy aus der Nebenstraße getreten, in der sie Zuflucht gesucht hatte. Sie war direkt hoch in Zimmer Nummer 3 und hatte sich vor die Tapete gekniet, mit der Nase ganz dicht an dem verschütteten Gin. Jedes einzelne Duftatom hatte sie eingesogen und sich nicht getraut, den Raum zu verlassen, bis sich auch das letzte verflüchtigt hatte.

Über zwei Stunden waren es gewesen.

Dabei war ihr eines klar geworden: Ihrem Gin fehlte nur noch ein einziges Botanical. Alles andere war am richtigen Platz. Vielleicht befand sich in den Aufzeichnungen ihres Dads doch noch ein Hinweis? Ein Satz, den sie trotz hunderten Malen des Lesens nicht richtig verstanden hatte?

Aus dem Türrahmen blickte sie noch einmal zurück in das leere Gästezimmer. Es kam Cathy immer so vor, als falle ein Raum in Agonie, wenn er nicht tun durfte, was er am besten konnte: Menschen ein Zuhause geben, und sei es auch nur ein paar Tage lang.

»Er hat dir wehgetan, oder?«

Als Cathy sich umdrehte, sah sie Vicci, die ihr jetzt über den Rücken strich und weitersprach.

»Das machen Männer nämlich immer.«

Und das von einem Teenager. Aber vielleicht wussten sie am besten, wie sehr Liebe schmerzen konnte. In diesem Alter erlitt man die ersten Wunden, und weil der Schmerz so neu war, schockte er einen komplett. Später mochten die Kerben tiefer und die Stiche brutaler werden, doch man wusste um die verschorften Stellen, man wusste um den großen Heiler Zeit.

»Wo sind die anderen?«, fragte Cathy.

»Eudora trainiert im Tinside Pool und McAllister geht wieder den armen Leuten im Devonport Naval Heritage Center auf den Wecker. Heute Abend darf er da wohl einen Vortrag halten.«

Cathy nickte dankbar. Sie hatte gerade keine Kraft für andere Menschen, selbst wenn sie wundervoll waren. Sogar noch weniger, wenn sie wundervoll waren, denn dann wollte man selbst wundervoll zu ihnen sein. Und sie fühlte sich gerade gar nicht danach.

»Ihr wärt ein schönes Paar gewesen«, sagte Vicci. »Ich weiß, das ist jetzt nicht hilfreich, aber kennst du das, wenn man denkt: Die zwei passen gut zueinander? Und das hat gar nichts mit dem Aussehen zu tun, eher so, als würden die beiden auf derselben Wellenlänge schwingen, wie zwei Instrumente, die auf denselben Ton gestimmt sind. Der eine ist zum Beispiel eine E-Gitarre, also Bene, und der andere eine …«

»Sag jetzt nichts Falsches!«, kam es von Cathy.

» … eine Piccoloflöte?«

»Mach ein Cello draus«, sagte Cathy, atmete tief durch und ging an ihr vorbei. Sie brauchte jetzt einen Tee. Einen doppelten.

»Ich habe ja gehört, die beste Medizin ist ein Ex-Freund, der noch etwas von einem will«, sagte Vicci hinter ihr. »Der hört zuerst Ewigkeiten zu und kuschelt dann schön mit einem.«

Cathy drehte sich um. »Ist das nicht mies, die Gefühle von einem Ex für so etwas auszunutzen?«

»Du musst deinen Ex ja nicht dazu zwingen. Aber wenn er es ganz von allein macht …«

Teenager-Medizin – aber vielleicht funktionierte die auch bei ihr? Sie brauchte wirklich ein Ohr, das zuhörte und sie verstand.

Cathy zog ihr Handy hervor und rief Andrew an, ohne darüber nachzudenken, was sie damit in Bewegung setzte.

Als er abhob, sagte sie nicht »Guten Tag« oder »Hallo«, sie fragte nur »Kannst du kommen?«

Und er sagte nur »Ja«.

Schon dieses Ja nahm sie in die Arme und drückte sie sanft an sich. Schon dieses Ja sagte, was immer auch passiert war, die Sonne würde morgen wieder aufgehen, und ihre Strahlen würden sich auf der Haut noch genauso warm anfühlen.

»Ich muss leider dringend los«, sagte Vicci und gab Cathy einen schnellen Kuss auf die Wange. »Da gibt es nämlich einen, der mir wahrscheinlich das Herz brechen wird.« Sie biss sich auf die Unterlippe. »Wenn ich so darüber nachdenke: Eigentlich bricht er es mir schon die ganze Zeit, seit der Segelkurs angefangen hat, seit ich ihn das erste Mal gesehen habe. Kennst du das? Dass es direkt so richtig wehtut?« Vicci wartete keine Antwort ab, sondern flitzte die Treppenstufen hinab.

Cathy dachte an den Moment, als sie in den Flur gekommen war und Bene dort mit Eudora gestanden hatte. Es hatte nicht direkt wehgetan, es war eher so gewesen, als wäre ihr Haus mit einem Mal komplett gewesen. So als hätte die ganze Zeit das Dach gefehlt, und plötzlich war es drauf und man merkte, um wie viel wärmer und wohliger das Leben war.

Sie ging runter in die Küche und setzte Wasser auf. Der doppelte Tee tat ihr gut, der doppelte Scone mit Clotted Cream und Erdbeermarmelade auch.

Es klingelte. Cathy ließ alles liegen und rannte zur Haustür, fuhr sich aber schnell noch einmal vor dem Flurspiegel durch die Haare und strich sich über die verweinten Augen, bevor sie ein Lächeln für Andrew aufsetzte.

»Schön, dass du …«, begann sie.

Doch was sie sah, war gar nicht schön.

»Hast du ernsthaft geglaubt, ich lasse dich mit dieser Scheiße durchkommen?« Phil Crabtree wurde von zwei Kumpels begleitet, deren Augen so irre wirkten wie die eingesperrter Ratten.

Cathy versuchte, die Haustür zuzuschmeißen, doch einer von Phils Stahlkappenstiefeln stand schon im Spalt.

»Hilfe!«, brüllte sie.

»Keiner da«, erwiderte Phil und drängte sich hinein. »Colin hier hat deine Bude den ganzen Tag im Blick behalten und Bescheid gesagt, als die kleine Seglerin endlich raus ist.« Er presste ihr eine ungewaschene Hand auf den Mund. »Scht! Ganz still, Süße. Wir vier werden ganz ungestört sein. Genauso hab ich's am liebsten.« Er wandte sich an den Mann zu seiner Rechten. »Halt sie fest und stell sicher, dass sie nicht die Nachbarschaft zusammenbrüllt. Kevin, verriegel die Haustür, und dann folg mir ins Büro, das müsste dahinten durch sein.«

Cathy strampelte, sie schlug um sich und verpasste dem Mann hinter ihr den einen oder anderen Schlag, doch es war, als träfe sie zwar seinen Körper, aber nie sein Schmerzzentrum. Nichts von dem, was sie im Pub über Selbstverteidigung gelernt hatte, half. Was würden sie ihr antun? Was würden sie mit ihrem Haus machen?

King George erschien wie aus dem Nichts und bellte die Männer lautstark an. Das hatte sie bei ihrem kleinen Corgi noch nie erlebt. Er verschwendete seine Energie sonst nicht für so etwas, sondern sparte sie sich fürs Fressen. Jetzt aber bellte er und fletschte die Zähne. Er war ganz außer sich vor Wut.

Phil Crabtree trat ihn mit solcher Wucht in den Bauch, dass er gegen die Wand geschleudert wurde. Hilflos und elendig winselnd blieb er liegen.

Sie zerrten Cathy mit sich ins Büro.

»Tresor?«, fragte Phil. »Hast du einen Tresor, Cathy?«

Sie kannte Phil seit frühester Kindheit. Er war immer ein Arschloch gewesen, aber eben ein Arschloch, das dazugehörte. Ein Arschloch, mit dem sie im Pub zusammen getrunken und die größten Hits der Sechziger, Siebziger, Achtziger und von heute gegröhlt hatte.

»Ich habe keinen Tresor. Fast alle bezahlen mit Karte, und das bisschen Bargeld, was ich bekomme, benutze ich zum Einkaufen. Im Regal steht eine kleine Kasse, aber da ist sicher nicht mehr drin als zweihundert Pfund.«

»Nehme ich«, sagte Phil. »Hast sicher gehört, dass ich meinen Job verloren habe. Kommt halt nicht gut, wenn man als Sicherheitsmann gefesselt gefunden wird. Kommt sogar total scheiße.« Er boxte Cathy in den Magen. Es fühlte sich an, als habe ihr jemand einen großen, kantigen Stein in den Bauch geworfen.

»Der Computer ist vielleicht noch was wert. Pack dir den schon mal, Kevin.« Phil trat vor das Regal. »Rechnungen, Belege, Reservierungen, wäre total ärgerlich, wenn die alle weg sind, was? Für die Steuer und so. Könnte dich ruinieren.« Er ließ seine Finger darüberfahren. »Oh, Gin, mag ich!« Er zog den Ordner mit dem Manuskript ihres Dads heraus und schlug ihn auf. »Von deinem Alten? Wusste gar nicht, dass der mal was geschrieben hat.«

»Stell das zurück!«

»Schau an, da wird sie plötzlich ganz lebendig.«

»Du kannst alles nehmen, aber nicht das. Es ist überhaupt nichts wert!«

»Wenn es nix wert ist, sollte es dir auch nix ausmachen, wenn ich es mitnehme. Ein Buch über Gin kann man immer gut gebrauchen. Und falls du der Polizei oder irgendwem von meinem kleinen Besuch erzählen solltest, siehst du es nie wieder.« Er reichte den Ordner Kevin, der schon Computer und Monitor trug, die Kabel baumelten an ihm herunter.

»*Du mieses Schwein!*«

»Colin, halt ihr nochmal die Klappe zu. Aber Vorsicht, ich glaube, die beißt.«

Phil zog die Papierschublade des Druckers heraus und griff sich ein paar Blatt. »Es werde Licht.« Mit der anderen Hand zog er ein Sturmfeuerzeug aus der Hosentasche und zündete sie an. Er wartete einige Sekunden, bis es richtig brannte, dann warf er die Blätter in den Papierkorb, der direkt aufflammte. Kurz blickte er an die Decke, wo ein Feuermelder hing, stellte sich auf die Zehenspitzen und schlug ihn mit der bloßen Faust kaputt. »Wir wollen doch nicht, dass direkt jemand kommt, um unser schönes Feuer zu löschen.«

Cathy schrie. Und kreischte. Und brüllte. Trotz Colins Hand auf ihrem Mund. Mit aller Kraft versuchte sie sich freizuwinden, auch als Colin so fest zupackte, dass seine Finger tief in ihre Muskeln drückten. Kevin musste dazukommen, um sie festzuhalten. Seit ihr Dad bei dem Brand gestorben war, hatte Cathy panische Angst vor Feuer. Als sie das Bed & Breakfast übernahm, hatte sie als Erstes den Gasherd rausgeschmissen, es gab keine Kerzen im Haus, keine Streichhölzer, Rauchen war verboten, und beim alljährlichen Großfeuerwerk, den British Firework Championships, verließ sie in der Regel die Stadt, weil sie es nicht gut ertragen konnte.

Jetzt war Feuer in ihrem Haus! Die Flammen schienen auf sie zuzuspringen.

Und sie konnte nichts dagegen tun.

Phils knotiges Gesicht beugte sich zu ihr. »Deinen Bruder nehmen wir uns auch noch vor und diesen Deutschen. Jeder bekommt, was er verdient. So heißt es doch in der Bibel, oder?«

Das Feuer sprang über auf das Holzregal und kroch daran hoch. Schwarzer Rauch sammelte sich an der Decke wie eine Gewitterfront.

»Mir wird es langsam zu heiß hier«, sagte Phil und wischte sich einen Schweißtropfen aus der Stirn. »Euch auch?«

Sie zerrten Cathy bis zur Haustür, dann schlug Phil ihr nochmals in den Bauch, an die Stelle, die noch vom ersten Hieb schmerzte.

Ohne ein weiteres Wort verließen die drei Männer das Bed & Breakfast.

Cathy blickte zum Feuer und die Angst schloss sich wie eine Faust um ihr Herz, die fester und fester zudrückte. Der beißende Rauch stieg ihr in die Nase und sie musste husten, als stünde auch ihre Lunge in Flammen. Sie würde nicht sterben wie ihre Eltern, das durfte sie ihnen nicht antun. Unter Schmerzen raffte sie sich auf, schleppte sich zum Büro, wo bereits alle Regale in Flammen standen. Cathy humpelte in den Garten, holte den Wasserschlauch, stellte ihn sofort an und kehrte damit zurück. Das Feuer war über den Türrahmen in die Küche gesprungen, die Vorhänge brannten genauso wie die Hängeschränke.

Sie löschte unter Tränen die Flammen und Feuernester, der Boden eine einzige dunkle Pfütze.

Auch als nichts mehr brannte, ließ sie das Wasser weiterlaufen. Als könnte noch irgendwo ein Brandherd lauern. Als müsste sie alles mit Wasser imprägnieren, damit so etwas nie wieder passierte.

Endlich schaffte sie es, das Wasser abzustellen. Sie fühlte sich, als hätte sie selbst gebrannt.

Dieses Haus war ihr Leben.

King George lag in seiner Ecke auf einem alten, abgewetzten Schaffell und leckte sich so heftig, als würde das den Schmerz verschwinden lassen. Cathy legte sich zu ihm, wie ein Halbmond um einen kleinen Trabanten, strich dem Corgi sanft über das Köpfchen und weinte in sein Fell. Sie weinte und es schüttelte sie durch. Mit verheulten Augen sah sie hoch an die Wand mit den vielen Fotos und suchte das Gesicht ihres Dads. Sie war es so leid, optimistisch zu sein und dann doch vom Leben in die Fresse zu bekommen. Wieder und wieder. Und es wurde immer schwerer, die Kräfte zusammenzuklauben, um einigermaßen positiv in die Zukunft zu schauen. Es war ihr gelungen, damals, als ihre Eltern im Feuer starben, und auch, als sie Matt an den Alkohol verloren hatte. Ja, selbst als das Bed & Breakfast so schlecht lief, dass sie kurz davorstand, es verkaufen zu müssen, war sie Optimistin geblieben und hatte Charles' Hilfe angenommen. Auch all die Rückschläge bei der Suche nach der richtigen Gin-Rezeptur hatte sie ausgehalten. Und jetzt das. Ein Rückschlag zu viel. »Ich schaffe es einfach nicht mehr, Dad.« Ihr schien es, als würde er auf einmal ganz anders zu ihr heruntersehen. Streng. Das war so gar nicht seine Art gewesen. »Schau mich nicht so an!«

King George leckte ihr durch das Gesicht, auch über ihre Lippen, und sie konnte schmecken, dass er erst vor Kurzem seine Pansen gefressen hatte. »Du kleines Ferkel«, Cathy musste lachen und noch mehr heulen, und ihr ganzer Körper wurde durchgeschüttelt.

Dann erklangen draußen die Sirenen der Fire Brigade.

Bene fühlte sich wie ein eingesperrtes Tier, das in seinem Gehege die immer selben Wege ging, bis das Gras darauf sich in staubige Erde verwandelt hatte. Im Zentrum stand Cathys Bed & Breakfast, doch nie näherte er sich ihm so weit, dass sie ihn hätte zufällig aus einem der Fenster sehen können. In seinem Kopf hatte sich die Idee festgesetzt, dass er damit alles zerstören würde. Obwohl er ja längst alles zerstört hatte.

Bene lief auch noch vor einem ganz anderen Gedanken fort, der mit Cathy zu tun hatte, doch er blieb ihm genauso immer auf den Fersen.

Sein zielloser Weg führte ihn bis zum Barbican, dessen weiß gekalkte, alte Häuser so eng und schief beieinander standen wie betrunkene Seemänner. Würde auch nur eines nach vorn treten, fielen alle anderen um. Eine Touristengruppe bewunderte gerade eine besonders pittoreske Häusergruppe. Da Bene keinerlei Lust auf Menschen hatte, ging er an ihnen vorbei und bog vor dem Sutton Harbour in den Rope Walk ab. Dort stand ein freistehender Portikus, der ihn an das alte Griechenland erinnerte. »Mayflower 1620« stand auf einem großen Stein, der davor in den Boden eingelassen war. Von hier war also die berühmte Mayflower nach Amerika gesegelt, mit den ersten englischen Pilgervätern an Bord.

Auf dem kleinen Tor mit seinen zwei Säulen saß eine Möwe und schlief, sich der historischen Bedeutung des Ortes herzlich unbewusst. Bene ging hindurch und fand sich auf einer kleinen, runden Aussichtsplattform wieder. Links und rechts führten steinerne Stufen ins flache Wasser. Alles gut, schien es zu sagen. Bene blickte sich suchend nach etwas um, das er in die See werfen konnte, damit sie aufhörte ihn zu verspotten, als sein Handy klingelte.

Ungläubig sah er auf die Nummer und nahm den Anruf sofort an.

»Hallo?«, kam es aus der Leitung.

»Maman, bist du das?« Die Angst um seine Mutter, die sich in einer Ecke seines Herzens versteckt gehalten hatte, sprang wieder hervor.

Am anderen Ende der Leitung wurde gelacht. »Wer sollte es denn sonst sein? Du hast doch meine Nummer im Display gesehen.«

»Aber ...«

»Ich habe mir Sorgen um dich gemacht.«

»*Du* hast dir Sorgen gemacht?«

»Warum sagst du das so komisch? Natürlich habe ich mir Sorgen gemacht, du bist mein einziges Kind.«

Bene zuckte bei der Formulierung zusammen. Er mochte ihr einziges Kind sein, doch vielleicht nicht das einzige seines Vaters. Wenn sie das erfahren würde, bräche ihre ganze heile Welt zusammen. »Ich versuche seit Tagen, dich zu erreichen.«

»Dann hast du es wohl nicht oft genug versucht.« Der pikierte Unterton war auf jeden Fall ganz seine Mutter – also alles im grünen Bereich.

»Du gehst sonst immer ans Telefon.«

»Darf ich nicht auch mal *nicht* ans Telefon gehen?«

»Ich habe sogar deine Nachbarn angerufen und Tante Gisela und die Bietigheims.«

»Du musst doch nicht so einen Aufstand machen, nur weil ich mal nicht direkt springe, wenn der Herr Sohn sich dazu herablässt, anzurufen.«

»Erzählst du mir jetzt, was du gemacht hast?«

»Ich bin dir nicht zur Rechenschaft verpflichtet!«

Was war das? Warum reagierte sie so defensiv?

»Bist du im Krankenhaus gewesen?«

»Nein, sehe ich so aus?«

»Ich weiß nicht, wie du gerade aussiehst, Maman.«

»Wenn du es unbedingt wissen musst: Ich habe in Freiburg Besorgungen gemacht. Für dich. So, und mehr sage ich nicht. Erzähl du mir lieber etwas.«

Seine Mutter ließ es sich sonst nicht nehmen, alles bis ins kleinste Detail zu berichten. Nach einem Tag im Garten referierte sie ihm den Namen jedes einzelnen Unkrauts, das sie ausgerupft hatte. Brennnessel, Klatschmohn, Löwenzahn, noch mal Brennnessel, noch mal Brennnessel, noch mal Klatschmohn. Dass sie sich jetzt so kurz fasste, war merkwürdiger, als würde sie ein Treffen der Landfrauen verpassen. Was seit seiner Geburt, die damals terminlich unglücklich fiel, nie wieder passiert war.

»Und es ist wirklich alles in Ordnung?«

»Mir fehlt nichts, mach dir bitte keine Sorgen. Und jetzt erzähl endlich, du bist doch der auf Reisen.«

Was immer sie getrieben hatte, seine Mutter wollte es nicht erzählen und sie würde es nicht erzählen. Es war wie bei einer Finger-falle: Je mehr man zog, desto weniger rührte sich.

»Du brauchst dir um mich auch keine Sorgen zu machen«, sagte er.

»Das lass mich mal entscheiden!«

Er wollte ihr nichts erzählen von dem Streit mit Cathy und schon gar nicht von seinem schrecklichen Verdacht, obwohl der ihn gerade am meisten beschäftigte. Auch nichts vom Einbruch auf dem Militärgeländer oder der Nacht im Dartmoor. Sie würde sonst auf die falschen Gedanken kommen. Oder noch schlimmer: auf die richtigen.

»Ich habe das Bed & Breakfast gefunden, in dem Papa gewohnt hat. Sie können sich dort noch an ihn erinnern.«

Seine Mutter schwieg.

»Papa ist immer im selben Haus abgestiegen, wusstest du das?«

Er hörte, wie seine Mutter schwer atmete. »Ja, das wusste ich.« Noch ein schwerer Atemzug, sie schien für etwas Anlauf zu nehmen. »Ist da auch eine … Frau, die sich an Alexander erinnern kann?«

»Nein, wie kommst du darauf?«

»Ich will nicht darüber reden! Vergiss die Frage, sie war dumm.«

»War sie nicht und wir sollten drüber reden.«

Er hörte das Geräusch eines Stuhls, der über Bodenfliesen geschoben wurde. »Lass mich erst mal hinsetzen.«

»Ich weiß nicht genau, was es ist, das dir auf der Seele liegt. Aber ich bin mir sicher, dass es dir besser geht, wenn du es loswirst.«

»Ich wollte früher nicht darüber reden, warum sollte ich es jetzt tun?«

»Um deinen Frieden mit dem zu machen, worum auch immer es hier geht?«

»Ach, Frieden machen. Das klingt so gut. Mit den meisten Dingen im Leben kann man seinen Frieden aber gar nicht machen, die muss man vergessen oder zumindest feste wegdrücken im Herz und im Kopf. Pass bitte nur auf dich auf, ja?«

»Was sollte mir hier schon passieren?«

Wieder atmete sie schwer, diesmal noch länger und tiefer, sie holte noch mehr Anlauf.

»Diese Sache mit England …«

»Ja?«

»… die hat mit Papas Tod zu tun.«

Bene musste sich jetzt auch setzen. »Was meinst du damit?«

»In der Woche, bevor dein Vater … da habe ich mehrmals einen Wagen bei uns in der Straße gesehen. Einen mit Lenkrad auf der falschen Seite. Das ist mir aufgefallen und auch das ausländische Nummernschild.«

»Was war das für eine Marke?«

»Ach, sowas weiß ich doch nicht. Da saß auf jeden Fall immer jemand drin. Der ist nie ausgestiegen.«

»Ein Mann? Eine Frau?«

»Ich habe mich nie getraut, nachzusehen.«

»Maman, wirklich. Nur weil ein englischer Wagen bei uns in der Straße geparkt hat, glaubst du, Plymouth hätte etwas mit Papas Unfall zu tun?«

»Die Polizei hat mir auch nicht geglaubt.«

»Warum auch? Das ist echt hanebüchen. Papa hat die Kurve zu schnell genommen.«

»Nein, hat er nicht. Ich hätte dir das alles schon längst sagen sollen, das weiß ich.«

Bene schlug gegen die Steinmauer hinter sich. »Kannst du bitte endlich erzählen, was los ist?«

»Es war damals kein Unfall.«

»Doch, Maman, war es.«

»Nein, die Bremsleitungen waren durchgeschnitten worden. Das konnte die Polizei trotz des Brandes später noch einwandfrei feststellen. Ich wollte dich damit nicht belasten, mit dieser ganzen unseligen Geschichte. Sie haben ja auch nie denjenigen gefunden, der das gemacht hat. Bene, bist du noch dran?«

Nun war es Bene, der tief atmete.

»Maman, das ist doch jetzt nicht dein Ernst!«

»Doch. Aber das ist alles schon so lange her, lass die Vergangenheit ruhen.«

»Warum sollte jemand Papa umbringen?«

Die Antwort brauchte seine Mutter ihm nicht zu geben, sie erschien in Benes Kopf in Leuchtbuchstaben wie auf einer grellen Reklametafel. Weil Alexander Lerchenfeld seinem Freund Archibald Callaghan die Gin-Rezeptur gestohlen hatte.

Aber dann hätte er selbst doch kaum so lange experimentieren müssen, oder?

Oder musste er sterben, weil er Susan Callaghan geschwängert hatte? Dann hätte Cathys Dad ein Motiv für den Mord gehabt, doch der war zu diesem Zeitpunkt schon zwei Jahre tot.

Die letzte Möglichkeit war die schrecklichste: Weil sein Vater es war, der Cathys Vater getötet hatte, um die Rezeptur für den Gin ganz allein zu haben.

Dann hätten Archies Kinder das wohl stärkste Motiv – Matt und Cathy.

Aber das war alles nicht sein Vater, nichts davon!

»Bene, ich weiß nicht, warum jemand so etwas tun sollte. Aber diese ganzen Plymouth-Reisen, die waren mir immer schon suspekt. Dein Vater war immer komisch, wenn er von dort anrief, da klang er so aufgedreht und das war er sonst doch nie. Und wenn er zurückkam, dann war er immer wochenlang abwesend und in sich gekehrt.«

»Hast du ihn denn nie gefragt, was los war?«

»Nein.«

»Warum?«

»Weil ich Angst vor der Antwort hatte.«

»Ich muss …«

»Ja, lass das erst mal sacken. Das ist jetzt bestimmt viel für dich. Und komm zurück nach Hause. Das führt zu nichts Gutem, dass du da in Plymouth bist.«

»Ich muss jetzt wirklich Schluss machen.«

»Ich habe dich sehr lieb, vergiss das nicht. Sei mir bitte nicht böse, ja? Ich habe es nur gut gemeint.«

»Das weiß ich, Maman. Ich hab dich auch lieb.«

Er legte auf.

Und hätte das Handy am liebsten ins Meer geworfen.

»Fahr vorsichtig, ja? Immer langsam. Und denk an die Dummheit der anderen!«, sagte Katharina.

»Davon gibt es mehr als genug!«, erwiderte Alexander lachend und fuhr los.

Im Rückspiegel sah er Katharina kleiner werden. Sie winkte ihm nicht nach, sondern hielt sich die Hand vor den Mund, als müsse sie sich daran hindern, ihn zurückzurufen.

Er fuhr vorsichtig. Er fuhr immer vorsichtig.

Doch diesmal war er mit den Gedanken nicht nur auf der Straße, diesmal war er mit ihnen auch bei seinem Sohn. Es war zu spät, all seine Fehler wiedergutzumachen, aber es war nicht zu spät, sich vorzunehmen, keine neuen Fehler auf die alten zu stapeln.

Der Junge hatte es nicht einfach gehabt. Der Name Benoit war ein Makel für ihn gewesen, all die Christians, Markusse und Daniels hatten ihm das Leben schwer gemacht. Niemals hätte er Katharinas Willen nachgeben dürfen. Das hatte er von Anfang an gewusst, aber er hatte sich damals so schuldig gefühlt und hätte ihr jeden Wunsch erfüllt. Katharina hatte gedacht, er täte es aus großer Liebe. Dabei tat er es aus Buße. Wegen der Sache mit Susan. Es war nicht geplant gewesen, es war einfach passiert. Aber wann war so etwas schon geplant? Lange hatte er widerstanden. Aber nicht lange genug.

Sah er Ben, fühlte er sich schuldig, deswegen hatte er es vermieden, sich allzu lange in seiner Nähe aufzuhalten. Hatte vermieden, mit ihm Zeit zu verbringen. Hatte ihn für etwas bestraft, was er nie getan hatte.

Und er war still geworden, auch gegenüber Katharina, weil er in jedem freundlichen Wort von ihr den eigenen Verrat spürte, die Lüge, das miserable Schauspiel.

»Wir holen für Ben einen wie dich«, sagte er und klopfte auf das lederbezogene Lenkrad des alten, grünen Jaguar. »Einen, den er von Grund auf zusammenschraubt, auf den er stolz sein kann.«

Alexanders Faszination für britische Oldtimer war durch Archie entfacht worden, der einen beigefarbenen Bentley S2 fuhr, von 1960.

Archie hatte ihn selbst instandgesetzt und Alexander erinnerte sich noch sehr gut an die erste Fahrt auf dem Beifahrersitz. Das Schnurren eines alten Motors hatte etwas Warmes, wie das Schnurren eines Haustieres. Neue Autos dagegen waren seelenlose Maschinen, kalt und perfekt. In seinem Leben gab es bereits genug Kälte. Der Jaguar war wie ein Freund, dem er alles sagen konnte.

»Schade, dass Archie dich nie gesehen hat.«

Zu Archie hatte er direkt einen Draht gehabt. Zu diesem rumpeligen, großmäuligen Engländer, der eigentlich das genaue Gegenteil von ihm war. Und doch war da eine Freundschaft gewesen, vom ersten Moment an. Freundschaft auf den ersten Blick, auch das gab es. Über Sprachen und Kulturen hinweg.

Das, was Archie und ihn am Laufen hielt, war gleich gewesen. Beide liebten sie das Tüfteln, das Kreieren. Archie hatte in der Werft nicht einfach nur Schiffs- und U-Boot-Teile repariert, er hatte sie besser gemacht. Alexander hatte das mit den ihm anvertrauten Autos genauso getan. Aber immer schon hatte es in ihm die Sehnsucht nach einem größeren Projekt gegeben, einem, das bleiben würde. Deshalb war es ihm vorgekommen, als sei er auf eine Goldader gestoßen, als Archie ihm von seinem Gin erzählt hatte.

Als der Jaguar an einem Feld mit Weißkohl vorbeikam, musste Alexander lächeln. Das Sauerkraut war seine Idee gewesen. Eigentlich nur ein Scherz, aber Archie war so verrückt gewesen, es auszuprobieren. Er hatte damals gesagt: »Ich mache das, Alexander, aber dann musst du das auch trinken!« Das hatte Alexander dann auch. Allein getrunken schmeckte das in Alkohol mazerierte Sauerkraut fürchterlich, aber im Konzert der Aromen war es genau der richtige Ton, so wie ein Symphonie-Orchester einen Kontrabass brauchte, der die Tiefe auslotete. Dieses Wissen hatte ihm geholfen, den Gin nach Archies Tod nachzubauen. Allerdings war die Zutaten zu kennen eines, die Mengen- und Mischverhältnisse dagegen etwas ganz anderes. Da er keine Rezeptur gefunden hatte, war es ein sehr langer Weg bis zu seinem Gin gewesen.

Der Jaguar nahm gutmütig die Kurve. Manchmal hatte Alexander das Gefühl, der Wagen wisse genau, wohin es gehe, und fände den

Weg auch von allein. Er fühlte sich sicher in diesem Auto. Und der Karton mit den Gin-Flaschen, der sich im Fußraum des Beifahrersitzes befand, war hier auch gut aufgehoben. Alexander würde den Ausflug nach Freiburg auch dazu nutzen, einigen Restaurants und Bars Proben zu bringen. Mit großem Stolz blickte er auf die Flaschen.

Das Wichtigste war der letzte Störer gewesen. Auf den waren sie erst nach einem Besuch der Black Friars Distillery gekommen. Manchmal lernte man eben doch aus der Vergangenheit etwas für die Zukunft.

Es war Vorfreude, die seinen rechten Fuß tiefer auf das Gaspedal drückte.

In Gedanken schritt er zwischen vielversprechenden Autowracks für Ben hindurch. Alexander kurbelte das Fenster herunter, um den Fahrtwind hereinzulassen, ihn auf der Haut zu spüren.

Die Kurve kam nach einer sehr langen Geraden. Es war, als würden die Pferde unter der Haube hier mit jedem Wagen durchgehen. Alte Eichen, Apfel- und Kirschbäume säumten hier die Straße. Für einen Autoreklame-Spot hätte man hier wunderbar drehen können.

Es war kein anderer Wagen auf der Straße, als Alexander Lerchenfeld mit dreiundachtzig Stundenkilometern in die Kurve einfuhr. Erlaubt waren siebzig.

Sanft drückte er mit dem rechten Fuß das Bremspedal herunter, sein Jaguar würde die Kurve jetzt wie auf Schienen nehmen.

Doch der Wagen reagierte nicht.

Alexander trat die Bremse wieder, diesmal stärker. Aber der Jaguar fuhr mit unveränderter Geschwindigkeit weiter. Alexander ging vom Gas und trat die Bremse durch.

Keine Reaktion.

Er griff die Handbremse und zog sie heftig hoch.

Wieder keine Reaktion.

Er riss das Steuer herum, doch der Schwung des Jaguar war zu groß. Der Baum, den er traf, war eine über dreihundert Jahre alte Stieleiche. Der dunkelgrüne Jaguar raste links versetzt hinein, die

*Lenksäule schoss wie eine Ramme auf Alexander Lerchenfeld zu.*
*Sie knallte gegen seinen Kopf, der Gurt spannte und brach ihm das*
*Schlüsselbein.*
*Doch Alexander überlebte den Aufprall schwer verletzt.*
*Aus den seitlichen Schlitzen der Motorhaube stieg Rauch und Flam-*
*men züngelten hervor.*
*Benommen vor Schmerz blickte er sich um, blickte auf die Scher-*
*ben um sich, blickte auf das verbogene Metall, auf das Blut, von*
*dem er nicht wusste, wo es aus seinem Körper trat. Er blickte auch*
*auf den Karton mit seinen sechs Gin-Flaschen, den einzigen, die*
*er bisher destilliert hatte – abgesehen von der allerersten, die er Ben*
*geschenkt hatte. Die Fußmatte glänzte feucht vom hochprozenti-*
*gen Alkohol. Alexander überlegte einen Sekundenbruchteil, ob er*
*den Karton öffnen sollte, um zu prüfen, ob vielleicht eine Flasche*
*den Aufprall unbeschadet überlebt hatte, doch dann langte er nach*
*dem Türgriff.*
*Die Spitze einer Flamme züngelte in den Fußraum und fand den*
*Alkohol.*
*Der Karton explodierte wie eine Bombe.*

Das altehrwürdige Duke of Cornwall Hotel erhob sich auf der Kup-
pe der Millbay Road wie ein Schloss umringt von lauter hässlichen
Neubauten. Dadurch wirkte der viktorianische Traum aus unzähligen Fenstern, Schornsteinen und Zinnen noch prachtvoller. Die Spitze des großen Turmes erinnerte gar an einen Leuchtturm. Es war ein
Gebäude, in dem man sich eine königliche Hochzeit genauso vorstellen konnte wie einen alteingesessenen Hausgeist im Dachgeschoss.
Auf der dritten Etage stand Bene in der Mitte seines Hotelzimmers
und musste niesen. Bettdecke, Gardine und Tapete hatten dasselbe
ornamentale Blumenmuster, weshalb sein Heuschnupfen sich pro-
phylaktisch meldete.

Der Raum hatte zu viel Farbe, zu viel Plüsch.

Und zu wenig Cathy.

Die Leute an der Rezeption waren höflich und nett gewesen, aber
sie waren austauschbares Personal, wahrscheinlich würde ihn schon

morgen früh jemand anderes begrüßen. »Callaghan's Bed & Break-fast« war Cathys Haus, man wohnte nicht in einem Hotel, man wohnte bei Cathy.

Bene öffnete die Mini-Bar und blickte auf eine Wasserflasche, eine Cola, eine Zitronenlimonade und eine Tafel Rosinen-Schokolade im kühlen Neonlicht. Er wollte nichts davon. Er wollte Alkohol, und zwar starken und viel. Er hatte eine Menge hinunterzuspülen. Dafür reichte kein Viertelliter Wein.

Also machte er sich auf den Weg.

Die ganze Zeit über kam er sich beobachtet vor, aber obwohl er sich mehrfach umdrehte, fiel ihm niemand auf. Seine Schritte wurden trotzdem schneller, und die Füße gingen ohne sein Zutun zur Black Friars Distillery, über der eine Bar lag, »The Refectory«.

Unter dem Giebeldach mit seinem dunklen Holzgebälk stand eine lange Theke, an der zwei Barkeeper in weißen Hemden und schwarzen Schürzen mit silbern glitzernden Shakern ihren Dienst verrichteten. Hinter ihnen vier Glas-Etagen mit angeleuchteten Spirituosen.

Benes Schritte hallten durch den Raum, als er über den glänzenden Holzfußboden ging, der wirkte wie das Deck eines alten Viermasters. Er steuerte einen der Barhocker an, um nah an der Quelle zu sitzen, wo stetiger Nachschub gesichert war.

Der Barkeeper reichte ihm eine Karte und Bene schlug sie sofort auf, doch er las die Worte nicht, denn es schwemmte gerade schon zu viel durch seinen Kopf. Er hatte es verbockt, oder? Alles. Die Gin-Flasche seines Vaters war kaputt, die Möglichkeit, den Gin mit Cathy nachzubrennen, lag ebenfalls in Scherben. Und auch seine Beziehung mit Cathy. Falls die überhaupt denkbar war, wenn gemeinsame Kinder nicht aussehen sollten, als könnten sie als Attraktion im Kuriositätenkabinett ausgestellt werden.

»Es fühlt sich an, als würden überall nur Fragen auf mich warten«, murmelte Bene vor sich hin. »Und bei einigen davon will ich die Antwort gar nicht hören.«

Eben hatte Malte wieder geschrieben. Der Kleine Wiesenknopf wuchs tatsächlich am Kaiserstuhl, auch in Merdingen. Außerdem stand in seiner Nachricht, dass der Investor langsam unruhig wurde. Malte hatte ihm deshalb erzählt, Bene absolviere gerade ein Praktikum bei Kult-Brenner Fritz Bercher im Markgräflerland. Das hatte für ein wenig Beruhigung gesorgt und ihnen Zeit erkauft. Aber wohl nicht viel.

Egal, dachte Bene, alles total und völlig und absolut egal.

»Was haben Sie gesagt?« Ein Barkeeper mit perfekt gepflegtem Vollbart sah ihn lässig an.

»Habe ich etwas gesagt?«

»Klang so. Was wollen Sie denn trinken?«

»Sagen Sie es mir. Ich treffe zur Zeit nämlich nur falsche Entscheidungen.«

»Mögen Sie es lieber cremig oder fruchtig?«

»Am liebsten alkoholisch.«

Der Barkeeper schmunzelte auf routinierte Weise.

»Dann könnte unser ›The Marguerite‹ vielleicht etwas für Sie sein. Der wird entsprechend des ersten Rezepts für Dry Martini aus dem Jahr 1904 gemixt. Es ist quasi der Vorfahr des modernen Dry Martini.«

»Und da ist Alkohol drin?«

»Yep. Gin und Vermouth, dazu ein bisschen Zitronensaft.«

»Nehme ich.«

Der Barkeeper mixte den Drink mit aller Ernsthaftigkeit, die solch ein historischer Cocktail anscheinend verlangte, und stellte ihn mit einer kleinen Drehung und einem ebenso kleinen Lächeln vor Bene ab.

Der setzte das Glas an und trank es schneller leer, als der Barkeeper für das Lächeln gebraucht hatte.

»Nicht weggehen«, sagte Bene zu ihm, als der sich einem Gast am anderen Ende der Theke zuwenden wollte.

»Noch einen. Aber einen anderen. Damit mein Magen schön Abwechslung hat und lange durchhält. Ein anderer Klassiker.«

»Dann darf ich dem Herrn unseren Pink Gin empfehlen, einen Klassiker der Royal Navy. Und bevor Sie fragen, er beinhaltet Alkohol in Form von Gin, aber auch Angosturabitter und Wasser.«

Das Glas wurde mit einer Scheibe Zitrone am Rand vor Bene gestellt. »Das Wasser da drin wäre übrigens nicht nötig gewesen.« Er kippte den rosa Cocktail herunter. »Nächster Klassiker, ich mache die heute alle.«

»Das ist nicht die Art, sie zu genießen.«

Bene lachte. »Ich will sie nicht genießen, sondern trinken.« Er zeigte auf einen Namen in der Karte. »Was ist mit diesem Gimlet?«

»Der wurde Anfang des 18. Jahrhunderts erfunden. Eigentlich besteht er nur aus Gin mit Lime Juice Cordial. Er wurde auf den Schiffen getrunken, um Skorbut vorzubeugen.«

»Das will ich auch!«

Lässig wurde eine Augenbraue hochgezogen. »Das ist eine sehr kluge Entscheidung. Sie denken wirklich an Ihre Gesundheit.«

»Genau.«

Der Gimlet kam und wurde so schnell getrunken, dass die Geschmacksnerven keine Chance hatten, etwas mitzubekommen. »Und jetzt noch was Gesünderes. Mit viel Frucht.«

»Einen … Loch Nessinator. Auf Gin-Basis. Das ist aber eine Eigenkreation.«

»Kreieren Sie!«

Diesmal brauchte der Barkeeper länger, und als er fertig war, konnte man kaum Flüssigkeit im bis obenhin mit Obst gefüllten Glas erkennen. Bene beschlich das Gefühl, gerade verarscht worden zu sein.

Es war anatomisch unmöglich, den Cocktail herunterzustürzen, sodass er diesmal etwas vom Geschmack mitbekam – und der faszinierte Bene. Der Gin berührte ihn auf eine eigentümliche Art und Weise. So eine emotionale Reaktion kannte er nicht bei Alkohol. Normalerweise gab es für ihn nur lecker und nicht lecker.

Jemand setzte sich neben ihn.

Bene wollte nicht, dass sich jemand neben ihn setzte.

Er wollte allein trinken und nur reden, um etwas zu bestellen. Er musste den Mund zum Trinken freihaben.

»Ich habe gehört. Dass Cathy und Sie einen … mhm … Streit hatten. Das tut mir leid.«

Wenn es nur das wäre. Bene drehte sich zum Neuankömmling und erkannte Ferdinand McAllister, der heute einen Schottenrock trug. Er sah allerdings kein bisschen sexy darin aus.

Bene hatte sowieso schon keine Lust zu reden, aber über Cathy zu reden, ging ihm entschieden gegen den Strich. Also Themenwechsel.

»Sie wissen schon, dass Sie wirklich, also tatsächlich, ganz real und in Wahrheit aussehen wie Mister Darcy, also Colin Firth.«

»Ich weiß. Aber es wäre eitel, das auch noch … mhm … zuzugeben. Außerdem altere ich besser als Colin.«

»Sie sind per du?«

»Wir haben uns einmal getroffen, bei einem Familienfest. Er ist ein sehr weit entfernter Verwandter. Ein sehr … mhm … höflicher Mensch, allerdings hat er mich gebeten, ihn nicht in Schwierigkeiten zu bringen mit unserer Ähnlichkeit. Und nicht mit seiner … mhm … Frau zu schlafen, falls sie denkt, ich wäre er.«

»Und?«

»Eins davon habe ich bis heute nicht getan.«

Bene stieß mit ihm an. »Das ist dann wohl der Moment, an dem ich nicht weiterfrage.«

»Oder in dem Sie anfangen, über das Wetter zu reden.«

»Ich würde lieber über Sie reden.« Immerhin, dachte Bene plötzlich, sind Sie einer der Menschen, die theoretisch die Gelegenheit gehabt hätten, den Obdachlosen Robert Miller zu ermorden und die Tatwaffe in Cathys Bibliothek zu verstecken.

»Ich bin ein uninteressantes Subjekt.«

»Das finde ich überhaupt nicht! Sie sind ein Mann der Widersprüche.«

»Bin ich das?«

Bene nickte heftig, der Alkohol wirkte schon. »Ihr Anzug ist zum Beispiel sehr teuer. Ich weiß, wie teure Anzüge aussehen, etliche meiner Kunden haben solche Dinger getragen. Wer es sich leisten kann, sowas zu tragen, der muss nicht in einem einfachen Bed & Breakfast absteigen.«

McAllister schwieg, lächelte aber amüsiert.

»Das Geld für so einen Anzug kann nicht von Ihrer Arbeit als Historiker kommen, die wirft bestimmt nicht genug dafür ab. Sie haben reich geerbt, oder?«

»Leider nein. Nur bei der … mhm … National Lottery gewonnen.«

Bene schlug mit der Faust auf den Tisch. »Dachte ich mir sowas doch!« Er lehnte sich zu McAllister. »Es kann eigentlich nur einen Grund geben, warum Sie immer wieder bei Cathy absteigen. Sie sind in sie verliebt, oder?«

»Solche … mhm … direkten Fragen stellt man einem Briten nicht.«

»Ich werte das als ja.«

»Wie sagte ein deutscher Dichter so treffend: Die Gedanken sind … mhm … frei.«

»Warum erzählen Sie es ihr nicht? Denn ich hab den Eindruck, Cathy hat keine Ahnung davon.«

»Man darf die Liebe nicht zwingen, dann zerdrückt man sie wie die Flügel einer Biene. Man muss sich in ihrer Nähe aufhalten und viel Geduld aufbringen, bis sie irgendwann von allein kommt. Um im Bild zu bleiben: Ich bin wie eine Blüte, … mhm … die weiß, dass die Biene irgendwann zu ihr kommt.«

»Militärhistoriker und Romantiker, ungewöhnliche Kombination. Sie überraschen mich wirklich.«

»Menschen überraschen einen immer wieder. Das ist eine ihrer besten … mhm … und leider auch schlechtesten Eigenschaften.«

Bene wurde etwas klar. »Deswegen auch die Treffen mit Matt, damit versuchen Sie, an Cathy ranzukommen!«

»Das war am Anfang tatsächlich mein Plan … mhm … Aber wenn er Drake oder Bligh ist, denkt Matt genauso strategisch wie diese beiden Herren. Das ist wirklich interessant.«

Bene nahm noch einen Schluck seines Cocktails, der Gin hatte tatsächlich etwas. Nur das ganze Obst störte. Er stupste McAllister mit dem Zeigefinger gegen die Brust. »Wäre Matt eigentlich fähig, jemanden umzubringen? Er hat den Toten immerhin mal zusammengeschlagen.«

»Matt hat mir davon erzählt.«

»Und?«

»Dieser Silent Bob war betrunken und hat … mhm … unangemessene Dinge über Cathy gesagt. Was er am liebsten mit ihr machen würde. Das hat Matt nicht ertragen und zugeschlagen. Dieser Vorfall ereignete sich kurz … mhm … nachdem die Beziehung von Andrew und Cathy gescheitert war. Cathy war zu der Zeit am Boden zerstört. Egal, was Matt zu ihr sagte, nichts hat geholfen. Und dann … mhm … redet Bob so einen, entschuldigen Sie bitte meine Ausdrucksweise, groben Unfug. Da ist Matt ausgeklinkt. Ich wäre es … mhm … wohl auch. Er hat sich später bei ihm entschuldigt – und Bob sich bei ihm.«

»Das heißt, Matt wäre nicht zu einem Mord fähig?«

»Nein, Matt nicht«, antwortete McAllister.

»Gut.«

»Aber Bligh und Drake vielleicht.«

Benes Finger krampften sich um das Glas. »Was löst es eigentlich aus?«

»Dass er zu ihnen wird?«

Bene nickte.

»Meist Alkohol. Aber auch wenn etwas passiert, das ihn emotional sehr berührt.«

Der Barkeeper nahm Bene das leere Glas ab. »Noch einen Cocktail?«

»Nein, Gin pur. Und zwar den aus dem letzten Cocktail.«

»Das ist aber ein ganz einfacher, nicht aus unserem Haus. Den verwenden wir in dem Drink nur, weil er da komplett übertönt wird.«

»Nehme ich trotzdem.«

»Den verkaufen wir gar nicht solo.«

»Dann berechnen Sie halt den teuren!«, sagte Bene viel zu laut. Er wollte jemanden anbrüllen, wegen des durchgeschnittenen Bremsseils im Jaguar seines Vaters, er wollte seine Mutter anbrüllen, weil sie ihm dies all die Jahre verheimlicht hatte, und sogar Cathy, damit sie ihm den Mist vergab, den er fabriziert hatte. Aber brüllen brachte nichts, genau wie saufen. Aber das machte wenigstens keinen rauen Hals.

Der Gin kam, und diesmal hatte sich der Barkeeper nicht die Mühe gemacht, eine Scheibe Zitrone oder Gurkenschale hinzuzufügen. Nur Gin und Eis, wortlos serviert. Bene nahm sofort einen Schluck und ließ den Gin wie eine träge Welle über seinen Gaumen gleiten.

Pur schmeckte er wirklich mies. Die Aromen wie unter einem Mottentuch, der Alkohol scharf, der Wacholderduft fast pudrig. Und doch berührte er ihn.

Denn er schmeckte wie der seines Vaters.

Auf eine billige, plumpe Art, wie eine schlechte Kopie. Aber fraglos eine vom Original, das nun für immer verloren war.

Bene stand vom Hocker auf. »Ich muss sofort zu Cathy!«

»Nicht in Ihrem … mhm … Zustand!«

»Egal.« Er entdeckte den Barkeeper am anderen Ende der Theke und rief zu ihm herüber. »Eine Flasche von dem miesen Fusel, den Sie hier ausschenken!«

## »Gin – Alles, was du wissen musst«
### von Archibald Callaghan (Plymouth/Devon)

### GIN-COCKTAILS

Gin sollte pur getrunken werden! Nur mit ein wenig Eis. Alles andere übertönt den feinen Geschmack, an dem mitunter extrem lange getüftelt wurde. Man sollte niemals vergessen: Ein großer Gin adelt die Botanicals in ihm auf unvergleichliche Weise.

Aber es wird sich leider nicht vermeiden lassen, dass Menschen Gin für Mixgetränke nutzen. Deshalb stelle ich im Folgenden einige klassische Gin-Cocktails vor.

Ein Cocktail ist per Definition ein Getränk mit mindestens zwei Zutaten, mindestens eine davon ist eine Spirituose. Über den Ursprung des Namens gibt es viele Theorien. Viele haben mit Hähnen und ihren Schwänzen zu tun. Mir gefällt die folgende am besten: Ab 1648 gibt es nachweislich ein Getränk namens »Cock Ale«. Laut einem schottischen Rezept füllt man dafür die zerkleinerten Knochen eines gekochten Hahns sowie Muskat, Rosinen, Nelken und weitere Gewürze in einen Leinensack und lässt diesen in einem Fass Ale mehrere Tage ziehen. Von »Cock Ale« zu »Cock Tail« ist es dann nicht mehr weit.

Als die Cocktail-Nation schlechthin müssen die USA gelten. 1862 erschien dort »How to Mix Drinks or The Bon Vivant's Companion. The Bartender's Guide«. Es war das erste Handbuch für Barkeeper und ist heute noch ein Standardwerk, dessen Autor Jeremiah P. Thomas als Urvater der amerikanischen Mixkunst gilt.

Cocktails werden grob in zwei Gruppen unterschieden:

- LONGDRINKS enthalten 14 bis allerhöchstens 30 cl reinen Alkohol. Sie werden in einem großen Glas serviert und enthalten meist nur wenige Zutaten, in der Regel eine Spirituose und einen Filler, häufig Wasser oder Saft. Beispiele: Gin Tonic, Wodka Lemon, Whisky Cola.

- SHORTDRINKS enthalten 5 bis allerhöchstens 10 cl reinen Alkohol. Die meisten Cocktails fallen in diese Kategorie.

Etliche Cocktails basieren auf Gin, da die Royal Navy ihn großzügig in der Welt verbreitete. Der DRY MARTINI ist sehr bekannt, dessen Vorgänger, der MARGUERITE, wurde 1904 entwickelt und besteht zu zwei Teilen aus Gin, zu zwei Teilen aus Zitronensaft und zu einem Teil aus trockenem Wermut.

Der klassische DRY MARTINI (sechs Teile Gin, ein Teil Wermut) wird in einem speziellen, konisch geformten Glas mit Olive serviert. Und zwar »straight up«, was bedeutet, dass das verwendete Eis im Mixgefäß (Rührglas oder Cocktailshaker) bleibt, weswegen ein vorgekühltes Glas sinnvoll ist. Ich weiß, was Sie sich jetzt fragen: geschüttelt oder gerührt? James Bond will ihn ja immer geschüttelt, dadurch wird er schneller kalt, aber auch milchig-trüb. Wenn man ihn rührt, bleibt er dagegen klar.

Beim PINK GIN, einem Klassiker der Royal Navy, sieht das Rezept je einen Teil Gin und einen Teil Wasser vor, dazu kommt ein Spritzer Angosturabitter und zur Dekoration eine Zitronenschale.

Beim GIMLET, der schon Anfang des 19. Jahrhunderts in der Navy getrunken wurde, sind die Komponenten ähnlich, wobei hier fünf Teile Gin auf zwei Teile frischen Limettensaft (ursprünglich wurde Rose's Lime Cordial verwendet) sowie einen Teil Zuckersirup kommen. Das Ganze verziert man dann noch mit einer Scheibe Limette.

Das sind zumindest die Verhältnisse hier in Plymouth, aber viele Barkeeper schwören auf ihre eigenen Rezepte – und das Ganze hängt natürlich auch vom verwendeten Gin ab.

Wenn man einen süßen Old Tom Gin zur Hand hat, kann man damit einen TOM COLLINS mixen (fünf Teile Gin, drei Teile Zitronensaft, zwei Teile Zuckersirup, auf Crushed Ice mit Zitrone servieren). Damit ist der Tom Collins ein klassischer »Sour«, der immer aus einer Spirituose, Zitronensaft und Zuckersirup besteht, im Gegensatz zu einem »Fizz«, der auch Sodawasser enthält. Im Endeffekt ist ein Fizz ein geschüttelter Sour, der mit Sodawasser aufgefüllt wird.

Vermutlich wurde der TOM Collins nach dem Old TOM Gin benannt – wie auch der Wodka Collins, der Rum Collins und einige andere. Allerdings existiert auch die Legende, der Name hänge mit dem »Großen Tom Collins Hoax« von 1874 zusammen. Damals wurde Bargästen in den USA erzählt, ein gewisser Tom Collins würde in einer anderen Bar hocken und üble Geschichten über sie zum Besten geben – woraufhin einige sofort nach draußen rannten, um diesen elenden Tom Collins zu suchen. Meine Meinung dazu: Um viele Cocktails ranken sich Geschichten und Legenden, sie machen die Drinks aber nicht besser!

Kommen wir nun zum letzten Cocktail, und dann reicht es auch: GIN TONIC. Oder kurz: G&T, Mischverhältnis 1:1 bis 1:3. Da sieht man schon das Problem! Oftmals bekommen Gäste ein Glas mit Gin und Eis serviert, das Tonic in einer kleinen Flasche dazu. Und dann gießen sie am Anfang etwas hinein, und dann noch etwas nach. Das heißt: Sie ändern die ganze Zeit das Mischverhältnis. Aber entweder genießt man einen Drink mit dem idealen Mischverhältnis oder man kann es gleich sein lassen! Meiner Meinung nach ist der Gin Tonic ein zutiefst unseriöser Cocktail.

Er hat seinen Ursprung in Indien, wo das gesamte British Empire Indian Tonic Water trank, welches Chinin enthielt und dadurch vor Malaria schützte – durch Zugabe von Gin verbesserte sich der bittere Geschmack enorm. In Clubs ist der G&T beliebt, weil er wegen seines Chiningehalts unter ultraviolettem Licht leicht bläulich aussieht.

Freunde fragen mich immer wieder, welches Tonic sie zu welchem Gin wählen sollen. Ich würde sagen: gar keins! Aber wenn es sein muss, hier einige grundsätzliche Regeln:

- Ein komplexer oder extravaganter Gin benötigt ein klassisches Tonic – sonst werden die Aromen des Gins von diesem übertönt.
- Ein floraler oder süßer Gin benötigt ein Tonic mit deutlichen Bitternoten – dadurch entsteht eine Balance und florale Noten kommen besser zur Geltung.
- Ein klassischer Gin benötigt ein klassisches Tonic – nur so ergibt sich eine Balance.
- Ein pfeffriger Gin benötigt ein nicht zu bitteres Tonic – sonst wird der Pfeffer überlagert.

Und was ist mit ungewöhnlichen Tonics? Besonders fruchtigen oder floralen? Die übertönen jeden Gin, also nehmen Sie einen billigen von ganz unten im Regal. Oder trinken Sie das Tonic am besten gleich ohne Gin, ist nämlich schade um das schöne Destillat. Tonic-Getränke sollten übrigens nicht während einer Schwangerschaft getrunken werden, da das ungeborene Kind von Chinin abhängig werden kann, was sich nach der Geburt durch starke Entzugserscheinungen deutlich macht. Außerdem kann das Chinin die Wehen einleiten, da es gebärmutterstimulierend wirkt.

Zum Schluss noch eins: Ich liebe Queen Mum und kann ihren Hang zu Pferdewetten voll verstehen, nicht aber den zu Gin Tonic. Sie verwendet bevorzugt die schottische Marke Gordon's, die seit 1955 offizieller Hoflieferant der Königin ist. Im Königshaus wird aber noch ein anderer Cocktail getrunken, der deutlich weniger bekannt ist. Dabei handelt es sich um den Lieblings-Drink von Queen Elizabeth II., die ihn täglich vor dem Lunch zu sich nimmt: GIN DUBONNET (Mischverhältnis ein Teil Gin, zwei Teile Dubonnet – ein mit Wermut verwandtes Getränk). Queen Mum schwor auf ein Mischverhältnis von 30:70, anscheinend ein kleiner, aber feiner Unterschied. Beide wären ihrem Volk aber bessere Vorbilder, wenn sie ihren Gin pur tränken!

Die Fire Brigade war schon vor zwei Stunden wieder gefahren, auch die Rauchschwaden hatten das Haus längst verlassen, doch der Gestank des Brands war noch so intensiv, dass Cathy keines der weit geöffneten Fenster von »Callaghan's Bed & Breakfast« wieder schließen wollte.

Alles, an dem die Flammen geleckt und ihre schwarze Spur hinterlassen hatten, lag jetzt im Garten. Schränke, Stühle und Regale kamen ihr vor wie Leichname, die nach einer verlorenen Schlacht aufgereiht worden waren.

Cathy saß am großen Frühstückstisch und schrieb hektisch alles auf, an das sie sich aus dem Manuskript ihres Vaters erinnerte. Neben ihr auf dem Boden lag King George in eine Decke gewickelt und schnarchte, links vor seiner Schnauze ein Tellerchen mit Rinderherz, rechts ein kleiner Napf mit seinen Lieblingsleckerlis in Knochenform. Cathy hatte ihn ganz lange am Bauch kraulen müssen, bis er eingeschlafen war.

Als sie frustriert aufstöhnte, weil sie nicht auf eine Formulierung aus dem Manuskript kam, legten sich feingliedrige Hände auf ihre Schultern und drückten sie sanft. Cathy sah zu Andrew auf.

»Wir bekommen das hin«, sagte er. Das ›wir‹ klang gut in Cathys Ohren, es klang stärker und entschlossener als ihr ›ich‹.

»Es fühlt sich gerade gar nicht danach an.«

Andrew massierte ihr zärtlich die Schläfen. »Man muss weitermachen, dann sieht man, dass es vorangeht. Wenn man stillsteht, kommt man nicht von der Vergangenheit los.«

»Du bist wie ein lebender Glückskeks«, sagte Cathy. »Immer den richtigen Spruch zur Hand, was?«

»Man kann mich stundenweise mieten. Interesse?«

»Erst mal muss ich das hier fertig machen. Soweit es geht.« Im Manuskript ihres Dads hatte Cathy auch ihre eigenen Gin-Rezepturen abgelegt – als Zahlenreihen, die niemand außer ihr interpretieren konnte. Im Labor des Gartenhäuschens befanden sich dagegen nur Unterlagen über die Mazerationen. Es war so, als lägen dort die einzelnen Noten und im verschwundenen Manuskript wäre die Partitur. Doch es hatte noch eine viel größere Bedeutung für sie.

Denn Phil Crabtree hatte nicht einfach nur einen Stapel Papier gestohlen. Es fühlte sich an, als habe er ihren Dad weggerissen. Sie würde zu Phil gehen und ihm Geld bieten müssen, viel Geld. Alles, was sie hatte.

»Schreib du in Ruhe alles auf«, sagte Andrew. »Ich kümmere mich um den Rest. Gleich besorge ich etwas Farbe und neue Tapete. Und du bist dir wirklich sicher, dass du nicht die Versicherung informieren willst?«

Cathy nickte. »Ich habe gerade keine Kraft für den ganzen Behördenkram.«

»Wo ist eigentlich dein Computer? Den habe ich draußen gar nicht gesehen.«

Sie blickte fort von Andrew, dem sie nichts von Phil erzählt hatte. Er wäre sonst wutentbrannt zu ihm gerannt und mit in die ganze Sache hineingezogen worden. »Hat ein Spezialservice zur Datenrettung schon abgeholt.«

»Siehste, du hast alles im Griff.«

Er gab ihr einen zärtlichen Kuss auf die Stirn. Der erste Kuss von ihm seit vielen Monaten, der mehr war als ein verrutschter Wangenkuss.

Cathy sprach es nicht aus, aber die Erinnerungen an die Rezeptur würden nicht vollständig zurückkommen. Wenn man etwas aufschrieb, schien der Geist zu denken, er dürfe es vergessen und könnte die dadurch frei gewordenen Kapazitäten für etwas Neues verwenden. Das Hirn kannte leider weder Backup noch Cloud, aus der sich etwas downloaden ließ. Ihre einzige Chance war das Labor, dort würden sich ihre Finger vielleicht erinnern, an Handgriffe, Mengen und Zusammenstellungen.

»Ich muss ins Gartenhaus«, sagte sie. »Ich wäre da gern ein bisschen ungestört. Ist das okay?«

»Alles ist okay für mich, wenn es dir dadurch besser geht.«

»Richtige Antwort«, sagte Cathy. Perfekte Antwort sogar. Das war Teil des Problems. Andrew wusste immer so genau, welche Worte ein Moment erforderte, dass sie sich neben ihm wie ein Montagsmodell vorkam. Aber vielleicht konnte er sich ändern. Und vielleicht war es an der Zeit, ihm eine zweite Chance zu geben – und zu vergessen, dass er eine Nacht bei einer anderen verbracht hatte.

Es fühlte sich gut an, wieder im Labor zu sein, wo sie weder Rauch riechen noch Verwüstung sehen musste. Und es tat gut, weiter an ihrem Projekt zu arbeiten, sich die Aromen des Gins aus Benes Zimmer ins Gedächtnis zu rufen und sie mit ihren Versuchsdestillaten nachzustellen. Sie vergaß tatsächlich ihren Ärger, sie vergaß die Zeit, sie vergaß sogar ein wenig sich selbst. Es tat ihr so gut.

Plötzlich wurde die Tür aufgerissen.

»Ich konnte sie nicht aufhalten«, sagte Andrew zerknirscht. »Es tut mir leid.«

Eine Frau drängte sich neben ihn, sie war blass und schlaksig, die blonden Haare zu einem straffen Pferdeschwanz gebunden. Ihre Jeans hatte einen teuren, italienischen Namen und ihr schwarzes Hemd war perfekt gebügelt. Sie sah nach schneller Karriere aus.

»Watkins, Office of Public Order.« Sie hielt einen Zettel hoch.

»Was soll das?« Cathy stellte sich neben Andrew, den Eingang versperrend.

»Es geht um Ihre illegale Brennerei.«

»Das ist nur ein Hobby.«

Watkins blickte über Cathys Schulter. »In der Größenordnung? Sehr lustig. Das kommt alles mit.«

»Nein!«, sagte Cathy. »Nicht das auch noch! Nicht heute!«

»Was reden Sie da?«

Andrew schaltete sich ein, stellte sich ganz nah vor Watkins und senkte die Stimme. »Sie haben doch im Garten die ganzen verkohlten Möbel gesehen. In Cathys Büro hat es heute Morgen gebrannt und dabei ist etliches zerstört worden.«

Watkins wandte sich zu einem Mitarbeiter, der hinter ihr stand. »Lassen Sie die Feuermelder prüfen, vielleicht hat sich Mrs. Callaghan da auch nicht an die Vorschriften gehalten.«

»Wer hat Ihnen von meinem Labor erzählt?«, platzte es aus Cathy heraus.

»Das geht Sie nichts an. Der Hinweis war korrekt, das ist alles, was zählt.«

Es musste Bene gewesen sein, aus Rache, weil sie seine Gin-Flasche zerstört und ihn aus dem Haus geworfen hatte. Dieses Schwein!

»Ich werde jetzt sofort meinen Onkel anrufen!«

»Auf den Satz habe ich nur gewartet, aber sowas von.« Watkins hob das Kinn. »Als Ihr Onkel mitbekommen hat, dass wir Sie aufsuchen wollen, hat er uns sofort gebeten, es nicht zu tun. Was will man von einem bescheuerten Labour-Politiker auch anderes erwarten?« Watkins lächelte verächtlich. »Aber nicht mit mir. Jetzt schöpfen wir unsere Möglichkeiten mal schön aus.«

Watkins und ihre Mannschaft drängten sich an ihr vorbei und rissen die Leitungen der Apparaturen heraus. Cathy kam es vor, als seien es lebenswichtige Kabel auf einer Intensivstation. Schon nach wenigen Sekunden blinkte keine Lampe an der Destillationsanlage mehr.

Und Andrew, ihre Schutzhülle, ihr Panzer gegen diese Welt, konnte nur nutzlos herumstehen. Er appellierte an das gute Herz der Behördenmitarbeiter, doch falls sie eines hatten, verbargen sie es vor ihm.

Jetzt erst sah Cathy, dass im Garten auch Inspector Dolliver stand. Er winkte ihr zu. »Irgendwann kommt alles raus«, rief er. »Es ist nur eine Frage der Zeit. Auch für den Mord an Robert Miller wird jemand ins Gefängnis gehen, so wahr ich hier stehe.« Die nächsten Worte sprach er nicht aus, er formte sie nur mit dem Mund. »Und es wird jemand aus der Familie Callaghan sein.«

# ACHT

*»Ich nehme nie mehr als einen Drink*
*vor dem Dinner. Aber ich mag es, wenn er groß,*
*stark und sehr gut gemixt ist.«*

James Bond

Der Alkohol war komplett im zentralen Nervensystem angekommen. Benes Beine schienen sich bei jedem Schritt wie Schlingpflanzen umeinander zu ranken und brachten ihn aus dem Tritt. Dabei sollten sie doch schnell den Weg zur Durnford Street 37 zurücklegen, damit Cathy den Gin testen konnte, den er in der Hand hielt. Alles andere war jetzt egal. Bloomsbury hieß er und kostete im Supermarkt knapp zehn Pfund. Dieser Verbrecher von Barkeeper hatte ihm vierzig dafür abgeknöpft – dabei war die Flasche halbleer! Aber sobald Cathy an dem widerlichen Zeug gerochen hatte, würde sie ihm alles vergeben. Er sah schon genau vor sich, wie sich die Muskeln ihres Gesichtes verschoben und von der Position für Skepsis in die für Freude wechselten.

»Hier, riech mal«, würde er zu ihr sagen.

»Was ist das denn?«, würde sie fragen und die Augenbrauen so hoch ziehen, dass ihre Stirn in Falten läge.

»Verrate ich nicht«, würde er antworten.

»Okay«, würde sie sagen und an der Flasche schnüffeln. Dann käme das mit den Gesichtsmuskeln.

Bene stolperte wieder und sah seine Beine vorwurfsvoll an. Sie waren betrunken! Und nicht mehr vertrauenswürdig! Hoffentlich würden sie es schaffen, ihn heil zu einem Taxi zu bringen.

Eine Viertelstunde später setzte ihn ein schwarzes Cab vor »Callaghan's Bed & Breakfast« ab.

»Stimmt so«, sagte Bene zum Fahrer und reichte ihm das Geld.

»Tut es nicht, das ist ein Fünfer zu wenig.«

Auch Geld war nicht mehr vertrauenswürdig. Alles Dinge, die man erst begriff, wenn man genug Gin getrunken hatte. Er reichte dem Fahrer einen Zehner und stieg aus. Die Schritte zum Haus schaffte er, ohne zu stolpern oder hinzufallen. Das war doch schon mal ein schöner Erfolg!

Durch das Fenster konnte er Cathy in der Küchenzeile stehen sehen. Er klopfte gegen die Scheibe. Als niemand öffnete, klingelte er. Als die Tür weiterhin geschlossen blieb, rief er nach ihr.

»Ich bin's.«

»Das weiß ich. Deshalb mache ich auch nicht auf.«

»Aber ich will nicht mal mit dir reden«, sagte Bene.

»Das tust du aber gerade schon.«

»Ich will dir nur etwas zeigen! Etwas total Schönes.«

»Du bist betrunken!«

»Ja, das stimmt, aber es ist trotzdem total schön.«

»Hau ab! Du hast mir das Office of Public Order auf den Hals gehetzt, das werde ich dir nie verzeihen.«

»Das hab ich nicht. Ich wüsste nicht mal, wo ich da anrufen müsste. Es geht um Gin. Um deinen Gin, und meinen.«

»Das mit dem Gin hat sich erledigt, die Sache ist aus und vorbei. Warum rede ich überhaupt mit dir?«

»Weil du das willst, tief in dir drinnen. Auch wenn es sich gerade nicht so anfühlt. Du bist wie eine Biene, eine mit Flügeln! Die nicht zerdrückt sind!«

»Du bist nicht nur ein Arschloch, sondern auch ein Vollidiot!« Im Hausinneren wurde eine Tür ins Schloss geworfen.

»Cathy?«, rief Bene. »Bitte! Es dauert nicht lang!«

Vicci erschien an einem offenen Fenster. »Dauert es bei Männern doch nie.« Sie lachte.

Als Bene sie hilfesuchend anblickte, zuckte sie mit den Schultern. »Frauen«, sagte sie. »Was will man da machen?«

»Das frage ich dich, du bist doch eine.«

»Du könntest Cathys jüngstem Gast ein Essen bei Marco Pierre White ausgeben.«

»Und das würde was bringen?«

»Mir schon.« Sie grinste breit. »Sorry, war nur ein Scherz. Ich rede mal mit ihr, ja? Aber heute wird das sicher nichts mehr. Am besten gehst du und lässt sie erst mal ausdampfen.« Sie winkte zum Abschied und schloss das Fenster.

Er konnte warten, bis McAllister oder Eudora die Haustür öffneten und dann hineinschlüpfen. Aber selbst in seinem benebelten Zustand war Bene klar, dass Cathy das nicht gut finden würde. Trotzdem musste er es irgendwie hinbekommen, dass sie am Bloomsbury-Gin roch!

Plötzlich stand King George vor der Haustür, blickte ihn an und warf sich auf die Seite. Wenigstens einer, der weiterhin mit ihm zu tun haben wollte. Bene kniete sich zu ihm und kraulte das Bäuchlein. Der Corgi drehte sich mit heraushängender Zunge auf den Rücken, um noch mehr streichelbare Fläche anzubieten. Dabei stieß er eine der leeren Flaschen um, die Cathy schon für den Milchmann herausgestellt haben musste, der am frühen Morgen kommen würde.

Bene hob die über den Boden rollende Flasche auf und stellte sie zurück.

Plötzlich hatte er eine Idee!

Cathy bekam jeden Morgen Milch geliefert. Ihr Geruchssinn war so gut, dass sie selbst in der Milch die Aromen des Gins erkennen würde – so wie er in dem Cocktail.

Er musste nur morgen früh hier sein und den Gin rechtzeitig in die Milch kippen.

Bene beugte sich zu King George und gab ihm einen Schmatzer auf die Stirn.

Am 7. August öffnete Cathy um 5.27 Uhr die Augen, obwohl ihr Wecker nicht klingelte. Der Plan war eigentlich gewesen, so lange wie möglich zu schlafen und sich zu erholen, doch ihr masochistisches Hirn wollte weiter über die verfahrene Situation nachdenken. Es hatte sie gestern schon nicht einschlafen lassen, drehte sich wie ein viel zu schnell fahrendes Karussell, obwohl der einzigen Passagierin längst schlecht war.

Der gestrige Tag war zwar verheerend, aber der Abend noch schön gewesen. Andrew hatte für alle Chicken Tikka Masala gekocht, nach Originalrezept von Jamie Oliver, und sie hatten noch lange zusammengesessen.

Zum Abschied hatte sie Andrew geküsst.

Es hatte sich vorher richtig angefühlt, es zu tun, aber merkwürdig, als sie es dann tat. Was war nur mit ihr los?

Danach war etwas passiert, was sie in all ihrer Zeit als Chefin des kleinen Bed & Breakfast noch nie erlebt hatte: Sie war von all ihren Gästen gleichzeitig umarmt worden. Nach allen Regeln der Kunst hatten sie Cathy gedrückt – Eudora, Vicci und sogar Ferdinand McAllister, dabei war der eigentlich so distanziert wie Colin Firth in seiner berühmtesten Rolle als Mister Fitzwilliam Darcy, während der ersten Hälfte von »Stolz und Vorurteil«. Ihr waren ein paar Glückstränen gekommen und sie hatte Angst vor dem Ende des Sommers bekommen, wenn die Zeit mit den Dreien enden würde. Sie waren wie Familie auf Zeit, jetzt schon seit mehreren Sommern.

Als sie im Morgenmantel den Frühstücksraum betrat, stand die Tür zum Garten offen. Cathys Atem wurde schneller und sie griff sich einen großen Schirm aus dem Garderobenständer im Flur. Langsam näherte sie sich der Tür, den Schirm schlagbereit erhoben.

Weißer Rauch erschien vor dem Fenster.

Aber nur eine kleine Säule, wie von einer Zigarette.

Cathy ging, die offene Gartentür nicht aus dem Blick lassend, zur Besteckschublade und nahm sich leise ein großes Brotmesser. Sie wusste nicht, ob sie in der Lage sein würde, sich damit zu verteidigen, der Gedanke daran ängstigte sie sogar, aber ohne Messer würde sie sich hilflos fühlen, und hilflos hatte sie sich in letzter Zeit schon mehr als genug gefühlt.

Mit einem lauten Schrei sprang sie in den Garten.

Die auf der Gartenbank sitzende Raucherin ließ vor Schreck die Zigarette fallen.

»*Eudora?*«

Sie hob die Hände abwehrend hoch. »Was hast du mit dem Messer vor? Und dem Schirm? Es regnet doch gar nicht.« Sie trug einen neongelben Jogginganzug und ihre langen, grauen Haare offen.

»Du bist schon wach?«

»Jeden Morgen um diese Uhrzeit. In meinem Alter schläft man nicht mehr so lang.«

Cathy zeigte auf das selbstgerollte Rauchwerk auf dem Boden. »Was machst du da?«

»Nur eine Zigarette.«

Cathy hob sie auf. »Eudora!«

»Gut, es ist Dope. Für die Nerven. Willst du auch?«

»Hat Vicci dir das gegeben?«

»Ach was, die ist viel zu anständig dafür. Sie muss erst noch so alt und unanständig werden wie ich.« Sie nahm Cathy die Tüte ab und zündete sie wieder an. »Ich brauche das, um meine Verdauung in Gang zu bringen.«

»Ach, hör doch auf.«

»Doch, ehrlich. Aber ich mache es auch für die gute Laune.« Genüsslich zog sie daran.

»Ist das nicht schlecht für deine Fitness?«

Eudora lehnte den Kopf in den Nacken und blies den Rauch kunstvoll in die Höhe. »Du weißt, dass ich es wahrscheinlich nie schaffen werde, und ich weiß, dass ich es wahrscheinlich nie schaffen werde.«

Cathy setzte sich zu ihr. »Eudora, das darfst du nicht sagen!«

»Doch, ich bin in einem Alter, da macht man sich nichts mehr vor. Es sei denn, man ist völlig verblödet. Ich werde es wohl nicht schaffen, aber ich genieße es sehr, es ernsthaft zu versuchen. Wer wäre ich, wenn ich das nicht mehr tun würde? Dann hätte ich aufgegeben. Und dafür bin ich zu alt.« In ihren Augen erschien ein schelmisches Glitzern.

»Du erzählst mir das wegen meines Gins, oder?«

»Ich rede nur so vor mich hin, völlig benebelt vom Gras.«

»Aber es ist alles weg, meine Aufzeichnungen, mein Labor!«

»Ich bin dreiundachtzig Jahre alt und will durch den Kanal schwimmen.« Sie hob ihren Zeigefinger. »Wenn dir einer sagen darf, dass du dich nicht hängen lassen sollst, dann ja wohl ich.«

Cathy sah sie lange an und konnte nicht anders, als zu lächeln. »Ich habe dich richtig gern, weißt du das?«

Eudora strich ihr über die Wange. »Ich dich auch. Aber das bleibt nur so, wenn ich jetzt einen Kaffee bekomme. Oder gibt es den nicht mehr in diesem niedergebrannten Haus?«

»Doch, Kaffee geht nie aus.«

»Aber mit Milch!«

»Weiß ich doch.«

Cathy ging in die Küche, setzte den Filterkaffee auf und holte die Milchflaschen, die vor der Haustür standen. Natürlich wäre es billiger, die Milch im Supermarkt zu kaufen, und klar wurden die Flaschen manchmal geklaut, aber sie mochte diese altertümliche Tradition sehr. Und jeden Morgen, wenn sie die drei bis obenhin gefüllten Glasflaschen in einem hölzernen Träger vor ihrer Haustür vorfand, fühlte es sich an, als meine es jemand gut mit ihr, und das schenkte ihr Tag für Tag ein kleines Lächeln.

Eudora bekam die erste Tasse. Sie pustete nur kurz und nahm schnell einen Schluck. Kaum hatte sie getrunken, stutzte sie schon.

»Dein Kaffee schmeckt heute komisch.«

»Ich habe aber alles so gemacht wie immer.« Cathy schüttete sich ebenfalls aus der Kanne ein und nahm einen Schluck. »Schmeckt auch wie immer.«

»Dann muss es die Milch sein. Ist die vielleicht schlecht?«

»Das ist die frische vom Milchmann.« Cathy holte eine neue Tasse, goss etwas davon hinein und roch skeptisch daran.

Normalerweise weckte Kaffee einen auf, in diesem Fall übernahm das die Milch bei Cathy – oder besser der Gin darin. Sie brauchte keine Sekunde, um zu bemerken, dass Alkohol in der Flasche war. Wer jahrelang an Gin schnupperte und die Aromen darin so klar erkennen konnte wie andere die Stars in einem Hollywood-Film, der begriff sofort, was hier gespielt wurde. Das war Benes Gin, nur in verdammt schlecht. Hatte er also doch gelogen und besaß eine zweite Flasche! Eine, die seinem Vater nicht so gut gelungen war.

Wollte er ihr mit dem Gin eins auswischen? Aber so hatte er nicht geklungen, als er gestern vor der Tür stand. Er wollte Frieden schließen. Das hatte auch Vicci gesagt, die abends unbedingt mit ihr über Bene reden wollte – und Vicci war schließlich eine absolute Expertin in Sachen Männer. Nie war man sich da so sicher wie als Teenager.

»Ist es die Milch?«, fragte Eudora.

»Ja. Und ich glaube, die anderen Flaschen sind auch alle so.« Zumindest würde das Bene ähnlich sehen. Er würde nicht riskieren, dass Cathy von einer falschen Flasche trank. Dies war ein Zeichen, soviel war klar. Aber wie sollte sie antworten? Stand er jetzt vor der Tür?

»Hier klebt etwas drunter«, sagte Eudora, die aufgestanden war und sich eine weitere Milchflasche gegriffen hatte. Sie zog das gelbe Post-it ab. »Duke of Cornwall, das ist doch das große Hotel auf der Millbay Road.«

Cathy nickte. »Ich muss los.«

»Was hast du denn vor?«

»Neue Milch kaufen.«


Das »Duke of Cornwall« zu betreten bedeutete für Cathy eine Zeitreise in ihr Praktikum. Auf der Erde mochten in der Zwischenzeit Kriege geführt, Päpste gewählt und Fußballweltmeisterschaften ausgetragen worden sein, hier hatte sich nichts verändert. Selbst hinter dem Tresen stand genau wie damals Judith. Eine fesche rothaarige Waliserin, die es faustdick hinter den Ohren hatte und ihre Hoteluniform immer eine Nummer zu klein trug, um ihre körperlichen Vorzüge zum Vorquellen zu bringen.

»Hi, Judith. Wo finde ich den großen Deutschen mit der Elvis-Tolle?«

»Gehört der dir oder darf ich an ihm naschen?«

Cathy zuckte mit den Schultern. »Tu, was du nicht lassen kannst.«

»Zimmer 73.«

»Du hast ihm das schöne im Turm gegeben?«

»Du weißt doch, da schlafe ich am liebsten.« Sie zwinkerte vielsagend.

Cathy stand schon vor dem Aufzug, als sie sich noch einmal umdrehte. »Aber bevor du ihn dir krallst, brauche ich ihn noch für etwas anderes!« Cathy wollte Bene nicht mehr, aber sie wollte auch nicht, dass Judith ihn bekam. Und sie hatte überhaupt keine Lust zu ergründen, warum das so war. Oder warum sie so schnell vom Aufzug zu seinem Zimmer gehastet war und nun so hart gegen die Tür klopfte, als würde sie versuchen, sie auf diese Weise zu öffnen. Ihr Herz wollte ihr dringend etwas sagen, aber sie wollte es gerade nicht hören.

Wenige Sekunden später sah sie Bene in Boxershorts und verwaschenem Bill-Haley-T-Shirt vor sich stehen. Er sah schlecht aus, die Haare verstrubbelt, die Augen müde, die Haut gerötet. Er wirkte nicht wie im Urlaub, sondern wie in U-Haft.

Cathy hatte sich vorgenommen etwas zu sagen wie: »Okay, lass uns reden«, ganz cool. Oder: »Ich bin wegen des Gins in meiner Milch hier, was sollte das?«. Stattdessen fragte sie: »Geht's dir gut?«

»Cathy, es tut mir so leid!« Bene hob abwehrend die Hände. »Bitte sag nichts, lass mich erst. Ich hätte dir von der Flasche erzählen sollen, von Anfang an. Aber irgendwie dachte ich, die ist mein Geheimnis, und du würdest mir etwas wegnehmen, wenn ich dir davon erzähle. Was total blöd und unfair war, du hast dein Wissen ja auch mit mir geteilt! Irgendwann war es dann zu spät, dir davon zu berichten, du wärst nur wütend geworden, natürlich völlig zu Recht, und ich hatte nicht genug Mumm, es zu tun, und damit habe ich alles nur noch schlimmer gemacht. Und eine Lüge führte zur nächsten. Ja, ich denke darüber nach, selbst Gin zu produzieren. Weil es sich anfühlt, als würde ich damit das Erbe meines Vaters antreten, als wäre es das, was mein Schicksal ist. Aber ich wollte dich nicht übers Ohr hauen, ich wollte nur … ach, ich weiß gar nicht, was ich genau wollte, ich habe das überhaupt nicht durchdacht. Die Ereignisse haben sich total überschlagen, auch das mit uns. Was nicht heißen soll, dass ich das nicht wollte, ganz im Gegenteil!«

»Hör auf, bitte. Unser Krieg ist nicht beendet, das hier ist nur ein Waffenstillstand.«

»Ich will keinen Krieg mit dir.« Er senkte den Kopf wie ein gerade zum Tode Verurteilter. »Ich habe mich, und ich muss das jetzt einfach loswerden, auch wenn es nichts bringt, ich habe mich wahnsinnig in dich verliebt. Es ist der komplett falsche Zeitpunkt für ein Liebesgeständnis, das weiß ich, aber es musste jetzt raus. Bitte sag einfach nichts dazu.«

»Ich habe auch nicht vor, irgendwas dazu zu sagen. Ich bin hier wegen des Gins.«

»Ja, der Gin, genau, komm rein. Ich …«

Er war völlig durcheinander – was Cathy völlig verdient fand. Ein wenig mies kam sie sich bei dem Gedanken vor, aber nicht mies genug, um ihn beiseite zu schieben.

»Hier.« Bene reichte ihr die Flasche.

»Das war in der Milch? Bloomsbury?!« Cathy stieß einen Lacher aus. »Das Zeug hätte ich nie angerührt.« Sie drehte den Verschluss auf und roch daran. »Aber das ist tatsächlich der Gin meines Dads – und deines.«

»Ich habe ihn auch nur zufällig getrunken!«

Cathy blickte auf das Rückenetikett. »Da steht nichts zu den Botanicals.« Sie holte ihr Handy hervor und googelte. »Auf der Homepage findet sich auch nichts darüber. Nur Geschwafel von einer geheimen Familienrezeptur. Die sitzen in London, ich fahre da jetzt sofort hin!«

»Und ich komme mit. Jetzt guck nicht so, ich habe den Gin gefunden, ich habe ein Recht dazu.«

Cathy wollte sagen, dass er jedes Recht verwirkt hatte, dass die Info über den Bloomsbury nur eine kleine Wiedergutmachung für das Verschweigen weitaus wichtigerer Informationen war, aber die Worte wollten nicht aus ihr heraus. Ihr Herz hielt sie fest, das dumme Ding.

»Okay, aber …«

»Alles, was du willst!«

» … zieh dir bitte eine Hose an.«

Sie brauchten einige Zeit, um aus Plymouth herauszukommen, denn die Vorbereitungen für die »British Firework Championships« waren in vollem Gange. Der Slogan »Erwarten Sie das Unerwartbare! Eine Nacht, in der alles passieren kann« hing überall in der Stadt, über zwanzigtausend Besucher würden das Schauspiel bewundern.

Nach fast fünf Stunden Fahrt erreichten sie die Bonington-Distillery. Sie lag in dem Londoner Stadtteil, der ihrem berühmtesten Gin seinen Namen gab: Bloomsbury. Der schmucklose Neubau bestand zur Hälfte aus Büros und zur anderen aus Produktionsräumlichkeiten. Dem Eigentümer musste bewusst sein, in was für einem heftigen Gegensatz die Anlage zu dem stand, was das altertümliche tannengrüne Bloomsbury-Etikett mit der kupfernen Brennblase versprach, weshalb nur ein winziges Schild darauf hinwies, welche Firma hier ihren Sitz hatte. Einen Besucherparkplatz gab es trotzdem, auf dem Cathy ihren Range Rover abstellte – sie schaffte es, drei Plätze auf einmal einzunehmen.

Am Empfang saß eine Rezeptionistin in einem tannengrünen Hosenanzug.

»Sind wir hier richtig bei der Bonington-Distillery?«, fragte Cathy höflich.

»Wir bieten leider keine Besucherführungen an«, bekam sie als Antwort. Die Rezeptionistin blätterte gleichgültig in einem Stapel Papiere.

»Mein Name ist Callaghan, und das ist Mr. Lerchenfeld. Wir würden gerne mit Ihrem Brennmeister sprechen.«

»*Callaghan?*« Jetzt sah sie auf.

»Ja, genau.«

»Etwa aus Plymouth?«

Cathy nickte. »Kennen wir uns?«

»Verwandt mit Archibald Callaghan?«

»Das ist … war … mein Vater. Wieso?«

»Sekunde!« Die Rezeptionistin griff sich das Telefon und wählte die Kurzwahl 1.

Der Mann am anderen Ende sprach so laut, dass Cathy und Bene es hören konnten. »Dorothy, was gibt es?«

»Du ahnst nicht, wer vor mir steht: Archibald Callaghans Tochter!«

»Na, dann schick sie hoch zu mir. Worauf wartest du?!«

Die Rezeptionistin sah sie über den Empfangstresen hinweg an. »Ich bringe Sie zu unserem Geschäftsführer. Schon aufregend, Sie zu treffen!«

Cathy runzelte die Stirn. »Wieso?«

»Na, weil Sie Archibald Callaghans Tochter sind.«

»Woher kennen Sie meinen Vater?«

»Sie müssen sich nicht verstellen, ich gehöre zum Kreis der Eingeweihten.« Sie schaute Cathy an, als sei diese eine Marienerscheinung.

Das Büro von Peter Camden, dem Geschäftsführer der Distillery, war genauso nüchtern wie der Rest des Gebäudes, nur ein Detail stach heraus. An der Wand hing ein großes, golden gerahmtes Foto – von Cathys Dad.

Peter Camden wirkte wie Ende vierzig, trug Blue Jeans mit T-Shirt und sah aus, als könnte man ihn auch am Fish-and-Chips-Stand in Plymouth antreffen – und zwar hinter dem Tresen. Mit anderen Worten: Er sah aus wie ein echt netter Kerl und kam nun mit glänzenden Augen auf Cathy zu, um ihr die Hand zu schütteln.

»Dass ich mal jemanden aus der Familie Callaghan zu Gesicht bekomme, hatte ich wirklich nicht zu hoffen gewagt. Umso schöner, dass Sie da sind! Setzen Sie sich bitte.« Kurz begrüßte er auch Bene. Als er begriff, dass er es hier nicht mit einem Mr. Callaghan, sondern einem Mr. Lerchenfeld zu tun hatte, wandte er sich wieder von ihm ab.

Cathy und Bene nahmen auf zwei schwarzen Polstersesseln vor dem Schreibtisch Platz. »Sie kennen mich?«

»Ja, klar. Ich weiß, der Deal untersagt ausdrücklich jeden Kontakt zur Familie Callaghan, aber wenn Sie hier von alleine aufkreuzen … Ich habe über die Jahre ein wenig verfolgt, was Ihre Familie so treibt. Schließlich steht nirgendwo etwas darüber, dass man Sie nicht googeln darf. Deshalb weiß ich auch, wie Sie aussehen. Von Matt habe ich leider keine Fotos gefunden. Geht es ihm gut?«

»Das alles steht im Deal?« Als sie merkte, dass sie mit der Frage ihr Unwissen preisgegeben hatte, setzte sie schnell ein entschuldigendes

Lächeln auf. »Mit dem Kleingedruckten habe ich mich ehrlich gesagt nie beschäftigt.«

»Es ist ein ganz wichtiger Paragraph, sonst wären enorme Strafzahlungen fällig. Dasselbe würde passieren, wenn wir den Namen Callaghan irgendwo öffentlich erwähnen.« Er zog seinen Mund wie mit einem Reißverschluss zu. »Nur die engsten Mitarbeiter wissen Bescheid. So wie Dorothy am Empfang, unsere gute Seele. Aber ich habe noch gar nicht gefragt, ob ich Ihnen etwas zu trinken anbieten darf? Wasser? Kaffee? Gin?«

»Danke, nein, mir ist gerade nicht nach Trinken.«

»Sie nimmt ein Wasser und ich auch«, sagte Bene, woraufhin Camden beides über die Gegensprechanlage bestellte.

»Haben *Sie* den Vertrag damals abgeschlossen?«, fragte Cathy.

»Nein, mein leider viel zu früh verstorbener Vater. Das war damals wohl ein klassischer Hinterzimmerdeal, die beiden haben das ganz unter sich ausgemacht. Eine verrückte Sache. Ich meine: hunderttausend Pfund in bar? In einem Lederkoffer? Übergabe in einem heruntergekommenen Pub? Wir sind ja nicht die Mafia, wir sind eine Brennerei!« Er lachte. »Aber egal, wie er geschlossen wurde, der Deal hat funktioniert. Ihre Familie hat sich an die Vereinbarung gehalten und niemals die Rezeptur jemand anderem verraten, und wir haben uns daran gehalten, Ihre Familie aus der Geschichte rauszulassen. Auf unserer Homepage steht bis heute nur etwas von dem Fund einer alten Familienrezeptur, die von den legendären Seefahrern Großbritanniens inspiriert wurde. Was sich eine Marketingabteilung halt so ausdenkt, die kostenlos Gin bekommt.«

Die Rezeptionistin stellte zwei Gläser Wasser mit Untersetzern auf den Schreibtisch und Bene drückte Cathy eines davon in die Hand, damit sie etwas trank.

»Haben Sie die Rezeptur hier?«, fragte sie mit wegbrechender Stimme, ohne auch nur einen Schluck getrunken zu haben.

Camden lachte. »Nein, die liegt in einem Safe bei unserer Bank, ist ja viel zu wertvoll! Ich achte auch darauf, dass niemand im Unternehmen die ganze Rezeptur kennt. Es gibt nur Puzzlestücke, die aber keiner außer mir zusammensetzen kann.«

Cathy wusste, dass sie unbedingt an die Rezeptur herankommen musste, und dass dieser Moment ihre einzige Chance dafür war. Sie musste nur die richtigen Fragen stellen. Camden frei heraus um die Rezeptur zu bitten, würde nicht funktionieren. Er schien davon auszugehen, dass sie grundsätzlich über den Deal Bescheid wusste und die Rezeptur selbst ebenfalls besaß. Nur deshalb sprach er so offen mit ihr. Sie durfte diesen Vorteil nicht aufgeben, ganz im Gegenteil: Sie musste ihn nutzen.

Cathy lehnte sich vor. »Sind Sie sicher, dass Sie damals die komplette Rezeptur bekommen haben? Wissen Sie wirklich über alle Zutaten Bescheid?«

»Wie meinen Sie das? Es sind zehn, oder?«

»Nein, es sind elf«, log Cathy.

»Aber wir haben den Geschmack nahezu perfekt nachgestellt, wobei wir natürlich auf günstigere Zutaten zurückgegriffen haben.«

»Lassen Sie hören.«

»Na ja, da hätten wir die Klassiker: Wacholderbeeren, Koriandersamen, Zitronen- und Orangenschalen, Angelikawurzel, Kardamomschoten und Schwertlilienwurzeln. Dazu die Dulse-Alge, der Kleine Wiesenknopf und das Sauerkraut. Was für ein genialer Störer!«

»Das sind nur neun«, sagte Cathy, mühsam ihre Aufregung unterdrückend.

»Und dann kommt natürlich noch das rein, worüber wir selbst im Unternehmen nicht sprechen. Wir nennen es nur Vitamin C.«

Cathy schmunzelte. »Beide Botanicals, die Sie noch nicht genannt haben, fangen mit C an.«

»So ein Zufall.« Er runzelte die Stirn. »Veralbern Sie mich?«

Jetzt konnte alles zusammenbrechen, und das, wo sie so kurz davor waren, die letzte Zutat herauszufinden.

Camden senkte die Stimme »Da gibt es also noch ein Botanical mit C? Neben Cannabis.« Er hob die Augenbrauen. »Ihr Vater hat es in der Rezeptur ja als DNP abgekürzt. Ich dachte zuerst, es würde Dartmoor National Park bedeuten, aber es steht natürlich für Dope New Plantation. Er hatte schon Humor, Ihr Vater! Eine Notiz in der Rezeptur verrät ja auch, dass ihm die Idee in der Black Friars Distillery gekommen ist, wo man ihm erzählte, dass früher auch schon mal Opium in den Gin gepackt wurde. Das hat der alte Tüftler natürlich ausprobiert!« Er blickte bewundernd zum Foto von Archibald an der Wand, dann neugierig zu Cathy. »Aber jetzt verraten Sie mir, was die fehlende Zutat ist!«

Cathy war sprachlos.

»Cumin«, sprang ihr Bene zur Seite und erntete einen kurzen, dankbaren Blick von Cathy. »Also Kreuzkümmel. Nur ein Hauch. Es ist die Zutat mit der geringsten Menge.«

»Cumin?« Camden blies die Wangen auf. »Klar, kann man machen. Fehlt mir aber in unserem Bloomsbury nicht, und ich werde einen Teufel tun, die Rezeptur zu ändern. Unter zehn Pfund sind wir Marktführer. Und egal, wieviel über die teuren Edel-Gins geredet wird, der echte Markt ist im Segment bis fünfzehn Pfund. Alles gut mit Ihnen, Mrs. Callaghan?«

»Ja, klar«, sagte Cathy. Dabei war gar nichts gut. Wenn gut eine süße Sahnetorte war, kam ihr das Leben gerade wie eine Tüte Chili-Chips vor.

»Mrs. Callaghan?«

»Ich frage mich gerade nur, warum mein Dad Ihnen gegenüber eine Zutat verschwiegen hat.« Etwas Besseres fiel ihr gerade nicht ein.

»Ach, das ist doch kein Drama. Das machen Spitzenköche ja heute noch so in ihren Rezeptbüchern. Sie verraten nie all ihre Tricks.«

»Seit wann produzieren Sie eigentlich den Bloomsbury?«, schaltete sich Bene ein, weil Cathy in Schweigen verfallen war.

Camden ging zu einem Plexiglasregal, in dem die Erzeugnisse der Bonington-Distillery standen. Er nahm eine Flasche Bloomsbury daraus und reichte sie Bene. »Schauen Sie genau auf das Etikett. Unter der Zeichnung der Kupferblase.«

»Nach Familienrezeptur seit dem 1. Oktober 1996«, las Bene vor. »Aber zu diesem Zeitpunkt war Cathys Dad doch schon etliche Monate tot. Er kann ihnen die Rezeptur also gar nicht verkauft haben.«

»Genau, aber den Deal haben wir ja auch mit Matt Callaghan gemacht. Wussten Sie das nicht? Entschuldigen Sie, ich habe eben gar nicht gefragt, in welcher Beziehung Sie zur Familie stehen. Sind Sie der Freund von Mrs. Callaghan?«

Bene stockte, und es dauerte etwas, bis er antwortete. »Der Partner, ja.« Zögernd ergriff er Cathys schlaffe Hand, um die Geschichte glaubwürdiger zu machen. Es kam ihm falsch vor, sie zu berühren. Direkt waren da wieder diese bescheuerten Gedanken über seinen Vater. Er hatte vorher noch nie Gedanken gehasst, aber für diese machte er eine Ausnahme.

»Sie wollen jetzt sicher unsere Anlagen sehen«, sagte Camden und stand auf. »Ich leite die Führung bei Ihnen natürlich selbst.«

»Nein«, sagte Cathy mit schwacher Stimme. »Wir müssen wieder zurück nach Plymouth. Ich muss da etwas ganz Dringendes erledigen.«

### 1994

*Es klopfte an der Tür des alten Fischerhauses. Nicht das sanfte, rhythmische Klopfen Susans, sondern ein Krachen wie von den Schlägen eines Boxers.*

*Archie wusste, wer es war. Schnell öffnete er die Schlösser, bevor Phil noch die Tür beschädigte. Als er sie einen Spalt öffnete, hielt der ungeduldige Besucher ihm einen kleinen Plastikbeutel mit Samen entgegen.*

*»War verdammt schwierig, da ranzukommen. Ist super Zeug! Da hast du gut was zu rauchen.« Phil drängte sich rein. »Schön hast du es hier!« Er lachte. »Und, kriege ich was zu trinken?«*

*»Schmeckt noch nicht«, log Archie, der Phil schnell wieder loswerden wollte. Er reichte ihm ein Bündel Pfundnoten, wie abgesprochen. »Muss noch dran arbeiten.« Archie hielt die Tür demonstrativ auf. »Danke dir für die Hilfe.«*

*»Wie gesagt: War verdammt schwierig, an das Zeug ranzukommen. Da müssen ein paar Scheine extra drin sein.« Phil hielt die Hand auf.*

*Archie zögerte, dann zahlte er. Es war ein Fehler gewesen, Phil mit der Besorgung des Saatguts zu beauftragen, aber er hatte sich ein-*

fach nicht anders zu helfen gewusst. Die ersten Samen hatte er selbst in den Niederlanden besorgt, aber das Beet im Freien war ein Reinfall gewesen. Für die restlichen Samen hatte er eine zweite Anlage im Keller des Fischerhauses errichtet, mit genau dem richtigen Licht und exakt der benötigten Feuchtigkeit – seine »Dope New Plantation«. Dort zeigte sich dann die schlechte Qualität der Samen, nur wenige keimten. Er brauchte aber frische Hanfblätter für den Gin, nur aus ihnen ließ sich der gewünschte Geschmack extrahieren.

»Das reicht noch nicht«, sagte Phil und nahm Archie das Portemonnaie aus der Hand, um es leerzuräumen. »Danke dir, bist ein echter Kumpel.«

Archie hatte sich gut eingelesen, er würde Phil nicht wieder brauchen.

Der lief jetzt im Labor rum. »Tolle Anlage«, sagte er. »Für einen Schwarzbrenner.« Er lachte. »Und wo geht es da hin?« Er zeigte auf eine Tür.

»In den Keller, aber dort ist nichts.«

»Ach, ja? Dann macht es dir sicher nichts aus, wenn ich mich da mal umgucke. Wollte immer schon wissen, wie es in dem alten Kasten hier aussieht.«

»Ist nicht sicher«, sagte Archie schnell. »Alles morsch, auch die Treppenstufen.«

»Bin vorsichtig«, erwiderte Phil und öffnete die Tür. »Die Stufen sehen doch prima aus.« Er schaltete das Licht ein und ging hinunter. Archie folgte ihm. »Bitte, Phil, das ist privat.«

»Wir sind doch Kumpels. Und Kumpels haben keine Geheimnisse voreinander. Was heißt DNP? Hast du das auf die Tür gemalt?«

»Nein, das stand hier vorher schon. Und du siehst ja, die Tür ist abgeschlossen. Lass uns wieder hochgehen.«

Phil trat gegen die Tür und sie sprang aus dem Schloss. Als er drinnen stand, lachte er. »Na, da schau her. Der gute, alte Archie verdient sich mit Gras was nebenher.«

»Das ist nur für den Eigenbedarf.«

»Klar.« Phil trat näher an den mit einer Plastikplane überspannten und hell beschienenen Bereich. »Und ich bin der uneheliche

*Sohn der Queen.« Er drehte sich um. »Findest du das fair, Archie?«*
*»Was meinst du? Lass uns wieder hochgehen. Die Pflanzen sind sehr empfindlich.«*
*Phil legte ihm freundschaftlich eine Hand auf die Schulter, doch sein Griff war fest. »Archie, ich bin gerade Vater geworden, das weißt du. Das Geld ist knapp. Und du scheffelst hier Kohle mit deinem Haschisch.«*
*»Es ist wirklich nur für mich.«*
*»Warum lügst du einen guten Kumpel an? Findest du das okay?« Der Griff wurde noch fester. »Du hast jede Menge Kohle, ich habe fast nichts, das ist nicht in Ordnung. Gib mir was ab und alles ist gut.«*
*»Phil, ehrlich, ich habe nicht viel …«*
*Es war wie ein plötzlicher Wetterumschwung, wo eben noch Sonne am Himmel stand, war jetzt eine Gewitterfront. Phil packte Archie am Kragen und presste ihn gegen die Wand.*
*»Halt die Schnauze, Archie! Entweder du beteiligst mich ab jetzt an deinem Geschäft oder ich mach dich fertig. Ich erzähle den Bullen von dem Scheiß hier oder ich jage den ganzen Dreck in die Luft. Haben wir uns verstanden?«*
*Archie hatte kein Geld. Alles war hier reingeflossen, bis auf das letzte bisschen, um sich in Gin zu verwandeln. Susan haushaltete mit dem wenigen, was übriggeblieben war. Im Bed & Breakfast mussten etliche Reparaturen durchgeführt werden, an Urlaub mit den Kindern war nicht zu denken.*
*»Phil, ich …«*
*Der erste Schlag traf ihn unter dem linken Auge. Der zweite landete auf der Nase, die ein Knacken von sich gab. Der dritte ging mit voller Wucht gegen sein Ohr, und ein hohes Fiepen erklang.*
*»Ich zahle«, stieß Archie aus.*
*»Fein, dann sind wir ab jetzt Geschäftspartner. Bis dass der Tod uns scheidet!«*

Der Rückweg von London war lang, doch die Kilometer wurden nicht mit Worten gefüllt. Bene musste fahren, Cathy blickte die meiste Zeit aus dem Seitenfenster.

Nur einmal schaute Bene etwas zu lang Richtung Cathy, auf der Suche nach einer Regung in ihrem Gesicht, die ihm verriet, wie es ihr ging.

»Ich kann Matt nicht anrufen, okay?«, herrschte Cathy ihn an. »Sowas bespricht man nicht am Telefon. Warum hat er nie ein Wort gesagt? Und wo ist das ganze Geld hin? Ich hätte auch was davon gebrauchen können! Mein Gott, mehr als einmal stand ich kurz vor dem Ruin, nichts hab ich mir leisten könnten. Aber er hat hunderttausend Pfund abgesahnt, und was macht er damit?«

Bene sprach die naheliegende Antwort nicht aus.

»Weißt du, es reicht mir. Alles! Ich kann gerade nicht mehr, ich will auch nicht mehr!« Sie drehte das Radio laut auf. »Lost« von Coldplay schallte durch den Wagen: *I just got lost / Every river that I tried to cross / Every door I ever tried was locked.* Entnervt schlug sie gegen das Radio, bis es endlich ausging.

Danach schaute er nicht mehr zu ihr. Er konnte trotzdem spüren, wie die Wut auf ihn verdampfte. Saß sie am Anfang noch von ihm abgewandt, lag ihre rechte Hand jetzt fast neben seiner am Steuerknüppel. Nur ihr Kopf hatte sich nicht gedreht. Das Herz schien weniger nachtragend zu sein als das Hirn. Und er war sich mittlerweile völlig sicher, dass es mit ihren Herzen kein Problem geben würde. Er hatte sich Cathy in der Distillery noch einmal ganz genau angeschaut. Ihre haselnussbraune Augen, die süße Stupsnase, den fein geschwungenen Mund, all die Sommersprossen. Und er hatte an seinen Vater gedacht, dessen wasserblaue Augen, seine wie mit dem Lineal gezogene Nase, den schmalen Mund, an all die nicht vorhandenen Sommersprossen. Es gab keinerlei Ähnlichkeit zwischen ihnen. Deshalb würde er jetzt nicht mehr daran denken, sondern sich auf den Gin konzentrieren.

Als sie in Plymouth bei Matt ankamen und klingelten, machte niemand auf.

»Vielleicht liegt er betrunken in einer Ecke und schafft es gerade nicht zur Tür«, sagte Bene. »Hast du keinen Schlüssel?«

»Doch, zuhause. Und den hole ich jetzt.«

Das Bed & Breakfast lag zwar um die Ecke, aber sie nahmen trotzdem den Wagen. Cathy wollte keine Zeit verlieren. Doch sie kam nicht bis ins Haus, denn als sie den Vorgarten gerade betreten wollten, stieg Inspector Dolliver aus einem geparkten Polizeiwagen und stellte sich Cathy in den Weg. Vor Bene bezog eine Streifenpolizistin Stellung.

»Für Sie habe ich gerade gar keine Zeit!«, sagte Cathy.

»Müssen Sie aber.«

»Nein, ich bin es leid. Und Sie haben sich einen ganz, ganz miesen Zeitpunkt ausgesucht.«

»Ich kann mir jeden Zeitpunkt aussuchen, den ich möchte, Mrs. Callaghan.«

»Lecken Sie …«, Cathy riss sich zusammen, »… ganz gepflegt an einem leckeren Eis.«

Passieren ließ Dolliver sie trotzdem nicht. Stattdessen grinste er nun.

»Schon mal etwas von Phil Crabtree gehört?«

»Nein, ist das ein Fußballspieler? Ich interessiere mich nicht so für Fußball.«

»Er arbeitete als Nachtwächter auf der Werft. Das dürfte Ihnen unter anderem auch deswegen bekannt sein, weil Sie dort eingebrochen sind. Wir wissen noch nicht, warum, und auch nicht, was sie in der ehemaligen Werkstatt Ihres Dads entwendet haben. Aber das finden wir alles noch heraus.«

»Was sollte ich denn da gestohlen haben?« Cathy verschränkte die Arme vor der Brust. »Eine alte Dose Sauerkraut, oder was?«

»Sie wollen also sagen, dass Sie nicht widerrechtlich auf das Gelände gelangt sind und Mr. Crabtree niedergeschlagen haben?«

»Wissen Sie was, genau das will ich sagen! Phil ist ein Trinker, dem wird kein Gericht glauben.«

»Ach, jetzt kennen Sie ihn doch! Wie interessant. Sie können sich ja erinnern, wenn Sie nur wollen.«

»Ich muss dringend ins Bed & Breakfast, um meinem Beruf nachzugehen, durch den ich Steuern zahlen kann, von denen Sie dann bezahlt werden.«

»Wie oft ich diese plumpe Beleidigung schon gehört habe.«

»Dann kommt es auf das eine Mal mehr ja nicht an!« Sie stürmte an ihm vorbei Richtung Tür.

»Erkennen Sie das hier wieder?« Dolliver zog einen Handschuh an und holte etwas aus einer kleinen Plastiktüte, das im Licht der englischen Sommersonne funkelte. »Oder lässt Sie Ihr Gedächtnis da wieder im Stich?«

Bene erkannte den Ohrring, es war der mit dem silbernen Anker.

»Nicht mein Stil«, sagte Cathy, doch ihr Furor war fort.

Das spürte auch Dolliver, der zu ihr trat und das kleine Schmuckstück gegen ihr Ohr hielt. »Würde Ihnen aber hervorragend stehen. Ist übrigens kein Modeschmuck, sondern echtes Silber. Wir haben es auf dem Werftgelände gefunden, genau dort, wo Sie Mr. Crabtree niedergeschlagen haben.« Er schnalzte mit der Zunge. »Was soll ich nur von Ihnen halten, Mrs. Callaghan? Eine illegale Destillationsanlage, Einbruch auf einem Militärgelände und dann natürlich noch der Mord am Obdachlosen Robert Miller. Mit einem Verbrechen kommt man vielleicht durch, aber nicht mit so vielen.« Er hielt drei Finger hoch. »Mir ist gerade ein interessanter Gedanke gekommen: Bald sind ja wieder Wahlen, und Ihr Onkel hofft sicher darauf, im Amt zu bleiben. Ich kann mir allerdings nicht vorstellen, dass er dafür genug Stimmen erhält, wenn seine Nichte, die er wie ein eigenes Kind großgezogen hat, ins Gefängnis wandert. Wobei das noch nicht mal nötig wäre, oder? Der Verdacht reicht schon. Die Medien müssen nur ganz zufällig etwas davon erfahren. Dann wird die Bombe irgendwann platzen.«

»Sie sind so ein Schwein, Dolliver!«

»Im Gegensatz zu Ihnen reiße ich nicht meine ganze Familie mit ins Verderben, Mrs. Callaghan. Falls Sie aber alles gestehen, sorge ich dafür, dass die Medien nichts erfahren. Versprochen. Ein besseres Angebot werden Sie von mir nicht bekommen.«

Cathy sah ihn an, die Lippen so stark aufeinandergepresst, dass sie erblassten.

»Sie fühlt sich nicht gut«, sagte Bene und stellte sich neben Cathy.

Dolliver tat, als hätte er nichts gehört. »Soll ich Ihnen den Ohrring geben?« Er wedelte mit ihm vor Cathys Gesicht, dann packte er ihn schulterzuckend zurück in das Plastiktütchen. »Wir durchsuchen jetzt Ihr Haus nach dem anderen Ohrring. Oder möchten Sie mir vielleicht etwas sagen?«

Cathy schüttelte den Kopf.

»Sie haben Zeit bis morgen früh, um mein Angebot anzunehmen. Ich kriege Sie dran und Ihren Bruder Matt auch. So ein Säufer wie er wird im Knast sicher viel Spaß haben. Er kann Ihnen dann ja Dankesbriefe schreiben.«

Cathy spuckte ihn an.

»Ich setze das auf die Liste Ihrer Vergehen«, sagte Dolliver und wischte sein Gesicht mit einem Taschentuch trocken, das er danach Cathy in die Hosentasche steckte. Sie zuckte dabei panisch zurück. Dann lehnte Dolliver sich ganz nah zu ihr hin. »Es wird mir ein ganz persönliches Vergnügen sein, Sie zum Gefängnis zu fahren. Und jetzt öffnen Sie die Tür Ihres Etablissements, denn wir müssen unsere Arbeit tun.«

Cathy schloss die Haustür auf und nahm den Schlüssel für Matts Apartment vom Haken im Flur. »Tun Sie, was Sie nicht lassen können. Ich habe einen wichtigen Termin.« Und damit ließ sie Dolliver stehen.

Bene folgte ihr und redete erst wieder, als sie außer Hörweite waren. »Aber das war einer deiner Ohrringe!«

»Dir ist aufgefallen, dass ich die mal getragen habe?«

»Darum geht es doch jetzt gar nicht. Die werden den anderen finden!«

»Nein, denn der ist hier.« Sie griff in ihre Hosentasche. »Da hab ich ihn reingetan, um mich daran zu erinnern, den anderen zu suchen. Was meinst du, warum ich eben so zusammengezuckt bin, als Dolliver mir sein Taschentuch da reingesteckt hat?«

»Das heißt, sie können suchen, so viel sie wollen.«

»Ja, die sollen ruhig alles durchwühlen, ich habe nichts zu verbergen. Ich will jetzt zu meinem Bruder, alles andere ist mir gerade egal.«

»Soll ich ins Haus gehen und der Polizei auf die Finger gucken?«

Cathy blieb stehen und blickte zurück zu ihrem Bed & Breakfast, durch dessen Fenster die Officers im Inneren zu sehen waren. Sie schienen nicht sehr zimperlich mit ihrem Inventar umzugehen.

»Nein, ich brauche Beistand bei meinem Bruder. Vielleicht auch jemanden, der mich davon abhält, diesem Vollidioten den Hals umzudrehen.«

»Klare Ansage!«

Cathy drückte Bene die Hand, aber nur kurz. Sie hatte ihm nicht vergeben, aber in Zeiten, wenn der Artilleriebeschuss aus jeder Himmelsrichtung kam, war man dankbar für jeden, der bei einem blieb.

In der Mills Bakery angekommen warteten sie nicht auf den Aufzug, sondern gingen schnell die Treppen in die zweite Etage hinauf.

Doch Matt war nicht da.

»Hoe?«, fragte Bene.

»Hoe«, antwortete Cathy. »Du fährst. Ist sicherer.«

Bene hatte den Eindruck, sie meinte damit nicht nur ihre eigene Sicherheit, sondern auch die unschuldiger Passanten. Ihre Zähne schienen auf der Fahrt Steine zu zermalmen.

Sie parkten vor der Citadel Road West und mussten einige Meter über den Hoe gehen, bis sie Matt fanden. Er saß, eine Flasche mit Alkohol in einer braunen Papiertüte haltend, auf einer Bank im Inneren des Plymouth Naval Memorial, das auf dunklen Metallplatten an über dreiundzwanzigtausend gefallene Marine-Soldaten im Ersten und Zweiten Weltkrieg erinnerte. Die Männer waren auf dem Meer umgekommen und hatten deshalb nirgendwo ein Grab. Hier verhielt man sich still und respektvoll, doch Matt, oder wer immer er gerade war, redete laut und mit weit ausholenden Bewegungen auf einen Touristen ein, der daran zu erkennen war, dass er im Gegensatz zu den Einheimischen bei strahlendem Sonnenschein eine Jacke trug.

»Sie haben ja keine Ahnung!«, rief der Mann mit hochrotem Kopf. »Die Seeschlacht vor dem Skagerrak begann am 31. Mai 1916. Und ein Viertel der Männer auf diesen Tafeln hier sind dort gefallen! Vor allem die Besatzungen der Schlachtkreuzer HMS Indefatigable und HMS Defence.«

»Da! Schon wieder gefährliches Halbwissen!«, antwortete Matt mit erhobenem Zeigefinger. »Die HMS Defence war kein Schlachtkreuzer, sie war ein Panzerkreuzer, verdammt noch mal! Und zwar der letzte, der für die Royal Navy gebaut wurde!«

Bene hatte Sorge, der Tourist würde seine Gore-Tex-Jacke ausziehen und Matt zu einem Faustkampf herausfordern, aber er ging kopfschüttelnd weg.

»Schämen Sie sich für Ihre peinlichen Wissenslücken!«, rief Matt ihm nach. Kaum war der Tourist außer Sichtweite, sank er in sich zusammen wie ein Ball, aus dem man die Luft gelassen hatte. Bene fiel auf, dass Matt umso schlechter aussah, je besser das Wetter war. Die Sonnenstrahlen zeigten jede Rötung seines Gesichts, jede aufgequollene Hautpartie, jeden Augenring in all seiner zerklüfteten Tiefe.

»Hi?«, fragte Cathy vorsichtig.

Ihr Bruder drehte sich um. »Hi, Cathy.«

Sie gab ihm eine saftige Ohrfeige.

»Cathy! Was soll das?«

»Hunderttausend Pfund, und du sagst mir nichts, du beschissener Säufer!« Jetzt konnte sie die Tränen nicht mehr zurückhalten und ließ sich heulend zu Matt auf die Bank fallen. »Herrgott, ich liebe dich doch so sehr und würde alles für dich tun!«

Matt nahm sie in den Arm und fing nun auch an zu weinen. »Cathy, ich liebe dich doch auch! Du bist der wichtigste Mensch für mich auf dieser Scheißwelt.« Er wurde durchgeschüttelt von seiner Verzweiflung. »Von welchen hunderttausend Pfund redest du bloß?!«

Aber Cathy konnte gerade nicht reden, deshalb übernahm Bene das.

»Wir haben herausgefunden, dass du die Rezeptur für den Gin eures Vaters am 1. Oktober 1996 für hunderttausend Pfund an die Bonington-Distillery verkauft hast, die heute ihren extrem erfolgreichen Bloomsbury auf dieser Grundlage brennt.«

»Am 1. Oktober 1996? Aber da war ich zwölf Jahre alt!«

Cathy hörte sofort auf zu weinen. Die Information war wie ein Windstoß, der ein Feuer von einer Sekunde auf die andere ausblies. »Verdammt, du hast recht. Wie konnte ich das nur übersehen!«

»Du und Zahlen«, sagte Matt. »Da hat einer meinen Namen missbraucht! Habt ihr denn meine Unterschrift gesehen?«

»Nein, und die werden sie uns auch nicht zeigen«, sagte Cathy und wischte sich wütend die Tränen mit dem Handrücken fort.

»Dann reden wir mit dem, der damals den Vertrag abgeschlossen hat. Wenn er mich sieht, wird er sofort wissen, dass ich das damals nicht war.«

»Der ist tot«, sagte Bene.

»Scheiße!«, rief Matt.

»Ja, Scheiße!«, rief auch Cathy.

Einige Passanten schauten kopfschüttelnd zu ihnen.

»Elende Kriege!«, brüllte Bene. Das brachte ihm fragende Blicke von Cathy und Matt ein. »Ablenkungsmanöver.«

»Das waren bestimmt die von der Black Friars Distillery!«, sagte Matt.

»Wie kommst du denn darauf?«

»Die haben damals doch mitbekommen, dass Dad an seinem eigenen Gin arbeitete. Weil er im Pub mal besoffen damit rumprahlte, er würde sie mit seinem Zeug von der Landkarte fegen. Am nächsten Morgen hat er das dann nicht mehr gewusst, und Ma, die dabei war, hat es ihm auch nicht gesagt. Es hätte ihn total fertiggemacht, dass er sein großes Geheimnis ausgeplaudert hat. Denen von der Black Friars ging es damals nicht gut, die haben nur noch zweimal im Jahr gebrannt. Ein anderer Gin aus Plymouth hätte ihnen sicher den Rest gegeben. Ich habe immer schon vermutet, dass die mit Dads Tod etwas zu tun hatten.«

»Dann müsste es irgendwo einen Nachweis darüber geben, dass sie hunderttausend Pfund bekommen haben«, sagte Cathy. »Das müsste irgendwo in den Büchern auftauchen.«

»Und du glaubst, das würde man nach so vielen Jahren noch finden?«, fragte Bene.

»Edith Rankin macht da seit Ewigkeiten die Buchhaltung«, erklärte Matt. »Bei ihr kommt garantiert nichts weg. Nicht mal die Rechnung über einen einzelnen Zahnstocher!«

»Dann gehen wir da hin!«, sagte Cathy entschlossen und stand auf. »Und falls Edith uns die Bücher nicht zeigen will, brechen wir eben nachts ein. Sowas haben wir ja schon mal gemacht.«

»Edith wird uns die Bücher auf keinen Fall zeigen, Schwesterherz. Außerdem ist vor Kurzem ja ein internationaler Multi in die Distillery eingestiegen. Wenn die rausfinden, dass wir ihnen an die Kohle wollen, nehmen die uns auseinander, bis nichts mehr übrigbleibt.«

»Die HMS Defence war ein *Schlachtkreuzer*!«, brüllte der Tourist plötzlich von jenseits des Obelisken und reckte die Faust in die Höhe, dann rannte er schnell weg.

»*Nicht!*«, rief Matt ihm nach.

»Ich brauche jetzt erst mal einen Schluck Alkohol«, sagte Bene und ließ sich auf die Bank sinken. »Für meine Nerven, ich muss die mit etwas Starkem einbalsamieren. Von innen.« Er zeigte auf Matts Flasche. »Egal, was da drin ist, her damit.«

Bene wollte sie Matt aus der Hand nehmen, doch der wollte sie nicht loslassen.

»Ich trink schon nicht alles aus!« Matt ließ immer noch nicht los, doch als Bene nochmals zog, rutschte die Flasche aus der braunen Papiertüte. Matt langte danach, doch Bene wehrte ihn ab und nahm einen großen Schluck. Er spuckte ihn direkt wieder aus.

Und sah sich die Flasche an. Sie war nicht etikettiert, und die Flaschenform erinnerte an keinen ihm bekannten Gin. Bene reichte sie Cathy. »Nur riechen.«

Sie roch daran.

»Das ist …«

Bene nickte.

Cathy baute sich vor Matt auf, ihre Lippen bebten. »Wo hast du den her?«

»Sag ich nicht, ist mein Geheimnis.« Er blickte zu Boden.

»Du sagst mir jetzt sofort, wo du den her hast!«, brüllte sie ihn an.

Matt stampfte wütend auf. »Die ist aus Dads Lager in dem alten Bunker auf Drake's Island. Da hat er Flaschen gehortet, weil er Panik hatte, jemand würde sie ihm in dem alten Fischerhaus klauen. Er war ein bisschen paranoid. Na ja, zu Recht.«

»Du hast mir nie davon erzählt«, sagte Cathy tonlos.

Matt entriss ihr die Flasche. »Das ist mein Gin, mein Erbe! Du hast das Bed & Breakfast, ich hab den Gin.«

Es war schrecklich, zu sehen, wie der Alkoholiker in Matt die Kontrolle übernahm. Selbst Drake und Bligh wären Bene lieber gewesen. Tausendmal lieber.

»Du wolltest das Bed & Breakfast nie!« Cathy atmete schwer. »Du wärst auch nie in der Lage gewesen, es zu führen.«

»Aber wir hätten es verkaufen können«, konterte Matt und nahm einen Schluck. »Dann hätte jeder von uns Geld gehabt.«

»Aber keinen Job! Jeden Monat überweise ich dir was vom Gewinn.«

»Ist nicht viel.«

»Nein, es ist nicht viel! Weil ich nicht viel verdiene! Weil Dad damals Hypotheken auf das Haus aufgenommen hat für seinen Gin.«

»Trotzdem hast du das Haus! Ich hab gar nix. Nur den Gin von Dad. Ansonsten ist mein Leben ein großer, stinkender Haufen Mist!«

»Soll ich dir sagen, was meins gerade ist? Willst du das wirklich hören?« Mit jedem Wort war Cathy lauter geworden.

Bene begriff, dass dies der Moment war, um sie davon abzuhalten, diesem Vollidioten den Hals umzudrehen.

»Sekunde! Eure beiden Leben sind gerade scheiße, aber ihr habt den unfassbar guten Gin eures Dads, und Cathy hat es drauf, ihn nachzubauen. Das ist beides überhaupt nicht scheiße! Und der Vertrag von Bonington ist eine Fälschung. Egal, wie viel Kohle deren Anwälte bekommen, sie werden kein Schlupfloch finden, das es einem Zwölfjährigen erlauben würde, das Familienerbe zu verscherbeln.«

»Ich will das Flaschenlager sehen«, sagte Cathy und stand auf. »Sofort!«

»Bei dem Wellengang will ich nicht …«

»Sofort!«, wiederholte Cathy. »Und enttäusch mich nicht noch einmal. Wie konntest du mir das nur antun? Du bist mein Bruder. Ich habe dir mehr vertraut als jedem anderen Menschen!«

Matt senkte den Kopf. »Wir können erst los, wenn es dunkel ist. Sonst werden wir gesehen. Die Insel ist Privatbesitz.«

# NEUN

*»Der Gin Tonic hat mehr Leben englischer Männer*
*gerettet als alle Ärzte im Empire.«*

Winston Churchill

Ende des 16. Jahrhunderts ging die kleine Insel vor Plymouth an die
englische Krone über und Sir Francis Drake wurde ihr erster Gouverneur – weshalb sie heute seinen Namen trägt. Das Eiland, nur so
groß wie fünf Fußballfelder, war fast über die ganzen Jahrhunderte
seiner Zeit als Verteidigungsbollwerk so marode und verfallen, dass
es keiner Invasion etwas hätte entgegensetzen können. Bald würde
ein Luxushotel mit Edelrestaurant und Spa darauf errichtet werden,
für über zehn Millionen Pfund.

All diese Informationen waren aus Matt herausgesprudelt, oder
besser: bedächtig geflossen, als er das Ruderboot für die Fahrt klargemacht hatte. Aber seit sie auf dem Meer waren, hatte er kein Wort
mehr gesprochen. Rhythmisch senkten sich die Ruderblätter ins Wasser, in der Entfernung erklang das Tuckern eines Motorbootes, ansonsten war alles still.

Sie hatten Glück und die See war ruhig, fast gespenstisch flach lag
das Meer in der Bucht von Plymouth, ein schwarzes Tuch, nur leicht
gewellt. In der Dunkelheit wirkte Drake's Island wie ein schlafen-
der Drache. Erst beim Näherkommen zerstörten die verfallenen militärischen Bauten, die Skelette von Häusern und Hallen diesen Eindruck. Matt ruderte immer langsamer und Bene hatte den Eindruck,

er täte das, damit Cathy Zeit bekam, es sich noch einmal anders zu überlegen. Aber er hätte das Rudern komplett einstellen können und Cathy hätte trotzdem nur zu einem Ort der Welt gewollt – und der lag jetzt genau vor ihnen.

Die östliche Seite von Drake's Island war bewaldet, auf dem westlichen Teil standen die Kasematten. Matt hielt auf einen ebenso langen wie hohen Bootssteg zu, der weit in den Plymouth Sound hineinragte und an dem ein rotes Schild mit der Aufschrift »Danger! Unsafe Landing Place« festgemacht war.

Er ruderte daran vorbei zu einem schmalen Streifen Strand vor einer Felswand. Dort holte Matt die Ruder ein und sprang ins Wasser, das hier nur noch knietief war, dann zog er das Boot mit Cathy und Bene auf den Sand.

»Müssen wir leise sein?«, fragte Bene flüsternd.

»Manchmal sind Jugendliche hier und machen irgendwo ein Lagerfeuer«, erwiderte Matt. »Aber sehr selten, und wenn sie da wären, hätten wir ihr Boot längst schon gesehen. Also nein, red ruhig normal.«

Bene blickte sich um. Zwar war viel Grün zu sehen, doch überall erahnte man die Ruinen militärischer Anlagen und Gebäude mit verbarrikadierten Fenstern. Stahl, Beton, Holz, alles zerstört durch Zeit und Natur. Was früher die Feinde verschrecken sollte, hielt heute nicht einmal mehr Motten ab.

»Hast du keine Taschenlampe?«, fragte Bene. »Ich sehe nämlich nicht, wohin ich trete. Algen, Schutt, keine Ahnung.«

»Die schalte ich erst im Bunker ein, sonst würde man uns vom Festland aus erkennen können.«

»Wieso hat er dir von seinem Lager erzählt und nicht mir?«, fragte Cathy plötzlich. »Ich habe immer gedacht, Dad und ich, wir hätten eine besondere Beziehung.«

»Du willst jetzt alles wissen?«

»Ja, natürlich!«

»Nein, das willst du nicht. Es würde alles kaputtmachen. Deine ganze Vergangenheit, deine ganzen Erinnerungen. Es ist wie bei der Matrix, nimm lieber die blaue Tablette, oder die rote, auf jeden Fall die von den zweien, die deine Illusion aufrechterhält.«

»Nein, du sagst mir jetzt alles. Ab heute gibt es keine Geheimnisse mehr zwischen uns. Nie wieder!«

Matt trat mit der Spitze seines Schuhs gegen einen Muschelklumpen. »Dafür muss ich erst trinken, viel trinken. Ich habe das alles jahrelang für mich behalten und das fühlte sich auch richtig an. Vertrau mir bitte, du willst das nicht.«

»Matt!«

»Lass uns erst mal reingehen.«

Der Eingang war von allen Seiten überwuchert, man musste sich durch die Pflanzen zwängen, dann stand man vor einer verrosteten Stahltür, an der gleich zwei Warnschilder hingen: »Danger! Falling Rocks!« und »Danger! High Voltage. Keep Out!«. Matt leuchtete mit seiner Stabtaschenlampe auf das Vorhängeschloss und öffnete es. Sie betraten einen engen, in den Fels geschlagenen Tunnel, die Wände voller Moos und Flechten. Die Luft roch längst nicht mehr nach Krieg und Angst, nach Schweiß und Drill, sie roch nur alt und klamm.

»Dad hat sich damals einen Tunnel ausgesucht, zu dem es nur noch einen Eingang gab und der seit Ewigkeiten nicht mehr genutzt wurde.«

»Aber hier ist doch gar kein Platz, um Flaschen zu lagern«, sagte Bene, der mit den Schultern immer wieder an den Tunnelwänden entlangschrammte. Ab und an gingen Gänge ab, die in eine noch tiefere Dunkelheit zu führen schienen. Das Schwarz wirkte so dick, als könne man es in Scheiben schneiden.

»Gleich«, sagte Matt und bog ab. Nach gut zehn Metern öffnete er eine weitere Tür. Am Hall ihrer Schritte war zu erkennen, dass sie sich nun in einem größeren Raum befanden. »Hier muss früher ein Munitionslager gewesen sein, ein paar Hülsen liegen noch rum, ich rühr die nie an.« Er ließ das Licht der Lampe kreisen. Der helle Punkt wirkte in dem Saal wie ein verirrtes Glühwürmchen. Er war sicher fünf Meter hoch und hatte die Grundfläche zweier Häuser. In der Decke war ein Riss, anscheinend überwachsen von dichtem Gestrüpp, durch den trotzdem ein wenig fahles Mondlicht hineinfiel.

Am anderen Ende des Saals befand sich ein zweiflügliges Tor, das jedoch von herabgestürzten Felsen fast völlig verdeckt wurde.

Überall standen – wie kleine Schiffe, die mit ihrer Ladung ankerten – Holzkisten mit Glasflaschen. Bene versuchte zu schätzen, wie viele es waren, sicher fünfhundert, vielleicht auch mehr. Das Ganze mal sechs Flaschen machte mindestens dreitausend. Ein kleines Vermögen, wenn man bedachte, dass Spitzen-Gin heutzutage dreißig bis vierzig Euro pro Buddel kostete.

»Manchmal penne ich auch hier«, sagte Matt und zeigte mit dem Lichtstrahl auf eine Matratze in der Ecke, neben der etliche Holzkisten mit leeren Flaschen standen. Er musste hunderte in all den Jahren hier getrunken haben, in dieser dunklen, feuchten Leere. Dies war Matts Festung der Einsamkeit.

»Dad …«, brachte Cathy hervor. Dann ging sie zur Kiste, die am nächsten stand, zog eine Flasche hervor und löste den Korken, um daran zu riechen. »Scheiße, Dad, warum hast du bloß nichts gesagt?« Sie warf die Flasche gegen die blanke Felswand und brüllte den Satz nochmal und dann noch einmal und gleich wieder.

Zögernd ging Bene auf sie zu, den richtigen Moment abwartend, und nahm sie dann in seine Arme, strich ihr beruhigend über den Rücken, versuchte ihr Halt in dieser wankenden Welt zu geben, doch nach kürzester Zeit drückte sie ihn fort und trat zu Matt. »Du …!«

»Cathy …«

Sie packte seinen Kragen. »Das hier werde ich dir nie verzeihen! Ich bin fast verzweifelt an der Rezeptur, ich habe jeden Cent, den ich irgendwie übrig hatte, in das Labor gesteckt. Und du hockst auf diesem Schatz und lässt dich volllaufen. Jahrelang.«

»Ich …«

»Nein!« Sie presste ihm die Hand auf den Mund. »Keine Entschuldigung, dafür ist es zu spät. Die Wahrheit. Und zwar die ganze.«

Matt sah zu Bene. »Lass uns bitte allein, das ist Familiensache.«

Ein Blick von Cathy verriet Bene, dass es für sie in Ordnung wäre, wenn er ging – aber er verriet ebenfalls, wie froh sie war, dass er ihr die ganze Zeit zur Seite stand. Also nickte er und ging zurück Richtung Tür, das Display seines Handys als Taschenlampe nutzend.

Bene ging schnell, denn er wollte, dass Cathy endlich erfuhr, was los war. Dadurch übersah er im Tunnel einen großen Stein und fiel.

Er schrie nicht auf, wollte die beiden, die doch etwas zu besprechen hatten, nicht stören. Er hielt sich stattdessen den Fuß, als würde das irgendetwas am Schmerz ändern.

»Er ist sicher weit genug weg«, hörte er Cathy sagen und traute sich nicht zu widersprechen.

Es war zu hören, wie Matt eine Flasche von den Lippen absetzte. »Weißt du noch, der Mann, der uns immer besucht hat, Onkel Alex?«

»Ja, ich erinnere mich, das war der mit dem komischen Akzent, oder? Klang für mich immer schottisch.«

»Genau der. Kam früher regelmäßig zu uns, aber irgendwann dann nicht mehr. War mit Dad befreundet, sehr eng.«

»Komm auf den Punkt.«

»Es war nicht Dad, der mir das hier gezeigt hat, es war Onkel Alex. Ein paar Monate, nachdem Ma und Dad gestorben sind.«

»Aber warum?«

»Cathy …«

»Warum?!«

»Onkel Alex hieß eigentlich Alexander. Nachname: Lerchenfeld.«

Bene hatte noch nie verstanden, was die Leute meinten, wenn sie sagten, ihnen wäre das Herz stehen geblieben. Sie sagten es über Momente, in denen sie sich heftig erschreckt hatten. Aber das, was er gerade erlebte, war anders. Es war ein Moment, in dem sein ganzes Leben, alles, was er darüber zu wissen meinte, einen neuen Rahmen erhielt, durch den sich das gesamte Bild veränderte. Bene vergaß zu atmen.

»Und wieso …?«

»Dad war nicht mein Dad. Alexander war mein Vater, deswegen kam er immer zu uns. Ich habe das damals nicht gewusst, habe es erst ganz spät erfahren. Alexander wollte, dass ich von dem Gin-Lager weiß. Deshalb hat er es mir gezeigt und gesagt: Das hier ist das Vermächtnis deines Dads. Mach was draus!« Er lachte trocken.

»Benes Vater heißt Alexander.«

»Das weiß ich. Wir sind …«

Halbbrüder, dachte Bene. Und in seinem Inneren war plötzlich ein Cocktail aus Wut darüber, dass er das erst jetzt erfuhr, und Freude über seinen neuen Bruder, ein Cocktail aus Enttäuschung über die Untreue seines Vaters, und Erleichterung, dass Cathy nicht seine Schwester war. Aber die Zutaten des Cocktails wollten sich nicht vermischen.

Dann hörte er einen metallischen Schlag aus Richtung des Eingangs, wie eine zugeworfene Tür.

Auch Cathy und Matt hörten es und näherten sich mit schnellen Schritten.

Wenn sie ihn auf dem Boden liegend sahen, wüssten sie, dass er alles gehört hatte. Bene wollte das nicht, er wollte sich erst an den neuen Rahmen seines Lebens gewöhnen, ihn näher in Augenschein nehmen, spüren, wie es sich anfühlte, sich darin zu bewegen.

Und wie es sich anfühlte, einen Halbbruder zu haben.

Der ein Säufer und Lügner war. Und vielleicht sogar der Mörder eines Obdachlosen.

Bene raffte sich auf. »Kommt schnell, da war was an der Tür!« Er drehte sich so, dass es aussah, als sei er zu ihnen zurückgelaufen und dabei gestürzt. Matt und Cathy rannten an ihm vorbei, Bene – nachdem er sich aufgerappelt hatte – mit leichtem Humpeln hinterher. Der Schmerz zog vom Fußgelenk hoch bis ins Knie, deshalb trat er nur vorsichtig auf und stützte sich mit den Händen an den Seiten des Tunnels ab.

»Von außen verriegelt!«, hörte er Matt sagen, der sich jetzt gegen die Stahltür warf.

»Hast du etwa den Schlüssel im Schloss stecken gelassen?«, fragte Cathy.

»Meinst du, ich hätte mir mein komplettes Hirn weggesoffen? Wenn das Vorhängeschloss offen ist, kannst du es einfach schließen, dafür brauchst du keinen Schlüssel.«

Bene kam bei ihnen an. »Und jetzt?«

»Das ist der einzige Ausgang, der nicht blockiert ist«, sagte Matt. »Und Handy-Empfang hat man hier nirgendwo. Wir können also auch keine Hilfe rufen.«

»Wir müssen hier raus!« Cathys Stimme überschlug sich, und sie rüttelte heftig an der Stahltür.

»Was hast du an ›der einzige Ausgang‹ nicht verstanden?«

Bene hätte Matt am liebsten eine reingehauen. Er trat ganz nah an ihn heran, ließ ihn seinen Atem spüren. »Bist du alle Gänge des Bunkers schon mal abgelaufen?«

»Ja, klar!« Er drückte Bene mit beiden Händen weg von sich. »Also, die meisten. In den Gängen liegt ja auch Schutt und so.«

»Dann machen wir das jetzt! Jeder einen Gang und dann jede Abzweigung darin.«

Was nach einer überschaubaren Aufgabe klang, stellte sich als Schnitzeljagd im Irrgarten heraus. Benes Gang spaltete sich viermal, die abgehenden Flure führten zumeist bis zu zugeschweißten Stahltüren, manche endeten aber auch einfach in einem Haufen Geröll. Einmal hatte er den Eindruck, Licht zu sehen, doch es war nur eine alte Glasscherbe, die den Strahl seiner Taschenlampe reflektiert hatte. Er kam sich vor wie tief in den Eingeweiden eines Tieres, das ihn verdauen würde.

Als er wieder in den Hauptgang trat, stand Matt schon dort und schüttelte den Kopf.

»Und Cathy?«, fragte Bene.

»Ist noch mal zum Eingang gelaufen, um zu schauen, ob man da nicht doch rauskommt.«

»Kommt man nicht«, sagte Cathy, die in diesem Moment wieder auftauchte. »Keine Chance.«

Sie sahen sich an, und keinem fiel etwas Hoffnungsvolles ein.

»Lasst uns in Dads Lager gehen, da können wir uns wenigstens auf die Matratze setzen beim Nachdenken. Und etwas trinken.«

»Solange du etwas zum Saufen hast, ist alles gut«, sagte Cathy. »Ganz super.«

»Ich habe Durst, okay? Und Multivitaminsaft gibt es hier nicht! Im Gin sind jede Menge gesunde Botanicals drin, das weißt du doch am besten.«

»Einen Schluck könnte ich auch gebrauchen«, sagte Bene.

Kopfschüttelnd ging Cathy vor, setzte sich im Bunkersaal aber nicht auf die Matratze, sondern demonstrativ auf eine leere Gin-Kiste. Sie schaltete das Licht ihrer Taschenlampe aus. »Solltet ihr auch machen. So sparen wir Batterien, bis uns endlich eine Idee kommt.«

»Oder uns die Ratten gefressen haben«, sagte Matt.

Nachdem er und Bene sich jeder eine Gin-Flasche genommen hatten, löschten auch sie ihre Lichter.

Zuerst war es stockduster.

Aber dann bemerkten sie, dass Licht durch den Riss in der Decke hereinschien wie ein hauchdünner Vorhang aus Silber.

»Der Riss!«, rief Cathy und sprang auf. »Ich muss da hoch!«

Das Adrenalin rauschte so in Benes Körper, dass er sofort aufsprang. »Wir sollten ein paar Kisten drunterstellen, das bringt uns Höhe.«

Sie stapelten vier mal vier Kisten rund einen Meter hoch, für weitere war die Konstruktion zu instabil. Zuerst kletterte Matt hinauf, anschließend Bene, und als beide festen Stand hatten auch Cathy, die dann mit einer Räuberleiter weiter emporgehoben wurde.

Bene konnte dabei nicht anders, als daran zu denken, dass er gerade neben seinem Bruder stand und sie so zusammenarbeiteten, wie Brüder es tun sollten. Der Kistenturm wackelte, doch er hielt. Sie mussten sich aber auf die Zehenspitzen stellen, um Cathy die letzten, die entscheidenden Zentimeter hochzuhieven. Dadurch konnte sie durch den Riss greifen. Bene atmete vor Erleichterung auf: Der Riss war tatsächlich so breit, dass sie sich hindurchzwängen konnte! Zehn Minuten später öffnete sie das Vorhängeschloss mit Matts Schlüssel und sie waren draußen. Wer immer sie eingesperrt hatte, war auch dafür verantwortlich, dass ihr Ruderboot nicht mehr am Strand lag, sondern auf dem Meer dümpelte. Bei starkem Seegang hätten sie keine Chance gehabt, es zurückzuholen. So aber schwamm Matt hin und holte es.

»Wir stecken tief in der Scheiße«, sagte Bene, als sie das Boot bestiegen.

»Weißt du was?«, antwortete Cathy. »Ich stecke so tief drin, dass ich es schon nicht mehr bemerke. Schlimmer kann es jetzt nicht mehr kommen.«

»Sag sowas nicht, dann kommt es meist noch schlimmer«, sagte Bene.

»Ich weiß echt nicht, was mir jetzt noch passieren sollte.«

»Gin – Alles, was du wissen musst«
von Archibald Callaghan (Plymouth/Devon)

## BOTANICALS

Die Magie eines Gins entsteht nicht durch Zeit oder Fässer wie bei Whisky und Rum, nicht durch die Qualität einer einzigen Zutat, wie bei Weinbrand, sondern durch die Kombination der Botanicals, durch ihr Zusammenspiel. Whisky oder Rum sind eine Einzelsportart wie Tennis, Gin ist ein Teamsport wie Fußball.

Die Botanicals, die pflanzlichen Extrakte, verleihen einem Gin seinen Charakter. Schon kleine Veränderungen der Rezeptur können riesige Unterschiede zur Folge haben und den Geschmack eines Gins stark beeinflussen. Nirgendwo sind Kleinigkeiten so entscheidend wie bei Gin! Er ist ein Getränk nach genauer Rezeptur, ein alchemistisches Kunststück.

Die Hauptkomponente edlen Gins ist die Beere des immergrünen Wacholderstrauchs, der zu den Zypressengewächsen gehört. Die Wacholderbeere, die streng genommen gar keine Beere ist, sondern ein Zapfen, hat ein sehr kräftiges, herbes, waldig-harziges Aroma, ist aber auch süßlich-würzig. Sie macht den charakteristischen Gin-Grundgeschmack aus. Die Beere ist ein Berserker, der alle anderen Aromen kaputtschlägt, wenn man ihr zu viel Raum gibt.

Neben Wacholder gibt es weit über hundert Botanicals, die für Gin verwendet werden – bei klassischen Gins kommen allerdings nur zwischen sechs und zehn zum Einsatz. Es gibt folgende Hauptgruppen:

### KRÄUTER UND BLÜTEN
Hier gibt es diverse würzige Zutaten wie Wermut oder grünen Tee sowie leichtere, florale Elemente wie Lilien oder Lavendel.

### FRÜCHTE

Früchte finden oft Einsatz bei der Herstellung von Gin. Ob ganze Beeren, Fruchtfleisch oder Schalen, die Möglichkeiten sind nahezu unbegrenzt. Zu den Standards gehören Zitrusfrüchte wie Orangen oder Zitronen. Deren Schalen enthalten wertvolle ätherische Öle, die zu einer frischen, spritzigen Note führen. Ich bin der Meinung, dass ein Gin ohne sie nicht auskommt.

### SAMEN UND KÖRNER

Zu den klassischen Botanicals gehören auch verschiedene Samen wie Koriander oder Mandeln und Walnüsse, die einen herben bis holzigen Geschmack aufweisen. Feurig-pikant sind dagegen einige Zutaten aus dem Orient wie schwarzer Pfeffer oder Piment. Viele Samen und Körner sind ausgesprochen teuer, erfreulicherweise reichen schon geringe Mengen, um mit ihnen ein Aroma im Gin zu erzeugen. Ein Beispiel dafür ist Koriandersamen, der sowohl eine leichte Schärfe wie eine feine Frische beisteuert. Er ist fraglos das wichtigste Botanical in dieser Gruppe. Das Herz fast jedes Gins ist der Doppelsternwacholder mit Koriander, wobei der weder besonders würzige noch herbale Koriander nur als Nuance zum Einsatz kommt. Der Tanqueray London Dry Gin ist einer der seltenen Gins, bei denen es sich anders verhält. Neben Wacholder setzt er auf Zitrusnoten, die hier jedoch vom Koriander stammen (die weiteren Zutaten sind Angelikawurzel und Süßholz). Meiner Meinung nach ist Koriander unverzichtbar. Sollte ich eine dritte unverzichtbare Zutat nennen, wäre es die Angelikawurzel. Das ist die Heilige Dreifaltigkeit der Gin-Botanicals.

### WURZELN UND RINDEN

Rinden und Wurzeln sind ein fester Bestandteil vieler Gins. Angelikawurzel und Schwertlilienwurzel verleihen einem Gin zum Beispiel mehr Tiefe und Komplexität. Diese Gruppe von Botanicals hat äußerst eigenständige Aromen. Einige sind erdig und bitter, andere milder und süßlich. Beim Gin sind sie häufig für das geschmackliche Fundament zuständig und entfalten ihren Einfluss besonders im Finale.

Angelikawurzel ist sehr effektiv. Allerdings birgt die Arbeit mit der Pflanze eine Gefahr. Sie sieht dem giftigen Wasserschierling zum Verwechseln ähnlich. Greift man daneben, zieht man sich schnell eine tödliche Vergiftung zu.

Als sie von Drake's Island zu »Callaghan's Bed & Breakfast« zurück-kehrten, erschien ihnen auf den ersten Blick alles völlig normal – bis sie die zusammengebundenen Bettlaken entdeckten, die aus Viccis Zimmerfenster hingen.

»Vicci?«, rief Cathy. »Bist du da?«

Ihr Kopf erschien. »Gott sei Dank! Schließ schnell auf.«

»Hast du denn keinen Schlüssel mehr?«

»Doch, aber von außen steckt einer, deshalb komm ich nicht raus.«

»Warum bist du denn nicht rausgeklettert? Sieht ja ganz stabil aus, deine Konstruktion«, rief Bene.

»Ich habe mich dann doch nicht getraut, runterzusteigen. Will mir ja nicht alle Knochen brechen.«

»Wer hat dich denn …?«, fragte Cathy.

»Schließt du bitte endlich auf?«

Cathy nickte, lief zur Haustür und öffnete sie schnell. Im Flur sah sie, dass der Schrank mit den Ersatzschlüsseln für die Zimmer auf-gebrochen war. Der gesamte Inhalt fehlte. Und ein Gedanke durch-zuckte sie: Ständig verschwand etwas um sie herum, als löste sich ihr Leben nach und nach in Nichts auf. Zuerst waren nur Kleinigkeiten aus dem Labor verschwunden, jetzt die ganze Einrichtung. Auch ihr Büro hatte sich aufgelöst, in Rauch und Flammen. Und jetzt hatte sich sogar ein Teil von Matt aufgelöst, der plötzlich nur noch ihr hal-ber Bruder war. Natürlich änderte das nichts an ihren Gefühlen für ihn, aber plötzlich war der Mensch, der ihr näher als jeder andere schien, ein halber Fremder geworden.

»Alles gut?«, fragte Bene und legte ihr eine Hand auf die Schul-ter.

Cathy atmete tief durch und nickte, dann stiegen sie die Treppe zu Vicci hoch. Wie sich herausstellte, waren auch McAllister und Eu-dora eingesperrt worden. Keiner von ihnen hatte die Polizei infor-miert, weil sie Inspector Dolliver nicht im Haus haben wollten. Und keiner der drei konnte sagen, wer ihre Tür von außen verriegelt hat-te – und warum. Letzteres fanden sie allerdings kurze Zeit später he-raus, denn Cathys Lesezimmer war durchsucht worden. Der Inhalt von Schränken und Regalen lag wild verstreut auf dem Boden.

King George stand plötzlich neben Cathy und bellte sie vorwurfsvoll an.

»Oh, Mist, ich habe ja ganz vergessen, dich zu füttern!«

Schnell ging sie die Treppe hinunter und gab dem Corgi eine extragroße Entschuldigungsportion in den Napf.

Als sie wieder hochblickte, fiel Cathys Blick auf die mit unzähligen Gemälden und Fotos ausgefüllte Wand im Frühstücksraum. Sie trat zu einem kleinen Holzrahmen, der aussah wie von einem Kind gebastelt, darin befand sich eine kunterbunte Zeichnung. Als Matt und Bene in den Raum kamen, wies sie darauf und lächelte die beiden an. »Das habe ich gemalt, mit dreizehn Jahren. Ein Etikett für Dads Gin. Ich habe ihn ›Callaghan's Best Drop‹ getauft. Dad fand das so toll, dass er mit mir den Rahmen gebaut hat.« Sie strich darüber. »Das rechts auf dem Bild soll Dad sein, sieht allerdings aus wie ein Luftballontier.« Sie lachte. »Damals war ich fest davon überzeugt, dass Dads Gin irgendwann weltberühmt werden wird. Und bin es eigentlich noch. Aber eine kleine Stimme in mir hat immer schon gefragt: Ist er denn gut genug dafür? Die kleine Stimme ist irgendwann zu einer großen geworden. Deshalb hatte ich die ganze Zeit auch Schiss davor, den Gin fertig zu bekommen. Denn dann gilt es. Dann muss der Traum Realität werden oder sterben. Ich habe das Gefühl, jetzt ist es so weit. Und alles, was gerade passiert, all der Mist, hat irgendwie mit dem Gin zu tun. Da gibt es Kräfte, die arbeiten gegen mich, damit ich den Gin nicht auf den Markt bringe. Das kann ja eigentlich nur bedeuten, dass Dads Gin tatsächlich richtig gut ist.« Sie strich sich ihre dunkelbraunen Locken ordentlich hinter die Ohren. »Es wird sich jetzt endlich alles klären. Entweder wird es jetzt etwas mit dem Gin oder ich habe den Kopf frei für einen neuen Traum.«

Bene sah, dass Cathys Lachen nur ihr Weg war, die Angst in Schach zu halten. Als würde sich diese nicht aus der Düsternis trauen, wenn man ihr etwas Galgenhumor entgegensetzte. Cathy lebte ihren Traum seit Jahrzehnten. Dieser Traum war nicht nur Teil ihres Lebens, er war ein Teil von ihr. Ohne ihn würde sie ein anderer Mensch sein.

Er wollte nicht, dass Cathy jemand anderes wurde.

»Tee?«, fragte er und ging in die Küche. Bei Briten war Tee gut für alles, er hielt das ganze Land zusammen. Ohne Tee wären sich die Insulaner sicher schon vor Jahrhunderten gegenseitig an die Gurgel gegangen.

»Gern«, sagte Cathy.

»Immer«, kam es von Matt.

Einige Minuten später saßen sie zusammen am Frühstückstisch und hielten wärmende Teetassen in den Händen wie kleine Trostspender.

»Und jetzt?«, fragte Matt und kraulte dem auf seinem Schoß liegenden King George die Ohren.

»Ich werde versuchen, ein wenig zu schlafen«, sagte Cathy und schob ihren Stuhl zurück. »Jetzt, wo ich sitze, merke ich erst, wie todmüde ich bin. Warum bist du plötzlich so blass, Bene?«

»Weil mir eben etwas klar geworden ist. Setz dich lieber wieder.« Er selbst stand auf und schloss alle Fenster und Türen. »Nur zur Sicherheit.«

Cathy und Matt sahen ihn irritiert an.

»Okay, gehen wir mal davon aus, dass derjenige, der uns auf Drake's Island eingesperrt hat, derselbe ist, der das hier angerichtet hat.«

»Von mir aus«, antwortete Cathy wenig überzeugt.

»Und gehen wir weiter davon aus, dass wer immer uns im Bunker eingesperrt hat, es irgendwie wegen des Gins getan hat. Das hier hat genauso mit dem Gin zu tun – weil jeder normale Einbrecher etwas gestohlen hätte.« Bene zeigte auf die Wertgegenstände, die Phil und seine Jungs übrig gelassen hatten: das tragbare Telefon, eine Uhr, den Fernseher.

»Das ist ein Argument«, sagte Cathy kleinlaut.

»Es sind sogar mehrere. Und aufgrund derer würde ich vermuten: Der Einbrecher hat hier Informationen zu deinem Gin gesucht.«

»Dann hätte er sich die Mühe sparen können, es gibt nichts mehr. Keine Notizen, kein Manuskript meines Vaters, kein Labor, alles weg.«

»Es sah auch echt aus, als sei der Typ frustriert gewesen«, sagte Matt. »Sonst hätte er in deinem Lesezimmer nicht alles so durch die Gegend gepfeffert.«

Bene klopfte gegen seinen Kopf, als müsse er ein Puzzleteil aus der Ecke bekommen, wo es feststeckte. Dann endlich saß es an der richtigen Stelle. Das fertige Bild gefiel Bene allerdings gar nicht.

»Was meint ihr: Wusste der Täter, was auf der Insel lagert? Also dass sich dort der Gin-Vorrat eures Dads befindet?« Er zuckte innerlich. *Eures Dads.* Aber jetzt war weiß Gott nicht der richtige Zeitpunkt, um das Thema Vaterschaft zu besprechen.

»Schwer zu sagen«, meinte Cathy.

Bene schüttelte den Kopf. »Nein, ist es nicht. Wenn er es gewusst hätte, dann wäre er vor uns dort gewesen und hätte alles durchsucht. Aber so sah es nicht aus, oder Matt? Es war alles unverändert?«

»Ja, klar, sonst hätte ich ja etwas gesagt. Da war alles an seinem Platz.«

»Ich fasse mal zusammen: Jemand folgt uns auf die Insel und nutzt dort die Chance, uns einzusperren. Da er die Räumlichkeiten nicht kennt, kann er nicht sicher sein, dass es keinen anderen Ausgang gibt. Deshalb tut er zusätzlich unser Ruderboot los. Dann fährt er hierher und durchsucht alles, ist am Ende aber total frustriert, weil er nichts gefunden hat.«

»Klingt logisch«, sagte Matt.

»Aber wenn er hier nichts gefunden hat, wo wird er dann als Nächstes suchen?«, fragte Bene. »Und zwar schnellstmöglich, bevor wir irgendetwas wegschaffen können?«

»Nein!«, stieß Cathy aus und legte den Kopf erschöpft in den Nacken.

»Nein«, sagte auch Matt und ließ seinen Kopf wiederum auf die Tischplatte fallen.

»Doch. Er wird auf Drake's Island suchen. Wir müssen zurück.«

Diesmal nahmen sie Waffen mit – oder was dem am nächsten kam. Ein großes Küchenmesser, einen Hammer und eine Signalpistole. Dazu für jeden eine Taschenlampe. Denn selbst ein Funken Licht war besser als die Finsternis im Bunker.

Als sie das Haus verließen, war es schon dunkel.

»Benoit?«, kam es plötzlich von rechts, wo die Straße zur St. Paul's Church führte.

Sein Name war von einer Frauenstimme ausgesprochen worden. Es war weniger eine Frage als die Bitte, er möge es sein.

Eine Frau trat aus den Schatten.

»*Maman?*«

Sie nickte erst langsam, dann schnell. Bene sah, dass sie Tränen mit einem Taschentuch wegwischte. »Begrüßt du mich denn nicht?«

Sie trug Schwarz und Dunkelgrau, kein einziger Farbtupfer war an ihr, als wollte sie nicht gesehen werden, als wollte sie gar nicht hier sein, als wäre sie mit all ihren Farben eigentlich noch in Merdingen. So hatte Bene seine Mutter noch nie gesehen.

Er umarmte sie und spürte durch die dunklen Kleider die Angst in ihrem Körper.

»Was machst du hier? Ist etwas passiert?«

»Noch nicht.« Erleichterung lag in ihren Worten, aber auch Angst. Zwei Gefühle wie Öl und Essig, die sich nicht miteinander verbanden.

Bene sah sich um. »Was soll das bedeuten? Bist du etwa in Gefahr?« Was für eine Frage, dachte er. Es war ein Satz, den er, der Oldtimer-Mechaniker aus Merdingen, zu seiner Mutter, der Landfrau Katharina Lerchenfeld, niemals in seinem Leben hätte sagen sollen.

»Lass mich erst etwas erklären.«

»Maman, du machst mir echt Angst.«

Bene merkte mit einem Mal, dass er Matt mit seinem Körper verdeckte. Als wollte er nicht, dass seine Mutter sah, was sein Vater hier getan hatte. Als müsse er dessen Geheimnis wahren, um sie zu schützen.

»Weißt du«, sagte seine Mutter, »es war wegen der Reise hierher, dass ich so viel unterwegs und so schwer erreichbar gewesen bin. Ich musste doch alles vorbereiten. So eine Flugreise habe ich ja seit Jahren nicht mehr gemacht. Ein Reisebüro in Freiburg wollte mich betuppen, das habe ich aber direkt gemerkt. Dann bin ich in ein Internetcafé, zu Ahmed, so hieß der Besitzer, und der hat mir geholfen.

Es hat trotzdem ganz schön gedauert, alles zu organisieren, den Flug, den Bus, das Hotel.«

»Warum hast du mir nichts davon erzählt?«

»Weil du dann bestimmt versucht hättest, mir das auszureden, und das wollte ich nicht. Ich musste ja zu dir kommen.«

»Bist du schon länger hier? Ich habe mich seit Tagen beobachtet gefühlt.«

»Nein, ich bin heute erst angekommen und nach dem Einchecken im Hotel direkt hierher. Ich warte jetzt vielleicht eine halbe Stunde hier draußen.«

»Warum hast du denn nicht geklingelt?«

Seine Mutter ging auf die Frage nicht ein.

»Ich habe Anrufe bekommen«, sagte sie stattdessen.

»Ja, und?«

»Einmal war's ein Mann und einmal eine Frau, die gebrochen Deutsch gesprochen haben. Es klang, als würden sie etwas stockend ablesen, und alles haben sie völlig falsch betont.«

»Ein bisschen wie Maschinen?«

Zuerst guckte seine Mutter verwirrt, doch dann nickte sie. »Ja, jetzt, wo du es sagst, wie Maschinen. Ich habe noch versucht, dazwischenzureden, aber die haben gar nicht reagiert.«

Bene konnte sich denken, was passiert war. Wer auch immer angerufen hatte, ließ einen Computer die Arbeit machen. Es gab genug frei erhältliche Programme, die Texte laut vorlasen.

»Was haben sie denn gesagt?«

»Ich soll dich zurück nach Deutschland holen, sonst würde etwas Schlimmes passieren.«

»Das musst du der Polizei melden!«

Sie schüttelte entschieden den Kopf. »Genau das darf ich nicht. Da waren sie sehr deutlich. Lass uns zurückfahren, ja? Jetzt sofort. Pack deine Sachen und wir nehmen uns ein Taxi zum Flughafen in Exeter.«

»Maman …«

Sie drückte sich ganz fest an ihn. »Benoit, ich habe solche Angst um dich! Du bist hier in etwas reingeraten, das du gar nicht überblicken kannst.« Sie ließ wieder los, nahm aber direkt seine Hand, als sei er fünf Jahre alt und sie müsse ihm über die Straße helfen. »Wir fahren jetzt, ja?«

Bene schwieg.

»Ich will dich nicht auch noch verlieren!« Ihr Griff um seine Hand wurde fester. »Das würde ich nicht aushalten!«

Bene schwieg weiter, denn was sollte er ihr sagen? Cathy brauchte seine Hilfe. Er hatte bei ihr noch so vieles wiedergutzumachen.

»Du hast die am Telefon nicht gehört, das waren keine leeren Worte!« Jetzt hatte die Stimme seiner Mutter den strengen Unterton, den er aus der Kindheit kannte. Als wären in das Samt ihres Soprans Stahlfäden eingewoben worden.

»Komm, Maman«, er legte seinen Arm um sie. »Wir gehen erst mal rein und trinken einen Tee. Der ist gut für die Nerven.« Drake's Island würde noch etwas warten müssen.

»Nein, das möchte ich nicht.«

»Cathy hat sicher nichts dagegen.« Er drehte sich zu ihr. »Oder?«

»Nein, natürlich nicht.« Sie winkte unbeholfen zu Benes Mutter. »Hallo, ich bin Cathy.«

Sie trat zu ihr, die Hand ausgestreckt, doch Benes Mutter wich zurück. Sie blickte zu Bene. »Das ist lieb gemeint, aber ich möchte jetzt wieder in mein Hotel. Der Tag war anstrengend. Wir fahren morgen, ja? Ich bin im Duke of Cornwall. Frühstück ist um sieben, da treffen wir uns.« Sie gab ihm einen Kuss auf die Wange.

Als seine Mutter ging, machte sie einen weiten Bogen um das Bed & Breakfast, als drohe es, nach ihr zu schnappen, wenn sie ihm auch nur einen Meter zu nahe kam.


### 1983

*Alexander hatte ihr mehr als einmal von Plymouth erzählt, davon wie schön die Stadt war und wie herrlich salzig die Meeresluft. Aber sie hatte Angst vor Seereisen und vor Flugreisen noch mehr, deshalb war sie nie mitgekommen, dabei schien Plymouth schon nach kurzer Zeit zu einer Art zweiten Heimat für Alexander geworden zu sein. Natürlich verbrachte er den Großteil seiner Zeit in Messehal-*

len und nicht wirklich in der Stadt oder der Grafschaft Devon, aber er schien sich dort trotzdem sehr wohlzufühlen. Er stieg stets im selben Bed & Breakfast ab und ging wohl jeden Abend in ein Pub. Ihr Alexander! In Merdingen war er kaum in die Straußwirtschaft zu bekommen, aus Angst, ihn könnte jemand ansprechen, weil er einen Rat für sein Auto wollte, seinen Roller oder sogar für seinen Staubsauger. Als Mechaniker war man halt immer Mechaniker. Katharina konnte verstehen, dass Alexander manchmal keiner sein wollte, sondern einfach nur Alexander. Vielleicht war er das in diesem Pub in Plymouth ja, der »The Victualling Office Tavern«.

Also hatte sie all ihren Mut zusammengenommen und war ihm nachgereist. Benoit hatte sie bei ihrer Schwester auf deren Weingut bei St. Aldegund untergebracht, dem Kleinen würde es dort sicher gut gefallen.

Katharina hatte heimlich auch ein wenig Englisch gelernt, mit den Übungen in ihrer Frauenzeitschrift. Seit sie den Plan gefasst hatte, nach Plymouth zu fahren, hatte sie zudem Woche für Woche die »Hörzu« durchforstet und alles angekreuzt, was in England spielte, um es zu gucken. Sie hatte sich gut vorbereitet, und es gerade sogar geschafft, sich im Pub ein Bier zu bestellen – a pint of ale, please. Nun saß sie auf einem Hocker in der Ecke, von dem aus sie genau sehen konnte, wer hereinkam, aber selbst nicht direkt entdeckt wurde. Schließlich sollte dies eine Überraschung sein, Alexander würde Augen machen. Seine Katharina plötzlich in Plymouth! Sie hatte jedes Mal vor Freude gelächelt, wenn sie sich diesen Moment in den letzten Monaten vorgestellt hatte.

Ihr Herz pochte jetzt ganz fest, und sie nahm einen Schluck des lauwarmen Bieres, das ihr überhaupt nicht schmeckte. Aber es beruhigte die Nerven, und ihrer Auffassung nach gehörte es zu ihrer Tarnung als ganz normale Pub-Besucherin. Sie hoffte nur, dass niemand sie aufforderte, Billard zu spielen, denn das hatte sie am Kaiserstuhl nicht geübt. Als das Bier leer war, ging sie zur Theke, um ein neues zu bestellen. Auf dem Rückweg warf sie eine Münze in die Jukebox. Sie suchte sich »Total Eclipse of the Heart« von Bonnie Tyler aus, ein aktueller Hit, den sie sehr mochte.

Alexander betrat nach drei Ales die »Victualling Office Tavern«. Aber er war nicht allein.

Eine brünette Frau, jünger als Katharina, ging neben ihm. Sie war hübsch, das fiel Katharina direkt auf. Und dass sie ernst blickte, ihr ganzer Körper schien angespannt wie die Sehne eines Bogens vor Abschuss des Pfeils. Die beiden bestellten an der Theke etwas. Katharina rückte tiefer in ihre Ecke und hielt die Bar-Karte vor das Gesicht. Eine Kollegin vielleicht?

Alexander war still. Das war typisch für ihn. Doch er schien geradezu unhöflich still gegenüber dieser Frau, blickte ihr kaum ins Gesicht, geschweige denn in die Augen, obwohl sie ihn mehrfach am Arm berührte.

Das Pub füllte sich immer mehr, und Katharina hatte Probleme, die beiden im Blick zu behalten. Doch als die Frau auf die Toilette ging, bekam sie es mit und folgte ihr. Sie wusste nicht, was sie sich davon versprach, dass sie der Frau folgte. Sie folgte ihr einfach.

Es waren Toiletten, die Männer wie Frauen benutzten. So etwas kannte Katharina aus Deutschland nicht, und sie ekelte sich etwas davor. Sie öffnete die Tür, eine Kabine war besetzt und die andere frei, also ging sie dort hinein. Und da man eine Toilette nicht einfach besetzte, ohne sie ihrem Zweck zuzuführen, tat sie das. Nach kurzer Zeit hörte sie, wie die andere Tür aufging und Stöckelschuhe hinaustraten. Das Wasser des Handwaschbeckens lief, dann wurde es schon wieder ausgestellt. Katharina beeilte sich fertig zu werden. Als sie aus der Kabine trat, sah sie die Frau vor der Eingangstür stehen. Sie kratzte etwas mit ihrem Schlüssel in das Holz. Es war nicht der Übermut einer Betrunkenen, es war, als wolle sie etwas in Stein meißeln für die Nachwelt.

»Nice dress«, sagte Katharina und hätte sich dafür ohrfeigen können. Aber ihr fiel auf die Schnelle nichts anderes ein. Ihr Englisch reichte ohnehin nicht für ein echtes Gespräch.

Die Frau drehte sich um und lächelte. »Thanks, yours too.«

Die Brünette hatte ein schönes Lächeln, fand Katharina. Doch es lag auch ein Schmerz darin, den sie kannte. Der Schmerz, dass Dinge nicht so waren, wie sie für andere aussahen.

Katharina suchte einige weitere englische Worte zusammen und brachte sie stockend hervor. »Darf ich fragen, was Sie da machen?«

»Ich schnitze etwas ein.«

»Ach so. Ist das hier so üblich?«

»Nicht unbedingt, ich mache das nur, damit etwas wahr wird. Bin ein bisschen abergläubisch.«

Katharina wusch sich sehr sorgfältig die Hände, damit die Frau mit ihrer Schnitzerei fertig werden und sie sehen konnte, was die andere hinterlassen hatte. Das Händewaschen reichte nicht, und so machte Katharina sich die Haare, dann zog sie sich die Lippen nach. Endlich ging die Frau.

Jetzt konnte Katharina es sehen.

Ein Name. Zwei Wörter.

Alexander Lerchenfeld.

Katharina verdeckte die Schnitzerei mit der Hand. Sie nahm das Stück Seife und schrubbte damit darüber, um die Kratzer zu füllen, die Buchstaben verschwinden zu lassen. Sie tat es mit so viel Kraft, dass die Seife zerbrach und auf den Boden bröselte – Alexanders Name hob sich durch die gelbliche Seife noch stärker vom Holz ab. Sie würde ihn und diese Frau zur Rede stellen, jetzt sofort! Vor allen anderen im Pub.

Noch Seifenstücke zwischen den Fingern stürzte sie aus der Toilette. Doch Alexander und seine Begleiterin hatten das Pub schon verlassen. Schnell zahlte Katharina, zahlte viel zu viel, weil sie einfach nur einen Schein auf den Tresen legte, der ihr richtig erschien, doch als sie danach auf die Cremyll Street trat, waren die beiden nicht zu sehen. Sie blickte nach links und rechts, versuchte in der vom schwachen Licht der Straßenlaternen erleuchteten Dunkelheit etwas auszumachen, aber vergebens. Vielleicht hatte er sie mit auf sein Zimmer genommen? »Callaghan's Bed & Breakfast« lag ja gleich um die Ecke.

Katharina machte sich auf den Weg, und was als Gehen begann, endete als Rennen.

Die Fenster der Pension waren dunkel, nur aus dem großen im Erdgeschoss fiel Licht. Katharina hastete durch den Vorgarten und *stellte sich ganz nah davor, ein wenig seitlich, sodass sie von innen nicht zu sehen sein würde.*

*Das musste der Frühstücksraum sein, schon eingedeckt für den nächsten Morgen, und darin standen Alexander und diese Frau. Sie versuchte ihn zu küssen. Alexander drehte seinen Kopf fort, doch Katharina sah, dass sein Körper sich nicht wegdrehte, dass er zu dem der Brünetten wollte. Jetzt nahm sie Alexanders Hände, legte sie auf ihre Hüften und presste sich fest an ihn.*

*Dann küsste auch Alexander.*

*Er küsste so, wie er Katharina seit Jahren nicht mehr geküsst hatte. Katharina merkte nicht, wie sich ihre Hände auf das kalte Glas legten, als wolle sie hindurchgreifen, ihren Mann von der Frau fortziehen.*

*Sie sah viel zu lange zu, sah, wie die Frau hastig die Knöpfe an Alexanders Hemd öffnete, sah seine Hände ihren Po packen.*

*Dann erst löschte die Brünette das Licht.*

*Katharina stand im Vorgarten und blickte in das Dunkel hinter dem Fenster. Sie zitterte am ganzen Körper. In ihr war ein Schrei, der nicht herausdurfte, ein Schrei mit so einer Wucht, dass er sie zerreißen würde. Alexander betrog sie, vielleicht schon seit langem, mit einer jüngeren Frau.*

*Sie fiel in sich zusammen, sank auf den Rasen, lag dort wie tot. Und ließ die Tränen laufen.*

*Würde Alexander zu ihr zurückkehren?*

*Würde sie ihn überhaupt zurückhaben wollen?*

*Als die Augen leergeweint waren, stand sie auf und ging.*

*Nicht zum Hotel, sondern durch Plymouth, einfach immer weiter. Weil sie nicht mehr wusste, wohin.*

*Nur dass sie fort von diesem Ort wollte. Und nie wieder herkommen.*

*Sie würde nicht über das reden, was sie gesehen hatte. Sie würde es verdrängen. Katharina hatte schon als Kind gelernt, alles Schlechte in die Abstellkammer ihres Herzens zu schieben und dort verstauben zu lassen.*

*Es würde nie passiert sein.*

*Wenn man nur lange genug etwas verschwieg, auch vor sich selbst,
dann verblasste es wie ein altes Foto.*

*Doch jetzt, während sie durch die Straßen der alten Hafenstadt
ging, leuchteten die Farben des Bilds von Alexander und der anderen Frau wie in Neonfarben.*

Als sie wieder zu Drake's Island ruderten, fragte Cathy den neben ihr sitzenden Bene leise, was es mit seiner Mutter auf sich habe. Warum war sie aufgetaucht, warum wollte sie keinen Tee mit ihnen trinken, und warum war sie so schnell wieder verschwunden? Doch Bene hatte keine Antworten. Es hingen viel zu viele unangenehme Wahrheiten daran. Er hatte nur ein entschuldigendes Lächeln für Cathy, nahm ihre Hand und drückte sie. Cathy zog sie nicht weg, sondern drückte auch Benes sanft. Es war nur eine kleine Berührung, nur ein paar Muskeln, die sich leicht zusammenzogen, doch sie hatte die emotionale Wucht eines Kusses.

Bis zum Ausstieg ließ Cathy seine Hand nicht mehr los.

Vorsichtig näherten sich die drei dem Bunkereingang, immer darauf gefasst, dass ein Angriff aus dem Dunkel erfolgte. Aber nichts passierte, sie erreichten ohne Zwischenfall den großen Gin-Saal – und da fiel es ihnen direkt auf. Als hätte jemand eine Ecke aus einem Ölgemälde gerissen.

»Hier fehlt etwas«, sagte Bene.

»Flaschen«, präzisierte Matt. »Eine Kiste, sie stand direkt am Eingang.«

»Wer immer das war, er hat die anderen Flaschen nicht zerstört«, sagte Cathy. »Er wollte nur etwas von dem Gin. Um was damit zu tun? Sicher nicht ihn trinken.«

»Nein, um ihn nachzubauen«, sagte Bene. »Genau wie wir.«

»Und jetzt?«, fragte Matt frustriert. »Sackgasse, oder?« Er trat an der Stelle, wo vor Kurzem noch die Kiste Gin gestanden hatte, wütend in den Staub. Dieser wirbelte auf wie die Detonationswolke einer Explosion. Als er sich wieder legte, zuckte Matt zusammen und hob etwas vom Boden auf. »Habt *ihr* das hier fallenlassen?« Es sah aus wie eine Serviette. »Da ist ein Tropfen Blut dran, der ist …«,

Matt lachte auf, »… der ist noch nicht trocken. Unser Dieb hat sich geschnitten!«

»Und wie soll uns das weiterhelfen?«, fragte Cathy. »Wir sind nicht das Police Department und können keine DNA-Analyse veranlassen, geschweige denn sie mit einer Verbrecherkartei abgleichen.«

Matt grinste. »Das nicht. Aber wir können da einsteigen, wo das hier herkommt. Den Laden hatten wir ja sowieso schon im Verdacht.«

Die Lichtkegel von Cathys und Benes Taschenlampen fokussierten sich auf die Serviette.

Dann erkannten sie es.

Da war ein Logo.

Von der Black Friars Distillery.


Die Sicherheitsvorkehrungen der Distillery waren lax, um nicht zu sagen: kaum vorhanden. Der Haupteingang zur Southside Street war zwar verriegelt und elektronisch gesichert, doch um den Hintereingang zu erreichen, musste man nur über eine knapp zwei Meter hohe Mauer klettern, vor der praktischerweise Müllcontainer standen. Die Tür dort besaß nur ein altes Schloss, das selbst ein Achtjähriger mit einem Dietrich-Set aus der Wundertüte aufbekommen hätte. Auch für Cathys Haarnadeln stellte es kein Hindernis dar.

»Keine Taschenlampen, nicht vergessen!«, sagte sie, als Bene die Tür leise hinter ihnen zuzog.

»Wir sind doch nicht blöd, Schwesterherz«, erwiderte Matt, der seine Lampe gerade mit dem Daumen anknipsen wollte.

»Die Serviette könnte auch von einem Gast stammen, der hier nur einen Cocktail getrunken hat«, wandte Bene nochmals ein.

»Könnte. Könnte aber auch nicht«, sagte Cathy. »Und jetzt sind wir sowieso schon hier. Aber wir müssen schnell machen. Wenn wir erwischt werden, sind wir in Plymouth unten durch. Das hier ist ja fast schon ein Nationalheiligtum. Die Werft war eine Sache, aber das hier ist eine ganz andere Nummer. Beim Alkohol versteht man bei uns keinen Spaß!«

Vor ihnen lag die Halle mit den kupfernen Brennblasen und den riesigen Lagertanks. Schilder warnten davor, Feuer zu entzünden oder das Handy einzuschalten. Man bekam den Eindruck, der große Raum wäre eine Bombe, die auf einen winzigen Funken wartete.

»In die Büros«, sagte Cathy. »Die müssten in der ersten Etage liegen. Guckt nicht so überrascht, ich habe letztes Jahr von Andrew eine persönliche Führung hier bekommen. Und das ein oder andere ist halt hängengeblieben.«

»Gott sei Dank nicht Andrew«, sagte Matt und zwinkerte Bene verschwörerisch zu.

Die Türen im Inneren der Distillery waren alle unverschlossen, und nach kurzer Zeit standen sie im Büro der Geschäftsführung. Durch das Fenster schien zumindest ein bisschen Licht von den Straßenlaternen herein.

»Und was sollen wir hier jetzt genau finden?«, fragte Bene. »Es wird kaum einer in seinen Terminkalender schreiben: Heute das Bed & Breakfast der Callaghans verwüsten und eine Kiste Gin von Drake's Island mitgehen lassen.«

»Ich weiß es doch auch nicht!«, erwiderte Cathy. »Sucht einfach. Vielleicht findet ihr ja das Gin-Manuskript von Dad oder eine der gestohlenen Flaschen.«

Es war kurz nach zwei Uhr in der Nacht, als sie das sagte. Die nächsten drei Stunden redeten sie kaum miteinander, nur enttäuschte Seufzer erklangen, missmutiges Brummen oder die Geräusche von zugeklappten Aktenordnern und zugeschobenen Schubladen. Es fand sich überhaupt nichts Verdächtiges, nur Zahlen, Daten, Fakten.

Bene durchsuchte irgendwann sogar eine Umzugskiste, deren Inhalt aus mehreren vergilbten Ordnern bestand. Sie reichten zeitlich weit zurück in die Historie der Distillery, deshalb blätterte er sie nur schnell durch. Wie sollten sie in einem Zusammenhang mit dem stehen, was heute passiert war? Er sah nur halb hin, aber ein Name blieb trotzdem hängen.

Callaghan.

Es war ein Dokument vom 30. Oktober 1996.

Mehrere Monate, nachdem Archibald Callaghan und seine Frau Susan in einem Brand ums Leben gekommen waren.

Der Name Callaghan stand hier trotzdem. Charles Callaghan.

Und eine Summe, die Bene ebenfalls bekannt vorkam.

100 000 Pfund.

»Cathy! Kommst du bitte schnell mal her? Und setz dich, ja?«

Sie zog die Augenbrauen zusammen, setzte sich aber auf einen ledernen Bürostuhl.

»Jemand ist kurz nach dem Verkauf der Gin-Rezeptur an Bonington Teilhaber der Black Friars Distillery geworden«, erklärte Bene. »Der ging es damals ja nicht gut, und für hunderttausend Pfund erhielt der Käufer stolze 75 % des Unternehmens. Wenn man bedenkt, wie gut es der Firma heute geht, war das ein Mega-Deal. So eine Rendite hat wahrscheinlich nicht mal die Apple-Aktie.« Als er Cathy den Ordner gab, legte er eine Hand tröstend auf ihre Schulter. »Es tut mir so leid.«

Cathy las das Dokument gleich zweimal, wie Bene an ihren Augen erkennen konnte. Der Mond stand nun voll am Himmel und keine Wolken trauten sich vor ihn. Sein Licht war so klar, dass Cathy sicher sein konnte, sich nicht verlesen zu haben.

Sie schnappte nach Luft wie ein an Land verendender Fisch, dann kamen die Tränen. Tränen, die schon vor einundzwanzig Jahren hätten geweint werden müssen, doch Reife machte sie im Gegensatz zu Wein nicht besser. Nur bitterer.

»Das ist ganz schrecklich«, sagte Bene, als die erste große Welle Traurigkeit über Cathy hinweggeschwemmt war.

»Ja, das ist es. Aber es erklärt auch ganz viel.« Sie zog ihr T-Shirt straff, als lege sie eine Rüstung an, und reichte den Ordner weiter. Matt setzte sich vor dem Lesen nicht hin und geriet nach kurzer Zeit ins Schwanken.

»Ja, *Charles*«, sagte Cathy, ihre Stimme gefestigt von Wut, so wie Eisen durch Feuer an Härte gewann. »Unser Onkel, der ehrwürdige Bürgermeister von Plymouth. Der Mann, bei dem wir jahrelang gelebt haben, ist auch der Mann, der beim Verkauf unseres Familienerbes an die Bonington Distillery getan hat, als wäre er du. Der mit der Rezeptur unseres Vaters reich geworden ist!«

Matt ließ sich kraftlos auf einen Bürostuhl fallen und vergrub den Kopf tief in den Händen. »Aber er war immer gut zu uns!«

»Wahrscheinlich aus schlechtem Gewissen«, sagte Cathy. »Aber egal, was er für dich und mich getan hat, es macht nichts wieder gut.«

»Wir müssen sofort zur Polizei«, sagte Bene.

»Ja, klar«, antwortete Cathy zynisch. »Zu Inspector Dolliver, genau der Mann, dem ich mich anvertrauen möchte! Und was haben wir in der Hand? Viel zu wenig, um Charles dranzukriegen. Und wir müssen ihn drankriegen!«

Matt sagte nichts mehr. Bene war sich nicht einmal sicher, dass er noch Matt war. Er saß jetzt kerzengerade auf dem Stuhl und blickte in die Ferne. Vielleicht sah er dort die sich nähernden Schiffe der spanischen Armada.

»Bea«, sagte Cathy auf einmal. »Wir müssen mit ihr reden. Ich kann nicht glauben, dass sie da mit drinhängt. Sie muss uns helfen.«

»Aber wird sie dir überhaupt glauben? Charles ist ihr Mann.«

»Hast du eine bessere Idee? Willst du ins Bürgermeisterbüro marschieren und Charles an den Haaren rauszerren?«

Bene schüttelte den Kopf. »Lass uns in Ruhe nachdenken.«

»Nein, ich will nicht mehr nachdenken, ich halte es nicht mehr aus nachzudenken, ich will was tun! Wir fahren jetzt zum Haus von Charles. Und sobald er raus ist, gehen Matt und ich rein.«

# ZEHN

*»Ich habe beschlossen, nicht mehr mit Widerlingen*
*zu trinken, nur noch mit Freunden.*
*Seitdem habe ich dreißig Pfund abgenommen.«*

Ernest Hemingway

Die moderne Villa von Charles und Beatrice Callaghan thronte im Stadtteil Mount Batten, von wo aus man einen wundervollen Blick auf das Herz von Plymouth hatte. Sekündlich leuchteten neue Fenster im Dunkel des Morgens auf, die Stadt erwachte.

»Charles' SUV steht noch vor der Tür«, sagte Cathy. »Wir müssen warten.« Sie sah auf ihre Armbanduhr. »Wenn er noch um dieselbe Zeit wie früher losfährt, müsste er in der nächsten halben Stunde einsteigen.«

Es wurden knapp zwanzig Minuten, in denen vor allem Matt gegen die Müdigkeit ankämpfen musste. Kaum war Charles' schwarzer Wagen um die Ecke gefahren, drehte sich Cathy zu Bene.

»Warte hier auf uns. Falls wir deine Hilfe brauchen, ruf ich dich auf dem Handy an.«

»Soll ich nicht doch …?«

»Nein.« Sie schüttelte den Kopf. »Wenn du mit im Raum wärst, würde Bea nicht offen reden. Obwohl sie dich gut leiden konnte, das habe ich gemerkt. Sonst ist sie manchmal sehr ruppig mit ihren Patienten.« Sie strich ihm sanft über die Wange. »Drück uns die Daumen.«

»Ich werde sie nicht loslassen.«

Cathy nickte und zwängte ein zuversichtliches Lächeln in ihr Gesicht, das dort nicht hineinpasste. Sie ging schnell über die Straße, wollte es endlich hinter sich bringen. Matt schlurfte langsam hinter ihr her, als wollte er es überhaupt nicht beginnen.

Cathy klingelte sofort. Nach wenigen Sekunden erschien Tante Bea an der Tür.

»Oh, ich dachte, es wäre der Paketbote. Was macht ihr beide denn hier? Ist etwas passiert?«

»Nein.« Cathy gab ihr einen Wangenkuss.

»Ihr seid noch nie einfach so am Morgen vorbeigekommen.« Bea gab Matt ebenfalls einen Kuss, der ihn wie eine Bestrafung über sich ergehen ließ.

»Dann wurde es ja Zeit!«, sagte Cathy.

»Ihr seid komisch. Aber ich freu mich immer, euch zu sehen. Wollt ihr einen Kaffee?«

»Gern«, sagte Cathy.

»Mit Schuss«, kam es von Matt, der blass geworden war.

»Du spinnst«, antwortete Bea. »Höchstens mit einem Schuss Milch! So, jetzt rein mit euch.«

Sie ließ die beiden hinein und schloss hinter ihnen die Haustür. Durch den Flur gingen sie in die Küche, wo noch das Geschirr vom Frühstück auf dem Tisch stand. »Setzt euch, ich räum das schnell weg und mach euch frischen Kaffee.«

Cathy und Matt nahmen auf der Küchenbank Platz. Auf dem Weg hierher hatten sie überlegt, dass sie Bea möglichst beiläufig auf die Black Friars Distillery ansprechen wollten. Und Cathy fackelte nicht lange.

»Gehst du am Wochenende eigentlich zur Distillery? Die stellen doch ihren neuen Sloe Gin bei einem Fest vor.«

»Nein, warum sollte ich?« Bea schmiss den benutzten Kaffeefilter weg und setzte einen neuen ein.

»Seid ihr nicht eingeladen?«

»Charles wird da sicher als Bürgermeister hinmüssen, aber ansonsten haben wir mit denen ja nichts zu tun. Gehst du denn hin?«

Langsam und lautlos mitzählend gab sie vier Maßlöffel Pulver in den Filter, dann Wasser in den Tank.

Sie sagt die Wahrheit, dachte Cathy. Sie weiß von nichts. Zumindest war es das, was Cathy glauben wollte. Es war Enttäuschung genug, dass Charles sie hintergangen hatte, jahrzehntelang. Auf den hunderttausend Pfund hatte er seinen Reichtum aufgebaut. Was war er dafür noch zu tun bereit gewesen?

»Cathy?«, fragte Bea. »Gehst du denn hin?«

»Hatte ich nicht vor.«

»Na, wegen Andrew. Oder bist du jetzt mit diesem Deutschen zusammen? Als ihr bei mir wart, wirkte es, als wäre da etwas zwischen euch.«

»Es ist kompliziert«, sagte Cathy. Dabei waren ihre Gefühle überhaupt nicht kompliziert. Sie wusste genau, was sie für Bene fühlte, nur nicht, was sie mit diesen Gefühlen anfangen sollte.

»Wann ist es das mal nicht?«, antwortete Bea.

»Der Grund, warum wir hier sind …«

»Jetzt kommt es«, sagte Bea und stellte zwei gefüllte Kaffeetassen auf den Tisch. »Brauchst du Geld? Wegen des Brands in deinem Bed & Breakfast?« Sie nahm Cathys Hand. »Musst du nur sagen, weißt du doch.«

»Nein!« Das Wort kam zu schnell, zu laut, zu hart. Aber Cathy wollte nichts von Charles' Geld. Es klebte Betrug daran.

Bea wich irritiert zurück. »Es war nur ein Angebot. Ich wollte damit deine Fähigkeiten, einen Betrieb zu führen, in keiner Art und Weise in Zweifel ziehen.«

Cathy schaffte es nicht, ihr in die Augen zu blicken. »Ich brauche nur ein paar Unterlagen, die das Bed & Breakfast betreffen, wegen der Steuer.«

»Charles ist nicht da und ich kenne mich mit seiner Ordnung nicht aus. Ich bin froh, wenn ich mit Zahlen aller Art nichts zu tun habe!«

»Wir gucken einfach selbst, er hat einen Ordner für mich angelegt.« Sie stand auf und zog auch Matt hoch, der nur noch vor sich hinstarrte.

»Und der Kaffee?«

»Gleich, ich muss erst wissen, dass die Schreiben da sind, dann bin ich beruhigt.«

»Wie ihr wollt. Matt? Möchtest du vielleicht etwas essen? Du siehst nicht gut aus.«

»Nein, ich will nichts essen.«

Bea schüttelte den Kopf. »Ihr benehmt euch sehr komisch, wisst ihr das?«

Matt wandte sich ihr zu und umarmte sie.

Bea musste sich danach setzen. »Das machst du sonst nie. Redet ihr jetzt bitte mit mir?«

»Es geht um die Steuersache«, sagte Cathy. »Aber wir bekommen das alles hin. Komm, Matt.«

Charles' Büro lag auf der anderen Seite des Flurs im Erdgeschoss. Als Matt hinter ihr eingetreten war, schloss Cathy die Tür.

»Schnell, er muss Unterlagen zu seiner Beteiligung an der Distillery haben. Und wer weiß, was noch.«

Aber Matt ließ sich nur auf das Chesterfield-Sofa sinken. »Mein Kopf pocht wie Sau.«

»Matt, lass mich jetzt nicht hängen!«

Er zog einen Flachmann aus seiner Jacke. »Nur einen Schluck, Cathy.« Als sie versuchte, ihm diesen wegzunehmen, hielt er sie auf Abstand. »Lass mich!«

»Scheiße!« Cathy stampfte auf. »Scheiße! Scheiße! Scheiße!« Sie ging zum Aktenschrank, in dem die Ordner nur mit Zahlen versehen waren. Sie zog den ersten heraus – und etwas surrte. Sie stellte ihn zurück. Kein Geräusch. Auch beim nächsten Ordner nicht. Erst als sie nach der Durchsicht von zehn Ordnern, die nichts Verwertbares enthielten, zum Schreibtisch ging, surrte es wieder. Diesmal hatte Cathy darauf geachtet, woher es kam.

Sie entdeckte eine kleine Kamera im Regal, die auf sie gerichtet war. Schnell ging sie in die Küche.

»Wusstest du, dass Charles eine Kamera in seinem Büro hat?«

»Was für ein Blödsinn, oder? Aber Männer und ihre kleinen, elektronischen Spielzeuge. Da sind sie wie Kinder. Im Flur hat er auch eine angebracht, um immer sehen zu können, wer ins Haus kommt.

Eigentlich wollte er überall im Haus welche installieren, aber das fehlt mir noch! Wenn ich mir mal einen Geliebten zulege, kann der jetzt immerhin noch durch den Garten kommen.« Sie schmunzelte.

In diesem Moment ging die Haustür auf.

Und Charles trat ein.

»Cathy! Welch freudige Überraschung.«

Bea half ihm aus dem Mantel. »Hast du etwas vergessen?«

»Ja, im Büro.« Er gab ihr einen Wangenkuss, dann Cathy. Sie hatte den Eindruck, ihre Haut würde an der Stelle brennen. »Wie schön, dass du da bist, Cathy, mit dir wollte ich ohnehin etwas besprechen.«

»Matt ist auch da«, sagte Bea. »Aber er sieht schlecht aus. Du weißt schon.«

Charles nickte. »Ich kümmere mich. Lässt du uns allein?«

»Ich muss sowieso zum Tinside Pool, die machen gleich auf.« Sie gab ihm einen Kuss. »Die beiden sind ganz komisch heute.«

»Dann nehme ich mir Zeit für sie. Die Termine sollen warten. Familie ist Familie.«

Als Matt bei Charles' Eintreten träge salutierte, wusste Cathy, dass er nicht mehr ihr Bruder war, sondern ein toter Seemann.

Charles schloss die Tür und setzte sich in seinen Stuhl. »Was macht ihr in meinem Büro? Auf den Kameraaufnahmen sah es so aus, als würdet ihr etwas suchen. Also du, Cathy.«

»Ich brauchte etwas für die Steuerunterlagen, aber es war nicht da.« Cathy fühlte sich eingesperrt, sie wollte weg von diesem Mann, raus aus diesem Zimmer und diesem Haus. Ihr Magen krampfte sich zusammen und sie fuhr sich mit der Hand nervös darüber.

»Bleib doch noch, lass uns reden.«

»Habe viel zu tun.« Sie ging zur Tür und packte den Griff, als sei er ein Rettungsring.

»Vermutlich schlafen nach der Nacht in der Black Friars Distillery.«

Cathy ließ den Türgriff los. »Ich weiß nicht, was du meinst.« Sie schaffte es nicht, Charles anzusehen.

»Lass uns keine Spielchen treiben, wir sind eine Familie. Andrew hat mich angerufen, er ist immer der Erste im Büro, ein guter Typ, du hättest ihn nie gehen lassen dürfen. Aber egal, er hat den Ordner gefunden, in dem mein finanzielles Engagement festgehalten ist. Genau auf der Seite aufgeschlagen, wo mein Name steht. Da habe ich mir schon gedacht, dass du dort warst.«

»Wie konntest du nur?« Jetzt sah sie ihn an, ihr Atem wurde schnell, das Herz raste, und sie versuchte, seinem Blick standzuhalten. Einem ganz entspannten Blick.

»Setz dich bitte. Wir hätten schon längst reden sollen. Und es ist allein mein Fehler, dass das noch nicht passiert ist. Ich dachte, dass ich dieses Gespräch hier vermeiden könnte. Das zeigt nur, wie dumm ich manchmal bin.«

»Du hast Dads Rezeptur verkauft!«

»Hättest du den Gin brennen wollen? Du warst ein Kind! Und ich hatte keine Ahnung davon. Ich habe die Rezeptur zu Geld gemacht, und von dem Geld hast du profitiert und Matt auch.«

Matt nuckelte an seinem Flachmann, der sicher längst leer war.

»Warum hast du es uns dann nicht gesagt?«

»Weil ihr es als Kinder nicht verstanden hättet, ihr wärt wütend gewesen. Aber später hätte ich es euch sagen sollen, nein, müssen. Das tut mir sehr leid.«

Cathy setzte sich. »Du hast Matts Namen missbraucht und unser Familiengeheimnis an die Bonington-Distillery verkauft.«

»Auch ein Fehler. Aber ihr wart die Erben, nicht ich. Und ich wollte es schnell verkaufen, bis jemand anders auf eine solche Rezeptur kommt. Außerdem hatte ich erfahren, dass Bonington eine neue Linie kreieren wollte. Die Zeit tickte.«

»Hast du vor seinem Tod mit Dad darüber gesprochen?«

Zum ersten Mal zögerte Charles, bevor er antwortete. »Nein.« Er brach den Blickkontakt ab. Mit einem Mal lag die schreckliche Frage in der Luft, ob Charles seinen Bruder ermordet hatte, um an die Rezeptur zu kommen. Sie hing so schwer und dicht dort, dass man nicht mehr hindurchsehen konnte.

Charles schloss die Augen und lehnte den Kopf in den Nacken. »Lasst uns zurück in die Gegenwart kommen. Im Bonington-Vertrag steht der Passus, dass wir keinen Gin auf den Markt bringen dürfen, sonst klagen sie uns in Grund und Boden.«

»Der Vertrag ist wertlos, denn du hättest ihn nicht unterschreiben dürfen. Gib ihnen die hunderttausend Pfund mit Zinsen wieder und die Sache ist erledigt.«

Charles sah sie verärgert an. »Sei nicht so naiv. Meine Karriere wäre ruiniert. Der Ruf unserer Familie auch. Das darf nicht passieren. Deshalb musst du dich von deinem Gin verabschieden. Ich habe die letzten Jahre alles dafür getan, damit du das machst. Damit kommen wir zum letzten Teil meiner Beichte.« Er lehnte sich vor. »Und dem übelsten.«

Cathys Hände krampften sich um die Stuhllehnen. Sie war bereit aufzuspringen, auf Charles loszugehen oder wegzurennen. Sie wollte alles gleichzeitig.

»Cathy, ich habe alles dafür getan, damit du dein kleines Projekt einfach aufgibst und wir dieses Gespräch nie führen müssen.« Er hob den Daumen für den ersten Punkt seiner Aufzählung. »Ich bin immer wieder in dein Laboratorium, um Geräte zu manipulieren oder Zutaten zu entwenden. Ich bin echt nicht stolz darauf. Aber hast du die Sache drangegeben? Nein.«

»Weil der Gin mein großer Traum ist!«

Er schnaufte. »Es gibt nichts, was Menschen so zerstört wie ihre Träume.«

»Erspar mir deine Weisheiten, du bist bei mir eingebrochen!«

»Eingebrochen? Wir sind eine Familie! Du dagegen bist in der Black Friars Distillery eingestiegen. Überleg dir das doch mal. Das ist verrückt! Du bringst dich in Gefahr, deinen Bruder, und mich auch. Seit dieser Deutsche da ist, haben sich die Dinge überschlagen. Ohne ihn wäre die Situation nie so eskaliert.« Er hob den zweiten Finger. »Dadurch war ich genötigt, Phil zu dir zu schicken, um deine Gin-Unterlagen einzusammeln. Er sollte dein Büro übrigens nicht anzünden! Phil ist ein Idiot. Manchmal ein nützlicher, aber doch ein plumpes Instrument.« Finger Nummer drei. »Ich habe dir auch das Office of Public Order auf den Hals gehetzt, damit du dein Labor aufgibst.«

»Aber die haben gesagt, du hättest versucht, sie daran zu hindern!«

»Habe ich auch.« Jetzt war seine Stimme nicht mehr entschuldigend, sondern kühl und nüchtern. Er hatte den Wechsel übergangslos gemeistert. »Ich wusste, wenn ich Watkins bitte, dich in Ruhe zu lassen, würde sie dich besonders hart rannehmen. Wenn man seine Feinde gut kennt, kann man sie zu Verbündeten machen – ohne, dass die Trottel es merken.«

»Du bevorzugst es, dir nicht selbst die Hände schmutzig zu machen, was?«

»Es ist immer besser, andere dafür einzuspannen. Das lernt man sehr schnell in der Politik.«

Cathy schüttelte den Kopf, weil der Gedanke darin so krank schien, dass sie ihn loswerden wollte. »Ist Inspector Jeremy Dolliver auch eine deiner Marionetten?«

Charles fuhr sich über das Kinn. »Er hasst mich, und deshalb hasst er dich. Ich habe ein paar Verbindungen spielen lassen, damit er den Mord an Robert Miller zugeteilt bekommt. Mir war klar, dass er dir die Hölle heißmachen würde – und ich hatte gehofft, dass du dadurch keinen Nerv mehr für dein Gin-Projekt hast. Du hättest einfach nur *nichts* tun müssen. Eigentlich einfach, oder?«

»Nichtstun ist das Schwerste!«

»Du hast keine Wahl. Du darfst nicht mehr weitermachen.«

»Spinnst du?« Sie stand so heftig auf, dass der Stuhl umfiel. »Was du getan hast, ist nicht zu entschuldigen! Du hast mir das Leben zur Hölle gemacht! Ich war völlig am Boden zerstört. Fast wäre mein Haus abgebrannt! Und meine jahrelange Arbeit am Gin, die ganze Ausrüstung, alles ist weg! Wie konntest du einen Mann wie Phil zu mir schicken? Er hat mich getreten und geschlagen. Alles nur deinetwegen!« Cathy stand auf. »Der Gin wird immer mein Traum sein, egal, was du tust. Das ist Dads Erbe!«

Charles seufzte lang und sah sie traurig an.

»Ein Erbe, das auf meiner Insel gelagert ist«, sagte Matt alias Sir Francis Drake. »Flaschen über Flaschen des Elixiers, das meinen Männern so guttut! Es stärkt den Geist und die Kampfkraft.«

»Wovon redet er?«, fragte Charles.

Cathy würde ihm nichts darüber sagen. Diesen Teil des Erbes ihres Vaters würde er sich nicht auch noch nehmen. »Er redet im Suff.«

Matt hielt den leeren Flachmann hoch. »Ich rede von Archibald

Callaghans Lager in einem Bunker auf Drake's Island. Es finden sich Unmengen seines feinen Destillats dort. Und ich muss dringend hin, um meine Vorräte aufzufüllen.«

Charles schlug mit der flachen Hand auf den Tisch. »Ich fasse es nicht! Hat er also doch ein geheimes Lager angelegt. Hatte ich immer schon vermutet. Das muss ich sehen!«

Wenn Charles nichts von dem Lager wusste, konnte er sie auch nicht auf der Insel eingesperrt, und auch nicht währenddessen ihr Lesezimmer durchsucht und verwüstet haben. Aber wer war dann dafür verantwortlich?

»Auf gar keinen Fall zeigen wir dir Dads Lager«, sagte Cathy. »Das gehört nur Matt und mir.«

Charles ging nicht darauf ein. »Heute Abend, nachdem ich die British Firework Championships offiziell eröffnet habe, setze ich über.«

»Nein, das will ich nicht!«

Charles lehnte sich vor. »Wenn es dieses Lager gibt, dann weiß ich, dass da noch etwas ist, was dich interessieren könnte. Vertrau mir.«

»Warum sollte ich dir vertrauen? Nach allem, was du mir angetan hast? Ich vertrau dir kein bisschen.«

»Nur noch einmal, es wird sich lohnen.« Er konnte das verdammt gut, Vertrauen ausstrahlen. Es war, als würde er jedes Wort in Samt wickeln und eine Geschenkschleife darum binden.

»Sag mir, was da sein soll.«

»Da musst du mir schon das Lager zeigen.« Wieder das gewinnende Lächeln. »Punkt zehn Uhr heute Abend auf der Insel. Und jetzt muss ich dringend ins Bürgermeisteramt.« Er blickte zu Matt, der auf dem Sofa eingeschlafen war. »Aber vorher fahre ich ihn noch in sein Apartment. Bring ihn heute Abend auf jeden Fall mit!« Es war eine strikte Anweisung, keine Bitte. Dann wurde sein Gesicht wieder ganz gütig. Charles trat zu ihr und küsste Cathy zärtlich auf die Stirn. »Vergiss nicht, wie sehr ich dich liebe. Du bist die Tochter, die Bea und ich nie hatten.«

Bene blickte auf die Villa, die Cathy und Matt verschluckt hatte, und fragte sich, ob die beiden je wieder aus deren Schlund steigen würden. Häuser konnten nicht gut oder böse sein, doch sie konnten den Anschein erwecken. Dieses Bauwerk, das nur aus geraden Kanten und glatten Flächen zu bestehen schien, aus Glas, Stahl und unverputztem Beton, bei dem selbst der Vorgarten einzig aus Steinen war, machte nicht den Eindruck, als könnte etwas in ihm überleben. Es sah aus wie ein großes Grab, und das gefiel ihm nicht. Nervös spähte er durch die Fenster, in denen er hoffte, Cathy und Matt zu sehen. Wie bei einem Schattenspiel erschienen sie dort, wo wahrscheinlich die Küche war, und glitten am Glas vorbei, als würde jemand ihre Silhouetten schieben.

Er hasste es, nicht eingreifen zu dürfen und hier untätig stehen zu müssen. Ungeduldig wechselte er von einem Fuß auf den anderen, wie ein Läufer, der auf den Startschuss wartete. Salzige Luft kam vom Meer, und er konnte sie in seiner Kleidung, seiner Haut, seinen Haaren riechen. Wenige Tage in Plymouth und man fühlte sich wie mit Salz eingerieben. Die Luft machte müde, doch er konnte sich gerade keine Müdigkeit erlauben. Er fuhr sich durch die Haare, als könne er sie damit abstreifen, und merkte, dass er wieder einmal zu viel Pomade genommen hatte. Er strich die weiche Masse an der Straßenlampe hinter sich ab.

Das war der Moment, als er die Person sah. In der Dämmerung waren nur ihre Umrisse zu erkennen – und das Weiß der Augen.

Sie stand gute fünfzig Meter entfernt neben einem Transporter, der an der Straße geparkt hatte. Sie rauchte nicht, sie telefonierte nicht, sie schaute einfach nur starr zu Bene.

Als sich ihre Blicke trafen, verschwand sie schnell hinter dem Transporter.

Bene hatte in den letzten Tagen mehrfach das Gefühl gehabt, beobachtet zu werden.

Und er mochte dieses Gefühl gar nicht.

Das war seine Chance, es loszuwerden.

Zuerst ging Bene langsam und betont beiläufig in Richtung des Transporters. Wer immer dahinter stand, würde das nicht sehen können. Dann wurde er schneller und hoffte, seine Schritte wären nicht zu hören. Es fuhren nur wenige Autos durch die Seitenstraße, doch das Geräusch ihrer Motoren müsste laut genug sein, um das seiner Sohlen auf Beton zu übertönen.

Wer konnte die Person sein? Charles war weggefahren. Ein Gast aus dem Bed & Breakfast? Vom Körperbau käme nur McAllister in Frage. Aber welchen Grund hätte der, ihn zu verfolgen? Oder war es Andrew Grimes, der ihn ausspionierte, weil sie beim Einbruch in die Black Friars Distillery gesehen worden waren? Phil Crabtree? Oder Inspector Dolliver? Doch der hätte sich nicht versteckt, er liebte es, andere spüren zu lassen, dass er sie im Blick behielt. Er hätte ihm zugewunken, statt zu verschwinden.

Bene näherte sich dem Transporter. Er musste nur noch die Straßenseite wechseln. Vorher vier Wagen passieren lassen. Warum fuhren die bloß so langsam?

Am hinteren Ende des Transporters tauchte eine Silhouette auf, jetzt konnte er erkennen, dass es tatsächlich ein Mann war.

Scheiß auf die Autos! Bene rannte los, zwei Wagen bremsten hart und hupten ihn an. Aber er war schon am Transporter.

Bene sah, wie der Mann die Straße hinunterrannte, Richtung Ufer.

Er lief sofort hinterher. Mehr und mehr Wagen waren jetzt unterwegs, die Menschen in Plymouth machten sich auf den Weg zur Arbeit. Der verdammte Verkehr schien immer zugunsten des Mannes zu fließen und gegen ihn. Vor ihnen tauchte der Yachthafen auf, in dem eine Fähre lag, die gleich zum Stadtzentrum übersetzen würde. Wenn der Mann sie im letzten Moment erwischte, wäre er weg!

Er musste ihn irgendwie aufhalten.

Oder aufhalten lassen.

Bene zog den Mitgliedsausweis des »Oldtimer-Club Kaiserstuhl« aus seinem Portemonnaie und hielt ihn in die Höhe. Er sah extrem offiziell aus. »Halt! Stehenbleiben! Polizei!«

Die Menschen drehten sich zu ihm – und lachten.

Na, super.

Sie sahen aber auch zu dem Flüchtenden und zückten ihre Handys, um Fotos von ihm zu schießen.

Daraufhin bog dieser stolpernd ab, wodurch er Zeit verlor.

Bene kam ihm näher.

Und der Mann wurde langsamer.

Egal, wie selten Bene lief, dieser Mann lief seltener.

Doch immer wieder schlug er Haken. Dann rannte er auf einen Wagen am Straßenrand zu. Ein älterer Herr hatte ihn gerade gestartet, stieg jetzt aber aus. Anscheinend wollte er ein Werbeblatt unter dem Scheibenwischer hervorholen, das ihm die Sicht behinderte.

Der Flüchtende müsste ihn nur noch wegstoßen und sich auf den Fahrersitz wuchten.

Verdammter Mist, dachte Bene. Konnte nicht einmal etwas für ihn laufen?

Wind kam auf, wehte das Werbeblatt von der Scheibe und am alten Herrn vorbei, der sich umständlich bückte, dadurch mit dem Flüchtenden zusammenstieß und ihn zu Fall brachte.

Bene kam schnell näher.

Aber der Mann rappelte sich wieder auf und bog in die nächste Straße ab. Da der alte Herr jetzt ihm im Weg stand bei seinem Versuch, das Werbeblatt aufzuheben, kam auch Bene aus dem Tritt und verlor etwas Zeit, bevor er ebenfalls abbog.

Auf den ersten Blick sah er, was besonders an dieser Straße war.

Es ließ ihn stehenbleiben.

Und grinsen.

Eine Sackgasse.

Keine wie in den Straßenschluchten New Yorks mit einer mehrere Meter hohen Ziegelsteinwand am Ende, es war die Plymouth-Variante davon. Aneinandergebaute Reihenhäuser in einem Stichweg.

»Bleiben Sie einfach stehen. Sie kommen hier nicht raus, und ich bin es leid, zu rennen.«

»Ich auch. Aber es war ein Fehler mir zu folgen!«

Dann sah er das Gesicht des Mannes.

Als Cathy vor die Villa trat, war der Morgen da, doch Bene verschwunden. Und blieb es, auch nachdem sie in den Seitenstraßen, in den naheliegenden Cafés und Geschäften nach ihm gesucht hatte. Sie rief ihn auf dem Handy an, doch die Mailbox sprang an. War er übermüdet ins Hotel gegangen und hatte das Klingeln im Tiefschlaf nicht mitbekommen? Sie wählte wieder. Während das Freizeichen ertönte, dachte sie darüber nach, was sie Bene sagen würde. Als Charles vom »Deutschen« gesprochen hatte und darüber, dass sich durch ihn die Dinge überschlagen hatten, war es ihr vorgekommen, als beschreibe er ein Problem, das gelöst werden musste. Was würde er tun, um das Familiengeheimnis zu bewahren? Wenn er ihr schon Phil, das Office of Public Order und Dolliver auf den Hals hetzte? »Bring dich in Sicherheit!« erschien ihr sinnvoll, »Mach keinem die Tür auf!« oder »Komm sofort zu mir!«. Wieder ging Bene nicht dran. Cathy wählte noch einmal. Hoffentlich hatte sich Charles nicht schon auf die Suche nach ihm gemacht. Hatte sie die richtige Nummer gewählt?

Cathy checkte die Anzeige ihres Handys. Die Nummer war korrekt. Verdammt!

Sie musste zu ihm. Und er musste weg, noch diese Nacht. Als sie ihn auch beim vierten Versuch nicht erreichte, fuhr sie zum Duke of Cornwall.

Das Hotel wirkte plötzlich bedrohlich, ganz Plymouth wirkte bedrohlich. Weil es Charles' Stadt war, sein Terrain. Cathy kam sich vor, als wäre sie in einen Löwenkäfig gesperrt worden.

Die Rezeption war nicht besetzt, war das ein schlechtes Zeichen oder schlechter Service? Sie rannte die Stufen hoch zu Benes Zimmer, an dessen Tür sie fest klopfte. So laut, dass er es hören musste, selbst wenn er schlief.

»Bene!«

Sie schlug wieder gegen die Tür. Noch fester.

»Bene! Aufwachen!«

Plötzlich stand die rothaarige Judith neben ihr. »Hast du sie noch alle? Du weckst die Langschläfer! Und du weißt, wie viel Ärger wir dann haben.«

»Kannst du aufschließen?«

»Jetzt also doch?«, fragte Judith grinsend und machte einen Schmollmund. »Hab ich mir schon gedacht. Muss Liebe schön sein.« Sie suchte den Schlüssel an ihrem Bund. »Hat er sich ins Koma gesoffen?«

»Das hoffe ich«, sagte Cathy. »Das hoffe ich wirklich.«

Judith schloss auf.

Doch das Zimmer war leer.

Cathy rannte ins Badezimmer.

Dann öffnete sie das Fenster und schaute hinaus. Auch dort keine Spur.

Er war nirgendwo.

Von außen sahen Dinge manchmal völlig anders aus als von innen. Rein äußerlich betrachtet machte Cathy nun Benes Bett, schlug das Kopfkissen so auf, dass die Daunen in seinem Inneren sich wieder entfalten konnten, zog das Bettlaken stramm über die Kanten der Matratze, legte die Seiten des Plumeaus exakt übereinander. Ihre Bewegungen wirkten routiniert und ordentlich. Doch in ihrem Inneren war nichts routiniert und ordentlich. Sie räumte das Zimmer weiter auf, während Judith sich belustigt eine Zigarette anzündete und an das geöffnete Zimmerfenster stellte.

Cathy brauchte das jetzt. Sie brauchte jede saubere Oberfläche, jedes gefaltete Kleidungsstück. Sie brauchte das Gefühl, etwas in Ordnung bringen zu können, und sei es auch nur aus grobem Leinen.

»Geht's dir jetzt besser?«, fragte Judith, als sie die Zigarette aufgeraucht hatte und aus dem Fenster schnippte. »Ein bisschen verrückt warst du ja immer schon.«

Cathys abschließender Handkantenschlag auf das Kopfkissen war viel stärker als nötig. Ihr kam der Song von Passenger in den Sinn, darüber, dass man erst begriff, wie stark man für jemanden fühlte, wenn er unerreichbar war. *But you only need the light, when it's burning low / Only miss the sun, when it starts to snow / Only know you love her, when you let her go.*

»Scheiße, Bene, wo steckst du bloß …?«

Judith strich ihr über den Rücken. »Willst du einen Schluck Gin? In der Bar hat gerade keiner Dienst, wir könnten uns ein paar genehmigen, und dann erzählst du mir alles, ja? Oder trinkst du immer noch nicht?«

Cathy besah sich das gemachte Bett. Sie war hier fertig.

Ihr Bed & Breakfast war für Cathy immer eine Insel in stürmischer See gewesen, doch jetzt schien sie vom Meer verschluckt zu werden. Sie schloss die Haustür deshalb langsam auf, weil die Angst vor unliebsamem Besuch die Vorfreude auf ihre Gäste überwog.

Doch niemand stand im Flur. Nur King George lag in seinem Körbchen und sah sie erwartungsvoll an. Sie strich ihm über das Köpfchen, gab ihm Futter in seinen Napf und öffnete die Tür zum Garten, damit er sein morgendliches Geschäft erledigen konnte. Der Corgi bedankte sich für alles mit freudigem Wedeln und zustimmendem Bellen. Cathy zog ihre Jacke nicht aus, als wäre diese eine Rüstung und sie noch nicht fort vom Schlachtfeld. Sie ging hoch zu Benes altem Zimmer, vielleicht war er ja zurückgekehrt?

Sie hörte Geräusche von dort – und atmete durch. Sie wollte jetzt in den Armen gehalten werden, und zwar von niemandem lieber als ihm. Aber erst nachdem er ihr erklärt hatte, wieso er verschwunden war.

»Hier steckst du also!« Sie stieß die Tür auf. »Warum meldest du dich …?« Das nächste Wort sprach sie nicht mehr aus, denn es wäre wie die vorherigen zum falschen Adressaten gesprochen worden. »Andrew? Was machst du hier?«

Er kam aus dem Bad. »Hi, Cathy.« Andrew kam zu ihr und küsste sie zärtlich auf die Wange, viel länger, als Freunde es tun. »Ich habe den Deutschen gesucht.«

»Warum?«

»Wollte mit ihm etwas unternehmen, ein guter Gastgeber sein.«

»Du hast doch überhaupt nichts mit ihm zu tun.«

»Er scheint ein interessanter Kerl zu sein.«

Etwas stimmte hier überhaupt nicht, und Cathy versuchte, ein wenig Abstand zwischen sich und Andrew zu bringen. Wenn man jemanden für einen gemeinsamen Trip suchte, musste man nicht in dessen ehemaligem Zimmer herumstöbern. »Seit wann bist du denn der Meinung? Und solltest du nicht in der Distillery sein?«

»Heute nicht, komme gerade von der Jagd. Networking mit Zielfernrohr.« Er lachte, doch es wirkte nicht so unbekümmert wie sonst, seine Augen machten nicht mit.

Warum hielt er sich so komisch seitlich zu ihr? Normalerweise versuchte Andrew immer, ihr Brust an Brust gegenüberzustehen, als wollte er gleich mit einem Tanz beginnen.

Cathy blickte in den Spiegel im Bad und erkannte, dass er am Gürtel ein großes Jagdmesser trug. Warum wollte er das vor ihr verstecken? Sie schaute genauer hin, und plötzlich begriff sie: Sie kannte das Modell.

Als sie das letzte Mal so ein Messer gesehen hatte, war Blut daran.

Was bedeuten konnte …

Nein.

»Cathy? Was ist los mit dir? Kreislauf?« Er stützte sie, doch sie drückte seine Hand weg.

»Alles gut, ich muss nur an die frische Luft.«

»Ich komme mit dir. Ist echt viel zur Zeit, was?«

Sie nickte. War Andrew die zweite Insel, die versank? Ihr ganzer sicherer Boden schien unterzugehen. Cathy hatte Angst vor dem, was sie jetzt tun musste, aber sie konnte es einfach nicht ertragen, länger im Unklaren zu bleiben.

Als sie im Erdgeschoss waren, ging Andrew zur Haustür, aber Cathy Richtung Küche. »Lass uns in den Garten gehen, ich habe gerade keine Lust, auf der Straße jemanden zu treffen. Will nicht reden.«

Sie lief vor in den Garten und weiter Richtung Gartenhaus. Das Gras war längst so hoch gewachsen, dass nichts mehr auf den Mord an Robert Miller hindeutete. Der Garten gedieh und blühte ohne Erinnerung.

Cathy bewegte sich langsamer, sodass Andrew aufschloss. »Ist echt idyllisch hier«, sagte er.

Als sie an die Stelle kamen, an der Robert erstochen gelegen hatte, machte er einen kleinen Bogen. Dabei hatte Andrew nie gesehen, wo die Leiche genau lag. Es gab auch keine Fotos in der Zeitung.

Er hatte sich verraten.

Sie hatte geahnt, dass er es nicht komplett würde überspielen können, falls er etwas mit der Sache zu tun hatte. So cool war er nicht.

Und wenn er wusste, wo die Leiche gelegen hatte, gab es dafür nur einen Grund.

Jetzt blicke er dorthin, wo Roberts Kopf gelegen hatte.

Cathy schnappte nach Luft und Andrew sah sie an.

In seinem Blick lag alles.

Und in Cathys auch. Dass sie Bescheid wusste. Dass Charles die Drecksarbeit, ihr Gin-Labor zu manipulieren, nicht selbst übernommen, sondern delegiert hatte. Dass Robert Miller in der Nacht seines Todes Andrew überrascht haben musste. Dass Andrew nicht nur das eine Jagdmesser an seinem Gürtel sein Eigen nannte, sondern auch ein anderes besessen hatte. Das Messer, mit dem er Robert Miller getötet und das er später bei ihr im Lesezimmer deponiert hatte. Jetzt wurde Cathy auch klar, warum Andrew damals den gut dotierten Job bei der Distillery bekommen hatte. Charles wollte dort jemanden haben, der eine Schuld ihm gegenüber abzutragen hatte.

»Was hast du Arschloch mit Bene gemacht?«

Plötzlich erschien McAllister in der Tür zur Küche, ein ledergebundenes Buch unter seinem Arm, das Cathy als die schwergewichtige »History of the British Empire« erkannte. »Hallo, Ms. Callaghan, ich wollte nur sagen, dass ich wieder … mhm … da bin.«

Ihm schien überhaupt nicht aufzufallen, dass etwas an der Situation hier ganz und gar nicht stimmte. McAllister kam jetzt sogar näher. »Wie schön, dass Sie wieder einmal im Garten sind.«

Andrew beugte sich zu ihrem Ohr. »Wehe, du sagst etwas Falsches, dann passiert ein Unglück. Ich schwöre es!«

Cathy wandte sich zu McAllister. »Heute fällt ausnahmsweise einmal Ihr Afternoon-Tea aus, das stört Sie ja ganz sicher nicht. Dann haben Sie Zeit für die unschlagbare ›History of The British Empire‹. Lesen Sie nicht gerade das Kapitel über Scharfschützen, die aus dem Hinterhalt agieren?« Sie lächelte.

McAllister sah sie irritiert an, dann nickte er kaum merklich und verabschiedete sich.

»Lass uns ins Gartenhaus gehen«, sagte Cathy zu Andrew. »Zum Reden. Bitte!« Sie zitterte so sehr, dass ihr Schlüssel nicht ins Schloss fand. Doch sie zitterte nicht aus Angst, sie zitterte, damit Andrew das übernahm.

Als er sich zu dem Schloss hinunterbeugte, schlug McAllister mit dem dicken Buch zu. Egal, wie unmuskulös der Historiker wirkte, mit der Hilfe eines Buchs konnte er enorme Kraft entwickeln. Andrew fiel wie vom Blitz getroffen.

Cathy blickte auf den bewusstlosen Körper und schluckte. Dann presste sie sich die Hände auf den Mund und brüllte hinein. Brüllte immer wieder und verfluchte Andrew, Charles, das Leben und die verdammte Ausweglosigkeit.

Nach einiger Zeit spürte sie, wie etwas an ihrem Hosenbein zog. Als sie hinschaute, sah sie King George, der sich daran zu schaffen machte. Sie griff sich den kleinen Corgi ganz fest, doch die vielen Tränen konnte selbst er nicht stoppen.

McAllister beugte sich zu Andrew, um seinen Puls zu fühlen. »Schon viele fühlten sich von der ›History of the British Empire‹ … mhm … erschlagen. Er wird einige Zeit brauchen, um wieder zu Bewusstsein zu kommen.«

»Danke, Ferdinand.« Es war höchste Zeit, sich zu duzen. Sie ging ein paar Schritte rückwärts, aus Angst, Andrew könnte nach ihr greifen.

»Immer gerne, Cathy. Es war zudem eine bemerkenswert klare … mhm … taktische Anweisung. Sollen wir jetzt die … mhm … Polizei rufen?«

»Nein. Wir müssen ihn fesseln und knebeln. Hilfst du mir?«

Er zögerte keine Sekunde. »Selbstverständlich. Du musst mir auch nicht verraten, was hier vorgefallen ist, ich vertraue dir.«

Sie drückte seinen Oberarm. »Ich werde die Polizei rufen, aber ich weiß noch nicht, wann. Ich muss nachdenken und einen klaren Kopf bekommen. Es ist gerade alles so viel, und nichts davon ist gut.«

»Wenn du ihn einsperrst, ist das allerdings … mhm … Freiheitsberaubung. Falls er bewusstlos im Gartenhaus liegt und es nicht verschlossen ist, dann nicht.«

»Aber ich kann ja nicht sicher sein, dass er lange genug bewusstlos bleibt.«

»Du nicht, aber ich. Dafür muss ich mich nur mit einem … mhm … schweren Buch neben ihn setzen. Und es im richtigen Moment … mhm … unglücklich auf seinen Kopf fallen lassen.«

Cathy blickte wieder zu Andrew, der sich immer noch nicht rührte. »Ich muss unbedingt wissen, ob er Bene etwas angetan hat. Er hat sein altes Zimmer hier durchsucht.«

»Ich kann ihn fragen, sobald er aufwacht und bevor … mhm … mir das Buch wieder unglücklich aus der Hand rutscht.«

»Ferdinand, du bist ein echter Schatz.« Sie umarmte ihn.

Es gab noch Inseln. Und manchmal tauchten sie ganz unverhofft auf.


Nachdem sie Andrew ins Gartenhaus gezerrt hatten, rannte Cathy zu einer anderen Insel. Sie hoffte, dass diese nicht von Alkohol überschwemmt sein würde. Atemlos kam sie im Royal William Yard vor Matts Luxusapartment an. Cathy klopfte nicht an, sie schloss direkt auf und fand ihren Bruder sich halb auf dem Sofa und halb auf dem Boden fläzend. Zwei leere Gin-Flaschen befanden sich vor ihm auf dem teuren Glastisch, die Matt so wütend anstierte, als würde er ihnen übel nehmen, dass sie so schnell leer geworden waren.

»Matt! Wir müssen reden, komm zu dir! Es geht um Bene! Und um Andrew und Charles. Wir müssen so viel besprechen.«

Vom Sofa kam nur ein Stöhnen.

Cathy griff zu einem Hilfsmittel und schüttete ihm ein Glas Wasser ins Gesicht – das half. Irgendwie.

»Fletcher Christian, Sie Bastard! Wollen Sie mich etwa über die Planke gehen lassen?«

»Nicht jetzt, Matt. Bitte nicht jetzt!«

»Matt? Wovon reden Sie? Erkennen Sie Ihren Bruder William Bligh etwa nicht wieder?«

Cathy warf sich neben ihm aufs Sofa und schlug mit den Fäusten auf seine Brust. »Komm raus, Matt, ich brauche dich!«

»Mäßigen Sie sich!« Matt packte ihre Hände und hielt sie fest.

Sie hatte keine Kraft und keine Lust, mit ihm ins Aquarium zu gehen. Sie hatte keine Kraft und keine Lust für irgendetwas.

»Wussten Sie, dass ich Zeuge des Todes von James Cook auf Hawaii war? 1779 trug sich dieser zu, es war ein Gemetzel, anders kann man es nicht nennen. Der arme Cook.«

Cathy ließ sich in die Polster sinken und die Hände auf die Sitzfläche plumpsen. Die Finger ihrer rechten Hand berührten etwas Hartes. Sie öffnete die Augen und fummelte ein Stück Pappe aus einer Ritze. Ein niedliches Fisch-Mobile, wie man es in Kinderzimmern aufhängte. An einigen Stellen war es verknotet, aber ansonsten intakt. Was hatte es hier nur zu suchen?

»Oh, Fische«, sagte Matt alias Bligh. »Sie sind die eigentlichen Herrscher der Weltmeere. Wenn auch nicht unbedingt diese Exemplare.«

Cathy stieß das Mobile leicht an und versetzte es so in Drehung. »Schau dir die Fische genau an. Welcher ist der albernste davon?«

»Es gibt keine albernen Fische! Die Natur ist nie albern.«

Cathy wies auf einen kleinen, lächelnden Clownfisch. »Und der hier?« Sie machte eine Grimasse wie der Fisch.

Matt lachte kurz auf. »Nur ein wenig.«

»Aber der hier sehr.« Es war ein Wal, dessen aufgeplustertes Gesicht nach Verdauungsstörungen aussah. Cathy pustete die Wangen auf und ließ die Luft mit einem lauten Plopp entweichen.

Jetzt lachte Matt schon ein wenig mehr.

Sie brauchte vier Fische.

»Matt?«

»Ja? Seit wann bist du hier?«

Sie gab ihm einen Kuss, so froh war sie, ihn jetzt wiederzusehen. »Andrew hat Silent Bob umgebracht – und vielleicht auch Bene, der ist nämlich verschwunden.«

»Scheiße, echt?«

»Ja.« Cathy erzählte ihm alles.

Matt hörte schweigend zu, nickte nur manchmal oder packte sich an die Stirn. Als sie fertig war, schmiss er die Gin-Flaschen vom Tisch. »Ich muss raus an die frische Luft.«

»Hast du mir gerade nicht zugehört? Wir müssen Bene suchen!«

»Ich muss ein paar Schritte gehen, das hilft beim Denken.« Schwankend ging er zum Garderobenhaken und griff sich seine Jacke.

»Scheiße, Matt!«

»Ja, scheiße.« Er drehte sich zu ihr. »Nur ein paar Schritte, bitte, ich werde sonst verrückt.«

An der frischen Luft fingerte er eine Zigarette aus der Packung, gab dieser einen Kuss und zündete sie an. Es waren schon viele Menschen unterwegs, auf dem Weg zu den besten Plätzen für das Feuerwerk am Abend.

Cathy hakte sich bei ihm unter, damit er nicht umfiel. »Meinst du, Bene lebt noch? Ja, oder?«

»Frag Andrew«, erwiderte Matt.

»Du sagst das so, als wäre es dir völlig egal!«

»Bene ist mein Bruder«, sagte Matt. »Also, mein halber. Aber der einzige halbe Bruder, den ich habe.« Er hustete. »Ich habe einen halben Bruder und eine halbe Schwester. Zusammen ein richtiges Geschwisterchen.«

»Du bist mein Bruder, immer gewesen und wirst es immer sein!«

»Ja, aber nur dein *halber* Bruder. Ein halber Matt. Passt zu mir, oder? Immer war etwas kaputt mit mir. Bin irgendwie auch nie ganz da gewesen. Habe nie ganz dazugehört.«

Cathy lehnte ihren Kopf an Matts Schulter. Es war mehr als nur ein Funken Wahrheit in dem, was er sagte. Matt sah nicht aus wie ihr Dad, kein bisschen. Natürlich hatten Verwandte und Bekannte immer wieder Ähnlichkeiten zwischen ihnen herausgestellt. Hatten gesagt, Matt habe dieselben Ohren oder würde genauso laufen wie sein vermeintlicher Dad, aber sie hatte das nie gefunden – und ihr Dad auch nicht. Er hatte sie eindeutig bevorzugt, so sehr, dass Cathy sich vor Matt dafür geschämt und immer wieder versucht hatte, dafür zu sorgen, dass Dad etwas Gutes für Matt tat oder ihn lobte. Aber Dad war schlecht darin gewesen, Matt zu loben, gut dagegen darin, ihn zu kritisieren. Und an Matts Geburtstag hatte er sich immer ins Pub verzogen und besinnungslos gesoffen.

»Das ist nicht mehr meine Welt«, sagte Cathy. »Nichts stimmt mehr.«

»Hat es nie. Du hast das nur nicht gesehen. Und da war ich froh drum. Jetzt ist der Schleier gelüftet und du siehst den ganzen verrotteten Dreck.« Er rauchte die Zigarette bis zum letzten Fitzel auf. Erst als die Glut schon fast seine Fingerspitzen versengte, warf er sie auf den Boden und trat sie mehrfach aus.

Dann schlug Matt den Weg Richtung Zentrum ein, um dann rechterhand zur Küste abzubiegen.

»Ich glaube nicht, dass Bene tot ist.« Cathy hätte den Satz am liebsten noch ein paarmal wiederholt, wie ein Mantra, das sich irgendwann erfüllte.

»Aber er sollte auf uns warten. Da ist doch was passiert.«

In der Ferne tauchte die Town Hall auf, wo Charles residierte. »Und es hängt sicher mit Charles zusammen. Ich vertraue ihm kein bisschen. Von wegen, er will uns was zeigen. So ein Schwachsinn! Er hat irgendwas vor, und es ist sicher nichts Gutes. Charles hat gelogen und betrogen, jahrzehntelang. Verstehst du, er hat nicht nur einfach Übung darin, es ist sein Leben. Aber wenn er denkt, wir würden auf sein leeres Versprechen reinfallen, täuscht er sich. Und das ist unser Vorteil. Wir müssen ihn heute Abend …« Cathy fehlten die Worte.

Matt schüttelte den Kopf. »Was? Überwältigen? Und dann? Die Scheiße aus ihm rausprügeln?« Er spuckte auf den Asphalt. »Dazu bist du nicht fähig und ich erst recht nicht. Es sei denn, ich saufe so viel, dass ich zu Drake werde, der bekäme das sicher hin.«

»Es muss einen anderen Weg geben.«

»Mir fällt keiner ein.« Matt wirkte unendlich traurig, und seine Augen waren noch leerer als sonst.

Ohne ein weiteres Wort zu sagen, gingen sie über die trubelige Uferstraße. Die Vorfreude der ständig wachsenden Menschenmasse kam Cathy wie Hohn vor. Sie ließ den Blick über die umliegenden Häuser schweifen. Ihr Blick blieb an einer gelben Kugel hängen, die sich in einem Fenster bewegte. Es war ein dicker Nymphensittich in seinem Käfig. Der Vogel schien aus Leibeskräften zu fiepen, doch nichts war zu hören.

Cathy blieb stehen. »Ich hab's!« Sie ballte die Fäuste.

»Was?«

»Wir müssen Charles festsetzen!«

Matt sah sie irritiert an.

»Im Bunker! Das wird uns Zeit bringen. Und wir brauchen nichts dringender. Dann können wir sein Haus durchsuchen, wir können Andrew zum Reden bringen und Phil auch. Wir müssen nur die Bunkertür verschließen, wenn Charles drin ist, das reicht. Das muss doch zu schaffen sein!«

»Klar.«

»Wir müssen ihm vorher natürlich sein Handy abnehmen. Er hat sicher ein sauteures mit extrem gutem Empfang. Wir haben einen Plan! Oder?«

»Sicher.«

Cathy schmiegte sich an ihn. »Du bist ein guter Bruder. Und total komplett!«

Matt nickte müde.

Mit einem Mal wurden seine Schritte langsamer und schwerer, es sah aus, als stapfe er durch immer tieferen Morast und müsse sich zwingen, weiterzugehen.

Sie näherten sich dem Aussichtspunkt mit den beiden Kanonen.

Diesmal blieb Matt nicht stehen.

Er senkte den Kopf und trat ohne aufzuschauen zum Mäuerchen, stieg hinauf, kreuzte die Arme vor der Brust, atmete tief ein.

Cathy sprintete zu ihm, riss ihn von der Mauer – hart auf den Boden – und stürzte sich auf ihn. Schlug mit den Fäusten auf seine Brust, schrie ihn an, zuerst war da nur pure Wut, dann kamen die Worte.

»Das tust du mir nicht noch einmal an, hörst du? Nicht noch einmal! Du wirst nicht den einfachen Ausweg nehmen, du verdammter Idiot stehst das durch! Hörst du mich? Du stehst das durch! Wir stehen das durch! Sonst schlag ich dich windelweich, ich schwöre es dir.« Sie packte ihn am Kragen und bekam eine Halskette zu packen, an der ein goldenes Kreuz mit einem silbernen Schiffssteuerrad hing. Es sah alt aus, und wenn Matt es nicht für Alkohol versetzt hatte, bedeutete das wohl, dass es ihm wichtig war. Sie ließ es los.

Doch ihre Wut ließ Cathy noch nicht los.

»Ich komme nicht zu deiner Beerdigung! Und ich spucke auf dein Grab, jeden Tag komme ich, um darauf zu spucken. Und ich bringe immer eine Gin-Flasche mit, aber über deinem Grab verschütte ich keinen Tropfen, hörst du?«

»Jetzt mach mal halblang«, sagte Matt.

Cathy sah ihn an. Und plötzlich musste sie losprusten.

Matt auch.

Sie lachten Tränen und fielen sich schließlich in die Arme, auf dem Boden liegend, während um sie herum Frühsportler an der Promenade von Plymouth weiter ihre Meilen abrissen.

»Wir sind schon bescheuert, oder?«, fragte Cathy.

»Ja«, sagte Matt und strich Cathys dunkle Locken nach hinten. »Anders erträgt man das Leben ja auch nicht.«

### 1983

*Alexander verstand nicht, warum Susan Callaghan unbedingt mit ihm in die »Victualling Office Tavern« wollte. Das war eigentlich nicht ihr Ding, sie war nicht der Typ Frau, der betrunken alte Shantys grölte. Aber sie hatte sich heute schon den ganzen Tag merkwürdig verhalten. Vielleicht lag es daran, dass Archie einen wichtigen Termin in London hatte, wegen des Ankaufs von Botanicals für seinen Gin. Der arme Archie! Er war nicht mehr derselbe, seit er Anfang des Jahres so unglücklich auf eine Reling geknallt war und sich die Genitalien gequetscht hatte – nichts, worüber ein Mann gerne sprach. Archie hatte es nur im Vollsuff getan, als ein paar Männer sich darüber lustig machten, wie breitbeinig er ging. »Ich möchte euch sehen, wie ihr geht, wenn eure Eier mal angeschwollen waren wie zwei Fußbälle. Keinen Schritt mehr würdet ihr tun!«*

*Im Pub begrüßten ihn alle fröhlich und als Alexander an der Theke ankam, stand bereits ein Strong Cider für ihn auf dem Tresen, genau wie er es liebte.*

*»Magst du auch etwas trinken?«, fragte er Susan. »Ich lade dich ein.«*

*»Nein, ich möchte nichts trinken. Und du solltest auch nicht.« Sie sagte das ganz ernst, dabei hatte sie grundsätzlich nichts gegen Alkohol. Susan trank allerdings nur in Maßen. Sie achtete sehr auf*

ihre Gesundheit, aß viel Obst und Gemüse, machte Aerobic, lief manchmal mit Walkman und knallbunter Lycra-Kleidung durch Plymouth und versuchte den armen Archie dazu zu bringen, doch mal mitzukommen.

»Alex, wir müssen reden. Ganz dringend«, sagte sie über die laute Musik aus der Jukebox hinweg.

»Was hast du auf dem Herzen? Immer raus damit!«

»Ich möchte, nein, ich muss dich um einen Gefallen bitten.«

»Jeden, das weißt du doch.«

»Wirklich jeden?«

»Ja, natürlich.« Er lächelte und nahm einen Schluck.

Sie kam mit ihren Lippen ganz nah an sein Ohr. »Schlaf heute Nacht mit mir.«

Alexander setzte den Cider ab und sah sie irritiert an. »Ich habe gerade gedacht, du hättest gesagt …« Er lachte. »Ist egal, was ich gedacht habe.«

»Schlaf heute Nacht mit mir.«

Sie packte ihn am Arm, nicht sanft, sondern dringlich. Alexander war still, wich ihren Blicken aus.

»Ich würde dich nicht darum bitten, wenn ich eine andere Lösung hätte!«

Alexander wollte ein solches Gespräch nicht führen. Archie und Susan Callaghan waren wie Familie für ihn, sie luden ihn sogar jedes Jahr zu Cathys Geburtstag ein, weil es das Fest war, das sie am größten feierten. Er fühlte sich so wohl bei ihnen, weit weg von seinen Kunden und den Erwartungen seiner Frau an ihren rechtschaffenen Mann. Die Idylle am Kaiserstuhl war erdrückend, sie raubte ihm den Atem. Hier in Plymouth hatte er immer tief durchatmen können, doch ab jetzt würde nichts so sein wie vorher. Allein durch das, was Susan gesagt hatte. Sätze konnte man nicht zurücknehmen wie eine fehlerhafte Überweisung. Wenn sie einmal in der Welt waren, verschwanden sie nicht mehr. Wenn sie in der Welt waren, hatten sie diese schon verändert.

»Ich bin Archies Freund.«

»Genau deshalb.«

Wieder kam sie mit ihrem Mund nahe an sein Ohr, es war Alexander unangenehm, als verschaffe sich ein Fremder Zutritt zu seinem Haus. Doch Susan war keine Fremde, sie war eine gute Freundin. Bis eben.

»Archie wünscht sich nichts mehr als einen Sohn, aber er kann keine Kinder mehr zeugen. Er weiß das nicht, ich habe ihm das Schreiben vom Arzt nicht gezeigt. Das würde er nicht überleben. Mein Archie würde denken, er sei kein richtiger Mann mehr, dabei ist er der beste, den es gibt!«

Alexander sah sie immer noch nicht an. »Nein. Das kann ich nicht. Es tut mir leid.«

»Ich flehe dich an, Alex. Ich kann das nicht mit einem Mann von hier machen, das käme raus. Und eine künstliche Befruchtung würde ich, ohne dass Archie etwas bemerkt, niemals hinbekommen. Du bist meine einzige Hoffnung – und Archies einzige Hoffnung. Er wünscht sich einen Sohn, mit dem er Männersachen machen kann. Fischen, Fußball gucken, an irgendwelchen Apparaturen herumschrauben.«

»Das kann er später vielleicht auch mit Cathy.«

»Er will einen Jungen. Das sagt er mir immer wieder. Wir versuchen seit Monaten, wieder schwanger zu werden. Den Termin in London habe ich für ihn ausgemacht, weil heute mein fruchtbarster Tag ist. Wir haben nur diese Nacht. Du musst mit mir schlafen!«

»Susan, wir sind gute Freunde.«

»Genau aus diesem Grund bitte ich dich ja um diesen Gefallen! Weil du mein Freund bist und Archies. Du tust es für uns!«

»Wenn er es herausfindet …«

Sie schnitt ihm das Wort ab. »Das wird er nie! Das darf er nie. Weder er, noch Cathy, noch der Junge, den ich bekommen werde. Niemand! Du darfst es nie jemandem sagen! Versprichst du mir das?«

»Es ist doch gar nicht gesagt, dass du wirklich schwanger wirst.«

»Du bist fruchtbar, du hast einen Sohn. Und wenn es heute Nacht nicht klappt, dann versuchen wir es noch mal, so lange, bis Archie seinen Sohn hat.«

Alexander griff nach seinem Glas und nahm einen weiteren Schluck.

»Ich muss ganz dringend auf die Toilette, geh nicht weg, ja? Denk darüber nach, bitte! Tu mir den Gefallen und denk darüber nach.«
Alexander brauchte nicht darüber nachzudenken, es kam nicht infrage. Er war verheiratet. Nicht komplett glücklich, aber darum ging es nicht. Er liebte Katharina und wollte sie nicht verletzen.
Als Susan zurückkam, lächelte sie. Dabei gab es dafür keinen Grund.
»Lass uns zuhause weiterreden, hier gibt es zu viele Ohren«, sagte sie zu ihm.
Alexander nickte. Er kam sich hier wirklich beobachtet vor. Und das mochte er nicht. Besonders bei so einem Gespräch. »Ja, lass uns gehen. Aber es gibt nichts mehr zu bereden.«
Susan legte einen Geldschein auf die Theke, den sie schon in der Hand gehalten hatte.
Auf dem Rückweg hakte sie sich nicht bei ihm unter, es gab keine zärtlichen Berührungen ihrer Fingerspitzen und seiner. Für jeden Betrachter musste es aussehen, als schlenderten zwei Bekannte die Straße hinunter, in angemessenem Abstand, wobei die Schritte der Frau etwas zu schnell waren.
Es war Nebensaison und Alexander der einzige Gast in »Callaghan's Bed & Breakfast«. Susan ging vor in den Frühstücksraum, wo sie zu dritt oft bis in die Nacht zusammensaßen, redeten und lachten. Wenn es spät wurde, lehnte sich Susan immer an Archie, ihren Kopf in der Kuhle zwischen seiner Schulter und dem Hals.
»Archie darf es nie erfahren, hörst du?«, sagte Susan, als hätten sie es schon beschlossen. »Niemals!«
»Susan, das ist keine gute Idee …«
»Nein, aber es ist die einzige.«
»Ich bin mit Katharina verheiratet.«
»Das bleibst du auch.«
Susan knöpfte sich ihre Bluse auf, die Rundungen ihrer blassen Brüste erschienen, dazwischen eine Halskette mit einem goldenen Kreuz als Anhänger, hinter dem noch ein silbernes Steuerrad baumelte.
»Die habe ich mir von einem katholischen Priester segnen lassen, für die Geburt eines Jungen. Glaubst du an die Kirche, Alex?«
»Nein.«

»Ich auch nicht. Aber daran siehst du, wie verzweifelt ich bin. Wenn ich eine Ziege bei Vollmond opfern müsste, würde ich das vermutlich tun.« Sie lachte. »Nein, würde ich nicht. Ich bin nicht verrückt, auch wenn das, was wir hier tun, verrückt ist.«

»Wir tun es ja nicht.«

Susan versuchte ihn zu küssen, aber er drehte seinen Kopf weg. Nicht seinen Körper.

Er ging auch nicht auf sein Zimmer.

Warum er blieb, wusste er nicht. Alexander wusste gar nichts mehr, sein Kopf war leer.

Susan nahm Alexanders Hände, legte sie auf ihre Hüften und presste sich an ihn.

Und dann küsste auch Alexander.

Er küsste so leidenschaftlich wie seit Jahren nicht mehr. Ein verzehrendes Küssen, das nur einen Hauch davon entfernt war, ein Beißen zu werden.

Susan knöpfte hastig Alexanders Hemd auf, und er strich ihr die Bluse von den Schultern, öffnete den BH. Ihre Lippen lösten sich nur widerwillig zum Atmen voneinander, als könnten sie nur durch den Mund des anderen die Luft zum Leben einsaugen.

Alexanders Hände packten Susans Po.

Susans Hand streckte sich zu den Lichtschaltern.

Dann wurde es dunkel. Und nichts, was passierte, passierte wirklich.


Es war schon früher Nachmittag, als Cathy mit Matt ins Gartenhaus des Bed & Breakfast zurückkehrte, wo sie Ferdinand McAllister konzentriert in der »History of the British Empire« lesend vorfanden. Es hätte regelrecht idyllisch wirken können, hätte Andrew nicht bewusstlos zu seinen Füßen auf dem Boden gelegen. Er atmete tief und langsam wie im Schlaf. Cathy traute sich immer noch nicht nahe an ihn heran, als wäre er eine Schlange, die sekundenschnell ihre Giftzähne in sie schlagen konnte.

»Hat er etwas gesagt?«, fragte Cathy statt einer Begrüßung.

»Als er erwachte, fragte ich ihn nach … mhm … Bene. Aber er wollte mich angreifen, also ließ ich das Buch unglücklich auf seinen Kopf fallen. Nicht ganz so fest wie beim ersten Mal, um keine … mhm … bleibenden Schäden zu verursachen.«

»Hoffentlich bekommst du beim nächsten Mal eine Antwort«, sagte Cathy. »Wir sind nur kurz in der Küche.« Matt brauchte Tee, und sie auch. Essen konnte sie nichts, aber Tee trinken ging immer. Das hatte sie von frühester Kindheit an in Krisensituationen gelernt: Trink in Ruhe eine Tasse Tee und die Welt macht kurz Pause. Es war Meditation auf britische Art.

Doch kaum hatte sie den Tee aufgesetzt, erklang ein Schrei aus dem Gartenhaus. Als Cathy durch das Fenster hinausblickte, sah sie Andrew, der davonlief.

»Scheiße!«, rief Matt, der direkt in den Garten rannte, aber erkennen musste, dass es längst zu spät war. Auch Cathy trat jetzt nach draußen.

McAllister erschien in der offenen Tür des Gartenhauses, seine Stirn haltend. »Es tut mir so leid, ich war gerade ganz vertieft in die ›History‹, als er mich niederschlug. Ich fürchte, Leser sind ganz schlechte … mhm … Kerkermeister.«

»Und jetzt?«, fragte Matt und trat frustriert gegen die Tür des Gartenhauses.

»Er wird Charles kontaktieren. Der wird sofort begreifen, dass uns klar ist, wer Andrews Auftraggeber ist. Und auch, dass wir ihm das nicht durchgehen lassen können.«

»Das wird ihn sein Amt kosten. Und seinen Ruf. Wahrscheinlich wandert er sogar in den Knast. Vielleicht bietet er uns Geld, damit wir den Mund halten?«

»Für kein Geld der Welt mache ich das!«, sagte Cathy. »Und das weiß er auch. Charles wird seine ganze Maschinerie in Gang setzen, um uns als unglaubwürdig darzustellen, als Spinner.«

»Bei mir kein Problem«, sagte Matt. Er lächelte nicht.

»Er wird behaupten, die ganze Gin-Sache sei ein Hirngespinst von mir. Es hätte nie eine Rezeptur gegeben. Bonington schlägt sich sicher auf seine Seite, sonst sind sie ihre Rezeptur nämlich los.«

»Aber wenn das sein Plan ist, dann muss Charles alle Beweise vernichten, die auf Archies Gin hinweisen.« Matt ballte die Hände zu Fäusten. »Mein Gin auf der Insel! Wir müssen dahin.«

Cathy nickte. »Lass uns sofort los.«

Zuerst dachten sie an das Ruderboot, doch als sie an dessen Liegeplatz ankamen, sahen sie, dass das Meer viel zu unruhig war. Es schnappte mit seinen Wellen nach ihnen wie ein gereiztes Tier. Also versuchten sie, ein Motorboot zu bekommen, irgendeines, und boten den Eignern im Hafen viel Geld. Doch keiner konnte ihnen eines leihen, nicht heute. Alles war schon vermietet oder die Besitzer wollten selbst aufs Meer, um das Feuerwerk zu bewundern. Cathy und Matt standen frustriert in der Marina des Royal William Yard und blickten auf das tiefblaue Meer, auf dem wie große Dreiecke weiße Segelboote kreuzten.

»Vicci!«, stieß Cathy aus. »Sie kann uns übersetzen!«

»Sie hat aber kein eigenes Boot.«

»Aber sie hat heute Unterricht in ihrer Segelschule. Sie müsste nur einen kleinen Umweg auf ihrer Trainingsstrecke einlegen.«

»Und wie sollen wir zurückkommen?«

»Da denke ich später drüber nach.« Cathy spürte, dass sie sich weiter am Laufen halten und etwas tun musste. Nur so konnte sie es schaffen, Angst und Sorgen im Griff zu behalten, nicht zu verzweifeln wegen Bene, nicht unablässig wütend zu sein wegen Andrew. »Lass uns sofort zu Vicci gehen!«

Die Sailing School war in der Turnchapel Wharf beheimatet. Sie mussten dort etwas warten, da Vicci gerade mit einer Optimisten-Jolle auf dem Wasser war. Es dauerte, bis sie anlegte, damit ein anderer mit dem Boot wenden üben konnte. Schließlich trat sie aber auf dem Steg zu ihnen.

»Das ist ja mal eine nette Überraschung. Kommst du mich besuchen?« Sie umarmte Cathy zur Begrüßung.

»Ich brauche deine Hilfe«, sagte diese.

»Soll ich dir segeln beibringen?« Vicci lachte.

»Könntest du mich und meinen Bruder nach Drake's Island übersetzen? Jetzt sofort?«

Vicci schaute zur Insel. »Kein Problem, ist ja nicht so weit.«

»Ich kann dir aber nicht sagen, warum ich da hinmuss.«

»Ich werde dir auch nicht erzählen, wo ich heute Abend noch hinmuss.« Sie wies mit dem Kopf in Richtung einer anderen Jolle, in der ein attraktiver Teenager am Ruder saß. Dann bestieg sie eines der Boote, die für Ausflüge der fortgeschrittenen Segelschüler reserviert waren.

Doch genau in dem Moment, als sie Cathy an Bord helfen wollte, kam jemand aus dem Büro der Schule zu ihnen gelaufen, einen Zettel in der Hand. Er erklärte, dass heute einige Bereiche der Bucht für einen Segelausflug gesperrt seien – darunter auch Drake's Island. Dort lägen Plattformen vor Anker, von denen die Feuerwerke gestartet werden sollten.

Cathy ließ sich enttäuscht auf die hölzerne Pier sinken, Matt neben sie.

»Ich weiß auch nicht weiter«, sagte er.

Vicci setzte sich auf der anderen Seite neben Cathy und lehnte sich an sie. »Die Firework Championships sind halt ein Riesen-PR-Ding für Plymouth, da will man keine Zwischenfälle riskieren. Nur gute Presse.« Sie zog ihre Schuhe und Socken aus, um die Füße ins Wasser hängen zu können. »Wir können ja schwimmen.« Sie lachte. »Okay, blöder Witz.«

Cathy sah sie an, als hätte Vicci ihr gerade eine Ohrfeige verpasst. Dann drückte sie ihr einen Kuss ins Gesicht. »Du bist genial!«

»Das höre ich gern, aber ich habe keine Ahnung, womit ich das verdient habe.«

»*Eudora!* Du hast völlig zu Recht gesagt, dass die Stadt heute nur gute Presse will. Und dann, dass wir rüberschwimmen sollten. Wenn Eudora startet, können wir auf dem Boot sitzen, das sie begleitet, und einen kurzen Schlenker über Drake's Island machen. Das Tourismusbüro weiß von ihren Plänen und wartet schon lange auf ihren Start. Die Story ist super Werbung für ältere Urlauber. Ich hab die Telefonnummer von denen, weil ich manchmal eine Anzeige für das Bed & Breakfast auf ihrer Seite schalte. Die Frage ist nur, ob Eudora starten würde.«

Cathy fackelte nicht lange. Sie rief bei Eudora an und ließ es klingeln. Als sie schon wieder auflegen wollte, erklang eine müde Stimme.

»Ist was passiert?«

»Habe ich dich geweckt?«

»Cathy? Nein, nicht richtig geweckt. Habe nur Powernapping gemacht. Mit extra viel Power.« Sie lachte.

»Eudora, wir brauchen deine Hilfe«, kam Cathy direkt auf den Punkt. »Wir müssen nach Drake's Island übersetzen und das können wir nur, wenn du jetzt und gleich zu deiner Kanaldurchschwimmung startest. Ist eine komplizierte Sache, wir …«

»Ich mache es«, unterbrach Eudora sie.

»Das Meer ist allerdings ziemlich unruhig.«

»Das bin ich auch, da passen wir gut zusammen.«

»Und es ist schon recht spät, du würdest bis in die Nacht hinein schwimmen.«

»Ich bin sowieso eine Nachtschwärmerin.«

»Eudora, ich würde dich nicht bitten, wenn es nicht wirklich wichtig …«

»Ich habe doch schon längst Ja gesagt. Du brauchst meine Hilfe, alles andere ist mir egal. Sag mir, wo ich hinkommen soll.«

»Ach, Eudora …«

»Das ist ein Wink des Schicksals. Sonst wäre ich vielleicht nie gestartet.«

»Du bist ein Schatz!«

»Das weiß ich doch. Aber es ist nett, das ab und an zu hören.«

»Der Presse sage ich Bescheid.«

»Den Satz wollte ich hören! Ich werfe mich sofort in meinen neuen Badeanzug!«

Die folgenden zwei Stunden erlebte Cathy wie im Zeitraffer. Das Tourismusbüro sagte sofort zu, den Versuch heute noch zuzulassen, da die Reggae-Band, die eigentlich am Nachmittag auf dem Hoe auftreten sollte, abgesagt hatte.

In direkter Nähe zum Tinside Pool, unter dem Jubel von hunderten Schaulustigen, sprang Eudora ins Wasser und posierte darin, als sei sie ein Supermodel. Sie strahlte übers ganze Gesicht und Cathy konnte sehen, wie sehr sie diese große Bühne genoss.

Auch Vicci am Steuer des Segelschiffes war ein begehrtes Fotomotiv. Sie hatten den Medien die Geschichte aufgetischt, dass sie nur dafür da sei, Eudora aus dem Hafen zu begleiten, auf hoher See würde ein Motorboot für die Kanalüberquerung warten.

Und alles nur, damit sie auf einen Felsen im Meer kamen.

Cathy konnte nicht fassen, wie elegant Eudora vor dem Bug des Segelschiffs durch das dunkelblaue Meer glitt, wie kraftvoll ihre Kraulbewegungen waren, wie rhythmisch ihre Füße das Wasser traten. Es war unglaublich beruhigend, zu sehen, wie gleichmäßig sie durch die Wellen pflügte, als zöge ein Tau unter Wasser sie unablässig nach vorn.

Cathy musste an die letzte Fahrt nach Drake's Island denken und an Bene, der da noch bei ihr gewesen war. Sie blickte zum Ufer, so als könnte er dort jeden Augenblick auftauchen. Doch unter all den vielen Menschen war kein einziger Bene.

Es kam Cathy vor, als würde die Überfahrt nur wenige Minuten dauern. Nachdem sie die Plattformen mit den Feuerwerken hinter sich gelassen und den Strand von Drake's Island angelaufen hatten, sprang sie aus dem Boot ans Ufer.

Sie blickte sich um – kein anderes Schiff hatte auf dieser Seite der Insel festgemacht. Matt stieg nicht aus, erst, als Cathy seine Hand nahm.

Eudora schwamm währenddessen im Kreis und setzte keinen Fuß auf den Meeresboden.

»Danke!«, rief Cathy ihr und Vicci zu. »Euch beiden! Ihr könnt jetzt wieder zurück.«

»Auf keinen Fall!«, antwortete Eudora. »Wie würde das denn aussehen? Jetzt bin ich einmal im Wasser, jetzt wird weitergeschwommen!«

»Seid bloß vorsichtig«, sagte Cathy.

»Ihr auch«, antwortete Vicci.

Cathy wurde klar: Egal, wie hoch die Wellen waren, die Gefahr für Matt und sie war bedeutend größer.

Und dann sah sie die dreifarbige Katze.

Sie saß seelenruhig am Strand und kaute auf einem toten Krebs. Cathy musste an die dreifarbigen Katzen denken, die beim Tod ihrer Vorfahrinnen dabei gewesen waren. Und ihr blieb die Luft weg, als das Tier sie anschaute, ganz tief in die Augen, als sähe es in ihre Seele.

Matt öffnete klackend das Schloss der Metalltür und sie lief geduckt davon.

»Hast du die Katze gesehen?«, fragte Cathy ihren Bruder.

»Hier gibt es keine Katzen. Auch keine Hunde.« Cathy blickte zu der Stelle, wo eben noch die Katze gesessen hatte. Oder wo sie sich eingebildet hatte, dass die Katze gesessen hatte. Sie atmete tief durch. Sicher nur Einbildung. Sie musste sich jetzt auf ihren Plan konzentrieren.

Matt sah auf seine Armbanduhr. »Wir müssten einige Stunden haben, um wenigstens einen Teil von Dads Gin irgendwo auf der Insel in Sicherheit zu bringen. Also falls Charles nicht von Andrew gewarnt worden ist und früher kommt.«

»Er hat doch offizielle Aufgaben.«

Matt schnaubte verächtlich. »Die wichtiger sind als sein guter Ruf?«

Cathy stieß die Tür auf. »Wir sollten uns beeilen.«

Zuerst räumten sie alles in einen Bunkerraum, der rechts vom Hauptgang abging. Aber nach einer Stunde wurde ihnen klar, dass die Gefahr zu groß war, dass dieser von Charles entdeckt wurde, da er nur wenige Meter vom Gin-Saal entfernt lag. Außerdem war es riskant, nur ein einziges Sicherheitslager anzulegen. Also fingen sie an, in zwei, dann drei und schließlich in sieben verschiedene Räume Kisten mit Gin zu schleppen, immer wieder unterbrochen von Kontrollgängen vor die Tür, um zu überprüfen, ob Charles' Boot anlegte. Cathys und Matts Beine und Arme wurden immer schwerer, weshalb Matt versuchte, seinen mit Alkohol wieder Leichtigkeit zu verleihen. Mehrmals sagte Cathy ihm, dass er sich nicht besaufen solle. Aber es kam ihr vor, als würde sie von einem ausgetrockneten Boden fordern, keinen Regentropfen aufzunehmen.

Irgendwann ließ Matt sich nassgeschwitzt in den Sand vor dem

Bunker fallen, der übersät war mit Algen und Strandgut, mit Ästen, Papiertüten und Aludosen.

»Alles gut?«, fragte Cathy, als sie sich zu ihm setzte, dabei wusste sie, dass nichts gut war. Darunter auch ihr Plan. Sie würden Charles im Bunker einsperren – und dann? Die Hölle würde in Plymouth losbrechen, wenn der Bürgermeister verschwand. Und im Zentrum der Hitze ständen Matt und sie.

Aber eins nach dem anderen.

»Ich will nicht drinnen auf ihn warten«, sagte Matt. »Da käme ich mir wie in einer Falle vor.«

Cathy nahm ihren Bruder in den Arm. »Aber es ist nicht unsere Falle! Wir sind der Käse und Charles ist die Ratte.« Ein schlechter Vergleich, dachte sie, als die Worte ihren Mund schon verlassen hatten. Der Käse steckte zum Schluss halb in der Ratte und halb in der Falle.

Matts alkoholgeschwängerter Atem wurde langsamer und er schlief an ihrer Seite ein. Cathy weckte ihn nicht, sie sah auf das Meer und Plymouth und immer wieder auf ihre Armbanduhr. Sie hätte gerne Tee getrunken, um ihre Finger und ihre Gedanken zu beschäftigen, doch ihr blieb nur, Sand durch die Finger rieseln zu lassen, bis ihre Hände staubtrocken waren. Eine Frage brannte die ganze Zeit auf ihrer Seele und Cathy wusste, dass sie sich durchbrennen würde, wenn sie gleich nicht Charles gestellt wurde. Auch wenn die Antwort ihre Seele zerfetzen könnte.

Um kurz vor zehn Uhr traf ihr Onkel mit einem Boot der Black Friars Distillery ein, die als offizieller Sponsor der Championships eine Sondererlaubnis zu besitzen schien, mit Motorbooten unterwegs zu sein.

Charles stand nicht allein auf der Brücke, das Steuerrad hielt Andrew in Händen. Es konnte nichts Gutes bedeuten, dass Charles ihn mitgebracht hatte. Jetzt war es keine Familienangelegenheit mehr.

Andrew machte das Boot am großen Pier fest, doch nur Charles ging von Bord. Er kam nicht als Besucher, sondern als Eroberer, die Brust vorgestreckt, die Schritte raumgreifend.

Im Hintergrund schoss die erste Rakete der British Firework Championships in den Nachthimmel und explodierte zu einem flackernden

Silberregen wie eine riesige Palme aus Licht, die aus dem Meer gewachsen zu sein schien. Neben ihr wuchsen mit einem lauten Knall rote Blumen aus der Dunkelheit. Sie waren mit Feuer geschrieben und machten Cathy Angst, doch sie konnte den Blick nicht abwenden.

»Komm«, sagte Charles nur, als er bei ihr ankam. »Wir sollten es schnell hinter uns bringen.«

Er weckte Matt unsanft, indem er ihn heftig an den Schultern schüttelte, und, als das nichts half, ohrfeigte. Um die Hände frei zu haben, hatte er etwas auf den Boden gelegt.

Es war der Ordner mit dem Gin-Manuskript ihres Dads.

»Warum hast du das mitgebracht?«

»Wirst du gleich sehen.« Er öffnete die Metalltür.

»Erst musst du mir eine Frage beantworten.«

Charles drehte sich zu ihr. »Du bekommst heute alle Antworten, versprochen. Aber lass uns erst reingehen. Andrew muss nicht alles mitbekommen.« Er zog ein Sturmfeuerzeug aus der Jacke und ließ es aufflammen. »Habt ihr den Bunker nicht mit einem Vorhängeschloss gesichert?«

Matt reichte ihm dieses wortlos.

Verdammte Scheiße! Was machte er denn da? Wie sollten sie jetzt die Tür verriegeln?

Cathy sah sich um, ihr Blick fand ein paar dicke Äste, mit denen man die Tür notdürftig verrammeln könnte. Doch die würden nachgeben, wenn Charles sich nur lange genug gegen die Tür warf.

»Kommst du, Cathy?«, fragte Charles, der mit Matt schon im Gang stand. »Du kannst die schöne Aussicht gleich wieder genießen.« Er drehte sich zu Matt. »Frauen, was? Da fällt einem nichts mehr zu ein.«

Cathys Hass auf Charles wuchs mit jedem Satz, mit jedem Atemzug von ihm.

Sie gingen tiefer in den Bunker, Matt vorneweg den Weg erleuchtend, dahinter Charles, aus dessen Designerjeans der Griff einer Pistole ragte. Cathy folgte in einigem Abstand, damit Charles nicht in ihrem Gesicht las wie in einem offenen Buch. Als würde das helfen, legte sie einige Strähnen darüber.

Sie sondierte den Boden. Irgendetwas musste doch zu finden sein, mit dem sich die Metalltür blockieren ließ!

»Das ist also Archies Depot«, hörte sie Charles sagen, als er den großen Bunkersaal betrat.

Sie zündeten zwei Grubenlampen an, die den Saal nur spärlich beleuchteten. Aber die immer noch große Anzahl von Flaschen war unübersehbar.

Charles spitzte anerkennend die Lippen. »Muss schon sagen: eine reife Leistung. Und wie viel Zeit es ihn gekostet haben muss, das alles hierher zu schaffen. Und wofür? Für nichts.«

»Was soll das heißen?«, fragte Cathy.

»Dass Archies Traum heute hier endet, und deiner auch. Gleich gibt es auch auf Drake's Island ein großes Feuerwerk.« Er warf das Gin-Manuskript seines Bruders auf den Boden.

»Was wolltest du uns hier denn zeigen?«

Charles grinste. »Ein großes Feuer. Wir verschütten den Gin hier drin und werfen dann von draußen einen Molotow-Cocktail rein. Ich bin ein guter Werfer, keine Sorge. Und dann rennen wir schnell weg. Wie Kinder, die einen Streich gespielt haben.«

Cathy wurde es eisig bei Charles' Worten. Nicht nur, weil sie grausam waren. Sondern weil sie etwas noch Grausameres zu verdecken schienen. Er hatte sie nicht angesehen, dabei wusste Cathy, dass er als Bürgermeister Menschen mitten ins Gesicht lügen konnte. Mit einem charmanten Lächeln.

»Was ist mit meiner Frage?«

Charles seufzte. »Stell sie. Damit du deinen Frieden hast.«

Auch das Wort Frieden klang aus seinem Mund falsch.

Cathy stellte die Frage, die so heiß in ihr brannte.

»Hast du meinen Dad getötet?«

»Ach, Cathy«, Charles zog seine Waffe, richtete sie aber auf niemanden. Er ließ sie nur durch die Hände gleiten. »Archie wollte den Gin selbst auf den Markt bringen. Das ist einfach eine hirnrissige Idee gewesen, das musst du doch einsehen. Die Konkurrenz hätte eine Flasche gekauft und sie nachgebaut. Das wäre es dann gewesen.«

»So einfach geht das nicht!«, protestierte Cathy, doch Charles war der fachliche Einwand egal. Er hatte vermutlich viel Übung darin, Dinge zu überhören, die nicht in seine Welt passten.

»Oder sie hätten ihm die Rezeptur geklaut. Egal wie, sein Gin wäre nie ein Erfolg geworden. Ich habe auf ihn eingeredet, alles zu verkaufen und bei der Black Friars Distillery einzusteigen. Aber er wollte unbedingt sein eigenes Ding durchziehen! Cathy, wirklich, ich habe alles versucht, um ihn zu überzeugen, aber schließlich gab es keine andere Möglichkeit mehr. Ich brauchte doch das Geld.«

»*Nein!* Das hast du nicht getan!«

»Doch, und es tut gut, dir das jetzt endlich zu sagen. Ich habe deinen Vater, meinen Bruder, umgebracht. Ich habe ihn eingesperrt und sein altersschwaches Fischerhaus angezündet. An dieser Sache trage ich immer noch schwer, aber sie war alternativlos. Dass deine Ma kam, um ihn zu retten, und dann ebenfalls verbrannt ist, war nicht geplant, das kannst du mir glauben.«

Als Cathy auf ihn losgehen wollte, hob er die Waffe, und sie blieb stehen, doch den Mund ließ sie sich nicht verbieten. »Du charakterloses Schwein hast deinen eigenen Bruder umgebracht, nur um an Geld zu kommen!«

»Ich habe es für *viel* Geld getan. Geld, von dem du profitiert hast und dein Bruder auch. Bea und ich haben uns um euch gekümmert, als wärt ihr unsere eigenen Kinder, und das war nicht immer einfach. Du warst ein dickköpfiger Teenager.« Er senkte den Kopf und blickte auf den Boden, so als würden ihm die nächsten Worte wirklich schwerfallen.

»Aber ich habe dich geliebt, Cathy. Und es immer bedauert, dass unsere Beziehung sich über die Jahre abgekühlt hat. Aber das ist wahrscheinlich normal.«

Cathy musste schlucken. »Weiß Tante Bea, was du …?«

»Nein, um Gottes willen. Und das wird auch so bleiben.«

Charles' Blick wanderte in die unbestimmte Dunkelheit. Als Cathy begriff, dass sie für einen Moment unbeobachtet war, schnappte sie sich eine Gin-Flasche, die in einer Kiste neben ihr stand.

Aber Charles' Blick wanderte zu früh wieder zurück.

»Cathy, nicht! Ich müsste dich dann …« Er hob die Pistole. »Ich würde es dem Deutschen in die Schuhe schieben, den hat die Polizei sowieso schon im Visier.«

Cathy stellte die Flasche vorsichtig ab.

»Bei seinem Vater war es übrigens genau wie bei deinem«, fuhr Charles fort. »Die zwei waren sich sowieso sehr ähnlich. Dieser Deutsche, Alexander, war auch so ein sturer Dummkopf. Er hatte es tatsächlich geschafft, die Rezeptur nachzustellen, und wollte einen Gin auf den Markt bringen, um nicht nur seiner Familie, sondern auch dir und Matt ein sorgloses Leben zu bescheren – für seinen guten Freund Archie.« Er massierte sich den Nacken. »Was für ein romantischer Spinner! Ich bin damals extra zu ihm gefahren, aber er wollte mir seine Rezeptur nicht geben, obwohl ich ihm Geld dafür geboten habe, einen fairen Preis. Also musste er auch sterben. Und dann taucht sein Sohn hier auf! Er ist eine Spur zu unserem Familiengeheimnis, deshalb darf er Plymouth nicht lebend verlassen. Das verstehst du jetzt sicher.«

»Das kannst du nicht machen! Er hat damit nichts zu tun.«

»Cathy, was du sagst, ist Unsinn, und das weißt du. Er würde keine Ruhe geben. Du merkst, ich rede ganz offen mit dir. Diesen Deutschen werde ich töten müssen, und es macht mir nichts aus. Ich weiß, dass ich das kann. Weil ich es schon mal getan habe. Ich kann die Sache durchziehen und ich kann damit leben. Das macht mich viel freier in meinen Entscheidungen.«

»Du ekelst mich an. Und dass du dich selbst nicht anekelst, zeigt nur, was für ein Monster du bist!«

Cathy sah zu Matt, der schweigend und leicht schwankend neben ihr stand. Er starrte so ausdruckslos in die Gegend, als wäre er gar nicht hier. Vielleicht war er das auch nicht. Vielleicht blickte Drake aus seinen Augen und fragte sich gerade, was in diesem Bunker vor sich ging.

»Heute habe ich etwas Trauriges begriffen«, sagte Charles. »Nämlich, dass du deinen Gin-Traum nie aufgeben wirst, egal, wie inständig ich dich bitte. Dass du auch mich nicht in Ruhe lassen wirst, sondern mir das Leben schwer machen. Du bist genauso zäh wie dein

Dad. Der hat damals auch immer weitergemacht, obwohl es bei seinem Gin mehr als einen Rückschlag gegeben hat. Aber er war ja auch der Geniale von uns beiden, das haben unsere Eltern, also deine Großeltern, immer wieder gesagt. Archibald, der wird es einmal zu etwas bringen. Ob ich Erfolge in der Schule hatte oder später in der Politik, das war alles nichts gegen Archies riesiges Potential. Sei bloß froh, dass du keinen begabten Bruder hast. Auf Matt brauchtest du nie neidisch zu sein.«

»Bist du fertig mit deiner Beichte?«, fragte Cathy. »Geht es dir jetzt besser? Absolution bekommst du von mir nicht, das kann ich dir sagen.«

»Brauche ich auch nicht. Dein Dad wäre sowieso gescheitert und hätte sich dann aus lauter Frustration selbst umgebracht. Das wäre für alle noch viel schlimmer gewesen.«

»Das hast du dir ja klasse zurechtgelegt. Charles Callaghan, der Erlöser einer ganzen Familie.«

»Ja, zugegeben, es klingt dick aufgetragen. Aber im Kern stimmt es. So, ich höre mich zwar gerne reden, aber jetzt will ich das hier endlich beenden.«

Cathy entdeckte ein Metallrohr auf dem Boden. Ein Rohr, das vielleicht lang genug war, um damit die Tür zu verbarrikadieren. Langsam ging sie darauf zu.

Charles stand tiefer im Raum als Matt und sie. Das war ihre Chance! Sie würde sich schnell das Rohr greifen und dann losrennen.

Cathy nickte Matt zu.

Dieser bewegte sich nicht.

Er würde es im Flackern der Grubenlampen nicht richtig gesehen haben. Cathy nickte wieder.

Matt stand weiter stocksteif da.

Sie trat auf ihn zu und nickte übertrieben stark.

Jetzt sah er sie an.

Dann ließ er den Kopf sinken.

Stattdessen lächelte Charles sie an, der alles beobachtet haben musste. »Hattest du wirklich gedacht, er hilft dir und wendet sich gegen mich?« Er kam zu ihnen und wuschelte Matt grob durch die Haare. »Matt und ich, wir sind ein Team. Schon ganz lange. Das verbindet uns. Nicht wahr, Matt?«

Keine Antwort. Matt schien sich auflösen zu wollen.

Cathy bewegte sich nicht. Das hier konnte nicht wahr sein. Nicht Matt, nicht ihr Bruder, nicht der Mensch, der ihr am nächsten stand von allen!

»Ich war es«, sagte Matt plötzlich stockend. »Ich habe Charles damals verraten, dass Alexander die Gin-Rezeptur von Archie rekonstruiert hat. Und wo er ihn findet. Ich bin an seinem Tod schuld.« Matt krümmte sich zusammen, als hätte ihm jemand in den Bauch geschlagen.

Charles nahm den Faden auf. »Allerdings wusste er damals noch nicht, dass der Deutsche sein Vater war. Und natürlich nicht, dass ich sofort zu ihm fahren und ihn umbringen würde. Als ich ihm danach erzählt habe, dass er mir geholfen hat, seinen eigenen Vater zu töten, wollte er nicht mehr leben.«

»Das Tombstoning …«, stieß Cathy aus. »Deshalb wolltest du mir den Grund nie sagen!«

»Unser Matt ist halt sehr sensibel, war er immer schon. Zu sensibel für diese Welt. Aber ich bin ja da, um auf ihn aufzupassen. Ich bin ihm heute noch dankbar für seine Hilfe damals und finanziere ihm deshalb alles, was er so braucht. Ich schweige natürlich darüber, dass er für den Tod seines Vaters mitverantwortlich ist. Der arme Matt will nicht, dass jemand, vor allem nicht du, erfährt, wozu er fähig ist. Er schämt sich so. Ich sage ihm immer wieder, dass das überhaupt nicht nötig ist, aber sieh ihn dir an. Seitdem er weiß, dass er den Tod des eigenen Vaters zu verantworten hat, ist er ein Häuflein Elend und versucht, sich seinen Kummer wegzusaufen.«

»Matt?«, fragte Cathy mit einer Stimme, die kaum noch Kraft besaß. »Das stimmt so nicht, oder? Charles erzählt nicht die ganze Wahrheit.«

Matt drehte das Gesicht von ihr fort, dann ging er in die Knie und nahm sich eine Flasche Gin, deren Verschluss er schnell öffnete, um sie sich an die Lippen zu setzen.

»Cathy«, sagte Charles süffisant lächelnd. »Matt hat mich heute Nachmittag angerufen und mir von deinem kleinen Plan erzählt. Ich bin nicht überrascht, aber ein wenig enttäuscht. Lass es dir eine Lehre sein, dass alle deine Pläne scheitern. Und als Bestrafung werde ich Matt seine schöne Wohnung wegnehmen und ihm etwas Passenderes suchen. Das geht auf dein Konto, weil du mich hier einsperren wolltest! Strafe muss sein. So, und jetzt beenden wir das hier endlich.«

Charles leuchtete mit seiner Taschenlampe den Raum ab. »Zerschlagt die Flaschen aus der Kiste da!«

»Du wirst uns töten, oder?«, fragte Cathy, ihre Stimme tonlos, monochrom, so völlig ohne Farben wie die Welt in diesem Moment. Als sie den Satz wiederholte, war er keine Frage mehr. »Du wirst uns töten.«

»Was redest du?« Wieder sah er sie nicht an.

Matt und Cathy blieben am Eingang stehen, beide wie betäubt, als würde sich das Gift einer Spinne in ihnen ausbreiten.

Plötzlich hörten sie hinter sich Schritte. Andrew musste gekommen sein. Es gab keinen Ausweg mehr.

»Da seid ihr ja!« Es war wie ein Weckruf, der Matt und Cathy aus ihrer Erstarrung löste. Die Worte hallten so stark im Bunker wider, dass sie ihre Herkunft nicht sofort hundertprozentig zuordnen konnten. Doch beide wünschten sich den gleichen Menschen.

»Ich habe eine tolle Neuigkeit, die werdet ihr nicht glauben!« Bene stand vor ihnen und strahlte. Sein Glück kam Cathy vollkommen deplatziert vor in dieser ausweglosen Situation. Aber ein wenig Glück spürte sie jetzt auch, Glück, dass Bene lebte, dass er bei ihr war. Glück konnte ansteckender sein als jede Krankheit.

Aber auch gefährlicher, denn es machte blind für Bedrohungen. Für Bene musste es sein, als blicke er seitlich auf ein Schachspiel – und der König blieb verborgen.

Dabei trug der König eine Pistole.

Aus den Augenwinkeln bemerkte Cathy, wie Matt erschrocken zu Charles blickte, auch sie schaute nun instinktiv dorthin.

Charles hatte die Waffe gezogen und Bene ins Visier genommen. Cathy sah, wie der Zeigefinger sich am Abzug krümmte. Rötlichgelbes Mündungsfeuer erblühte wie eine Blume am Lauf der Pistole und fiel sofort wieder in sich zusammen. Gleichzeitig ertönte ohrenbetäubend lauter Donner.

Und noch etwas passierte in diesem Moment.

Matt sprang in die Schusslinie von Charles' Waffe.

Ein dumpfes Geräusch erklang, als die Kugel in seinen Körper drang. Er sackte zu Boden, sein Hinterkopf schlug hart auf den Fels. In seinen Augen war nicht nur Schmerz, sondern auch Erleichterung.

Charles hob wieder den Lauf seiner Waffe.

Ein zweiter Schuss fiel.

Cathy spürte keinen Einschlag. An ihrem Körper war auch kein Einschussloch zu sehen. Sie blickte ängstlich zu Bene, der ebenfalls noch stand.

War das, was sie gehört hatte, Teil des großen Feuerwerks draußen über Plymouth gewesen? Nein, niemals hätte die Böllerei so laut im Bunker nachgehallt.

Erst jetzt sah sie zu Charles, der zusammensackte und sich panisch ans blutende Bein packte. Seine Pistole war auf den Bunkerboden gefallen.

Cathy wusste nicht, was gerade passiert war, aber als sie ein Röcheln aus dem Mund ihres Bruders hörte, wusste sie, was zu tun war. Sie fiel neben ihm auf die Knie und drückte seinen Kopf an ihre Brust, küsste ihn auf die Stirn, presste ihre Hände fest gegen die blutende Stelle am Bauch, wo die Kugel ihn getroffen hatte. Alles hätte sie dafür gegeben, ihm den Schmerz, den er fühlte, abnehmen zu können.

»Cathy«, sagte Matt, und es klang wie das erste Wort einer langen Entschuldigung, für die aber keine Kraft mehr da war.

»Ich vergebe dir alles, kleiner Bruder. Und ich werde dich immer lieben. Bleib bei mir, ja? Du darfst mich nicht verlassen!«

Jetzt erst bemerkte sie den zweiten Mann, der hinter Bene in den Bunker getreten sein musste. Ein Mann, dessen Augen tief in den Tälern und Schluchten seines Gesichts lagen.

Ein Mann, mit einer Waffe in der Hand.

Bene war erschöpft von der Verfolgungsjagd, und seine Füße schmerzten, weil die schwarz-weißen Creeper-Schuhe einfach nicht fürs Rennen gemacht waren. Aber als er endlich das Gesicht des Mannes sah, den er quer durch Mount Batten bis in die aus Reihenhäusern gebildete Sackgasse verfolgt hatte, vergaß er das völlig.

»Was machen Sie denn hier?«

»Sie im Auge behalten«, erwiderte Fritz Bercher außer Atem und stützte sich mit den Händen auf seine Oberschenkel.

»Aber woher wissen Sie, dass ich …?«

»Können wir uns irgendwo hinsetzen und das bereden? Es wird nämlich eine Weile dauern. Bin eben an einem Pub vorbeigekommen.«

Bene brauchte nicht lange zu überlegen.

Das Pub hieß »Royal Oak«, ein hutzeliges weißes Gebäude an der Hexton Hill Road. Die Decke war tief, das Bier floss schnell, Bercher schien sich direkt wohlzufühlen.

Und dann erzählte er mit seiner tiefen Stimme, die genauso viele Furchen wie sein Gesicht besaß. Währenddessen bestellte er ein Ale nach dem anderen, für sich und Bene.

Er begann damit, wie Bene vom Hof im Schwarzwald gefahren war. Der Geschmack seines Gins war noch lange an Berchers Gaumen kleben geblieben, ein Geschmack, der ihn getroffen hatte wie ein Stromschlag, und zwar von der Schädeldecke bis runter zu den Fußsohlen. Schnell hatte er die Visitenkarte von Bene aus der Jackentasche gezogen, die dieser ihm vor der Abfahrt noch in die Hand gedrückt hatte – und seinen Koffer gepackt.

»Denn ich hatte sofort eines begriffen: Wer so einen Gin produzieren kann, wird es schaffen, damit aus dem Meer an Spirituosen herauszuragen wie ein Leuchtturm. Und ich weiß, dass ich nicht mehr viele Jahre habe, zehn vielleicht, wenn alles gut geht auch zwölf oder dreizehn. Aber weil sich meine Jahre mittlerweile wie Monate anfühlen, ist das nur noch eine kurze Weile. Mein ganzes Leben habe ich versucht, mich mit einer Spirituose auf diesem Planeten der

Trinker zu verewigen. So wie Musiker im Gedächtnis der Menschen bleiben, wenn sie eine große Symphonie oder das perfekte Weihnachtslied geschrieben haben, bleibt einem Brenner wie mir nur ein Destillat. Und Ihres sollte meins werden. Wollen wir nicht du sagen?« Das wollten sie.

Bercher erzählte weiter, dass er nach Merdingen gefahren war und Bene dann nicht mehr aus dem Auge gelassen hatte – bis dieser ins Flugzeug gestiegen war. Da er nicht Gefahr laufen wollte, dass Bene ihn entdeckte, hatte er nicht denselben Flieger nach Exeter nehmen können. In Südengland angekommen, wusste er also erst einmal nicht, wohin. Nach einiger Recherche stieß er auf die Black Friars Distillery in Plymouth und vermutete, dass Bene dahin gereist sein könnte. Also fuhr er dorthin und harrte aus, von der morgendlichen Öffnung bis abends abgesperrt wurde. Als er schon nicht mehr daran glaubte, tauchte Bene auf, mitsamt einem Corgi im Fahrradkörbchen. Ab diesem Moment war Fritz sein Schatten. Abgestiegen war er im Duke Of Cornwall – und konnte sein Glück kaum fassen, als Bene später auch dort unterkam.

Mit einem gemieteten Motorboot war er Bene, Cathy und Matt zu Drake's Island gefolgt. Nachdem er sie dort eingesperrt hatte, konnte er endlich in Ruhe das Bed & Breakfast durchsuchen. Gefunden hatte er nichts bis auf ein paar Standardwerke über Gin in einem Dachgeschosszimmer. Also war er zurück, um zu schauen, was sie eigentlich auf die Insel geführt hatte. Volltreffer! Ein ganzer Bunkersaal voll Gin. Natürlich wollte er sofort probieren, war aber in seiner Hast so ungeschickt, dass er sich am Holz einer Kiste den Daumen aufriss. Um die Blutung zu stoppen, hatte er nur eine Serviette der Black Friars Distillery bei sich, doch sie reichte. Mit schmerzendem Daumen probierte er den Gin – es war tatsächlich der gleiche wie der von Bene. Eine Kiste nahm er mit, mehr konnte er nicht tragen.

Fritz redete und Bene vergaß sein Handy und die Zeit. Die zwei begriffen schnell, dass sie einander brauchten. Der eine hatte Zugang zum Gin sowie eine fabelhafte Nase und der andere die Distillery und das Knowhow, um ihn zu produzieren. Fritz wollte Bene unbedingt einige köstliche Gins zeigen, die er – auf völlig legale Weise –

entdeckt hatte. Er hatte sie in seinem Hotelzimmer gebunkert, deshalb bestellten sie sich ein Taxi und tranken dort weiter, bis der Gin ihnen die Lichter ausknipste.

Als sie am Nachmittag aufwachten, rief Bene sofort in »Callaghans Bed & Breakfast« an, wo überraschenderweise McAllister abnahm und erzählte, dass Cathy und Matt von Vicci und Eudora gerade nach Drake's Island gebracht wurden. Unterbrochen von einigen »mhms« erklärte er außerdem die Geschichte mit Andrew.

Da Cathy nicht auf ihrem Handy zu erreichen war, vermutete Bene, dass sie schon im Bunker steckte. Warum war sie bloß wieder dort? Was war bei Charles passiert? Er musste sie sehen, mit ihr sprechen, sich vergewissern, dass es ihr gut ging. Und Matt auch. Er musste so schnell es ging auf die Insel! Fritz Bercher bot an, ihn zu begleiten. Aber wegen der Firework Championships konnte man kein Schiff mieten, und wenn, dann bekäme man keine Erlaubnis, damit zur Insel zu fahren. Deshalb hatten sich Cathy und Matt wohl auch von Vicci chauffieren lassen.

Am Hafen fielen Bene die Boote der »Black Friars Distillery« auf, die vor den zehntausenden Besuchern durch das Wasser fuhren. Ein Schiff mit dem Logo lag allerdings noch vor Anker.

Für ihn als gelernten Kfz-Mechaniker war es ein Kinderspiel, es kurzzuschließen. Und das erste Mal seit langer Zeit war er froh über seine Berufsausbildung.

Als sie auf dem Wasser waren, explodierte über ihnen ein Feuerwerk nach dem anderen. Ein goldener Regen ging über der Hafenstadt nieder, zwei schwere Bombenschläger detonierten zu silbernen Sternen, die wie kleine Vögel wegzufliegen schienen. Dann kamen Farben, Rot und Blau und Weiß, die zusammen die Flagge des Vereinigten Königreichs andeuteten. Plymouth selbst erstrahlte im Widerschein dieser Farben. Bene hatte die Stadt nie schöner gesehen – und hatte doch keine Augen dafür.

Als sie sich mit ausgeschalteten Lichtern Drake's Island näherten, sah er, dass bereits ein Boot der »Black Friars Distillery« am Pier lag – und jemand an Deck stand. Die Person sah weder aus wie Cathy noch wie Matt oder Charles. Er beschloss, sicherheitshalber einen großen

Bogen zu fahren und an einer anderen Stelle festzumachen. Von dort schlich Bene zu dem anderen Schiff – und erkannte Andrew, der darauf Wache hielt.

Als er sich auf den Weg zum Bunker machte, wartete er nicht auf Fritz, der weniger gut zu Fuß war. Gebückt verschwand er im Dunkel des Bunkereingangs. Nach einiger Zeit tauchten endlich Matt und Cathy vor ihm auf. Alles in Ordnung.

Doch dann fielen zwei Schüsse.

Cathy fiel neben Matt auf die Knie und drückte seinen Kopf an ihre Brust, küsste ihn auf die Stirn und presste die Hände fest gegen die blutende Stelle, wo die Kugel ihn getroffen haben musste. Sie sagte etwas zu ihm, doch Bene konnte es nicht verstehen, da seine Ohren noch von den lauten Schüssen klingelten.

Ein metallisches Geräusch erklang in seiner Nähe. Als Bene den Kopf in die Richtung drehte, sah er, dass Fritz seinen alten Revolver hatte fallen lassen, jetzt starrte er auf seine Hand, als wäre sie verbrannt. Mit einem Mal wirkte Fritz sehr alt – und sehr kraftlos.

»Ich wollte ihm doch nur die Waffe aus der Hand schießen …« Fritz blickte zum Bürgermeister von Plymouth, der sich das blutende Bein hielt – seine Waffe war noch in Griffweite.

»Ihr Scheißidioten!«, brüllte Charles. »Ich spüre mein Bein nicht mehr!« Er tastete den dunklen Bunkerboden ab, offensichtlich seine Waffe suchend.

Cathy strich Matt Strähnen aus den Augen, stockend drangen leise Worte aus ihrem Mund. »Kannst du die Fische sehen, Matt? Siehst du, wie sie glänzen und glitzern? Du musst hinschauen, ja? Ganz, ganz viele Fische!«

Bene sah, dass Charles' tastende Hände der Waffe immer näher kamen. Fritz dagegen machte keine Anstalten, seine wieder aufzuheben, sondern stand apathisch da.

»Andrew!«, brüllte Charles. Dann noch mal lauter, sein Schrei wurde von dem riesigen Saal mehrfach verstärkt. Es war, als würde er zu einer riesigen Lautsprecherbox werden, deren gewaltige Membran auf den Ausgang des Bunkers gerichtet war.

Bene sah sich hastig um, wo lag der Revolver von Fritz? Als etwas auf dem Boden blitzte, packte er dorthin und hielt die Waffe in den Händen. Doch der Hahn der alten Knarre war verhakt, er ließ sich nicht mehr spannen. Verdammte Scheiße!

»Andreeeeeeew!«, brüllte Charles wieder und griff sich seine Taschenlampe, um den Boden anzuleuchten. Gleich würde er seine Pistole wiederfinden – und die wäre sicher noch voll einsatzfähig.

Das ist reine Mechanik, dachte Bene, und du bist Mechaniker, denk nach! Was machst du, wenn bei einem Motor was klemmt? Richtig, du schlägst mit einem Hammer leicht dagegen, um die Blockade zu lösen. Er sah sich um, doch in seiner Nähe waren nur Gin-Flaschen.

»Ist das dieser schreckliche Fletcher Christian? Der auf meiner Bounty gemeutert hat?«, war plötzlich Matts schwache Stimme zu hören.

»Nein, das ist Charles.«

Bene griff sich eine Flasche und setzte zu einem Schlag auf den Hahn des Revolvers an. Nicht zu leicht, dann würde sich die Verhakung nicht lösen, aber auch nicht zu stark, denn dann würde das Glas zerbrechen.

»Dahinten bist du ja!«, rief Charles triumphierend.

Der Schlag hatte gesessen, doch der Hahn löste sich nicht.

Bene schlug nochmals, diesmal fester.

Die Flasche zerbrach, aber der Hahn ließ sich wieder ein wenig bewegen. Gott sei Dank!

Für einen Schuss würde es nicht reichen, dafür müsste man das Ding ölen, aber natürlich hatte er nichts Passendes dabei.

»Matt!«, rief Cathy. »Bleib doch liegen!«

Bene fuhr sich verzweifelt durch die Haare.

An seinen Fingerspitzen klebte Pomade.

Schnell rieb er sie auf den Hahn des Revolvers.

Es konnte funktionieren.

Es musste funktionieren.

Er drehte sich um.

Charles hob seine Pistole vom Boden und schoss sofort. Der Knall war ohrenbetäubend. Bene konnte nicht sehen, wer getroffen worden war und schaute in die Runde. Fritz stand immer noch und blickte mit vor Schreck geweiteten Augen in seine Richtung, genau wie Cathy.

Dann erst spürte er den Schmerz in seinem Ohr und hörte ein ansteigendes Fiepen, das schnell alles übertönte. Er sah, wie Charles die Waffe wieder auf ihn richtete.

Plötzlich stand Matt zusammengekrümmt vor Bene. Eine Hand presste er auf die Wunde an seinem Bauch, mit der anderen riss er ihm den Revolver aus der Hand.

Er torkelte Richtung Charles. »Fletcher Christian, du vermaledeiter Dreckshund!« Matt schoss, erwischte Charles' Hand mit der Waffe, schoss ein zweites Mal und traf seine Schulter. »Keine Gnade mit Meuterern!«

Charles schrie bei jedem Treffer auf und torkelte durch die Wucht der Patronen nach hinten gegen einen alten Metallspind, der scheppernd zu Boden krachte und in seine Einzelteile zerbarst, in Rückwand und Seitenplatten, in Schrauben und Muttern. Auch ein unscheinbarer, staubiger Plastikbeutel fiel heraus.

Matt schoss noch einmal.

Diesmal mitten in Charles' Herz.

Ein letztes Mal bäumte er sich auf. Dann fiel Charles in sich zusammen.

Benes Beine wurden weich und ihm wurde schwarz vor Augen. Er fühlte sich wie eine Batterie, die sich rasend schnell entleerte. Cathy war mit einem Mal bei ihm und stützte ihn. »Wir müssen schnell weg«, sagte sie. »Andrew kann jeden Moment auftauchen.«

»Nein«, stammelte Bene.

»Was? Wieso?«

Bene holte Luft, sammelte die letzte Kraft in sich für die nächsten Worte. »Habe sein Ruderblatt blockiert und … die Taue gelöst. Das Boot ist aufs Meer getrieben.« Er holte tief Luft. »Andrew hat ziemlich geflucht.«

»Nicht reden!«

Doch Bene wollte reden. Denn er wusste nicht, wie lange er es noch konnte. »Morgen brennst du deinen Gin, ja, Cathy?«

»Lass uns jetzt nicht vom Gin reden.«

»Versprich es mir!«

»Wir haben keine Rezeptur, Bene. Es wird noch dauern. Monate, vielleicht länger. Und dafür brauche ich dich! Verstehst du?«

Doch er hörte es schon nicht mehr.


## 1995

*Archies Fingerknöchel bluteten, als er die nächste Holzkiste mit Gin-Flaschen weit über den Kopf stemmte und mit aller Wucht auf den Boden des Bunkers warf. Die Flaschen zerbrachen klirrend, die scharfen Splitter spritzten weit in den Saal hinein. Jede verdammte Flasche hatte ihn viel Arbeit und Zeit gekostet, doch nun hasste er jeden einzelnen Tropfen in ihrem Inneren. Noch eine Kiste schmiss er kaputt und gleich eine weitere! Er wusste nicht, wem er das hier eigentlich antat. Alexander? Susan? Sich selbst? Seine Wut stellte keine Fragen, seine Wut spannte nur die Muskeln an und ließ Glas auf Stein prallen.*

*Bis die Kraft weg war und die Wut langsam abklang, wie ein Schmerz, gegen den man ein Mittel genommen hatte. Die Szene tauchte wieder vor seinen Augen auf, so wie man die Sonne auf den Innenseiten der Lider sah, wenn man zu lange hineingeblickt hatte.*

*Archie ließ sich mit dem Rücken an der Wand auf den Boden gleiten.*

*Er sah Alexanders Blick auf Matt, der ihm alles verraten hatte. Dem Jungen war sein Modell der HMAV Bounty heruntergefallen, an dem er den ganzen Juni gearbeitet hatte. Alexander hatte ihn fest in die Arme geschlossen und mit so viel Mitgefühl angesehen, wie es kein noch so guter Freund aus Deutschland tat.*

*Sondern ein Vater.*

*Mit einem Mal hatte er die Ähnlichkeit der beiden erkannt und sich gefragt, wie er sie nur hatte übersehen können. Die Augen waren so gleich, dass er seinen Sohn nie wieder würde anschauen können, ohne Alexanders Blick auf sich zu spüren.*

*Gerade Alexander, der wie ein Bruder für ihn war. Gerade Alexan-*

*der, der seine Leidenschaft für Gin und Tüftelei teilte. Gerade Alexander hatte mit Susan geschlafen.*

*Seit sie mit Matt schwanger geworden war, wusste er, dass Susan ihm untreu gewesen sein musste. Er hatte sich nach den Monaten erfolgloser Versuche testen lassen, ohne es ihr zu sagen. Sein Unfall hatte die Samenleiter durchtrennt, und es gab keine Hoffnung auf Heilung. Susan hatte er nichts davon gesagt, um sie nicht zu enttäuschen.*

*Dann hatte sie ihm die frohe Botschaft überbracht.*

*Und er hatte jeden Mann, der sich ihr näherte, angeschaut wie einen Frauenschänder. Die Beziehung zu Susan litt sehr darunter, und zu Matt hatte er nie ein normales Verhältnis aufgebaut. Immer war dieser der Junge eines anderen gewesen. Das Kuckucksei in seinem Leben. Und dass er mit niemandem darüber reden konnte, hatte es nur schlimmer gemacht. Nur Charles hatte er sich in einem schwachen Moment einmal anvertraut – trotz ihrer schwierigen Beziehung.*

*Stunden saß Archibald in der Dunkelheit des Bunkers auf Drake's Island, die nur von einer Grubenlampe leidlich erhellt wurde. Er tat nichts außer starren, er trank nichts und aß nichts, er ließ nur die Szene von Alexander und Matt in Endlosschleife laufen, seine schmerzenden Hände knetend. Der Duft der zerbrochenen Gin-Flaschen breitete sich wie ein See immer weiter in dem unterirdischen Saal aus, verdrängte die muffige Luft aus dem Bunker. Archie atmete das überwältigende Gemisch ein, roch all die Botanicals, die Alexander und er dafür ausgewählt hatten. Nur durch ihre Kombination war dieser Gin etwas Besonderes geworden. Sie ergänzten sich nicht nur, sie ergaben nicht nur eine Balance, das Ganze war viel mehr als die Summe seiner Teile. Ohne Alexander hätte er sein Lebenswerk nie vollenden können. Es war nur möglich gewesen, weil sie sich so ähnlich waren.*

*Ohne dass Archie es merkte, verlor die Szene von Alexander und Matt mit jedem neuen Abspielen etwas von ihrem Schrecken. Das Monster, das seine Frau geschwängert hatte, wurde mehr und mehr wieder sein guter Freund Alexander. So wie die Wunden an seinen*

Fingerknöcheln verkrusteten, verschloss sich auch die Wunde in ihm. Doch er wollte es noch nicht wahrhaben. Zu viele Jahre hatte die Wut in ihm darauf gewartet, wüten zu dürfen, sie war noch nicht bereit, ihn zu verlassen.

Es war so viel Unruhe in ihm, dass sein Körper nicht länger stillsitzen konnte. Er würde jetzt das tun, was er eigentlich für heute geplant hatte.

Einen Platz finden.

Für das Sicherheitsnetz.

Falls etwas mit dem Labor im Fischerhaus passieren sollte, brauchte er einen Ort, wo die Unterlagen für den Neuanfang sicher lagerten. Die Rezeptur des Gins. Alle Details, haargenau aufgeschrieben.

Wo konnte es sicherer sein als hier?

Archie ging um den großen Scherbenhaufen mit gesplittertem Holz und leuchtete die Wände des Bunkers ab. Die meisten bestanden aus blankem Fels, doch an einer Stelle stand ein alter Metallspind, zwar an einigen Stellen verrostet, aber ansonsten noch intakt. Archie öffnete ihn, die Scharniere ächzten. Im Inneren lag eine Metallkassette, in der Archie ein paar Dosen Corned Beef, einen Dosenöffner und eine Gabel deponiert hatte – für den Notfall.

Er legte die Rezeptur in ihrem durchsichtigen Plastikbeutel vorsichtig hinein, als bette er ein Kind in eine Krippe.

Falls alles schiefging, würde er hier die Rezeptur finden und seinen Gin destillieren können. Damit wäre es ein Kinderspiel.

# EPILOG

Zwei Monate später setzte Cathy im Schwarzwald ein Glas mit gerade destilliertem Gin an die Lippen, den Fritz mit Wasser auf eine Trinkstärke von 42 % Alkohol gebracht hatte.

»Wie lange ist es jetzt her?«, fragte Bene, der heute endlich den letzten Verband an seinem Ohr hatte abnehmen können.

»Einundzwanzig Jahre« sagte Cathy, ohne für die Antwort das Glas abzusetzen. Es wirkte, als habe sie für diesen Schluck Anlauf genommen und wolle nun nicht mehr zurück in den Startblock. Einundzwanzig Jahre, seit sie das letzte Mal Alkohol getrunken hatte. Nachem Matt sich betrunken die Klippe hinuntergestürzt hatte, hatte sie schlagartig damit aufgehört.

»Sowas verlernt man nicht«, sagte Fritz. »Trinken ist wie Radfahren.«

»Das Zeug ist ja noch warm«, sagte Cathy. Die Temperatur drang durch das Glas an ihre Fingerspitzen.

»Ist gesünder so«, sagte Fritz. »Glaube ich.«

Bene hielt sein Handy hoch. »Ich film's für dich, als Erinnerung.«

Jetzt setzte Cathy doch ab und verbeugte sich.

»Erst trinken, dann verbeugen!«, sagte Bene. »Wobei *ich* noch nie einen Applaus dafür erhalten habe, dass ich irgendwas trinke.«

»Tja, dann machst du etwas falsch.« Cathy lachte. Dann nahm sie schnell einen Schluck – und spuckte ihn direkt wieder aus. »Das schmeckt ja grauenhaft!«

Bene und Fritz kamen aus dem Lachen nicht mehr heraus.

»Trink noch was davon«, sagte Bene, als er wieder Luft bekam. »Man gewöhnt sich daran.«

Diesmal nippte Cathy nur. »Schmeckt wie Medizin.«

»Ist ja auch welche«, sagte Fritz und schenkte sich und Bene ebenfalls ein. Auf dem alten Holztisch standen schon zwei gefüllte Gläser mit dem Gin von Archibald Callaghan. Sie tranken erst den von Archie, dann nahmen sie den eigenen in die Hand.

Fritz stürzte ihn herunter. »Ich bin damit sehr zufrieden. Was meinst du, Bene? Du hast die beste Nase von uns allen.«

Bene roch daran – und ein Bild entstand in seinem Kopf, wurde immer deutlicher und präziser. Der Wacholder legte die Basis, wie der saftige Boden eines köstlichen Kuchens, auf dem die anderen Zutaten wie reife Früchte lagen. Koriander, Zitrone und Orange sorgten für die kristallklare Frische, Angelikawurzel, Kardamomschoten und Schwertlilienwurzeln für Würze und Fülle. Der Kleine Wiesenknopf, die Dulse-Alge und das Sauerkraut waren subtil eingesetzte Gewürze, nur ganz knapp über der Wahrnehmungsschwelle. Und die letzte Zutat verlieh den Hauch eines unlösbaren Geheimnisses. Alles war sogar noch einen Hauch feiner und ausbalancierter als bei den Gins, die sein Vater und Archie destilliert hatten. Als sich sein Blick und der von Fritz trafen, mussten beide breit grinsen und fielen sich in die Arme. Dann griff Bene sich einen herumliegenden Edding und schrieb etwas auf die durchsichtige Flasche mit dem neuen Gin: »Archies & Alex' No. 1«.

»Nicht Alexander?«, fragte Cathy, als er ihr den Schriftzug zeigte.

»Nein«, antwortete Bene. »Alexander hat ihn nicht gemacht, das war Alex, das war der Mann, der in Plymouth geboren wurde.«

Fritz goss sich nochmals ein. »Mir ist es egal. Ich bin nur das ausführende Organ. Und das austrinkende!«

»Meiner Meinung nach können wir uns jetzt der Kritik des Publikums stellen«, sagte Bene.

Cathy griff sich ein paar Gläser und Bene die Flaschen, dann gingen sie nach draußen. Unter dem Blätterdach einer großen Eiche saßen Eudora, McAllister und Vicci an einer Biergarnitur und sahen erwartungsvoll auf, als sie sich näherten.

»Ich hätte ja lieber die Ascot-Runde gehabt«, flüsterte Cathy mit einem breiten Grinsen Bene zu. »Aber Elisabeth, Catherine und Mimi wollten ihre Plätze im Wintergarten keinesfalls verlassen, weil sie sonst von anderen Damen der Admiralty erobert worden wären.«

»Wir sind bereit«, sagte Eudora betont laut. »Schon eine ganze Weile.«

»Aber die Schafe und Hühner haben sich gut um uns gekümmert«, ergänzte Vicci.

»Es glich eher der Belagerung von … mhm … Calais 1346«, kam es von McAllister.

Cathy und Bene stellten gut gefüllte Gläser vor sie – vor Vicci allerdings nur einen gut gefüllten Glasboden.

Nervös fuhr Bene sich über das Kinn, als sie tranken. Es gab eigentlich keinen Grund dafür, trotzdem fühlte er sich wie ein Schauspieler, der nach der Generalprobe nun die Premiere zu überstehen hatte.

McAllister hatte als Erster ausgetrunken. »Großartig!«

»Aber zu wenig!«, maulte Vicci und drehte ihr Glas demonstrativ auf den Kopf, um zu zeigen, dass kein Tropfen mehr drin war.

Alle Blicke richteten sich auf Eudora, die zuerst sehr lange am Gin geschnuppert hatte und jetzt einen kleinen Schluck nach dem anderen nahm. Sie schlürfte wie eine Weinkennerin.

»Nun sag schon«, forderte Cathy. »Sonst fängt Bene noch an, seine Fingernägel abzukauen.«

»Bei dem Geschmack fühle ich mich«, Eudora schnupperte nochmal unter dem Gestöhne aller, »glücklich wie ein Fischlein im Wasser und so voller Energie, als könnte ich auf der Stelle bis nach Plymouth schwimmen.« Dann begann sie zu klatschen, McAllister und Vicci stimmten ein.

»Zur Sicherheit«, sagte der Historiker, »sollten wir aber testen, ob der Gin im … mhm … unteren Teil der Flasche so gut wie im oberen ist.«

Bene goss schmunzelnd allen am Tisch nach, und sie stießen miteinander an.

Aus der Küche kam Fritz mit einem großen, dampfenden Kochtopf: Nudeln mit Lachs sowie einer cremigen Tomatensoße, die einen ordentlichen Schuss Gin verpasst bekommen hatte. »Nur wer gut isst, kann auch gut trinken!«

Cathy und Bene setzten sich mit an den Tisch, und Fritz machte ihnen allen die Teller voll, bevor er mit einer großen Parmesanreibe wiederkam. »Altes Schwarzwälder Rezept!«, sagte er, ohne eine Miene zu verziehen. Sie aßen und lachten viel, die Teller und Herzen waren übervoll. McAllister erzählte von der anstehenden Buchpremiere seines Standardwerkes über die Royal Navy in Plymouth, Vicci von ihrem bestandenen Segelschein und Eudora davon, wie sich alles bei ihr entwickelt hatte. Sie hatte es zwar leider nicht bis nach Guernsey geschafft, aber immerhin bis zu den Eddystone Rocks, einer Felsgruppe etwa vierzehn Kilometer südwestlich von Plymouth. Im nächsten Sommer wollte sie einen neuen Versuch starten. Durch ihren letzten hatte sie sogar einen Sponsor aus dem Bademodenbereich gewonnen. Jetzt hoffte sie auf eine eigene Linie in Neonfarben.

»Hast du heute schon etwas von deiner Mutter gehört?«, fragte Cathy den neben ihr sitzenden Bene, nachdem sie die letzte Nudel gegessen hatte. »Sie wollte doch mit Matt zum Aquarium im Freiburger Tiergehege.«

Er sah auf das Handy. Keine Nachricht von seiner Mutter – das war ein gutes Zeichen. Nachdem sie erfahren hatte, dass Matt der Halbbruder ihres Sohnes war, war sie erst einmal geschockt gewesen. Aber nicht wirklich überrascht. Als Matt, nachdem er aus dem University Hospital Plymouth entlassen worden war, den Wunsch geäußert hatte, die Heimat seines leiblichen Vaters zu besuchen, hatte sie eingewilligt, ihm alles in Merdingen zu zeigen. Es schien etwas wie mütterliche Verantwortung in ihr gewachsen zu sein, so als sei jedes Kind von Alexander auf eine gewisse Art auch ihres. Seine Mutter überlegte sogar, demnächst für ein paar Tage nach Plymouth zu reisen. Sie wäre zwar noch nicht so weit, dass sie in »Callaghan's Bed & Breakfast« absteigen konnte, aber für einen Hafenbesuch, einen Ausflug ins Dartmoor sowie eine Überfahrt nach Cornwall würde es reichen. Bene hatte vor, sie dabei zu begleiten, denn er hatte viel Zeit mit seinem Halbbruder nachzuholen. Und Matt schien das ganz genauso zu sehen.

»Alles gut bei ihr«, sagte Bene deshalb. »Sie ist eine Merdinger Landfrau, die kommen mit fast allem klar.«

Cathy sah auf ihr Handy und stieß einen Glücksschrei aus, der alle zu ihr blicken ließ. »Gute Neuigkeiten aus Plymouth!«

»Bekommen alle Teenager ein Segelboot geschenkt?«, fragte Vicci.

»Und alle Militärhistoriker ein … mhm … U-Boot?«

»Weder das eine noch das andere«, sagte Cathy. »Phil hat bei den Verhören durch die Polizei endlich den Einbruch und den Brand bei mir gestanden«, sagte Cathy. »Das bedeutet, er kommt genau wie Andrew in den Knast, und die Versicherung zahlt!« Sie las weiter. »Er hat Dolliver wohl auch erzählt, mein Vater hätte damals Cannabis angebaut, aber das hat der Inspector ihm nicht geglaubt.«

»Ein Hoch auf die Kompetenz der britischen Polizei!«, sagte Eudora.

Cathy strich über ihren prall gefüllten Bauch und wandte sich zu Bene. »Wollen wir ein paar Schritte gehen? Ein kleiner Verdauungsspaziergang?«

Fast stolperten sie über King George, der faul auf der Seite in der Sonne schlief, eine orientalisch aussehende, feingliedrige Katze lag auf ihm und schnurrte ganz leise.

Ihre Schritte führten Cathy und Bene zu einem neu gebauten Gewächshaus, bei dem sie ein Zahlenschloss öffnen mussten, um hereinschauen zu können. Drinnen wuchsen leicht exotisch aussehende Pflanzen mit markanten grünen Blättern, die einer Hand ähnelten und deren Rand wie angesägt wirkte.

»Wir können echt dem Gras beim Wachsen zusehen«, sagte Bene.

»Wovon redest du? Das ist doch alles Kamille, die Geheimzutat unseres Gins.«

»Genau das habe ich gerade gesagt. Falls du etwas anderes gehört hast, bist du vielleicht betrunken.«

Cathy schüttelte belustigt den Kopf. »Ja, klar.« Sie zog die Tür zu und verstellte die Zahlen am Schloss.

Benes Handy summte und er schaute aufs Display.

»Jetzt etwas Neues von deiner Mutter?«, fragte Cathy.

»Nein. Nichts Wichtiges.«

Bene hatte gedacht, es sei eine Nachricht von Malte wegen des Investors, der ihnen Mittel für eine Werbekampagne zuschießen wollte. Denn egal, wie gut ein Gin war, ohne zu trommeln, würde niemand davon hören. Der Investor hatte ihnen das Geld für ein paar richtig große Trommelstöcke in Aussicht gestellt, nun ging es nur noch um den Termin, bei dem er erstmalig den Gin verkosten würde.

Aber die SMS stammte nicht von Malte, sondern von Annika. »Bin wieder mit Ralf zusammen und extrem glücklich. Wollte nur, dass du es weißt. Für uns gibt es keine Chance mehr.« Auf solch eine Chance hatte er auch nicht gehofft. Wenn das Leben Chancen verteilte, konnte es diese sehr gerne an einen der anderen vier Milliarden Männer auf der Welt geben. Sogar an Ralf. Falls Annika wirklich extrem glücklich war, freute es ihn. Allerdings klang die Nachricht, als wollte sie nicht nur ihn, sondern auch sich selbst davon überzeugen.

Er selbst war leider nicht extrem glücklich. Ein paar vorsichtige Annäherungsversuche bei Cathy hatten keinen Erfolg gezeigt. Sie hatte genau die Konsequenz an den Tag gelegt, von der Matt ihm berichtet hatte. Wenn es einmal aus war, dann war es aus.

»Schön hier im Schwarzwald«, sagte Cathy und blickte in die Ferne. »Nur viel weniger schwarz als erwartet. Aber das soll keine Kritik sein!«

»Warte, bis es Nacht wird, dann siehst du, wie er sich seines Namens würdig erweist.«

Cathy sah ihn schmunzelnd an und fuhr sich mit den Fingerspitzen über die Lippen. »Ich hätte eben mehr trinken sollen.«

»Willst du einen neuen Versuch starten? Ist noch genug da.«

»Nein. Es gibt eine Möglichkeit, wie ich ihn verkosten kann, ohne ihn zu trinken.«

Bene dachte daran, wie er in Plymouth auf der schmalen Aussichtsplattform von Smeaton's Tower gestanden hatte, dem aus dem Hoe aufragenden Leuchtturm. Er erinnerte sich mit klopfendem Herzen daran, was Cathy damals gesagt hatte, und wiederholte ihre Worte in diesem kleinen Spiel, dessen Ende er herbeisehnte.

»Ach, ja? Von der habe ich noch nie etwas gehört.«

»Ist eine französische Erfindung.« Sie nahm sanft sein Gesicht in ihre Hände und küsste Bene.

Es wurde ein langer Kuss. Als sie eine Pause einlegten, war der Schwarzwald zwar noch nicht schwarz geworden, aber ein wenig dunkler schien er schon zu sein.

»Ich dachte, bei dir gibt es keine zweiten Chancen«, sagte Bene.

»Und ich dachte, einen so verrückten Typen wie dich gibt es nicht. Bin sehr froh, dass ich mich getäuscht habe.«

»Ich auch.« Er zog sie näher zu sich. »Noch ein bisschen Gin-Geschmack?«

»Von diesem Gin kann ich nie genug haben.«

»Das drucken wir auf die Flaschen, ist ein super …«

Doch weiter kam er nicht.

Denn in diesem besonderen Moment gab es ausnahmsweise etwas Wichtigeres als Gin.

»Gin – Alles, was du wissen musst«
von Archibald Callaghan (Plymouth/Devon)

*Ergänzt von Cathy Callaghan*

## GLOSSAR, REZEPTE & DIE
## WICHTIGSTEN BOTANICALS

ALKOHOLGEHALT – Gin wird laut der EU-Spirituosenverordnung von 2008 definiert als eine Spirituose aus Ethylalkohol landwirtschaftlichen Ursprungs mit Wacholdergeschmack und mindestens 37,5 % Alkoholinhalt. Sowohl natürliche wie auch naturidentische Aromastoffe dürfen genutzt werden. Basis für Gin ist ein mit 96 % fast reiner Alkohol. Nach der Destillation wird der Gin durch Zumischen von Wasser auf den gewünschten Alkoholgehalt gebracht, meist zwischen 40 % und 50 %.

BEGLEITALKOHOLE ODER FUSELALKOHOLE – Bei Gärungsprozessen und der Erzeugung von Getränken können neben dem »guten« Alkohol Ethanol auch Begleitalkohole (auch: Fuselalkohole) entstehen. Je besser der Brenner, desto reiner der Alkohol. Diese unerwünschten Alkohole können zu Kopfschmerzen führen, in höheren Dosen auch langfristige gesundheitliche Folgen haben, wie etwa eine Erblindung.

BOTANICALS – Dieser Fachbegriff bezeichnet die pflanzlichen Extrakte, die bei der Erzeugung von Gin verwendet werden: Kräuter, Blätter, Samen, Wurzeln, Rinden, Früchte, Gemüse, aber auch Algen oder Hölzer.

BRENNANLAGE – In Schottland und England ist es Tradition, dass die Brennanlage den Namen der Tochter des Brenners trägt. Normalerweise sind die Brennanlagen aus Edelstahl und Kupfer gebaut, wobei die Brennblase meist aus Kupfer ist.

EISWÜRFEL – Eis ist bei einem Cocktail nicht gleich Eis. Am besten sind große Würfel, die keine Aussparungen haben und langsam schmelzen. Es gilt: Je größer das Eis, desto langsamer schmilzt es. Dadurch wird der Cocktail gekühlt, aber nicht schnell verwässert.

GENEVER – Dieser Wacholderschnaps ist der Vorläufer des Gins. Er stammt aus den Niederlanden sowie dem flämischen Teil Belgiens. Der Hauptunterschied zum Gin liegt darin, dass der Alkohol aus Malz gewonnen wird. Auch bei Genever gibt es eine große Auswahl: trockene junge Sorten, aber auch fassgereifte oder süßlich-üppige.

GIN ACT – 1791 war ein entscheidendes Jahr für den Gin, denn seitdem reguliert der sogenannte Gin Act Qualität und Herstellung – das erst brachte das Destillat in die Oberschicht. Vor allem die Destillerien in London/Bloomsburyl und im Vorort Finsbury entwickelten den Gin weiter. Finsbury bot klares Quellwasser, hier entwickelte sich Dry Gin als ein Destillat mit Vierfach-Destillation in Kupferkesseln, wodurch er runder und trockener wurde als sein Vorgänger, der Genever.

GIN CRAZE – Heute gilt Wasser als hygienisches Getränk – im 17. Jahrhundert war das ganz anders. Deshalb tranken die Briten Bier mit 3–4 % Alkohol zum Frühstück, Mittag- und Abendessen. Mit dem Aufkommen des Gins stiegen sie auf diesen um, was aufgrund des Alkoholanteils von 40–50 % katastrophale Auswirkungen für ihre Gesundheit hatte. Anfang des 18. Jahrhunderts überstieg die Sterberate die Geburtenrate bei weitem, unfassbare 75 % aller Kinder starben vor dem fünften Geburtstag, weil sie durch in der Schwangerschaft trinkende Mütter bereits vor der Geburt bleibende Schäden erlitten, selbst tranken oder verwahrlosten.

GIN RUMMY – Gin Rummy ist ein Kartenspiel für zwei Personen und die beliebteste Rommé-Variante. Sie wurde 1909 von Elwood T. Baker vom Knickerbocker Whist Club in New York erfunden. Im James-Bond-Film »Goldfinger« (1964) betrügt der Widersacher des Geheimagenten bei einer Partie Gin Rummy.

GRUNDALKOHOL – Die Basis bei der Produktion eines Gins ist ein mit 96 % fast reiner Alkohol. Dieser wird häufig aus Getreide gewonnen, kann aber auch aus anderen landwirtschaftlichen Rohstoffen wie Kartoffeln erzeugt werden. Kann man das schmecken? Die Meinungen dazu gehen auseinander.

NEW WESTERN STYLE – Bei dieser Gin-Variante spielt der Wacholder nicht mehr die erste Geige, sondern er wird Teil eines Orchesters, in dem er zum Teil sogar im Hintergrund agiert – weshalb man sich manchmal fragt, ob man überhaupt einen Gin im Glas hat. Viele der aktuell angesagten Gins gehören in diese Gruppe.

PLYMOUTH GIN – Bis 2015 war diese Bezeichnung geschützt, wobei nur eine Distillery den Plymouth Gin produziert. Im berühmten »Savoy Book Of Cocktails« wird bei 23 Rezepten mit Gin ausdrücklich Plymouth Gin als Zutat genannt. In der Royal Navy war es Tradition, dass alle neuen Schiffe ein »Plymouth Gin Commissioning Kit« erhielten: eine Holzkiste mit zwei Flaschen Navy Strength Plymouth Gin sowie Gläsern.

VERKOSTUNG VON GIN – Zuerst den Gin pur verkosten, um seine Aromen schmecken zu können – wofür ein Digestif-Glas ideal ist. Anfangs nur riechen, dann erst in den Mund nehmen und dort kreisen lassen, bevor man ihn herunterschluckt. Der Grund für dieses Vorgehen ist, dass man in der Nase andere Aromen wahrnimmt als im Mund. Auch Finale und Abgang sind bei jedem Gin einzigartig.

# QUEEN-MUM-COOKIES

(30 Stück)

## ZUTATEN

2 Bio-Limetten  /  1 Bio-Zitrone  /  250 g Mehl
300 g Zucker  /  Salz  /  2 Eigelb (Gr. M)
250 g kalte Butter  /  7 EL Gin  /  200 ml Tonic
125 g Puderzucker  /  Frischhaltefolie  /  Backpapier

## ZUBEREITUNG

Die Bio-Limette heiß waschen, abtrocknen und danach die Schale
abreiben. Diese mit Zucker, Mehl und einer Prise Salz mischen. Jetzt
Butter in Stückchen (am besten zimmerwarm), zwei Eigelb und fünf
Esslöffel Gin zufügen. Alles zu einem glatten Teig kneten. Daraus zwei
Teigrollen von rund 5 Zentimeter Durchmesser formen und für eine
halbe Stunde mit Frischhaltefolie zugedeckt in den Kühlschrank stellen.

Die zwei Limetten und die Zitrone schälen (die weiße Haut muss
entfernt sein), dann in hauchdünne Scheiben schneiden. Diese für eine
halbe Stunde in einem Tonic-Sirup ziehen lassen (nicht kochen) – für
dieses muss das Tonic mit 100 Gramm Zucker rund drei Minuten
köcheln.

Die Teigrollen in 1 Zentimeter dicke Scheiben schneiden und auf
zwei Backbleche geben, die mit Backpapier ausgelegt sind. Die
Limetten und Zitronenscheiben auf Küchenkrepp abtropfen lassen und
leicht abtupfen, dann auf den Keksen verteilen (vorsichtig andrücken).
Im vorgeheizten Ofen (Umluft 160 Grad / E-Ofen 180 Grad) 10–15
Minuten backen, bis die Kekse goldbraun sind.

Zwei Esslöffel Gin mit dem Puderzucker zu einer gleichmäßigen
Masse verrühren. Diese über die abgekühlten Kekse geben.

# LACHS MIT TOMATEN-GIN-SOSSE

(für 6 Portionen)

## ZUTATEN

400 g Bio-Lachs / 600 g Fusilli / 3 Tomaten /
1 Zwiebel / 1 Knoblauchzehe / 200 ml Gin /
1 Becher Crème fraîche / 1 Bund frische Petersilie /
Chilipulver / Salz und Pfeffer / Öl /
frischer Limetten- oder Zitronensaft (1 Bio-Frucht)

## ZUBEREITUNG

Das Lachsfilet mit Pfeffer und Salz sowie einem Spritzer Zitronensaft einreiben. In einer heißen Pfanne mit Öl anbraten, aber nicht durchgaren. In Alufolie einschlagen und bei 50 Grad in den Backofen legen – bis die Soße fertig ist.

Für diese Tomaten in Würfel schneiden, Zwiebel sowie Knoblauch in sehr kleine Würfel schneiden und 2–3 Minuten in einer Pfanne mit Öl anbraten. Dann den Gin dazugeben. Ein wenig einköcheln lassen, dann die Crème fraîche unterheben. Abschmecken mit Pfeffer, Salz, Chilipulver und frischem Limettensaft.

Die nach Packungsangabe gekochten Fusilli mit der Soße vermengen und auf Teller geben. Das Lachsfilet in Stücke schneiden und auf den Tellern verteilen, mit frischer Petersilie garnieren.

# BATHTUB GIN

(Für 1 Flasche, es ist sinnvoll, direkt mehrere anzusetzen.)

## ZUTATEN

1 Zitrone / 1 Orange / 1 Limette / 10 g Ingwer /
2 TL Wacholderbeeren / 2 TL Koriandersaat /
2 Kardamomkapseln / 1 Zimtstange / 1 Lorbeerblatt /
1 Zweig Rosmarin / 1 TL Pfefferkörner (schwarz) /
750 ml Wodka / außerdem: 1 Schraubglas, 1 Flasche

## ZUBEREITUNG

Zitrusfrüchte mit heißem Wasser abwaschen und trocken tupfen. Dann abschälen und die Schalen in dünne Streifen schneiden, wobei so wenig weiße Haut wie möglich daran bleiben sollte.

Den Ingwer ebenfalls schälen und dann in dünne Scheiben schneiden. Nun die Gewürze (Wacholderbeeren, Koriandersaat, Kardamomkapseln, Pfefferkörner, Zimt) ohne Fett in einer Pfanne kurz anrösten und abkühlen lassen.

Die Schalen der Zitrusfrüchte, die Ingwerscheiben, die abgekühlten Gewürze sowie Kräuter und Wodka in ein Schraubglas geben und an einem dunklen und kühlen Ort 12–24 Stunden ziehen lassen. Den Inhalt dann durch ein Sieb – ausgelegt mit einem Tuch – gießen und in eine Flasche abfüllen.

# BESCHWIPSTE MATJESHERINGE

(Für 16 Portionen)

## ZUTATEN

4 Matjesfilets / 6 Wacholderbeeren / 8 TL Gin /
1 Bund Dill / 2 EL Mayonnaise / 1 Prise Salz /
1 Prise Pfeffer / 1 Schalotte / 6 Cracker

## ZUBEREITUNG

Die Matjesfilets abspülen und trocken tupfen, mit 4 TL Gin und fein gehackten (oder im Mörser zerstoßenen) Wacholderbeeren einreiben, darauf den Dill (abspülen, trocken tupfen, grob hacken) geben und eine halbe Stunde kühl stellen.

Die Mayonnaise mit 1 Prise Salz und 1 Prise Pfeffer sowie 2–4 TL Gin verrühren, bis die gewünschte Cremigkeit erreicht ist. Die Schalotte häuten und fein würfeln, dann unterrühren.

Die Cracker werden zuerst mit Mayonnaise bestrichen, dann kommen kleine Stücke Matjes darauf.

# HEIDELBEERGELEE MIT SCHUSS

(für 4 Einmachgläser)

## ZUTATEN

1000 Gramm Heidelbeeren / 14 Wacholderbeeren /
500 Gramm Gelierzucker (Extra, 2:1) / 4 EL Gin

## ZUBEREITUNG

Zerdrückte Wacholderbeeren, vorsichtig abgespülte Heidelbeeren
und einen Viertelliter Wasser zum Kochen bringen. Bei niedriger
Hitze 10 Minuten abgedeckt köcheln lassen, dann leicht zerdrücken.

Ein Sieb mit einem Mulltuch auslegen und auf eine Schüssel
setzen. Den Fruchtbrei hineingießen und eine Stunde abtropfen
lassen, danach leicht ausdrücken. 750 ml des Saftes
beiseitestellen und abkühlen lassen.

In einem hohen und weiten Topf Gelierzucker und Fruchtsaft
verrühren, langsam aufkochen. Mindestens drei Minuten unter
Rühren sprudelnd kochen.

Dann den Topf von der Kochstelle ziehen und den Gin unterrühren.
Sofort bis zum Rand in Schraubgläser füllen, diese verschließen,
auf den Deckel stellen und 5 Minuten abkühlen lassen.

# DIE WICHTIGSTEN BOTANICALS

Wacholder
(lat.: *Juniperus communis*)

Ingwer
(lat.: *Zingiber officinale*)

Kardamom
(lat.: *Elettaria cardamomum*)

Hibiskus
(lat.: *Hibiscus*)

Koriandersamen
(lat.: *Coriandrum sativum*)

Schwertlilienwurzel
(lat.: *Iridis versicolor rhizoma*)

Orange
(lat.: *Citrus sinensis*)

Sternanis
(lat.: *Illicum verum*)

Angelikawurzel
(lat.: *Angelica archangelica*)

Zitrone
(lat.: *Citrus limon*)

Muskatnuss
(lat.: *Myristica fragrans*)

Zimt
(lat.: *Cinnamomum verum*)

## DANK

Mein Dank geht an Vanessa, für all die Kraft, die sie mir gibt, für all die Liebe, für all das Verständnis – und für all den Kaffee. An meinen Vater, Dr. Kerstin Wolff und vor allem meine hochgeschätzte Kollegin Gisa Klönne fürs Erstlesen des Romans und viel wichtiges Feedback – es hat zu weiteren Problemen, Hindernissen und Verletzungen für meine Hauptfiguren geführt.

Dank geht auch an den großartigen Brenner Peter-Josef Schütz von der Eifel-Destillerie für sein Gin-Wissen, an meinen großartigen Literaturagenten Lars Schultze-Kossack, an Michael Elter vom »The Bayleaf« in Köln, den Barchef meines absoluten Vertrauens, für sein Cocktail-Wissen, an das Team des DuMont-Verlags, vor allem an meine Verlegerin Sabine Cramer und meine Lektorin Antonia Marker für ihren Glauben an diesen hochprozentigen Roman. Dank geht auch an meine – zumeist – wunderbaren Kinder, einfach weil sie da sind. Eigentlich schreibe ich jedes meiner Bücher, damit sie es irgendwann lesen können.

Im Gedenken an Mimi, die sehr fehlt. Sie wird immer einen großen Platz in meinem Herzen haben und hat einen kleinen in diesem Roman bekommen, an dem sie sich hoffentlich sehr wohlfühlt.

CARSTEN SEBASTIAN HENN

# RUM ODER EHRE

## LESEPROBE

# PROLOG

Hey Tagebuch,

hast du alles gepackt? Bist du gut vorbereitet?

Also ich kann weder die eine noch die andere Frage mit Ja beantworten. Aber es ist ein verdammt gutes Gefühl, wenn das Leben den Weg ändert und man selbst die Richtung ausgesucht hat! Meiner soll über mehr als achttausend Kilometer in die Karibik nach Jamaika führen. Auf die Insel der Rastafaris und Sprinter, die Insel von Rum und Reggae. Keine Ahnung, ob das alles nur Vorurteile oder Werbe-Images der Tourismusbehörde sind. Ich werde es herausfinden!

Und du wirst alles erfahren. Denn ab heute wirst du immer mit dabei sein, damit ich hier alles reinschreiben kann, was ich erlebe. Und manches loswerde.

Es ist nämlich nicht alles eitel Sonnenschein, weiß Gott nicht.

Vielleicht habe ich die krude Hoffnung, dass es sich anfühlt, als hätte ich mein Leben irgendwie unter Kontrolle, wenn ich darüber schreibe. Auch wenn ich das nicht habe. Ganz und gar nicht. Es ist ein Gefühl wie bei einer sich nähernden Gewitterfront. Ne, noch schlimmer. Es ist, als stündest du mitten im Gewitter, kalter Regen peitscht dir ins Gesicht, und du weißt ganz sicher, dass der nächste Blitz dich trifft. Wenn ich in Flensburg bleibe, passiert etwas – und zwar mir. Wenn ich nur dieses schreckliche Unglück ungeschehen machen könnte …

Ich fühle mich extrem schuldig, obwohl ich ja eigentlich nichts dafür kann. Eigentlich … drei Silben, aber sie ändern alles. Sie machen den ganzen Unterschied.

Ich werde Martin natürlich nicht erzählen, wie ich mich fühle und was noch hinter der Reise steckt, er macht sich sonst nur Sorgen. Macht er sich ja eh immer um mich, guter großer Bruder. Ich werde ihm nur den offiziellen Grund für die Reise nennen: dass ich mit fast vierzig jetzt endlich Rum machen will, wie es die Jamaikaner tun. Und dafür muss ich zu einem werden. Flensburg ist einfach nicht karibisch genug, egal, wie viel Reggae-Musik ich auflege und wie viele Palmenposter an den Wänden hängen. Flensburg wird immer an der Ostsee liegen. Man braucht schon verdammt viel Rum, damit es sich zumindest ein wenig wie Karibik anfühlt.

Ich werde meinen großen Bruder sehr vermissen, doch auch das darf er nicht wissen, sonst will er noch mitkommen. Aber er gehört hierhin, sein Anker hat sich tief eingegraben in den Grund der Förde. Ich werde ihm schreiben von jenseits des Ozeans. Und wenn ich Rum wirklich verstanden habe, dann komme ich vielleicht zurück. Falls das Gewitter sich verzogen hat. Dann trage ich Jamaika nämlich in mir. Und vermutlich eine Menge Rum.

Bis morgen, Tagebuch!
Christian

# EINS

Martin glaubte nicht an Übersinnliches, aber an diesem Tag sprach ihn jemand aus dem Grab an.

Natürlich war es Lasse.

Martin hieß mit Nachnamen Störtebäcker (zu seinem Bedauern nicht verwandt mit dem Seeräuber ähnlichen Namens), aber alle nannten ihn nur den Käpt'n. Oder den Einbeinigen, obwohl er in der Regel auf zwei Beinen unterwegs war. Wenn er sich das linke hochband, war er für seine Piratenschule im Einsatz und veranstaltete Kindergeburtstage. Dabei fragten die Kinder ihn oft, ob er in Wirklichkeit Käpt'n Iglo wäre, wegen des weißen Barts, und auch sonst sähe sein Gesicht aus, als gehörte es auf eine Packung Fischstäbchen. Martin musste dann immer bedauernd verneinen, denn das Geld für solch einen Werbedeal hätte sicher dafür gesorgt, dass er nicht immer knietief im Dispo steckte.

Geldsorgen waren allerdings das Letzte, was ihn in diesem Moment beschäftigte: Der Mann, der heute beerdigt wurde und in dessen Grab er gerade mit einem Schäufelchen voller Erde in der Hand herabsah, war Lasse, sein bester Freund.

Lasse und er hatten eine Wette laufen gehabt: Wer zuerst stirbt, hat gewonnen. Dabei hatte Lasse wegen seiner schwachen Pumpe und seinem jahrzehntelangen Diabetes die deutlich besseren Chancen gehabt. Der Einsatz: ein HSV-Trikot. Wenn Martin zuerst gestorben wäre, hätte er Lasses 1979er von Kevin Keegan bekommen, also mit ins Grab. Martin musste ihm nun sein von Uwe Seeler bei der Meisterschaft 1960 vollgeschwitztes und signiertes Trikot hinterherwerfen. Das tat echt weh, aber Wettschulden waren Ehrenschulden. Außerdem wusste Martin, dass Lasse bestimmt an dieses Trikot gedacht hatte, als ihm klar geworden war, dass der Herzinfarkt sein Ende einläutete.

Die Beerdigung fand auf dem Mühlenfriedhof statt, Lasse hatte ein Grab in direkter Nähe des Wasserturms bekommen – was dem alten Segler sicher gut gefallen hätte. Und falls er wiederauferstehen würde, wäre der Ausgang auch nicht weit.

Viele Leute waren nicht zu seiner Beerdigung gekommen, vielleicht zwei Dutzend, fast alle in Lasses Alter. Das leider auch Martins Alter war: zweiundsiebzig. Und egal, was Udo Jürgens mal gesungen hatte, das Leben hatte leider nicht erst mit sechsundsechzig angefangen. Martins Knochen fühlten sich morsch an, die Lunge löchrig, und die meisten Muskeln hatten schon längst das sinkende Schiff verlassen.

Obwohl Lasses drei Exfrauen anwesend waren, trat Martin als Erster ans Grab, so war es vereinbart. Zwar hatte Lasse sich auf seine alten Tage und in Anbetracht seines miserablen Gesundheitszustands mit ihnen allen ausgesöhnt, aber der Käpt'n war nun mal bis zum Schluss der wichtigste Mensch in seinem Leben gewesen.

Damit das Trikot halbwegs ordentlich auf dem Sarg lag, beugte Martin sich ächzend hinunter, breitete den Stoff aus und machte sich bereit loszulassen.

Das war der Moment, in dem Lasse aus dem Grab sprach.

Beim Klang seiner Stimme schrien einige in der Trauergemeinde vor Schreck auf, eine entfernte Cousine von Lasse lief sogar weg. Die meisten wurden leichenblass, was dem Anlass natürlich gut entsprach. Martin selbst erstarrte, sein Hals pochte schwer.

Lasses erstes Wort heulte wie eine Sirene durch die Luft. Er zog die Vokale lang, wie immer, wenn er Martin begrüßte.

*»Käääääpt'n, du alte Bangbüüüüüx! Jetzt bin ich tot, du aber nicht. Also mach was draus, ja? Du weißt, wie es mit den letzten Wünschen von Verstorbenen ist, oder? Die muss man erfüllen! Komme, was da wolle! Achtung, hier ist meiner: Mach endlich die Reise nach*

*Jamaika, auf den Spuren deines verschwundenen Bruders. Du hast*
*mich jahrelang damit gequält, immer wieder über diesen Traum ge-*
*schnackt, und dann biste doch nie los. Das ertrage ich nicht mehr!*
*Vor allem weil ich jetzt tot bin.«*

Lasse, man konnte es nicht anders nennen, beömmelte sich.

*»Und einen zweiten Wunsch habe ich noch: Amüsiere dich dabei,*
*lass es dir auf deine alten Tage gut gehen. Du hast es echt verdient.*
*Und jetzt wirf endlich das verdammte Trikot runter, sonst komm ich*
*nämlich hoch und hol es mir!«*

Martin warf schnell das Trikot ins Grab, bevor sich der Sargdeckel
noch öffnete.

Natürlich war ihm klar, dass Lasses Stimme eine Aufzeichnung
gewesen sein musste, aber sicher war sicher.

Dann trat einer der Sargträger vor. Es war Knut, in seiner Hand
eine Fernbedienung mit einem einzigen großen Knopf, wie man sie
von Garagentoren kannte. Knut war Elektriker und Teil der Kegel-
runde von Lasse und Martin.

»War sein letzter Wunsch«, sagte Knut entschuldigend. »Also einer seiner letzten. Ich musste auf die *Alex* schwören.«

Die *Alex*, eigentlich *Alexandra*, war der Salondampfer im Hafen
von Flensburg, dem Knut sein Leben verschrieben hatte. Im Förder-
verein hielten sie den 1908 erbauten und heute letzten seegehenden
kohlenbefeuerten Passagierdampfer Deutschlands instand. Knut und
die *Alex* führten seit vielen Jahren eine intensivere Beziehung, als die
meisten Ehen eine waren.

Martin rappelte sich mühsam auf, trat zu Knut, legte ihm die
Pranke auf die Schulter und fing an zu lachen. Zuerst war er der Einzige, aber dann machte Knut mit und schließlich die ganze Trauergemeinde.

Sogar die Cousine kam zurück und lachte mit.

Das hätte Lasse gut gefallen, dem nie ein Witz zu flach, nie eine
Pointe zu derb war. Als Achtjähriger hatte er mal ein Furzkissen auf

den Platz des Pfarrers in der Marienkirche gelegt – und seitdem hatte sich sein Humor nicht wirklich weiterentwickelt.

Es war einer der Gründe, warum Martin ihn so ins Herz geschlossen hatte.

Danach trafen sich alle im »Piet Henningsen« unter an die Decke gepinnten Netzen und Schlangenhäuten. Martin versuchte, sich nicht davon irritieren zu lassen, dass ausgestopfte Fische, ein Taucherhelm und eine Gallionsfigur ihn beim Essen beäugten. Es gab Hering. Er konnte Fisch nicht besonders gut leiden, was er in Flensburg natürlich niemandem sagen durfte, weil sonst sein Charakter angezweifelt worden wäre. Über die Jahre hatte er deshalb viele Ausreden entwickelt, warum er ausnahmsweise keinen Fisch aß, obwohl er ihn sonst natürlich über alles liebte.

Dieser Leichenschmaus war ein weiterer posthumer Witz von Lasse. »Und dann drücken die sich alle den fiesen Hering rein!«, hatte er gesagt, als er ihm bei einer guten Flasche Rum von diesem Plan für die Festlichkeiten nach seinem Ableben erzählt hatte. »Nur weil ich tot bin! Ich schmeiß mich weg!«

Nach dem Essen musste Martin schnell zurück in seine Mühle, denn für den Nachmittag hatte sich eine Kindergeburtstagsgruppe angemeldet, die bei ihm auf die Piratenschule gehen wollte.

Erst als die schwere hölzerne Tür hinter ihm ins Schloss fiel, in die Martin vor nicht allzu langer Zeit in mühevoller Kleinstarbeit die Köpfe berühmter Piraten geschnitzt hatte, kamen die Tränen. Martin hatte nie gelernt, vor seinen Freunden zu weinen. Er konnte mit ihnen stundenlang über Gott und die Welt reden, laut feiern, dreckig lachen, sich besinnungslos besaufen, nur das Weinen hatte er sich nie mit ihnen zu teilen getraut. Seinen Tränen ließ er nur in seiner Mühle freien Lauf, die er vor ein paar Jahren der Stadt abgekauft und renoviert hatte, ja eigentlich immer noch renovierte. Das alte Mädchen hielt ihn auf Trab, indem sie immer wieder irgendwo etwas kaputtgehen ließ. Martin lief das Wasser herunter, weil Lasse ihm so verdammt fehlte – und er sich so elend allein fühlte. Lasse war Kernfamilie gewesen, das letzte Mitglied davon. Es gab andere

Freunde und etliche Bekannte, aber Lasse war der Letzte gewesen, mit dem ihn ein richtig dickes Band verbunden hatte.

Martin ging die Treppe hoch in den ersten Stock. Sie war steil und schmal, die in den zweiten sogar noch enger. Der Aufstieg verlangte ihm einiges ab. Es war, wie in einen Trichter zu kraxeln. Martin war schon lange nicht mehr ganz oben gewesen, obwohl der Raum dort der schönste war, die Aussicht traumhaft. Es war das Zimmer seines kleinen Bruders Christian. Oder eher dessen Museum. Martin hatte viele der Möbel und Sachen aus Christians ehemaliger Wohnung mitgenommen und hier wieder aufgebaut – falls er irgendwann zurückkehren würde. Da waren die Reggae-Poster und -Platten von Peter Tosh, Gregory Isaacs und natürlich Bob Marley, die angebrochenen Rum-Flaschen, Dutzende. Egal, ob weiß oder braun, spiced, flavoured, ob in der Karibik gelagert oder in Europa, die Buddel in Form eines Totenkopfs oder mit aufwendig gezeichnetem Etikett, sein kleiner Bruder liebte Rum in all seinen Facetten. Auch Christians altes Aquarium mit darin versenktem Buddelschiff stand hier, und der leere Glaskubus machte Martin mehr als alles andere klar, dass sein kleiner Bruder fehlte. Christian war das klassische Nesthäkchen, für alle überraschend zwölf Jahre nach dem Erstgeborenen auf die Welt gekommen. Ein Unfall oder ein Wunder, je nachdem, wie man es sah. Von klein auf war das strohblonde Energiebündel der Sonnenschein der ganzen Familie gewesen. Martin hatte in der Jugend fast väterliche Gefühle für seinen Bruder entwickelt – wenn er sich nicht gerade darüber geärgert hatte, dass er auf ihn aufpassen musste. Sehr lange her war das. Es wirkte fast wie aus einem anderen Leben.

Martin ging zu dem alten Telefunken-Plattenspieler und legte das Album mit den größten Reggae-Hits aller Zeiten auf, das ihm Christian damals aus Jamaika geschickt hatte. In der Hülle steckte eine Postkarte, das Letzte, was er von ihm gehört hatte. Die Tinte war verblichen, aber Martin wusste genau, was daraufstand: *Mach dir keine Sorgen um mich, großer Bruder! Genieß dein Leben!*

Keine Platte hatte er seit dem Verschwinden Christians so oft gehört. Martin konnte alles mitsingen, hatte darüber Englisch gelernt, wenn auch eines mit stark jamaikanischem Akzent.

»Gerade haben wir Lasse beerdigt«, sagte Martin und schaute das Foto an der Wand an, das Christian mit dem Gewinnerpokal des Chemiewettbewerbs der weiterführenden Schulen Norddeutschlands zeigte. Die Hoffnung ihrer Eltern war groß gewesen, einen zukünftigen Nobelpreisträger in der Familie zu haben. Aber dann war eine andere Art von Experimenten viel interessanter für Christian geworden – nämlich mit Mädchen.

Er sah seinem Bruder sehr ähnlich, fast kam es Martin vor, als blicke er nicht auf ein Foto, sondern in sein eigenes Spiegelbild, wenn auch eines, das Jahrzehnte jünger war. Allerdings hatte er nie das Accessoire getragen, das Christian auf dem Schnappschuss trug und um das ihn damals alle Jungs beneidet hatten: eine Halskette mit einem kopflosen Piraten als Anhänger, auf dessen Brust die Zahl elf prangte. Jeder, der sich für Freibeuter interessierte, wusste natürlich, warum. Klaus Störtebeker war nach seiner Hinrichtung kopflos an elf seiner Männer vorbeigegangen, um ihnen die Todesstrafe zu ersparen. Verschont wurden sie dann allerdings doch nicht, der Bürgermeister von Hamburg brach sein Versprechen. So was hatte Tradition, nicht nur in Hamburg.

»Lasse will, dass ich dich auf Jamaika suche. Jetzt, nachdem du gut zwanzig Jahre weg bist.«

Er würde natürlich nicht nach Jamaika reisen. Er war längst zu alt dafür. Wenn er tatsächlich in den Spiegel blicken würde, sähe er wahrscheinlich nur wenig lebendiger aus als Lasse.

Jamaika, das war immer eine Verheißung gewesen, der Name klang wie schwungvolle Musik, wie ein exotischer Cocktail oder eine schöne Frau, deren Sprache man nicht beherrschte. Martin mochte es, das Wort auszusprechen, es fühlte sich irgendwie köstlich am Gaumen an. Und es war wundervoll gewesen, den Traum von Jamaika all die Jahre zu haben. Aber es war eigentlich nie mehr gewesen, nur ein Traum.

»Besser, du kommst jetzt endlich mal zurück, kleiner Bruder«, sagte Martin mit brüchiger Stimme. »Ich könnte dich hier wirklich gut gebrauchen.« Jetzt noch mehr, wo Lasse fort und keiner mehr da war, mit dem er bis spät in die Nacht am Lagerfeuer sitzen und

Seemannslieder singen konnte, und zwar so schlecht, dass allen in Hörweite die Ohren abfielen.

Er setzte sich aufs Bett und blieb noch ein paar Minuten, dann ging er leise und schloss sanft die Tür. Er musste noch einiges für den Piratengeburtstag vorbereiten: sich selbst in einen echten Piraten verwandeln, den Schatz verstecken, die Stroboskopblitze im nachgebauten Piratenschiff anschließen und das Skelett prüfen, das aus einem Schrank hüpfen sollte. In letzter Zeit war es häufiger hängen geblieben, und statt sich wohlig zu gruseln, hatten die Kinder sich schlappgelacht. Was für eine Horde wilder siebenjähriger Piraten allerdings völlig in Ordnung war. Auch die Pyramide aus rostigen Blechdosen musste aufgebaut werden, das war besonders wichtig. Die Kinder sollten sie mit handtellergroßen Steinen zum Einsturz bringen. Martin behauptete seinen Schülern gegenüber immer, die Piraten hätten früher so ihre Wurftechnik geübt. War natürlich Blödsinn, aber ein großer Spaß. Er war über die Jahre verdammt gut im Zielen geworden, was ihm stets bewundernde Blicke der Kinder einbrachte. In denen ein kleines bisschen Angst lag, er könnte sie mit etwas abwerfen.

Diese Angst erleichterte seine Arbeit ungemein.

Jetzt erst bemerkte er den Umschlag auf dem Teppich, den der Briefträger durch den Türschlitz geworfen haben musste, während er selbst oben gewesen war. Die Schrift, in der sein Name daraufstand, erkannte Martin sofort: Es war Lasses. Das war überraschend, denn dieser hatte seit Jahren so sehr unter Parkinson gelitten, dass er keinen geraden Satz mehr hatte schreiben können. Martin hob den Umschlag auf und sah, dass das Papier vergilbt war. Es war sicher etliche Jahre alt.

Die alte Schiffsglocke über der Eingangstür läutete. Martin blickte auf seine Armbanduhr: Noch eine halbe Stunde, bis die Kinder eintreffen sollten. Wer auch immer das war, er hatte keine Zeit für ihn. Schnell öffnete er die Tür – und blickte in überraschte Kinderaugen. Es waren die von Dennis, der heute Geburtstag feierte. Daneben stand seine Mutter mit einer Geburtstagstorte in Form einer Totenkopfflagge im Arm. »Hallo, Herr … Käpt'n. Ich dachte, ich bringe die schon mal vorbei, dann muss ich sie gleich nicht mitschleppen.«

Martin salutierte vor dem Jungen. »Wünsche einen mörderisch schönen Geburtstag, junger Pirat!«

Dennis hatte schon sein Kostüm an, Typ »Roter Korsar«. Er zeigte mit dem Säbel auf Martins Beine. »Du hast ja zwei! Wieso hast du zwei? Du bist doch der Einbeinige! Hast du dir ein neues gekauft?«

Martin sah Dennis' Mutter hilfesuchend an, aber die verschränkte die Arme und signalisierte damit, dass er das mal schön selbst ihrem desillusionierten Sohn erklären sollte.

»Ist mir ... nachgewachsen, hat die ... ähm ... Meerhexe gezaubert.«

Dennis' Mutter zog die Augenbrauen hoch. Anscheinend war das die falsche Antwort gewesen.

»Ich habe es nur für kurze Zeit bekommen«, fuhr Martin fort. »Gleich will sie es wieder zurück. Weißt du, es kostet sehr viel Gold, wenn man für ein paar Stunden wieder ein Bein haben möchte. Ist aber sehr praktisch.«

»Ja, das kann ich mir gut vorstellen«, sagte Dennis mit Kennermiene.

Als er begann, Piratengeburtstage zu veranstalten, hatte Martin es zuerst als Einarmiger versucht. So war er allerdings arg eingeschränkt, wenn er mal wieder einen kleinen übermütigen Hosenscheißer aus der Takelage entknoten musste. Als Nächstes war die Augenklappe dran gewesen. Für ein paar Stunden ging das gut, doch nach einem ganzen Tag einseitigen Sehens hatte sein Kopf gebrummt, als wäre ein Bienenvolk eingezogen. Das mit dem Beinhochbinden war zwar auch nicht ideal, aber seit er eine extrem weite Piratenhose gefunden hatte, bei der er das Bein nicht mehr so eng anlegen musste, war sein Unterschenkel nach einer Geburtstagsfeier wenigstens nicht mehr komplett taub.

Dennis' Mutter stellte den Kuchen ab. »Wenn wir gleich wiederkommen, sind Sie hoffentlich zurück von der Meerhexe ...«

»Klar, die wartet schon in Wassersleben auf mich. Ich segele gleich mit dem *Fliegenden Holländer* zu ihr.«

Die beiden hatten ja keine Ahnung, dass er nie zur See gefahren war, weil ihm immer schlecht wurde, sobald er ein Schiff betrat.

Wieder rollte Dennis' Mutter die Augen. Vermutlich würde ihr Sohn jetzt nie mehr nach Wassersleben wollen. Na ja, man konnte nicht alles haben.

Das Piratenleben war hart und unbarmherzig.

Er konnte in den Augen von Dennis' Mutter lesen, was er in den Augen vieler Flensburger sah: Für die meisten war er das städtische Faktotum, der verrückte Alte. Dabei machte er einfach nur sein Ding, war geradeaus und nahm kein Blatt vor den Mund. Er war einfach Martin. Durch und durch. Und je älter er wurde, desto mehr war es so, desto schnurzpiepegaler wurde ihm die Meinung der anderen.

Als sich abends seine Freunde bei ihm im Garten zum Kegeln trafen, hatte Martin den Umschlag von Lasse immer noch nicht geöffnet. Es würden die letzten Worte seines besten Kumpels sein, die ihn erreichten, und die wollte er nicht hastig in den wenigen Minuten lesen, die ihm zwischen dem Versuch, den Kuchen aus der Piratenflagge zu bekommen, und dem Vorbereiten des Grillguts zur Verfügung gestanden hatten. Er wollte sie ganz in Ruhe lesen, mit einem Glas, nein, einer ganzen Flasche von Lasses Lieblingsrum in der Hand. Und zwar am Steg, wo dessen geliebtes, wenn auch leicht marodes Segelboot, die *Hoppetosse*, lag. Nachdem Beate Uhse ihn damals entlassen hatte, weil die großen Zeiten des Flensburger Versands Geschichte waren, war Lasse aufs Segeln umgestiegen, als Lehrer. Wenden waren die einzigen Kurven, die ihn von da an noch interessiert hatten.

Bei ihren Kegelrunden hatten sie noch nie gekegelt. Keiner von ihnen konnte es. Weder Rutger, Knut, Bendix noch Imke, Lasse oder Martin. Aber Lasse hatte irgendwann mal aus Witz gesagt, sie könnten sich ja zum Kegeln treffen, weil das sportlicher klang. Und es war hängen geblieben. Genau wie diese komische Truppe aneinander hängen geblieben war. Manches passierte einfach.

Die verbliebenen Kegler saßen in Martins Garten ums Lagerfeuer und schwiegen. Wind war aufgekommen, die Flügel der Mühle drehten sich, krächzten und ächzten, der schwere Stoff knarzte, als würden Waschfrauen Laken stramm aufspannen.

»Auf Lasse!«, sagte Rutger schließlich und hob sein Glas mit Rum. »Seine schlechten Witze werden uns fehlen! Und seine guten werden wir jetzt nie erleben!«

»Hört! Hört!«, erwiderten die anderen und: »Auf Lasse!«

Rutger trug immer eine Arbeitsweste, die unzählige Taschen besaß: Vom Angelhaken über Feuerzeug, Zigaretten, Zigarillos, Zigarren bis Sekundenkleber, Allzweckwerkzeug, Würfel und Pflaster hatte er darin alles parat. Er war wie ein kleiner Heimwerkerladen auf zwei Beinen. Jetzt wandte er sich an Martin.

»Und was das betrifft, also das, was der Lasse gesagt hat, ich meine auf dem Friedhof, im Grab, also aus dem Grab heraus«, so umständlich, wie Rutger eine Glühbirne eindrehte, sprach er auch, »das lässt du mal schön bleiben. Nach all den Jahren findest du da bestimmt keine Spur mehr von deinem Bruder. Außerdem bist du in deinem Alter gar nicht mehr fit genug für so eine Reise.« Er blickte zu Bendix, Knut und Imke. »Oder seht ihr das etwa anders?«

Bendix schüttelte entschieden den Kopf. »Und mal abgesehen von Christian: Was fasziniert dich überhaupt so an Jamaika?«

»Rum?«, fragte Martin grinsend, der Bendix gern ein bisschen foppte. Der regte sich dann immer so herrlich auf.

»Haben wir hier auch«, stellte Bendix fest.

»Ist meist aber nur Verschnitt«, erwiderte Martin.

»Aber den Rum aus Jamaika kannst du auch hier kaufen. Also, was erhoffst du dir von der Reise?«, hakte Rutger ein, nun schon mit deutlich mehr Nachdruck in der Stimme.

»Sonne?«

»Gibt es hier genauso. Also manchmal. Und sonst garantiert im Sonnenstudio.«

»Strand?«

»Was ist mit der Solitüde? Da bekommst du sogar was zu essen und zu trinken, und Eis gibt es auch.« Rutgers Gesicht wurde leicht rot. »Ist also quasi genau wie Jamaika!«

»Andere Gesichter?«

»Ach was!« Rutger holte eine Zigarre aus einer Westentasche und einen silbernen Zigarrenschneider aus einer anderen. »Gibt es hier alles auch. Fährste einfach nach Glücksburg oder Harrislee oder Sønderborg oder was weiß ich, kommt dich alles viel billiger.« Routiniert schnitt er die Spitze der Zigarre ab und zündete sie am Lagerfeuer an. Meine Meinung: »Du solltest hierbleiben. Hier hast du alles, was du brauchst.«

»Wir haben ja auch die *Alex*«, sagte Knut. Seine erste richtige Bemerkung an diesem Abend. »So ein Dampfschiff wie die *Alex* gibt es nirgendwo anders.« Das war für ihn schon ein sehr ausführlicher Wortbeitrag. Am meisten redete Knut eigentlich im Schlaf, wenn er mal am Lagerfeuer wegknackte. Dann konnte man die besten Gespräche mit ihm führen.

Martin nickte, denn es stimmte, was Knut gesagt hatte. Dann blickte er zu Imke, die auffallend ruhig geblieben war. Sie war Christians Freundin gewesen und damals genauso verlassen worden wie er. Imke war eher der burschikose Typ, kurze Haare, trug niemals Rock und hatte schon mehr als einen Kerl unter den Tisch gesoffen. Am rechten Unterarm trug sie noch immer ein Tattoo mit dem Namen seines Bruders in einem Herz. Es war nie ein neues dazugekommen.

Imke arbeitete in einem Supermarkt an der Kasse und wirkte so, als hätte sie schon alles im Leben gesehen. Das mochte sogar der Fall sein, aber es bedeutete nicht, dass sie alles unberührt ließ. Manchen wuchs eine Hornhaut um die Seele, Imke ließ das die Leute nur denken. So sah Martin das zumindest.

»Ach, weißt du …« Sie winkte ab und stieß mit ihm an.

»Ne, weiß ich ja eben nicht«, sagte Martin. »Also eigentlich schon, aber ich will es hundertprozentig wissen.« Martin hatte das Gefühl, jetzt und hier die letzten Prozentpunkte an Unklarheit bezüglich dieser Frage tilgen zu müssen.

Imke nahm einen großen Schluck des Flensburger Rum-Verschnitts, den sie nur tranken, weil Knut manchmal bei der Brennerei aushalf und das Zeug billiger bekam. Es war zwar ohnehin nicht teuer, aber ab einem gewissen Konsum machten auch ein paar Euro weniger aufs Jahr gerechnet viel aus. »Das mit Christian ist so lange her, viel zu lange. Und man muss auch nicht jeder dummen Idee von Lasse folgen. Finde ich.«

Martin nickte, spürte allerdings, dass sich ein großes »Aber« in seinem Kopf bildete. Dieses »Aber« kratzte an seiner Seele, wie ein treuer Hund, den man ausgesperrt hatte.

»Wovon würdest du das auch bezahlen wollen?«, fragte Rutger. »Lasse hat dir sicher nichts vererbt. Außer ein paar alten Fischköppen.« Er lachte schallend.

Rutger half Martin bei der Steuer und wusste um seine Finanzen. Kinder feierten leider nicht jedes Jahr einen Piratengeburtstag, sondern meist nur einmal im Leben. Und die alte Mühle verschlang ständig Geld.

»Weißt du, Martin, wir wollen dich nicht auch noch verlieren«, sagte Bendix, der mit jedem Jahr mehr aussah wie Helmut Schmidt. Wie er das machte, war allen ein Rätsel. Er hatte mal als Gerhard Schröder angefangen. Immerhin blieb er einer Partei treu. Natürlich konnte im hohen Alter noch Konrad Adenauer folgen, zuzutrauen war es Bendix' Gesicht.

Bendix legte eine Hand auf Martins Schulter und drückte liebevoll zu. »Ohne dich hätte Flensburg keinen Einbeinigen mehr. Und das gehört sich nicht für eine alte Piratenstadt.« Er holte tief Luft, war anscheinend noch nicht fertig. »Das mit Jamaika war bei deinem Bruder schon eine Schnapsidee, der hätte einfach hierbleiben sollen. Christian war Flakes bester Mann, das weiß jeder. Mit dem hätten die nie zugemacht, der wäre da heute Geschäftsführer, wenn ihm nicht sogar der ganze Laden gehören würde. Jedes Fass kannte der mit Vornamen und konnte Verschnitte zusammenstellen wie kein Zweiter. Der Christian war ein Magier in Sachen Rum, hab ich immer gesagt. Aber was hat ihm das gebracht? Nu ist er verschwunden, Jamaika hat ihn verschluckt. Mach nicht denselben Fehler wie dein Bruder, Käpt'n.«

»Ihr habt ja recht«, sagte Martin.

»Sowieso«, sagte Rutger. »Also ich immer!«

Martin stand auf und holte ein paar Äste mit Stockbrot, die von der Piratenfeier übrig geblieben waren. »Für jeden von euch ist noch eins da, das Feuer hat jetzt genau die richtige Temperatur.«

Sie hielten den Brotteig in die knisternden Flammen und sahen schweigend zu, wie er nach und nach braun und an einigen Stellen schwarz wurde.

Martin blickte auf den freien Platz in der Runde, er hatte ganz automatisch wieder sechs Baumstümpfe um das Feuer gestellt. »Er fehlt an allen Ecken und Enden …«

Rutger grunzte. »Auf Jamaika würden wir alle dir fehlen. Und es gäbe noch nicht mal Ecken und Enden, die du kennst. Komm, ist gut jetzt.«

»Wir Dänen sagen immer: Wie hoch ein Vogel auch fliegen mag, seine Nahrung sucht er auf der Erde.« Bendix nickte, als hätte nicht er selbst, sondern jemand anders etwas Kluges gesagt, dem er zustimmen würde.

»Du bist kein Däne«, sagte Martin. »Du bist in Gelsenkirchen geboren.«

»Ich bin Däne nach Gesinnung! Und ihr wisst alle sehr gut, dass das bei uns in Flensburg reicht. Deshalb habe ich auch einen dänischen Pass. Vor Gott und der Welt bin ich Däne!«

Rutger schüttelte den Kopf. »Du kannst kein Wort Dänisch.«

»Skål!«

»Okay, eins.«

Martin war froh über das Geplänkel, denn es verschaffte ihm eine Pause vom Nachdenken über seinen Bruder, über Lasse und über den Tod.

Er lachte sogar, als Rutger lautstark über sein Stockbrot fluchte, das sich in ein Brikett verwandelt hatte. Während die anderen palaverten (oder im Falle Knuts stumm nickten), nippte Martin an seinem Glas Rum und ließ sich von innen wärmen. An manchen Abenden war es verdammt schön, dass es Trost in flüssiger Form gab.